I0641912

4511

OEUVRES
COMPLETES
DE
VOLTAIRE.

BIBLIOTHÈQUE IMPÉRIALE
IMPR.

OEUVRES

COMPLETES

DE

VOLTAIRE.

TOME SOIXANTE-DEUXIEME.

BIBLIOTHEQUE ROYALE

DE L'IMPRIMERIE DE LA SOCIÉTÉ LITTÉRAIRE-TYPOGRAPHIQUE.

1785.

RECUEIL

DES LETTRES

DE M. DE VOLTAIRE.

1772—1774.

RECUEIL
DES LETTRES
DE M. DE VOLTAIRE.

LETTRE PREMIERE.

A M. LE COMTE D'ARGENTAL.

19 de janvier.

OR, mes anges, voici le fait. Cette lettre sera pour vous et pour M. de *Thibouville*, puisqu'il a trouvé son jeune homme; et je suppose que ce jeune homme lira bien, et fera pleurer son monde. 1772.

Mon jeune homme à moi m'est venu trouver hier, et m'a dit ces propres paroles :

A l'âge où je suis, j'ai grand besoin d'avoir des protections à la cour, comme, par exemple, auprès du secrétaire de monsieur le trésorier des menus, ou auprès de messieurs les comédiens ordinaires du roi. On m'a dit que Sophonisbe n'étant qu'un réchauffé, et les Pélopides ayant été déjà traités, ces deux objets me procureraient difficilement la protection que je demande.

D'ailleurs des gens bien instruits m'ont assuré que, pour balancer le mérite éclatant de l'opéra comique

1772. et de fax-hall, pour attirer l'attention des Velches, et pour forcer la délicateffe de la cour à quelque indulgence, il fallait un grand fpectacle, bien impofant et bien intéreffant; qu'il fallait furtout que ce fpectacle fût nouveau; et j'ai cru trouver ces conditions dans la pièce ci-jointe (*) que je foumets à vos lumières. Elle m'a coûté beaucoup de temps, car je l'ai commencée le 18 de décembre, et elle a été achevée le 12 de janvier.

Il ferait trifte d'avoir perdu un temps fi précieux.

J'ai répondu au jeune candidat que je trouvais fa pièce fort extraordinaire, et qu'il n'y manquait que de donner bataille fur le théâtre; que fans doute on en viendrait là quelque jour, et qu'alors on pourrait fe flatter d'avoir égalé les Grecs.

Mais, mon cher enfant, quel titre donnez-vous à votre tragédie ? Aucun, Monfieur. On ferait cent allufions, on tiendrait cent mauvais difcours, et les Velches feraient tant que ma pièce ne ferait point jouée; alors je ferais privé de la protection du fecrétaire de monfieur le tréforier des menus, et de celle de meffieurs les comédiens ordinaires du roi; et je ferais obligé d'aller travailler aux feuilles de M. *Fréron*, pour me pouffer dans le monde.

J'ai eu pitié de ce pauvre enfant, et je vous envoie fon œuvre, mes chers anges. Si M. de *Thibouville* veut fe trémouffer et conduire cette intrigue, cela pourra l'amufer beaucoup, et vous auffi.

Il y a vraiment, dans ce drame, je ne fais quoi de fingulier et de magnifique qui fent fon ancienne Gréce; et fi les Velches ne s'amufent pas de ces fpectacles

(*) Les Lois de Minos.

grecs, ce n'eſt pas ma faute ; je les tiens pour réprouvés
à jamais. Pour moi, qui ne ſuis que ſuiſſe, j'avoue que 1772.
la pièce m'a fait paſſer une heure agréable dans mon lit où je végette depuis long-temps.

Je vous remercie, mes chers anges, des ouvertures que vous me donnez avec tant de bonté pour établir un bureau d'adreſſe en faveur de mes montriers. Madame *le Jeune* ne pourrait-elle pas être la correſpondante ? on s'arrangerait avec elle.

Il eſt arrivé de grands malheurs à notre colonie : je m'y ſuis ruiné, mais je ne ſuis pas découragé. J'aurai toujours dans mon village le glorieux titre de fondateur. J'ai raſſemblé des gueux, il faudra que je finiſſe par leur fonder un hôpital.

Je me mets à l'ombre de vos ailes plus que jamais, mes divins anges.

Vous devez recevoir la drôlerie de mon jeune homme par M. *Bacon*, non pas le chancelier, mais le ſubſtitut du procureur général, lequel doit l'avoir reçue dûment cachetée de la main de monſieur le procureur général. Si ces curieux ont ouvert le paquet, je ſouhaite qu'ils aiment les vers, mais j'en doute.

1772.

LETTRE II.

A MADAME DE SAINT-JULIEN.

A Ferney, 22 de janvier.

Le vieillard, Madame, que vous honorez de tant de bontés, vous parlera auſſi librement dans ſa lettre, que s'il avait le bonheur de vous entretenir au coin du feu. Nous n'avons, vous et moi, que des ſentimens honnêtes; on peut les confier au papier encore mieux qu'à l'air qui les emporte dans une converſation qui s'oublie.

Un petit mot gliſſé dans votre lettre que M. *Dupuits* m'a apportée, m'oblige de vous ouvrir tout mon cœur.

Je dois à M. le duc de *Choiſeul* la reconnaiſſance la plus inviolable de tous les plaiſirs qu'il m'a faits. Je me croirais un monſtre, ſi je ceſſais de l'aimer paſſionnément. Je ſuis auſſi ſenſible à l'âge de près de quatre-vingts ans qu'à vingt-cinq.

Je ne dois pas bénir la mémoire de l'ancien parlement, comme je dois chérir et reſpecter votre parent, votre ami de Chanteloup. Il était difficile de ne pas haïr une faction plus inſolente que la faction des ſeize.

M. *Séguier*, l'avocat général, me vint voir au mois d'octobre 1770, et me dit, en préſence de madame *Denis* et de M. *Hénin*, réſident du roi à Genève, que quatre conſeillers le preſſaient continuellement de requérir qu'on brûlât l'Hiſtoire du parlement, et qu'il ſerait forcé de donner un beau réquiſitoire vers le mois de février 1771. On requit autre chofe en ce temps-là de ces meffieurs, et la France en fut délivrée. 1772.

Il eût fallu quitter abfolument la France, s'ils avaient continué d'être les maîtres. M. *du Rey de Meynières*, préfident des enquêtes, m'avait écrit, dix ans auparavant, que le parlement ne me pardonnerait jamais d'avoir dit la vérité dans l'Hiftoire du fiècle de *Louis XIV*.

Vous favez combien il était dangereux d'avoir une terre dans le voifinage d'un confeiller, et quels rifques on courait, fi on était forcé de plaider contre lui.

Joignez à ces tyrannies leurs perfécutions contre les gens de lettres, la manière auffi infame que ridicule dont ils en usèrent avec le vertueux *Helvétius*, enfin le fang du chevalier de *la Barre* dont ils fe font couverts, et tant d'autres affaffinats juridiques. Songez que, dans leurs querelles avec le clergé, ils devinrent meurtriers, afin de paffer pour chrétiens; et vous verrez que je ne fuis pas payé pour les aimer.

La caufe de ces bourgeois tyrans n'a certainement rien de commun avec celle de votre parent auffi aimable que refpectable.

Il y a deux ans que je ne fors guère de mon lit. J'ai rompu tout commerce. J'attends la mort, fans rien favoir de ce que font les vivans : mais je croirais mourir damné, fi j'avais oublié un moment mes fentimens pour mon bienfaiteur. C'eft-là ma véritable profeffion de foi que je fais entre vos mains; c'eft-là ce que j'ai crié fur les toits au temps de fon départ.

Je l'ai dit à la terre, au ciel, à Gufman même.

Je mourrai en l'aimant; et je vous fupplie, par mon

1772. teſtament, d'avoir la bonté de le lui faire ſavoir ſi vous lui écrivez; c'eſt la ſeule grâce que mon cœur puiſſe implorer, et je me jette à vos pieds, Madame, pour l'obtenir.

Le vieux malade de Ferney, V.

LETTRE III.

A M. MARMONTEL.

26 de janvier.

JE vous écris bien tard, mon cher ami, mais je n'ai pas un moment à moi. Mes maladies et mes travaux qui ne les ſoulagent guère, occupent tout ce malheureux temps; ces travaux ſont devenus forcés; car, quand on a commencé un ouvrage, il faut le finir. J'envoie les tomes ſix, ſept et huit aux adreſſes que vous m'avez données, et j'eſpère que ces rogatons vous parviendront ſurement.

Je verrai bientôt cet *Helvétius* que les aſſaſſins du chevalier de *la Barre* traitèrent ſi indignement, et dont je pris le parti ſi hautement. Je n'avais pas beaucoup à me louer de lui, et d'ailleurs je ne trouvais pas ſon livre trop bon; mais je trouvais la perſécution abominable. Je l'ai dit, et redit vingt fois. Je ne ſais ſi monſieur *Saurin* a reçu un petit billet que je lui ai écrit ſur la mort de ſon ami.

Je dois de grands remercîmens à M. l'abbé *Morellet* pour une diſſertation très-bien faite que j'ai reçue de ſa part. Je n'ai pas la force de dicter deux lettres de fuite ; chargez - vous, je vous en prie, de ma reconnaissance, et dites-lui combien je l'estime et je l'aime. 1772.

Ma misère m'empêche aussi d'écrire à M. d'*Alembert*. Embrassez-le pour moi aussi-bien que tous mes confrères qui veulent bien se souvenir que j'existe.

Dites à mademoiselle *Clairon* que je ne l'oublierai qu'en mourant, et aimez votre ancien ami *V.* qui vous est tendrement attaché, jusqu'à ce qu'il aille fumer son jardin après l'avoir cultivé.

LETTRE IV.

A M. LE MARECHAL DUC DE RICHELIEU.

A Ferney, 28 de janvier.

MON HEROS,

Je viens de lire, dans le discours de *du Belloi*, un trait de vous que je ne connaissais pas, et qui est bien digne de vous. Mon héros m'avait caché celui-là. Il entrera pourtant dans l'histoire, malgré vous. Quand vous avez fait une belle action, vous ne songez plus qu'à vous divertir, et vous semblez oublier la gloire comme si elle était ennuyeuse; cependant vous deviez bien me dire un mot de cette aventure, car elle est aussi plaisante que glorieuse, et tout-à-fait dans votre caractère.

Je n'ai pas trop consulté votre caractère, quand je vous ai ennuyé de requêtes pour des choses dont je me soucie assez médiocrement; mais, comme tout le

monde, jusqu'aux Suisses, sait que vous m'honorez
1772. de vos bontés depuis environ cinquante-cinq ans, on m'a forcé de vous importuner.

Je présume que vous avez daigné disposer M. le duc d'*Aiguillon* en faveur de ma colonie, car monsieur d'*Ogny* lui donne toutes les facilités possibles. Ma colonie réussit, du moins jusqu'à présent; elle travaille dans mon village pour les quatre parties du monde, en attendant qu'elle meure de faim.

Je n'ai nulle nouvelle de la succession de madame la princesse de *Guise*. Je ne sais rien de ce qui se passe en France; mais je suis fort au fait des Turcs et des Russes.

Que dites-vous du roi de Prusse qui m'a envoyé un poëme en six chants contre les confédérés de Pologne? Les contributions qu'il tire de tous les environs de Dantzick pourront servir à faire imprimer son poëme, avec de belles estampes et de belles vignettes.

Le roi de Pologne n'est pas comme vous qui ne m'écrivez point; il m'a écrit une lettre pleine d'esprit et de plaisanterie sur son assassinat: il est digne de régner, car il est philosophe.

Croiriez-vous qu'une partie des confédérés a proposé pour roi le landgrave de Hesse, que vous avez vu à Paris? voilà ce que c'est que d'être bon catholique.

Je finis ma lettre, de peur d'ennuyer mon héros qui se moquerait de moi. Je le supplie d'agréer le tendre et profond respect d'un vieux malade qui n'en peut plus. *V.*

LETTRE V.

1772.

A M. DE LA HARPE.

28 de janvier.

MON cher champion du bon goût, je ne ſavais pas que vous euſſiez été malade, car je ne ſais rien dans mon lit dont je ne ſors preſque plus.

N'y a-t-il pas une place vacante à l'académie, et ne l'aurez-vous point? car les arrêts du conſeil paſſent, et le mérite reſte.

Je ne ſuis pas plus pour les gravures que vous. Ce que j'aime du beau *Virgile* d'Angleterre, c'eſt qu'il n'y a point d'eſtampes.

Ne feſiez-vous pas une tragédie? mais faites donc des actrices. On dit qu'il n'en reſte plus que la moitié d'une.

J'aime tout-à-fait un élan *qui expire ſous une combinaiſon;* cela m'enchante. J'avais autrefois un père qui était grondeur comme M. *Grichard;* un jour, après avoir horriblement, et très-mal à propos, grondé ſon jardinier, et après l'avoir preſque battu, il lui dit: *Va-t-en, coquin; je ſouhaite que tu trouves un maître auſſi patient que moi:* je menai mon père au grondeur, je priai l'acteur d'ajouter ces propres paroles à ſon rôle, et mon bon homme de père ſe corrigea un peu.

Faites-en autant aux Précieuſes ridicules; faites ajouter *l'élan de la combinaiſon*, menez y l'acteur, quel qu'il ſoit, et tâchez de le corriger.

Le vieux malade vous embraſſe de tout ſon cœur.

1772.

LETTRE VI.

A M. LE MARQUIS DE CONDORCET.

A Ferney, 1 de février.

Le vieux malade de Ferney a eu l'honneur, Monſieur, de vous envoyer les fadaiſes du queſtionneur par la voie que vous lui avez indiquée. Je ne ſais ſi vous aurez des momens pour lire des choſes ſi inutiles. Un homme qui ne ſort pas de ſon lit, et qui dicte au haſard ſes rêveries, n'eſt guère fait pour amuſer.

Il me paraît que tous les honnêtes gens ont été d'autant plus ſenſibles à la perte d'*Helvétius*, que les marauds d'ex-jéſuites et les marauds d'ex-convulſionnaires ont toujours aboyé contre lui juſqu'au dernier moment. Je n'aimais point ſon livre, mais j'aimais ſa perſonne.

Vous avez grande raiſon, Monſieur, de dire qu'on a ſouvent exagéré la méchanceté de la nature humaine; mais il eſt bon de faire des caricatures des méchantes gens, et de leur préſenter des miroirs qui les enlaidiſſent ; quand cela ne ſervirait qu'à en corriger un ou deux ſur vingt mille, ce ſerait toujours un bien.

Quant aux barbares qui veulent des tragédies en proſe, ils en méritent. Qu'on leur en donne à ces pauvres Velches, comme on donne des chardons aux ânes.

Pour les autres Velches qui ſe paſſionnent pour ou contre les parlemens, cela paſſera comme le janſéniſme et le molinifme; mais ce qui ne paffera qu'après ma mort, c'eft mon tendre et fincère attachement pour vous, Monfieur, qui méritez autant d'amitié que d'eftime. 1772.

LETTRE VII.

A MADAME LA MARQUISE D'ARGENS.

A Ferney, 1 de février.

MADAME,

Vous ne pouviez confier vos fentimens et vos regrets à un cœur plus fait pour les recevoir et pour les partager. Mon âge de foixante et dix-huit ans, les maladies dont je fuis accablé, et le climat très-rude que j'habite, tout m'annonce que je verrai bientôt le digne mari que vous pleurez.

Je fus bien affligé qu'il ne prît point fa route par Ferney, quand il partit de Dijon; et, par une fatalité fingulière, ce fut le roi de Pruffe qui m'apprit la perte que vous avez faite. Je ne crois pas qu'il eut en France un ami plus conftant que moi. Mon attachement et mon eftime augmentaient encore par les traits que frère *Berthier* et d'autres poliffons fanatiques lançaient continuellement contre lui. Les ouvrages de ces pédans de collége font tombés dans un éternel oubli, et fon mérite reftera. C'était un philofophe gai, fenfible et vertueux. Ses ennemis n'étaient que des dévots, et 1772. vous ſavez combien un dévot eſt loin d'un homme de bien. Son nom ſera conſacré à la poſtérité, par le roi de Pruſſe et par vous. Voilà les deux ornemens de ſon buſte. On ne peut rien ajouter à l'épitaphe faite par le roi. Il n'y a que vous, Madame, dont le pinceau puiſſe ſe joindre au ſien.

C'eſt un prodige bien ſingulier qu'une dame, auſſi aimable que vous l'êtes, ait fait une étude particulière des deux langues ſavantes qui dureront plus que toutes les autres langues de l'Europe. Vous avez la ſcience de madame *Dacier*, et elle n'avait point vos grâces.

Que ne puis-je, Madame, être auprès de vous! que ne puis-je vous parler long-temps de mon cher *Iſaac*, et ſurtout vous entendre!

Si vous permettez en effet que mon amitié et ma douleur gravent un mot dans un coin du monument que vous lui deſtinez, ſi vous ſouffrez que mes ſentimens s'expliquent après ceux du roi de Pruſſe et les vôtres, vous ne doutez pas que je ne ſois à vos ordres. Vous ne ſauriez croire combien j'ai été touché de votre lettre. S'il reſtait encore quelque choſe de nous-mêmes après nous, ce qui eſt fort douteux, il vous ſaurait gré de la conſolation que vous m'avez donnée en m'écrivant.

Soyez bien perſuadée, Madame, de l'eſtime reſpectueuſe avec laquelle je ſerai, tant que je vivrai, votre très &c.

LETTRE VIII.

1772.

A M. SAURIN.

2 de février.

Nous fommes, mon cher philofophe, un petit nombre d'adeptes qui aimons encore les bons vers. Votre petit recueil, moitié gai, moitié philofophique, m'a fait grand plaifir. Comment! vous parlez de la vieilleffe comme fi vous la connaiffiez. Pour moi, je fais ce qui en eft; j'en éprouve toutes les misères, et avec cela je vous dirai que je n'ai trouvé la vie tolérable que depuis que je vieillis dans ma retraite.

Vous faites des vers comme fi vous n'écriviez point en profe, et vous écrivez en profe comme fi vous ne fefiez point de vers. Votre comédie du mariage de *Julie* eft une des plus agréablement dialoguées que j'aye jamais lues.

Adieu, mon cher philofophe; vieilliffez, quoi que vous en difiez. Je m'amufe à établir des colonies et à marier des filles; cela me rajeunit.

J'ai toujours oublié de vous demander fi mademoifelle de *Livri*, votre ancienne amie, vit encore. Je me fouviens que, du temps de l'aventure horrible des *Calas*, j'écrivis à M. de *Gouvernet* pour le prier de s'intéreffer à cette famille infortunée. Il ne me fit point de réponfe, et ne voulut point voir madame *Calas*. Il ne mérite pas de vieillir; cependant je ne fouhaite pas qu'il foit mort.

Je vous embraffe bien tendrement.

1772.

LETTRE IX.

A M. LE COMTE D'ARGENTAL.

5 de février.

Ce jeune homme, mes chers anges, quoi qu'on die, eſt un fort bon garçon ; et quoiqu'il ſe ſoit égayé quelquefois aux dépens des *Nonottes*, des *Frérons* et des *Patouillets*, il a un fonds de raiſon et de juſtice qui me fait toujours plaiſir.

Ce jeune crétois était donc avec moi, lorſqu'on m'apporta les remarques de vos quatre têtes dans un bonnet; il les lut avec attention.

Je ne ſuis point, me dit-il, de ces crétois dont parle St *Paul;* il les appelle menteurs, méchantes bêtes et ventres pareſſeux ; c'était bien lui, pardieu, qui était un menteur et une méchante bête; je ne ſais pas s'il était conſtipé, mais je ſuis bien sûr qu'il n'aurait jamais fait ma tragédie crétoiſe, quelque peu qu'elle vaille; il n'aurait pas fait non plus les remarques des quatre têtes ; elles me paraiſſent fort judicieuſes : il faut qu'il y ait bien plus d'eſprit à Paris que dans nos provinces, car je n'ai trouvé perſonne, ni à Mâcon ni à Bourg-en-Breſſe, qui m'ait fait de pareilles obſervations.

Auſſitôt il prit papier, plume et encre ; et voilà mon jeune homme qui ſe met à raturer, à corriger, à refaire. Il eſt fort vif; c'eſt un petit cheval qui, au moindre coup d'éperon, vous court le grand galop. Je n'ai pas été mécontent de ſa beſogne, mais je ne

puis

puis rien aſſurer qu'après qu'elle aura été remiſe ſous vos yeux. 1772.

Ce qui me plaît de ſa drôlerie, c'eſt qu'elle forme un très-beau ſpectacle. D'abord des prêtres et des guerriers diſant leur avis ſur une eſtrade, une petite fille amenée devant eux qui leur chante pouille, un contraſte de grecs et de ſauvages, un ſacrifice, un prince qui arrache ſa fille à un évêque tout prêt à lui donner l'extrême-onction ; et, à la fin de la pièce, le maître-autel détruit, et la cathédrale en flammes : tout cela peut amuſer ; rien n'eſt amené par force ; tout eſt de la plus grande ſimplicité ; et il m'a paru même qu'il n'y avait aucune faute contre la langue, quoique l'auteur ſoit un provincial.

Mon candidat veut que je vous envoye ſa pièce le plutôt que je pourrai ; mais il faut le temps de la tranſcrire. Il m'a dit qu'il avait des raiſons eſſentielles que ſon drame fût joué cette année. Je prie donc M. de *Thibouville* de me mander ſi ſon autre jeune homme eſt prêt, et ſi on peut compter ſur lui.

A l'égard de votre ami qui eſt à la campagne, je vous dirai qu'il ne peut avoir été choqué d'un petit mot, d'ailleurs très-juſte et très à ſa place, à l'article *Parlement*, puiſque ce petit mot n'a paru que depuis environ un mois, et eſt probablement entièrement ignoré de lui.

Quoi qu'il en ſoit, je vous aurai une obligation infinie, ſi vous voulez bien faire en ſorte qu'il ſoit perſuadé de mes ſentimens.

Mon jeune homme vous prie de répondre ſur M. de *Thibouville*, ou qu'il faſſe réponſe lui-même, ſuppoſé qu'on puiſſe lire ſon écriture ; car je crains toujours

que ce candidat qui eſt fort vif, comme je vous l'ai
1772. dit, n'ait la rage de faire imprimer ſon drame, dès qu'il en ſera un peu content.

Interim je me mets à l'ombre de vos ailes.

Le vieux malade de Ferney.

LETTRE X.

A M. LE MARECHAL DUC DE RICHELIEU.

12 de février.

COMMENT donc mon héros daigne, du milieu de ſon tourbillon, m'écrire dans ma caverne une lettre toute philoſophique ! Je ſuis perſuadé que le duc d'*Epernon*, votre devancier en Aquitaine, dont je vous ai vu autrefois ſi entiché, et qui ne vous valait pas à beaucoup près, n'aurait point écrit une pareille lettre de quatre pages à *Malherbe* ou à *Gaſſendi*.

J'avoue qu'il y a un peu de ridicule à moi à me mêler des affaires des autres ; mais je ſuis comme ces vieilles catins qui ne peuvent rien refuſer, et qui ſont trop heureuſes qu'on leur demande quelque choſe. D'ailleurs, vous ſavez comme la deſtinée eſt faite, et comme elle nous ballotte. Elle m'adreſſa les *Calas* et les *Sirven*, ſans que je cherchaſſe pratique. Je me pris de paſſion pour ces infortunés ; et, Dieu merci, je réuſſis, ce qui m'arrive bien rarement.

J'ai eu la même faibleſſe pour deux ou trois cents génevois ſur qui leurs compatriotes tiraient comme ſur des perdreaux ; ils ſe réfugièrent dans mon village ;

je leur bâtis une vingtaine de maiſons de pierre. J'ai établi quatre manufactures; ce ſont les hochets de ma vieilleſſe ; et, ſi monſieur le contrôleur général ne m'avait pas pris dans ma poche, ou plutôt dans celle de M. *Magon*, deux cents mille francs qu'il avait à moi en dépôt (ce qui s'appelle, dit-on, chez les Velches une opération de finance), ma colonie aurait été très-floriſſante preſque en naiſſant. Elle ſe ſoutient pourtant, malgré cette perte épouvantable ; et, ſi le miniſtère voulait bien nous protéger, et ſurtout ſi je n'étais pas ſi vieux, mon village deviendrait une ville dans peu d'années. 1772.

Je vois donc que la deſtinée fait tout, et que nous ne ſommes que ſes inſtrumens. Elle vous a choiſi pour ſes plus brillans événemens en tout genre, pour tous les plaiſirs et pour toutes les ſortes de gloire, et elle me fait faire des ſauts de carpe dans un déſert.

Vraiment, je ne ſavais pas que M. le duc d'*Aiguillon* n'avait point la ſurintendance des poſtes. Je ne ſais rien de ce qui ſe paſſe dans votre brillante cour. Je ne ſuis en relation qu'avec les climats de l'ourſe. Je ſais plus de nouvelles d'Archangel que de Verſailles. J'ignore même ſi vous êtes cette année premier gentilhomme de la chambre en exercice. Si vous l'étiez, je ſais bien ce que je vous propoſerais pour vous amuſer; mais je penſe que c'eſt M. le duc de *Fleuri*, et je ne le crois pas ſi amuſable que vous, j'oſerais même dire ſi amuſant; car enfin, il faut bien qu'il y ait des nuances entre les confrères, et chacun a ſon mérite différent.

Quoi qu'il en ſoit, Monſeigneur, conſervez vos bontés pour un vieillard cacochyme qui vous eſt

1772. attaché avec le plus tendre respect, jusqu'au moment où il ira revoir ou ne pas revoir tous ceux qui ont vécu avec vous, et qui sont engloutis dans la nuit éternelle. *V.*

LETTRE XI.

A M. DE LA HARPE.

25 de février.

MON cher ami, qui devriez être mon confrère, je vois, par votre lettre du 15 de février, que vous avez été malade. Vos maladies, Dieu merci, sont passagères. Je ne relèverai pas de la mienne qui me conduit tout doucement dans l'autre monde. Je vous avertis que, si vous ne me succédez pas à l'académie, je serai très-fâché.

Je ne vois pas pourquoi vous ne vous chargeriez pas du roi de Prusse, en laissant aux militaires le soin de parler de ses campagnes, et en vous bornant à la partie littéraire. Il me fait l'honneur de m'écrire, tous les quinze jours, des lettres pleines d'esprit et de connaissances; il fait encore quelquefois des vers français: tout cela est de votre ressort. Vous êtes dans le beau printemps de votre âge, et ma vieille main ne peut plus tenir le pinceau.

Je n'ai presque jamais lu dans le *Mercure* que les articles de votre façon. Je ne connais guère que vous et M. d'*Alembert* qui sachiez écrire. La raison en est que vous savez penser; les autres font des phrases. Ils ſont tous les élèves du père *Nicodème* qui diſait à *Jeannot :* 1772.

Fais des phraſes, Jeannot; ma douleur t'en conjure.

On écrit à peu-près en proſe comme en vers, en ſtyle allobroge et inintelligible. La préciſion, la clarté, les grâces ſont paſſées de mode, il y a long-temps. Tâchez de ranimer un peu ce malheureux ſiècle qui ne ſubſiſte plus que de l'opéra comique.

Croiriez-vous qu'on va jouer Mahomet à Lisbonne avec la plus grande magnificence? c'eſt une belle époque dans le pays de l'inquiſition. Le viſigoth *Crébillon* avait fait ce qu'il avait pu pour qu'on ne le jouât pas à Paris; il avait raiſon.

Adieu, mon cher ſucceſſeur; on ne peut vous être plus attaché que le vieux malade de Ferney.

LETTRE XII.

A M. LE COMTE D'ARGENTAL.

2 de mars.

MESSIEURS du quatuor, j'ai montré au jeune avocat du *Roncel* les pouilles que vous lui chantez. Voici comme il a plaidé ſa cauſe, et mot pour mot ce qu'il m'a répondu:

„ Je ſuis très-occupé dans ma province, et il me „ ſerait impoſſible d'être témoin à Paris de l'hiſtrio- „ nage en queſtion. Mon ſeul plaiſir ſerait de contri- „ buer deux ou trois fois à l'amuſement de meſſieurs du „ quatuor à qui vous êtes ſi juſtement attaché; mais

1772. „ cela devient abſolument impoſſible. On doit jouer „ le mercredi des cendres la pièce de M. *le Blanc* (*) „ qui traite préciſément le même ſujet. Voici ce qu'un „ connaiſſeur qui a vu cette tragédie m'en écrit :

„ *Le ſujet en eſt beau, c'eſt l'abolition des ſacrifices* „ *humains dont nos ancêtres ſe rendaient coupables. On la* „ *jouera le mercredi des cendres; et, en attendant mieux,* „ *nous aurons le plaiſir de voir ſur le théâtre un peuple* „ *détrompé qui chaſſe ſes prêtres et briſe des autels arroſés* „ *de ſon ſang. Je vous enverrai cette pièce auſſitôt qu'elle* „ *ſera imprimée. L'auteur, M. le Blanc, eſt un véritable* „ *philoſophe, un brave ennemi des préjugés de toute eſpèce,* „ *et des tyrans de toutes les robes; et, ce qui eſt bien plus* „ *néceſſaire pour écrire une tragédie, il eſt vraiment poëte.*

„ Il ne me reſte donc d'autre parti à prendre que „ celui de me joindre à M. *le Blanc*, de montrer que „ je ne ſuis point ſon plagiaire, et que deux citoyens, „ ſans s'être rien communiqué, ont plaidé chacun de „ leur côté la cauſe du genre-humain. Je regarde le „ ſupplice des citoyens qui furent immolés à Thorn, „ en 1724, à la ſollicitation des jéſuites, la mort „ affreuſe du chevalier de *la Barre*, la Saint-Barthelemi „ et les arrêts de l'inquiſition comme de véritables „ ſacrifices de ſang humain; et c'eſt ce que je me „ propoſe de faire entendre dans une préface et dans „ des notes, d'une manière qui ne pourra choquer „ perſonne. Voilà le ſeul but que je me propoſe dans „ mon ouvrage. Je l'aurais livré de tout mon cœur „ aux comédiens de Paris, ſi je ne me voyais prévenu; „ mais ils n'accepteraient pas à la fois deux pièces ſur „ le même ſujet. Le réchauffé n'eſt jamais bien reçu;

(*) *Les Druides*, tragédie.

„ et vous savez d'ailleurs combien de gens s'ameute- „ raient pour faire tomber mon ouvrage. Je me pique „ seulement d'écrire en français ; c'est un devoir indis- „ pensable que tout le monde a négligé depuis *Racine*. „ On m'assure que M. *le Blanc* a rempli ce devoir „ indispensable pour quiconque veut être lu des gens „ de goût. 1772.

„ Je suis fâché que vous ayez envoyé déjà ma tra- „ gédie à messieurs du quatuor, je ne la trouve pas „ digne d'eux. „

Voilà, Messieurs, mot pour mot, ce que m'a dit ce jeune homme, et je vous avoue que je n'ai pas eu le courage de lui rien répliquer. J'ai trouvé qu'il avait raison en tout, et j'ose croire que vous penserez comme moi. Si la pièce de M. du *Roncel* vaut quelque chose, vous ferez bien aises que le petit nombre de connaisseurs qui reste encore à Paris, voye à la fois deux ouvrages sur un objet si intéressant.

Quant aux autres dont M. de *Thibouville* parle, ce sera l'affaire de M. le maréchal de *Richelieu*, quand il sera d'année, et quand il y aura des acteurs ; j'ajoute encore quand les temps seront plus favorables, et quand les cabales seront un peu apaisées.

Pour réussir en France il faut prendre son temps.

Vous savez comme on a voulu, pendant vingt ans, étouffer la Henriade, et ce que toutes mes tragédies ont essuyé de contradictions. On doit tâcher de bien faire et se résigner.

Je ne suis fait que pour les pays étrangers. La Henriade ne fut bien reçue qu'en Angleterre. *Crébillon* empêcha

1772. Mahomet d'être joué. C'eſt madame *Necker*, née en Suiſſe, qui m'a fait un honneur que je ne méritais pas.

Ce ſont aujourd'hui les rois de Suède, de Danemarck, de Pruſſe, de Pologne, et l'impératrice de Ruſſie, qui me protégent. Nul n'eſt prophète en ſon pays.

LETTRE XIII.

A M. VASSELIER, *à Lyon*.

A Ferney, 2 de mars.

Je ne plains, mon cher correſpondant, ni le conſeiller qui s'eſt pendu, ni celui qui n'a pris conſeil de perſonne; ils ont tous deux ſuivi leur goût. Je plains ceux qu'on empoiſonne avec du vert-de-gris, parce que ce n'était pas leur intention.

Je vous confie qu'un jeune avocat, nommé M. du *Roncel*, m'a remis un manuſcrit fort ſingulier (*) dont vous pourriez gratifier votre protégé *Roſſet*. Il obtiendrait certainement une permiſſion ſans difficulté, et je puis vous aſſurer que celui-là vaudrait quelque argent. J'ai eu beaucoup de peine à engager M. du *Roncel* à donner la préférence à Lyon ſur Genève. Ce que M. du *Roncel* vous demande ſurtout, c'eſt le plus profond ſecret; il n'en faut parler ni à votre père ni à votre maîtreſſe; je ſuis sûr de votre confeſſeur.

(*) Les Lois de Minos.

LETTRE XIV.

1772.

A M. DE CHABANON.

A Ferney, le 9 de mars.

Vous me faites un très-beau présent, mon cher ami. Vous rendez un grand service aux lettres, en fesant connaître *Pindare*. Votre traduction est noble et élégante, vos notes très-instructives. Je vous avoue que j'ai de la peine à m'accoutumer à voir ce *Pindare* couper si souvent ses mots en deux, mettre une moitié du mot à la fin d'un vers, et l'autre moitié au commencement du vers suivant.

Je sais bien que vous me direz que c'est en faveur de la musique; mais je ne suis pas moins étonné de voir dès la première strophe,

Chryzea formigx Apollo-
nos, Kai ïoplokamon.

Voudriez-vous mettre, dans un opéra,

Lyre d'or d'Apol-
lon, et des cheveux violets ?

Que dites-vous de

Amphi te La-
toida.
Le fils de La-
tone ?

On aurait pu, ce me semble, faire de la musique grecque sans cette étrange bigarrure. Les odes d'*Ana-*

1772. *créon* étaient chantées, et *Anacréon* ne s'avifa jamais de couper ainfi les mots en deux.

On prétend auffi que les rapfodes chantaient les vers d'*Homère*, et il n'y a pas un feul vers d'*Homère* taillé comme ceux de *Pindare*.

Ce qui me paraît bien étrange, c'eft de voir dans *Horace*

> *Jove non probante u-*
> *xorius amnis.*
> Jupiter condamnait le cour-
> roux du fleuve amant de fa femme.

Il fe donne fouvent cette licence. Il n'y a pas moyen de réprouver une méthode qu'*Horace* adoptait. Tout ce que nous pouvons dire, c'eft que les Français fe moqueraient de nous, fi nous prenions la liberté que *Pindare* et *Horace* ont prife. Paffe pour *Chapelle* qui écrit au courant de la plume :

> A cet agréable repas
> Petit-Val ne fe trouva pas.
> Et fais-tu bien pourquoi? c'eft parce
> Qu'il eft toujours avec fa garce.

Au refte, je doute fort qu'on ait chanté toutes les odes d'*Horace*. Croyez-vous que les dames romaines et les hommes du bon ton euffent goûté un grand plaifir à chanter à table cette chanfon *Perficos odi* que *Dacier* a traduite ainfi ?

„ Laquais, je ne fuis point pour la magnificence „ des Perfes. Je ne puis même fouffrir les couronnes „ qui font pliées avec de petites bandelettes de tilleul. „ Ceffe donc de t'informer où tu pourras trouver des

„ roſes tardives. Je ne demande que des couronnes 1772.
„ de ſimple myrte, ſans que tu y faſſes d'autre façon.
„ Le myrte ſied bien à un laquais comme toi ; et il
„ ne me ſied pas mal, lorſque je bois ſous l'épaiſſeur
„ d'une treille. „

Je doute encore que la bonne compagnie de Rome ait répété en chorus les horreurs qu'*Horace* reproche à la ſorcière *Canidie* et à quelques autres vieilles.

Pluſieurs ſavans prétendent que les trois quarts des odes d'*Horace* n'étaient point faites pour la muſique. Mais enfin, ode ſignifie chanſon ; et qu'eſt-ce qu'une chanſon qu'on ne peut chanter? On nous dit que c'eſt ainſi qu'on en uſe dans toute l'Europe ; on y fait des ſtances rimées qui ne ſe chantent jamais : auſſi les amateurs de la muſique répondent que c'eſt un reſte de barbarie.

L'abbé *Terraſſon* demandait ſur quel air *Moïſe* avait mis ſon fameux cantique au ſortir de la mer rouge: *Chantons un hymne au-Seigneur qui s'eſt manifeſté glorieuſement ?*

Il faut que je vous faſſe une petite querelle ſur votre diſcours préliminaire qui me paraît excellent. Vous appelez *Cowlei* le *Pindare anglais;* vous lui faites bien de l'honneur : c'était un poëte ſans harmonie, qui cherchait à mettre de l'eſprit par-tout. Le vrai *Pindare* eſt *Dryden*, auteur de cette belle ode intitulée: *La Fête d'Alexandre*, ou *Alexandre et Timothée.* Cette ode, miſe en muſique par *Purcel* (ſi je ne me trompe), paſſe en Angleterre pour le chef-d'œuvre de la poëſie la plus ſublime et la plus variée ; et je vous avoue que, comme je ſais mieux l'anglais que le grec, j'aime cent fois mieux cette ode que tout *Pindare*.

1772. C'eſt aſſez blaſphémer contre le premier violon du roi de Sicile *Hiéron*. Je voudrais bien ſavoir ſeulement ſi on chantait ſes odes en parties. Il eſt très-probable que les Grecs connaiſſaient cette harmonie que nous leur nions avec beaucoup d'impudence. *Platon* le dit expreſſément, et en termes formels.

> Pardon de faire avec vous le ſavant.
> D'un certain magiſter le rat tenait ces choſes,
> Et les diſait à travers champs, &c.

Gardez-vous bien de me prendre pour un grec ſur tout ce que je vous dis là, car je ſuis l'homme du monde le moins grec. Je devine ſeulement que vous devez avoir eu une peine extrême à rendre en proſe agréable et coulante, votre ſublime chantre des cochers grecs et des combats à coups de poing.

Je ne connais point les vers de *Clément*, ni ne les veux connaître. Je ſuis émerveillé qu'un pareil petit gredin, qui n'a jamais rien fait qu'une déteſtable tragédie, refuſée par les comédiens, ſe ſoit aviſé d'inſulter meſſieurs de *Saint-Lambert*, *Watelet*, *Delille*, et *tutti quanti*, avec autant de ſuffiſance que d'inſuffiſance. *Marſyas* n'en avait pas tant fait quand *Apollon* l'écorcha. Il faut que ce poliſſon ſoit un bâtard de *Fréron*, comme *Fréron* eſt un bâtard de *Desfontaines*.

Adieu, mon cher ami; il faut qu'après avoir prêté des grâces, de l'ordre, de la clarté à votre inintelligible et bourſouflé thébain qu'on dit ſublime, vous vous remettiez à faire quelque tragédie, ou quelque opéra français. Notre langue a autant de vogue qu'en avait autrefois la langue grecque. On parle français dans tout le Nord où les Grecs étaient inconnus. Ranimez un peu nos Muſes qui languiſſent en plus d'un genre ; ſoutenez notre honneur qui ſe recommande à vous. 1772.

Je vous embraſſe avec la plus tendre et la plus conſtante amitié. Madame *Denis* ſe joint à moi.

LETTRE XV.

A M. LE COMTE D'ARGENTAL.

20 de mars.

Mes divins anges, ſi cette lettre du pays des neiges parvient juſqu'à vous ; ſi, parmi les ſottiſes de Paris, vous daignez vous intéreſſer un peu aux ſottiſes de la Crète, vous ſaurez que le jeune avocat du *Roncel* eſt toujours reconnaiſſant comme il doit l'être des bontés du quatuor. Il lui eſt venu un petit ſcrupule qu'il m'a confié, et ſur lequel je vous conſulte. Il a peur que *Teucer* ayant paru déterminé, dès le ſecond acte, à étendre ſon autorité trop bornée, et à ne pas ſouffrir le ſacrifice d'*Aſtérie*, ne paraiſſe ſe démentir au troiſième acte, lorſque la violence de *Datame* a changé la ſituation des affaires. Il craint qu'on ne reproche à *Teucer* de changer auſſi trop aiſément ; il prétend que *Teucer* ne ſaurait trop inſiſter ſur les raiſons qui le forcent à ſouffrir le ſupplice d'*Aſtérie*, contre lequel il s'était déclaré d'abord ſi hautement.

Cet avocat ne plaide que pour vous plaire ; il craint même que ſon factum ne paraiſſe à l'audience des comédiens. Il eſt toujours dans l'idée que ces meſſieurs

1772. n'ont ni goût, ni ſentiment, ni raiſon; qu'ils ne ſe connaiſſent pas plus en tragédies que les libraires en livres, et qu'en tout ils ſont auſſi mauvais juges que mauvais acteurs; qu'enfin il eſt honteux de ſubir leur jugement, et plus honteux d'en être condamné. C'eſt à vous de juger de ces moyens que mon avocat emploie; je ne puis lui donner de conſeil, moi qui ſuis abſent de Paris depuis vingt-quatre ans, et qui ne ſuis au fait de rien.

On m'a dit d'étranges nouvelles de notre tripot plus reſpectable. Je ne ſais ſi on me trompe, mais on m'aſſure que tout va changer; je ne crois que vous en vers et en proſe.

Je me mets à l'ombre de vos ailes. Si cette facétie vous a amuſés un peu, je me tiens très-content.

LETTRE XVI.

A M. L'ABBÉ DU VERNET.

A Ferney, 23 de mars.

Le vieux malade de Ferney, Monſieur, vous renouvelle ſes remercîmens et ſa proteſtation bien ſincère qu'il n'a jamais lu ni ne lira le libelle diffamatoire de *la Beaumelle* et de l'abbé *Sabatier*. Il y a plus de quatre cents libelles de cette eſpèce. La vie eſt courte, et le peu de temps qui me reſte doit être mieux employé. Il eſt juſte, Monſieur, que vous qui voulez bien être mon avocat, vous liſiez les pièces du procès; mais pour moi qui ai preſque perdu la vue, il faut que je remette entièrement ma cauſe entre vos mains, et que je m'en rapporte à votre éloquence et à votre fageffe. 1772.

A l'égard du procès que pourfuit M. *Chriftin*, et qui eft affurément plus confidérable, il efpère faire rendre juftice à fes cliens par le parlement de Befançon auquel l'affaire a été renvoyée.

Je n'ai point donné ma médaille à *Graffet;* il y a environ dix-huit ans que je n'ai vu cet homme; je ne lui ai jamais écrit; j'ai tiré d'un état bien trifte fon frère qui eft chargé d'une nombreufe famille à Genève. Ces deux frères ont pu imprimer mes fottifes; m'imprime qui veut, et me lit qui peut.

Vous me demandez les pièces de vers quon a faits à mon honneur et gloire; je conferve peu de ces pièces fugitives. Si j'en ai quelques-unes, elles font confondues dans des tas immenfes de papiers que ma fanté délabrée et mes fluxions fur les yeux ne me permettent guère de débrouiller. Je tâcherai de vous fatisfaire; mais vous favez que les louanges des amis perfuadent moins le public que les fatires des ennemis. J'aurais beau étaler cent certificats, comme l'apothicaire *Arnoud* et le fieur *le Lièvre*, cela ne fervirait de rien.

Puifque vous êtes l'enchanteur qui daigne écrire la vie du *Don Quichotte* des Alpes qui s'eft battu fi long-temps contre des moulins à vent, il faut vous fournir les pièces néceffaires en original. M. *du Rey de Morfan*, frère de madame la première préfidente, a l'extrême bonté de fe donner cette peine; c'eft un homme de lettres fort inftruit. Si on lui reproche quelques fautes de jeuneffe, il les répare aujourd'hui par la conduite la plus fage. Je le pofsède à Ferney depuis quelque temps. Il faut qu'il foit bien bon, car la befogne qu'il

1772. a entreprise n'est point amusante et sera fort longue ; mais il paraît que vous avez encore plus de bonté que lui. Agréez, Monsieur, tous les sentimens que vous doit la reconnaissance de votre très-humble, &c.

Le vieux malade de Ferney.

LETTRE XVII.

A MADAME

LA MARQUISE DU DEFFANT.

A Ferney, 24 de mars.

JE vous écris, Madame, malgré le pitoyable état où mon grand âge, ma mauvaise santé et le climat dur où je me suis confiné, ont réduit mon corps et mon ame. Un officier suisse, qui part dans le moment, veut bien se charger de ma lettre. Songez que vous m'aviez mandé que vous alliez chez votre grand'-maman, il y a près de six mois; j'ai cru toujours que vous y étiez. J'apprends que vous êtes à Paris. Vous m'aviez promis de me mettre aux pieds de votre grand'maman et de son mari.

Je vous dis très-sincèrement que je mourrai bientôt, mais que je mourrai de douleur si votre grand'-maman et son très-respectable mari pouvaient soupçonner un moment que mon cœur n'est pas entièrement à eux. Je l'ai déclaré très-nettement à un homme considérable qui ne passe pas pour être de leurs amis. Je ne demande rien à personne; je n'attends rien de personne. Je repasse dans ma mémoire toutes

toutes les bontés dont votre grand'maman et fon mari m'ont comblé; j'en parle tous les jours; elles font encore la confolation de ma vie. 1772.

J'ai autant d'horreur pour l'ingratitude que pour les affaffins du chevalier de *la Barre*, et pour des bourgeois infolens qui voulaient être nos tyrans. J'ai manifefté hautement tous ces fentimens; je ne me fuis démenti en rien, et je ne me démentirai certainement pas; je n'ai d'autre prétention dans ce monde que de fatisfaire mon cœur. Je fuis votre plus ancien ami; vous vous êtes fouvenue de moi dans ma retraite; votre commerce de lettres, la franchife de votre caractère, la beauté de votre efprit et de votre imagination, m'ont enchanté. Mon amitié n'eft point exigeante, mais vous lui devez quelque chofe; vous lui devez de me faire connaître aux deux perfonnes refpectables qui ne me connaiffent pas. Je ne leur écris point, parce qu'on m'a dit qu'ils ne voulaient pas qu'on leur écrivît, et que d'ailleurs je ne fais comment m'y prendre: mais vous avez des moyens, et vous pouvez vous en fervir pour leur faire paffer le contenu de ma lettre. Je vous en conjure, Madame, par tout ce qu'il y a de plus facré dans le monde, par l'amitié. Il m'eft auffi impoffible de les oublier que de ne pas vous aimer.

Je vous fouhaite toutes les confolations qui peuvent vous rendre la vie fupportable. Je voudrais être avec vous à Saint-Jofeph, dans l'appartement de *Formont*. J'y viendrais, fi je pouvais m'arracher à mes travaux de toute efpèce, et à une partie de ma famille qui eft avec moi. Confolez-moi d'être loin de vous, en fefant hardiment ce que je vous demande.

1772. Soyez bien perfuadée, Madame, que vous n'avez pas dans ce monde un homme plus attaché que moi, plus fenfible à votre mérite, plus enthoufiafte de vous, de votre grand'maman et de fon mari.

LETTRE XVIII.

A M. VASSELIER, *à Lyon.*

Le 28 de mars.

PREMIÈREMENT, le cher correfpondant eft fupplié de s'informer du jeune *Chazin*, écolier de réthorique, qui paraît avoir quelques talens, et qui a écrit une lettre fi bien faite que le vieux malade lui a répondu, quoiqu'il ne réponde à perfonne ; et qu'on lui envoie un petit livre tout de poëfie, pour le mettre un peu au fait.

Secondement, voici bien une autre hiftoire : la pièce de l'avocat du *Roncel* a été lue aux comédiens qui en ont été émerveillés, et qui l'ont reçue avec acclamation. On ne fait encore s'ils pourront la jouer immédiatement après Pâques, parce qu'ils ont donné parole à M. du *Belloi*, et qu'ils ont appris déjà fa tragédie de Don Pèdre. Un ami de M. du *Roncel* s'eft chargé de cette négociation ; on attend des nouvelles de cet ami : ainfi il faudra abfolument que *Roffet* attende ces nouvelles pour imprimer. Il ne s'agit que de huit ou dix jours ; c'eft un préfent qu'on lui fait, et il doit fe conformer aux intentions de ceux qui le lui font : A cheval donné, on ne regarde pas la bride, dit *Cicéron.*

Au reste, il y a de bien bonnes notes à faire à la queue de cette tragédie, à commencer par les sacrifices de sang humain qu'ont fait si souvent les Juifs, tantôt à leur *Adonaï*, tantôt à *Moloch*, tantôt à *Melkom*: mais ces notes doivent édifier les fidelles dans une autre édition. 1772.

On embrasse tendrement le cher correspondant.

P. S. M. du *Roncel*, à qui j'ai communiqué votre lettre du 27, dit que vous êtes le maître absolu de la facétie à vous envoyée, que tout ce que vous ferez sera très-bien fait. Pour moi, je trouve que les druides d'aujourd'hui sont aussi fripons que les anciens. Je suis sûr qu'ils brûleraient tous les philosophes dans des statues d'osier, s'ils le pouvaient. Je ne sais pas quels monstres sont les plus abominables, ou ceux du temps passé ou ceux du temps présent.

LETTRE XIX.

A M. CHRISTIN.

30 de mars.

MON cher philosophe, nous avons lu et traduit l'acte de *magister Andreas Banduyens*, qu'un de vos habitans de Longchaumois m'a apporté. Nous avons trouvé que cet acte est un peu équivoque, et peut-être ferait plus dangereux que profitable à nos pauvres esclaves. On les appelle *taillables* dans ces actes,

1772. et on les relève ſeulement de l'obligation où ils étaient de payer certaines redevances onéreuſes.

Il eſt vrai qu'on trouve dans cet écrit les mots de *liberté* et de *franchiſe;* mais je crains que cette liberté et cette franchiſe regardent ſeulement les petites impoſitions annuelles dont on les délivre, et ne les laiſſent pas moins ſoumis à cette infame taillabilité de ſervitude qui eſt l'opprobre de la nature humaine. C'eſt aux moines d'être eſclaves, et non d'en avoir. Les hommes utiles à l'Etat doivent être libres, mais nos lois ſont auſſi abſurdes que barbares. Douze mille hommes eſclaves de vingt moines devenus chanoines! cela augmente la fièvre qui me tourmente ce printemps. Je n'aurai point de ſanté cette année. Je crains bien de mourir en 1772; c'eſt l'année centenaire de la Saint-Barthelemi.

Venez faire vos pâques à Ferney, mon cher philoſophe. Je vous embraſſe bien tendrement.

LETTRE XX.

A M. LE COMTE D'ARGENTAL.

1 d'avril.

MON cher ange a ſans doute reçu la lettre écrite au quinque; et je ne puis rien ajouter au verbiage de M. du *Roncel.* Vraiment, je vous enverrai tant de neuvièmes que vous voudrez, mais comment et par où? Les clameurs commencent à s'élever, et il y a des perſonnes qui n'oſent pas voyager. Si vous ne trouvez pas une voie, vous qui habitez la ſuperbe ville de Paris, comment voulez-vous que j'en trouve, moi qui ſuis chez les Antipodes, dans un déſert entouré de précipices ? 1772.

Vous m'avez ôté un poids de quatre cents livres qui peſait ſur mon cœur, en me diſant que monſieur d'*Albe* (*) avait toujours de la bonté pour moi : mais ce n'eſt pas aſſez ; et je mourrai certainement d'une apoplexie foudroyante, s'il n'eſt pas perſuadé de mon inviolable attachement, et de la reconnaiſſance la plus vive que ce cœur oppreſſé lui conſerve. L'idée qu'il en peut douter me déſeſpère. Je l'aime comme je l'ai toujours aimé, et autant que j'ai toujours déteſté et mépriſé des monſtres noirs et inſolens, ennemis de la raiſon et du roi.

Florian qui pleurait ma nièce, et qui eſt venu chez moi toujours pleurant, a trouvé dans la maiſon une petite calviniſte aſſez aimable, et, au bout de quinze jours, il eſt allé ſe faire marier vers le lac de Conſtance par un miniſtre luthérien. Ce mariage-là n'eſt pas tout-à-fait ſelon les canons, mais il eſt ſelon la nature dont les lois ſont plus anciennes que le concile de Trente.

Eſt-il vrai que M. le duc de *la Vrillière* ſe retire ? J'en ſerais fâché; il m'a témoigné en dernier lieu les plus grandes bontés. Ayez celle de me mander ſi vous voyez déjà des arbres verts aux Tuileries, des fenêtres de votre palais. Je me mets, de ma chaumière, au bout des ailes de mes anges, avec effuſion de cœur.

(*) M. le duc de *Choiſeul*.

1772.

LETTRE XXI.

AU MEME.

3 d'avril.

MES anges ont voulu des changemens, les voilà. S'ils n'en ſont pas contens, M. du *Roncel* eſt homme à en faire d'autres; c'eſt un homme très-facile en affaires; un peu goguenard, à la vérité, mais dans le fond bon diable.

Il croit que le quinqué ſe moque de lui, quand le quinqué lui propoſe de nommer aux premières dignités de la Crète. Il dit que c'eſt au jeune candidat, qui a lu la pièce, à nommer les grands officiers de la cour de *Teucer*. C'eſt à ce jeune candidat qu'on peut transférer l'ancien droit des Guèbres. Songez au reſte que mon avocat eſt un pauvre provincial, qui n'a pas la moindre connaiſſance des tripots de Paris. Amuſez-vous; faites comme il vous plaira. Notre du *Roncel* dit que, ſi on ne plaide pas ſa cauſe à Paris, il l'ira plaider à Varſovie; que *Teucer* eſt frère de lait de *Staniſlas Poniatowski;* que ſurement *Staniſlas* finira comme *Teucer*, et que *Pharès*, évêque de Cracovie, paſſera mal ſon temps.

Pour moi, mes anges, je n'entends rien à tout cela. Tout ce que je fais, c'eſt que, ſi jamais on me ſoupçonnait de connaître ſeulement M. du *Roncel*, je ſerais ſifflé à triple carillon par une armée de *Pompignans*, de *Frérons*, de *Cléments* et *tutti quanti*.

Sur ce, j'attends vos ordres, et je vous ſupplie

très-inſtamment d'engager votre ami à mander à M. d'*Albe* que je lui ſerai inviolablement attaché jusqu'à mon dernier ſoupir, tout comme à vous, ſi j'oſe le dire. 1772.

LETTRE XXII.

AU MEME.

6 d'avril.

Mes anges ſauront que j'épuiſe tout mon ſavoir-faire à ſuſpendre l'édition de la tragédie de notre jeune avocat. Je crois que j'y parviendrai; mais je me flatte que le quinqué, en conſidération de mes ſervices, pourra faire paſſer, à la rentrée, le bon homme *Teucer* ſubrogé aux droits des Guèbres; car il me ſemble qu'on peut céder ſon droit à qui on veut, et que le tripot eſt le maître de ſubſtituer Crétois à Guèbres, en changeant *gué* en *cré*, et *bres* en *tois*.

De plus, je ne doute pas que mon avocat, qui plaide pour rien, ne donne à *Teucer* et à la demoiſelle *Aſtérie* les émolumens de ſa drôlerie. Ils pourraient, ſur ce pied-là, s'obſtiner à dire: Nous voulons faire le voyage de Crète avant le voyage d'Eſpagne. Don *Pèdre* ſe ſoutiendra toujours par lui-même, mais *Teucer* a beſoin d'un temps favorable. Si cette négociation eſt trop difficile, il faudrait du moins être sûr qu'il n'y aurait point d'intervalle entre l'Eſpagne et la Crète. L'avocat demande votre avis ſur ce point

1772. de droit, comme à un fameux jurifconfulte. Vous favez de quelle docilité il a été dans fon factum, et il efpère furtout qu'un ancien confeiller de grand'-chambre lui fera favorable dans cette conjoncture critique.

Voilà tout ce qu'il peut dire à préfent pour fa caufe.

Signé, maître du *Roncel*, *avocat*.
L'Ouvreur de loge, *procureur*.
Monfieur *D*...., *rapporteur*.
Monfieur de *T*...., *folliciteur*.

LETTRE XXIII.

A M. DE LA HARPE.

6 d'avril.

NOTRE académie défile : j'attends mon heure, mon cher enfant. J'envoie mon codicille à notre illuftre doyen qui pourrait bien fe moquer de mon teftament, comme il s'eft moqué plus d'une fois de fon très-humble ferviteur le teftateur.

Je crois que le philofophe d'*Alembert*, très-véritable philofophe qui a refufé la place du duc de *la Vauguion* à Pétersbourg, fe foucie fort peu de la place de fecrétaire; mais nous devons tous fouhaiter qu'il daigne l'accepter, d'autant plus que, malgré tous fes mérites, il a une écriture fort lifible, ce que vous n'avez pas.

Le moment préfent ne me paraît pas favorable

pour écrire à l'homme en place dont vous me parlez. On m'a fait auprès de lui une petite tracasserie ; car il y a toujours des gens officieux qui me servent de loin. Agissez toujours; *pulsate, et aperietur vobis.* 1772.

Connaissez-vous M. l'abbe *Duvernet* qui veut absolument écrire ma vie, en attendant que je sois tout-à-fait mort? M. d'*Alembert* le connaît ; il faudrait qu'il eût la bonté d'engager mon historiographe à ne point faire paraître de mon vivant certains petits morceaux qu'il m'a envoyés, et qui me paraissent très-prématurés, et, qui pis est, très-peu intéressans. Je n'ose prier M. d'*Alembert* de lui en parler; mais si, par hasard, il voyait M. l'abbé *Duvernet*, il me ferait grand plaisir de l'engager à modérer son zèle, qui d'ailleurs ne lui procurerait ni prébende ni prieuré. Ces momens-ci ne sont pas les plus brillans pour la république des lettres ; nous sommes condamnés *ad bestias.* Contentons-nous, pour le présent, du bon témoignage de notre conscience. Pour moi, je mets tout aux pieds de mon crucifix, à mon ordinaire.

Adieu ; je vous embrasse de tout mon cœur, et je vous donne ma bénédiction *in quantùm possum*, *et in quantùm indiges.*

1772.

LETTRE XXIV.

A M. LE MARECHAL DUC DE RICHELIEU.

A Ferney, 6 d'avril.

J'ADRESSE mes hommages tantôt à mon héros, tantôt à mon doyen. C'eſt aujourd'hui mon doyen qui eſt le ſujet de ma lettre. Vous nous enterrez tous l'un après l'autre, et vous avez vu renouveler toute notre pauvre académie, quoique pluſieurs de mes confrères ſoient beaucoup plus âgés que vous. Enterrez-moi quand il vous plaira, et faites-moi accorder un peu de terre ſainte, ce qui eſt une grande conſolation pour un mort; mais, en attendant, vous allez nommer un ſecrétaire. Je ne ſais pas ſur qui vous jetez les yeux; mais daignez ſonger, Monſeigneur, qu'il y a une penſion ſur la caſſette, attachée d'ordinaire à cette éminente dignité; que d'*Alembert* eſt pauvre, et qu'il n'eſt pauvre que parce qu'il a refuſé cinquante mille livres de rente en Ruſſie. Il poſsède toutes les parties de la littérature, il me paraît plus propre que perſonne à cette place, il eſt exact et aſſidu. Si vous n'êtes engagé pour perſonne, je penſe que vous ne ſauriez faire un meilleur choix que celui de M. d'*Alembert;* mais votre volonté ſoit faite, tant à l'académie qu'à la cour.

Oſerai-je encore vous parler du petit *la Harpe* qui a beaucoup d'eſprit et beaucoup de goût, qui a fait de jolies choſes, qui a bien traduit *Suétone*, qui eſt travailleur, et qui eſt bien plus pauvre que d'*Alembert;*

ſi vous le mettiez de l'académie, il pourrait vous
devoir ſa fortune ; vous feriez un heureux, et c'eſt 1772.
un très-grand plaiſir, comme vous ſavez.

Ces deux idées me ſont venues dans la tête, en apprenant dans mes déſerts la mort de deux de mes confrères. Je vous les ſoumets au haſard, et peut-être fort étourdiment ; et pour peu que vous réprouviez mes deux idées, je les abandonne tout net. Mes grandes paſſions, car il faut en avoir juſqu'au dernier moment, ſe tournent actuellement vers *Ali-bey*, *Catherine II*, *Mouſtapha* et le roi de Pologne. J'avais pris toutes ces affaires-là fort à cœur ; cependant, à la fin, je m'en détacherai comme de l'académie et du théâtre.

Je m'étais flatté d'abord que les Turcs feraient chaſſés de la Gréce, et que je pourrais aller voir ce beau pays d'Athènes où naquit votre devancier *Alcibiade;* mais je vois qu'il faudra mourir au milieu des neiges du mont Jura : cela eſt bien déſagréable pour un homme auſſi frileux que moi. Ce qui eſt beaucoup plus triſte, c'eſt de mourir ſans avoir refait ma cour à mon héros ; mais je deviens aveugle et ſourd, il me faut un pays chaud ; je ſuis réduit à couvrir toujours ma pauvre tête d'un bonnet, quelque temps qu'il faſſe ; il n'y a pas moyen d'aller à Paris dans cet état, lorſque tout le monde eſt coiffé à l'oiſeau royal. Je ne puis me préſenter à l'hôtel de Richelieu avec un bonnet à oreille, mais il y a ſous ce bonnet une vieille tête et un cœur qui vous appartiennent ; l'un vous a toujours admiré, l'autre toujours aimé, et cela forme un composé plein d'un profond reſpect pour mon héros. *V.*

1772.

LETTRE XXV.

A MADAME

LA MARQUISE DU DEFFANT.

A Ferney, 10 d'avril.

IL eſt très-certain, Madame, ou que vous m'avez trompé, ou que vous vous êtes trompée. On dit que les dames y ſont ſujettes, et nous auſſi; mais le fait eſt que vous m'écrivîtes que vous alliez à la campagne, et que j'ignore encore ſi vous y avez été ou non. M. *Dupuits* prétend que vous n'avez jamais fait ce voyage. Si vous ne l'avez pas fait, vous deviez donc avoir la bonté de m'en inſtruire. Vous me dites, je pars, et vous reſtez un an ſans m'écrire. Qui de vous ou de moi a tort en amitié ?

Tout ce que je puis vous dire, c'eſt que je n'ai pas changé un ſeul de mes ſentimens. Je vous répète que j'ai déteſté et que je déteſterai toujours les aſſaſſins en robe et les pédans inſolens.

Je n'ai rien ſu de ce qui ſe paſſe depuis un an dans aucun des tripots de Paris. J'ai conſervé, j'ai affiché hautement la reconnaiſſance que je dois à vos amis, et je l'ai ſurtout ſignifié à M. le maréchal de *Richelieu*, que vous voyez peut-être quelquefois.

Du reſte, je ſais beaucoup plus de nouvelles du Nord que de Paris.

Je ſuis fort aiſe que vous vous ſoyez remiſe à relire *Homère*, vous y trouverez du moins un monde

entièrement différent du nôtre. C'eſt un plaiſir de voir que nos guerres ſur le Rhin et ſur le Danube, 1772.
notre religion, notre galanterie, nos uſages, nos préjugés, n'ont rien de ces temps qu'on appelle héroïques. Vous verrez que l'immortalité de l'ame, ou du moins d'une petite figure aérienne qu'on appelait ame, était reçue dans ce temps-là chez toutes les grandes nations. Cette opinion était ignorée des Juifs, et n'y a été en vogue que très-tard, du temps d'*Hérode*. Vous êtes bien perſuadée que ni les phariſiens ni *Homère* ne nous apprendront ce que nous devons être un jour. J'ai connu un homme qui était très-fermement perſuadé qu'après la mort d'une abeille, ſon bourdonnement ne ſubſiſtait plus. Il croyait, avec *Epicure* et *Lucrèce*, que rien n'était plus ridicule que de ſuppoſer un être inétendu, gouvernant un être étendu, et le gouvernant très-mal. Il ajoutait qu'il était très-impertinent de joindre le mortel à l'immortel. Il diſait que nos ſenſations ſont auſſi difficiles à concevoir que nos penſées; qu'il n'eſt pas plus difficile à la nature, ou à l'auteur de la nature, de donner des idées à un animal à deux pieds, appelé homme, que du ſentiment à un ver de terre. Il diſait que la nature a tellement arrangé les choſes, que nous penſons par la tête comme nous marchons par les pieds. Il nous comparait à un inſtrument de muſique, qui ne rend plus de ſon quand il eſt briſé. Il prétendait qu'il eſt de la dernière évidence que l'homme eſt comme tous les autres animaux et tous les végétaux, et peut-être comme toutes les autres choſes de l'univers, fait pour être et pour n'être plus.

1772. Son opinion était que cette idée confole de tous les chagrins de la vie, parce que tous ces prétendus chagrins ont été inévitables : auffi cet homme parvenu à l'âge de *Démocrite*, riait de tout comme lui. Voyez, Madame, fi vous êtes pour *Démocrite* ou pour *Héraclite*.

Si vous aviez voulu vous faire lire des Queftions fur l'encyclopédie, vous y auriez pu voir quelque chofe de cette philofophie, quoiqu'un peu enveloppée. Vous auriez paffé les articles qui ne vous auraient pas plu, et vous en auriez peut-être trouvé quelques-uns qui vous auraient amufée. A peine cet ouvrage a-t-il été imprimé qu'il s'en eft fait quatre éditions, quoiqu'il foit peu connu en France. Vous y trouveriez aifément fous la main toutes les chofes dont vous regrettez quelquefois de n'avoir pas eu connaiffance. Vous pafferiez fans peine et fans regret le peu d'articles qui ont exigé des figures de géométrie. Vous y trouveriez un précis de la philofophie de *Defcartes* et du poëme de l'*Ariofte*. Vous y verriez quelques morceaux d'*Homère* et de *Virgile*, traduits en vers français. Tout cela eft par ordre alphabétique. Cette lecture pourrait vous amufer autant que celle des feuilles de *Fréron*.

Il y a une dame avec qui vous foupiez, ce me femble, quelquefois, et qui eft la mère d'un contre-feing. Mais je ne fais plus ni ce que vous faites, ni ce que vous penfez. Pour moi, je penfe à vous, Madame, plus que vous ne croyez; et je vous aime fans doute plus que vous ne m'aimez. *V.*

LETTRE XXVI.

1772.

A M. MARMONTEL.

11 d'avril.

MON cher et ancien ami, qui ſont les gens qui ont dit qu'on n'aime point ſon ſucceſſeur? Ils en ont menti; j'étais ami de *Duclos*, et je ſuis encore plus le vôtre. Je me flatte qu'avec le titre d'hiſtoriographe vous avez une bonne penſion. *Martin Fréron* dit que vous n'avez fait que des romans. Premièrement, je maintiens que les anciens hiſtoriens n'ont fait que cela; et enſuite je dis qu'un homme qui écrit bien une fable, en écrira beaucoup mieux l'hiſtoire. Je ſuis perſuadé que *Fénélon* aurait ſu rendre l'Hiſtoire de France intéreſſante. C'eſt un ſecret qui a été ignoré de tous nos écrivains. Laiſſez donc braire maître *Aliboron* dit *Fréron*. Il appartient bien à cette canaille d'oſer juger les véritables gens de lettres! Ce miſérable n'a gagné ſa vie qu'à décrier ce que les autres ont fait, et il n'a jamais rien fait par lui-même. Encore ſon devancier *Desfontaines*, ſon maître en méchanceté, avait-il donné une médiocre traduction de l'Enéide. C'eſt une choſe bien aviliſſante pour la France que le *Journal des ſavans* ſoit négligé parce qu'il eſt ſage, et qu'on ait ſoutenu les feuilles des *Desfontaines* et des *Frérons* parce qu'elles ſont ſatiriques. Je me ſuis toujours déclaré l'implacable ennemi de ces interlopes qui ſont l'opprobre de la littérature, et je ſuis fidelle à mes principes.

1772. Ce que vous me mandez du nommé *Clément* me fait voir qu'il aſpire à remplacer *Fréron*. Ce ſera une belle ſérie, depuis *Zoïle* et *Mævius*. Je viens de retrouver une lettre de ce miſérable, dans laquelle il me demande l'aumône; et, dès qu'il a été à Paris, il s'eſt mis à écrire contre moi : mais je ne lui en ſais pas mauvais gré, il m'a mis en bonne compagnie.

Sommes-nous aſſez heureux pour que monſieur d'*Alembert* ſoit notre ſecrétaire perpétuel ? Je réponds du moins que, s'il y a de la perpétuité, ce ſera pour ſon nom.

Ne m'oubliez pas, je vous en prie, auprès de ceux qui veulent bien ſe ſouvenir de moi dans l'académie. Adieu, mon cher hiſtoriographe de *Béliſaire* et des *Incas*.

LETTRE XXVII.

A M. MALLET DU PAN.

A Ferney, 24 d'avril.

MON cher et aimable profeſſeur, qui ne profeſſerez jamais que la vérité et le noble mépris des impoſtures et des impoſteurs, que vous êtes heureux d'être auprès d'un prince juſte (*), bon, éclairé, qui foule aux pieds l'infame ſuperſtition, et qui met la religion dans la vertu, qui n'eſt ni papiſte, ni calviniſte, mais homme, et qui rend heureux les

(*) Le landgrave de Heſſe-Caſſel.

hommes

hommes qui lui ſont ſoumis! Si j'étais moins vieux, je quitterais mes neiges pour les ſiennes, et mon triſte climat pour ſon triſte climat qu'il adoucit, et qu'il rend agréable par ſes mœurs et par ſes bontés. 1772.

Vous avez devant vous une belle carrière ; vous pouvez, en donnant des leçons d'hiſtoire dans un goût nouveau, et en détruiſant les menſonges abſurdes qui défigurent toutes les hiſtoires, attirer à Caſſel un grand nombre d'étrangers qui apprendront à la fois la langue françaiſe et la vérité. J'ai eu un ami, nommé M. *Audra*, docteur de ſorbonne, qui mépriſait prodigieuſement la ſorbonne, et qui était allé faire à Toulouſe ce que vous faites à Caſſel. Une foule étonnante venait l'entendre. Les fripons tremblèrent; ils ſe réunirent contre lui. Les prêtres firent tant qu'ils lui ôtèrent ſa place que le conſeil de ville lui avait donnée. Il en eſt mort de chagrin. Vous éprouverez un ſort tout contraire. Par quelle fatalité faut-il que les plus beaux climats de la terre, le Languedoc, la Provence, l'Italie, l'Eſpagne, ſoient livrés aux ſuperſtitions les plus infames, lorſque la raiſon règne dans le Nord? Mais ſouvenons-nous que ce ſont les peuples du Nord qui ont conquis la terre ; eſpérons qu'ils pourront l'éclairer.

Madame *Denis*, et tout ce qui eſt à Ferney, vous fait mille complimens. Je vous envoie le neuvième tome des Queſtions, qui excite beaucoup de rumeur chez les tartufes de Genève.

Je vous embraſſe de tout mon cœur.

1772.

LETTRE XXVIII.

A M. MARIN.

A Ferney, 27 d'avril.

Je dois vous dire d'abord, mon cher ami, que c'eſt moi qui fis faire une conſultation à Rome. Il s'agiſſait du marquis de *Florian*, mon neveu, et d'une femme divorcée. Ce n'eſt point du tout le cas de M. de *Bombelle ;* ces deux affaires n'ont aucun rapport. De plus, mon neveu étant officier, chevalier de Saint-Louis, et penſionné par le roi, eſt aſtreint à des devoirs dont la tranſgreſſion pourrait avoir des ſuites fâcheuſes. Priez M. *Linguet* de ne point parler du tout de cette affaire.

J'ai lu le mémoire en faveur de M. le comte de *Morangiès*. J'ai été fort lié dans ma jeuneſſe avec madame ſa mère. Je date de loin. Je ne peux imaginer qu'il perde ſon procès. Il eſt vrai qu'il a commis une grande imprudence en confiant à des gredins des billets pour cent mille écus. Les grandes affaires ſe traitent ſouvent ainſi à Lyon et à Marſeille. Oui ; mais c'eſt avec des banquiers et des négocians accrédités, et non pas avec des gueuſes qui prêtent ſur gage.

Cette affaire, qui paraît unique, reſſemble aſſez à celle d'une friponne de janſéniſte que j'ai connue. Elle redemandait dans Bruxelles, en 1740, la ſomme de trois cents mille florins d empire au frère *Yancin*, procureur des jéſuites et ſon confeſſeur. Je fus témoin de tout ce procès. Cette femme, nommée *Genep*, feignit d'être fort malade; elle envoya chercher le confeſſeur procureur *Yancin*. La coquine avait mis en ſentinelle, derrière une tapiſſerie, un notaire, deux témoins et ſon avocat, janſéniſte comme *Arnaud*. Le confeſſeur arrive; il prend une eſpèce de tranſport au cerveau à madame *Genep*. Elle s'écrie: Mon père, je ne me confeſſerai point que je ne voye mes trois cents mille florins en ſureté. Le confeſſeur, qui lui voit rouler les yeux et grincer les dents, croit devoir ménager ſa folie; il lui dit, pour l'apaiſer, qu'elle ne doit point craindre pour ſon argent, et qu'il faut d'abord ſonger à ſon ame. Tout cela eſt bel et bon, reprit la mourante; mais avez-vous fait un emploi valable de mes trois cents mille florins? Oui, oui, ne ſoyez en peine que de votre ſalut, ma bonne. — Mais ſongez bien à mon argent. — Eh, mon Dieu, oui j'y ſonge; un petit mot de confeſſion, s'il vous plaît. Cependant on fait un procès verbal des demandes et des réponſes; et dès le lendemain la malade répète en juſtice cette ſomme immenſe, ce qui prouve en paſſant que les diſciples d'*Auguſtin* en ſavent autant que les enfans d'*Ignace*. Les jéſuites ſe ſervirent contre ma drôleſſe des mêmes moyens que M. *Linguet* emploie. Où avez-vous pris trois cents mille florins d'empire, vous la veuve d'un petit commis à cent écus de gages? où je les ai pris? dans mes charmes. Que répondre à cela? que faire? Madame *Genep* meurt, et jure en mourant, ſur ſon crucifix, qu'elle a porté la ſomme entière chez ſon confeſſeur. Les héritiers pourſuivent, ils trouvent un fiacre qui dépoſe qu'il a porté l'argent dans ſon

1772.

1772. carroſſe. Le fiacre apparemment était janſéniſte auſſi; l'avocat triomphait. Je lui dis, ne chantez pas victoire : ſi vous aviez demandé dix ou douze mille florins, vous les auriez eus; mais vous n'en aurez jamais trois cents mille. En effet, le fiacre, qui n'était pas auſſi habile que madame *Genep*, fut convaincu d'être un ſot menteur, il fut fouëtté et banni. J'ai peur qu'il n'en arrive autant à notre ami du *Jonquai*.

A propos, j'ai été fâché que M. *Linguet*, élève de *Cicéron*, ait traité *Cicéron* de lâche qui ne plaidait que pour des coquins; il ne faut pas qu'un cordelier prêche contre St *François d'Aſſiſe* : mais j'ai toujours penſé comme lui ſur l'Hiſtoire ancienne, et je l'ai dit long-temps avant lui, et enſuite je me ſuis appuyé de ſon opinion. Son plaidoyer me paraît bien raiſonné et bien écrit. Je voudrais bien voir ce que M. *Gerbier* peut oppoſer à des argumens qui me ſemblent convaincans.

L'*Eloge de la police* eſt un beau morceau; la comparaiſon hardie de la direction des boues et lanternes, des p....., des filous et des eſpions, avec l'ordre des ſphères céleſtes, eſt ſi ſingulière, que l'auteur devait bien citer *Fontenelle* à qui elle appartient.

Tâchez, mon cher ami, de me procurer les deux factums pour et contre, et l'épître du faquin qui ſe croit ſecrétaire de *Boileau*, en cas que vous ayez ce rogaton.

On ne peut vous être plus attaché que le vieux malade de Ferney.

LETTRE XXIX.

1772.

A M. LE MARECHAL DUC DE RICHELIEU.

A Ferney, 29 d'avril.

JE dirai d'abord à mon héros qu'il eſt impoſſible que *la Harpe* ait fait les très-impertinens vers que les cabaleurs du temps ont mis ſur ſon compte. Il en eſt incapable, et il eſt évident qu'ils ſont d'un homme qui oſe être jaloux de votre gloire, de votre conſidération, de l'extrême ſupériorité que vous avez eue ſur tous ceux qui ont couru la même carrière que vous. Soyez très-perſuadé, Monſeigneur, que *la Harpe* n'a eu aucune part à cette plate infamie; je le ſais de ſcience certaine. Il réſultera de cette calomnie atroce que vous accorderez votre protection à ce jeune homme, avec d'autant plus de bonté qu'il a été accuſé auprès de vous plus cruellement.

Je vois de loin toutes les ridicules cabales qui déſolent la ſociété dans Paris, et qui rendent notre nation fort mépriſable aux étrangers. Nous ſommes dans l'année centenaire de la Saint-Barthelemi; mais nous avons ſubſtitué des combats de rats et de grenouilles à la foule des grands aſſaſſinats et des crimes horribles qui nous firent déteſter du genre-humain. Aujourd'hui du moins nous ne ſommes qu'avilis.

La diſcorde n'a chez nous d'autre effet que celui

1772. qu'elle a chez les moines. Elle produit des pasquinades contre monsieur le prieur, de petites jalousies, de petites intrigues ; tout est petit, tout est bassement méchant. Je ne vois pas ce que nous deviendrions sans l'opéra comique qui sauve un peu notre gloire.

Dieu me garde de m'aller fourrer dans le tourbillon d'impertinences, qui emporte à tout vent toutes les cervelles de Paris. Je voudrais bien pourtant ne point mourir sans vous avoir fait ma cour. Il est dur pour moi de n'avoir point cette consolation, mais je ne puis me remuer. Il y a deux ans que je n'ai mis d'habit ; j'ai fermé ma porte à tous les étrangers ; je suis presque entièrement sourd et aveugle, quoique j'aye encore quelquefois de la gaieté.

J'ai peur de ne pas réussir à être gai ; j'ai peur que vous n'ayez pas été content de ma Bégueule, car vous n'avez jamais fréquenté de ces personnes-là, et elles n'auraient pas été long-temps bégueules avec vous. Si jamais vous fesiez un petit tour à Richelieu, je me ferais traîner sur la route pour envisager encore une fois mon héros, et pour lui renouveler le plus sincère, le plus respectueux et le plus tendre des hommages. *V.*

LETTRE XXX.

1772.

A MADAME

LA MARQUISE DU DEFFANT.

4 de mai.

Les quatre ou cinq ans dont vous me parlez, Madame, fuppoferaient pour mon compte quatre-vingt-deux ou quatre-vingt-trois ans, ce qui n'eft pas dans l'ordre des probabilités. Il eft certain qu'en général votre efpèce féminine va plus loin que la nôtre; mais la différence en eft fi médiocre, que cela ne vaut pas la peine d'en parler. Un philofophe nommé *Timée* a dit, il y a plus de deux mille cinq cents ans, que notre exiftence eft un moment entre deux éternités; et les janféniftes, ayant trouvé ce mot dans les paperaffes de *Pafcal*, ont cru qu'il était de lui. Les individus ne font rien, et les efpèces font éternelles.

Je ne crois pas que vous ayez lu les Lettres de *Memmius* à *Cicéron*, dont la traduction fe trouve à la fin du neuvième tome des Queftions, que je ne vous ai pas envoyé. Non-feulement je n'envoie le livre à perfonne, et je n'écris prefque à perfonne; mais je penfe que la moitié de ces Queftions au moins, n'eft faite que pour les gens du métier, et doit furieufement ennuyer quiconque ne veut que s'amufer. J'ignore fi vous avez le temps et la volonté de vous faire lire bien pofément ces Lettres de *Memmius:* les

1772. idées m'en paraiſſent très-plauſibles, et c'eſt à quoi je me tiens.

Le petit conte de la Bégueule eſt d'un genre tout différent ; c'eſt la farce après la tragédie. J'avoue que je n'ai pas oſé vous l'envoyer, parce que j'ai ſuppoſé que vous n'aviez nulle envie de rire. Le voilà pourtant ; vous pouvez le jeter dans le feu, ſi bon vous ſemble.

Quand je vous dis, Madame, que je voudrais habiter la chambre de *Formont*, je ne vous dis que la vérité ; mais l'état de ma ſanté ne me permettrait pas même de vous voir, ce qu'on appelle en viſite. La vie de Paris ſerait non-ſeulement affreuſe, mais impoſſible à ſoutenir pour moi. Je ne ſais plus ce que c'eſt que de mettre un habit ; et lorſque le printemps et l'été me délivrent de mes fluxions ſur les yeux, mes journées entières ſont conſacrées à lire. Si je vois quelques étrangers, ce n'eſt que pour un moment.

Voyez ſi cette vie eſt compatible avec le ſéjour d'une ville où il faut promener la moitié du temps ſon corps dans une voiture, et où l'ame eſt toujours hors de chez elle. Les converſations générales ne ſont qu'une perte irréparable du temps.

Vous êtes dans une ſituation bien différente. Il vous faut de la diſſipation : elle vous eſt auſſi néceſſaire que le manger et le dormir. Votre triſte état vous met dans la néceſſité d'être conſolée par la ſociété ; et cette ſociété, qu'il me faudrait chercher d'un bout de la ville à l'autre, me ſerait inſupportable. Elle eſt ſurtout empoiſonnée par l'eſprit de parti, de cabale, d'aigreur, de haine, qui tourmente

tous vos pauvres Pariſiens, et le tout en pure perte. J'aimerais autant vivre parmi des guêpes, que d'aller 1772.
à Paris par le temps qui court.

Tout ce que je puis faire pour le préſent, c'eſt de vous aimer de tout mon cœur, comme j'ai fait pendant environ cinquante années. Comment ne vous aimerais-je pas ? votre ame cherche toujours le vrai ; c'eſt une qualité auſſi rare que le vrai même. J'oſe dire qu'en cela je vous reſſemble : mon cœur et mon eſprit ont toujours tout ſacrifié à ce que j'ai cru la vérité.

C'eſt en conſéquence de mes principes, que je vous prie très-inſtamment de faire paſſer à votre grand'maman ce petit billet de ma main, que je joins à ma lettre.

Vous m'avez boudé pendant près d'un an, vous avez eu très-grand tort aſſurément ; vous m'avez fait une véritable peine, mais mon cœur n'en eſt pas moins à vous. Il faut que vous le ſoulagiez du fardeau qui l'accable. J'ai été déſolé de l'idée qu'on a eue que j'ai pu changer de ſentiment. Vous me devez juſtice auprès de votre grand'maman. Puiſque vous m'envoyez ce qu'elle vous écrit pour moi, envoyez-lui donc ce que je vous écris pour elle ; et ſongez que, vous et votre grand'maman, vous êtes mes deux paſſions, ſi vous n'êtes pas mes deux jouiſſances.

1772.

LETTRE XXXI.

A M. * * *.

A Ferney, le 4 de mai.

Il faut, Monſieur, que chacun faſſe ſon teſtament; mais vous vous doutez bien que celui qu'on m'impute n'eſt point mon ouvrage. L'ancien et le nouveau Teſtament ont fait dire aſſez de ſottiſes, ſans que j'y ajoute les miennes. Mes prétendues dernières volontés ſont la production d'un avocat de Paris, nommé *Marchand*, qui fait rire quelquefois par ſes plaiſanteries. J'eſpère que mon vrai teſtament ſera plus honnête et plus ſage. Le malheur eſt qu'après avoir été eſclave toute ſa vie, il faut l'être encore après ſa mort. Perſonne ne peut être enterré comme il voudrait l'être. Ceux qui seraient bien aiſes d'être dans une urne ſur la cheminée d'un ami, ſont obligés d'aller pourrir dans un cimetière ou dans quelque choſe d'équivalent; ceux qui auraient envie de mourir dans la communion de *Marc-Aurèle*, d'*Epictète* et de *Cicéron*, ſont obligés de mourir dans celle de *Luther*, s'ils ſont malades à Upſal, ou d'aller dans l'autre monde avec l'huile d'un patriarche grec, ſi la fièvre les prend dans la Morée. J'avoue que, depuis quelques années, on meurt plus commodément qu'autrefois vers le petit pays que j'habite; la liberté de penſer s'y établit inſenſiblement comme en Angleterre. Il y a des gens qui m'accuſent de ce changement. Je voudrais avoir mérité ce reproche, depuis Conſtantinople juſqu'à la Dalécarlie. Il eſt ridicule et horrible de gêner les vivans et les morts. Chacun, ce me ſemble, doit diſpoſer de ſon corps et de ſon ame à ſa fantaiſie. Le grand point eſt de ne jamais moleſter ni le corps ni l'ame de ſon prochain. Notre conſolation, après notre mort, eſt que nous ne ſaurons rien de la manière dont on nous aura traités. Nous avons été baptiſés ſans en rien ſavoir, nous ſerons inhumés de même. Le mieux ſerait peut-être de n'avoir point reçu cette vie dont on ſe plaint ſi ſouvent, et qu'on aime toujours; mais rien n'a dépendu de nous. Nous ſommes attachés, comme dit *Horace*, avec les gros clous de la néceſſité, &c.

1772.

LETTRE XXXII.

A M. LE COMTE D'ARGENTAL.

4 de mai.

MON cher ange, ceci eſt ſérieux. On m'accuſe publiquement dans Paris d'être l'auteur d'une pièce de théâtre intitulée les Lois de Minos, ou Aſtérie. Cette calomnie ſera ſi préjudiciable à votre pauvre du *Roncel*, qu'aſſurément ſa pièce ne ſera jamais jouée; et je ſais qu'il avait beſoin qu'on la repréſentât pour bien des raiſons. Vous ſavez qu'on fit examiner les Druides par un docteur de ſorbonne, et qu'on a fini par en défendre la repréſentation et l'impreſſion.

1772. Vous voyez qu'il eſt d'une néceſſité indiſpenſable que M. le duc de *Duras*, M. de *Chauvelin*, M. de *Thibouville*, mademoiſelle *Veſtris*, et ſurtout *le Kain*, crient de toutes leurs forces à l'impoſture, et rendent à l'avocat ce qui lui appartient.

Il eſt certain qu'en toute autre circonſtance ſa pièce aurait paſſé ſans la moindre difficulté ; mais vous ſavez que quand le lion voulut chaſſer les bêtes à corne de ſes Etats, il voulut y comprendre les lièvres, et qu'on s'imagina que leurs oreilles étaient des cornes.

Il arrivera malheur, vous dis-je, ſi vous n'y mettez la main. J'aurais ſur cette affaire mille choſes à vous dire, que je ne vous dis point. Tout eſt parti, intrigue, cabale dans Paris. Du *Roncel* deviendra un terrible ſujet de ſcandale. Il ſe flattait de venir paſſer quelques jours auprès de vous, et il ne le pourra pas ; cette idée le déſeſpère. Il me ſemble que vous pouvez aiſément mettre un emplâtre ſur cette bleſſure. Vos amis peuvent ſoutenir hardiment la cauſe de ce jeune avocat, ſans que perſonne ſoit en droit de les démentir.

Au reſte, quand il faudra ſacrifier quelques vers à la crainte des alluſions, du *Roncel* ſera tout prêt ; vous ſavez combien il eſt docile.

Il me ſemble que M. le duc de *Duras* peut s'amuſer à protéger cet ouvrage. Puiſqu'il y a tant de cabales, il peut ſe mettre à la tête de celle-là ſans aucun riſque. Rien n'eſt ſi amuſant, à mon gré, qu'une cabale. J'oſe croire que, quand il le faudra, monſieur le chancelier protégera ſon avocat. J'ai ſur cela des choſes aſſez extraordinaires à vous dire. Je crois que je dois compter ſur ſes bontés ; mais le préalable de toute cette négociation, eſt qu'on diſe par-tout que la pièce n'eſt point de moi : ſans ce point principal, on ne viendra à bout de rien. 1772.

C'eſt grand'pitié que ce qui était, il y a trente ans, la choſe du monde la plus ſimple et la plus facile, ſoit aujourd'hui la plus épineuſe. C'était pour ſe dérober à toutes ces petites misères que du *Roncel* voulait imprimer ſon plaidoyer ſans le prononcer.

Enfin, vous êtes miniſtre public ; les droits de la Crète ſont entre vos mains, mon cœur auſſi.

LETTRE XXXIII.

A M. LE MARECHAL DUC DE RICHELIEU.

A Ferney, 8 de mai.

J'AI quelque ſoupçon que mon héros me boude et me met en pénitence. Trop de gens me parlent des Lois de Minos, et monſeigneur le premier gentilhomme de la chambre, monſieur notre doyen, peut dire : On ne m'a point confié ce code de *Minos*, on s'eſt adreſſé à d'autres qu'à moi. Voici le fait.

Un jeune homme et un vieillard paſſent enſemble quelques ſemaines à Ferney. Le jeune candidat veut faire une tragédie, le vieillard lui dit ; voici comme je m'y prendrais. La pièce étant brochée : Tenez, mon ami, vous n'êtes pas riche, faites votre profit de ce rogaton ; vous allez à Lyon, vendez-la à un

1772. libraire, car je ne crois pas qu'elle réussît au théâtre; d'ailleurs, nous n'avons plus d'acteurs. Mon homme la donne à un libraire de Lyon, le libraire s'adresse au magistrat de la librairie; ce magistrat est le procureur général. Ce procureur général, voyant qu'il s'agit de *lois*, envoie vîte la pièce à monsieur le chancelier qui la retient, et on n'en entend plus parler. Je ne dis mot; je ne m'en avoue point l'auteur; je me retire discrétement. Pendant ce temps-là, un autre jeune homme, que je ne connais point, va lire la pièce aux comédiens de Paris. Ceux-ci, qui ne s'y connaissent guère, la trouvent fort bonne; ils la reçoivent avec acclamation. Ils la lisent ensuite à M. le duc de *Duras* et à M. de *Chauvelin;* ces messieurs croient deviner que la pièce est de moi; ils le disent, et je me tais; et quand on m'en parle, je nie, et on ne me croit pas.

Voilà donc, mon héros, à quel point nous en sommes.

Je suppose que vous êtes toujours à Paris dans votre palais, et non dans votre grenier de Versailles. Je suppose encore que vos occupations vous permettent de lire une mauvaise pièce; que vous daignerez vous amuser un moment des radoteries de la Crète et des miennes: en ce cas, vous n'avez qu'à donner vos ordres. Dites-moi comment il faut s'y prendre pour vous envoyer un gros paquet, et dans quel temps il faut s'y prendre; car monseigneur le maréchal a plus d'une affaire, et une plate pièce de théâtre est mal reçue quand elle se présente à propos, et à plus forte raison quand elle vient mal à propos.

Pour moi, c'eſt bien mal à propos que j'achève ma vie loin de celui à qui j'aurais voulu en conſacrer tous les momens, et dont la gloire et les bontés me ſont chères juſqu'à mon dernier ſoupir. *V.* 1772.

LETTRE XXXIV.

A M. LE COMTE D'ARGENTAL.

9 de mai.

M. de *Thibouville* ne m'a pas écrit un ſeul mot en faveur de du *Roncel;* je ne ſais ce qu'il fait ni où il eſt. N'eſt-il point à Neuilly? mais que deviendra la Crète? que ferez-vous d'*Aſtérie* et de ſon petit ſauvage? penſez-vous, mes chers anges, avoir fait une bonne action en me calomniant, en me feſant paſſer pour l'auteur, et notre avocat pour mon prête-nom? ne voyez-vous pas déjà tous les *Pharès* du monde s'unir pour m'excommunier, et la pièce défendue et honnie? comment vous tirerez-vous de ce bourbier?

Je ſuis perſuadé que la paix entre *Catherine* et *Mouſtapha* eſt plus difficile à faire. Vous ſentez de plus combien un certain doyen ſera piqué de n'avoir pas été dans la confidence; combien ſes mécontentemens vont redoubler. Il trouvera la pièce ſcandaleuſe, impertinente, ridicule. Voyez quel remède vous pouvez apporter à ce mal preſque irréparable, et qui n'eſt pas encore ce qu'il y a de plus terrible dans l'affaire de ce pauvre du *Roncel.* Pour moi, je

n'y ſais d'autre emplâtre que de me confier au
1772. doyen. Après quoi il ſaudra, dans l'occaſion, me confier auſſi au chancelier; car vous frémiriez ſi je vous diſais ce qui eſt arrivé. Allez, allez, vous devez avoir ſur les bras la plus terrible négociation que jamais envoyé de Parme ait eue à ménager.

Quoi qu'il en ſoit, je baiſe les ailes de mes anges. Je les prie de s'amuſer gaiement de tout cela. Avec le temps, on vient à bout de tout, ou du moins de rire de tout.

Le roi de Pruſſe trouve les Pélopides une très-bonne pièce très-bien écrite. Il dit expreſſément que celle de *Crébillon* eſt d'un oſtrogoth. L'impératrice de Ruſſie me demandait, il n'y a pas long-temps, ſi *Crébillon* avait écrit dans la même langue que moi.

LETTRE XXXV.

A M. LE MARQUIS DE CONDORCET.

Du 11 de mai.

J'AI été tenté de me mettre dans une groſſe colère à l'occaſion de ce qui s'eſt paſſé à l'académie françaiſe; mais, quand je conſidère que M. d'*Alembert* a bien voulu être notre ſecrétaire perpétuel, je ſuis de bonne humeur, parce que je ſuis sûr qu'il mettra les choſes ſur un très-bon pied. Les ouragans paſſent, et la philoſophie demeure.

Si le jeune auteur d'une tragédie nouvelle a l'honneur d'être connu de vous, Monſieur, et s'il

y

y a, comme vous le dites, un grain de philoſophie dans ſa pièce, conſeillez-lui de la garder quelque temps dans ſon porte-feuille : la ſaiſon n'eſt pas favorable. 1772.

Je vais faire venir, ſur votre parole, l'*Hiſtoire de l'établiſſement du commerce dans les deux Indes.* J'ai bien peur que ce ne ſoit un réchauffé avec de la déclamation. La plupart des livres nouveaux ne ſont que cela.

Un barbare vient de m'envoyer, en ſix volumes, l'*Hiſtoire du monde entier* qu'il a copiée, dit-il, fidellement d'après les meilleurs dictionnaires.

Embraſſez pour moi, je vous prie, mon cher ſecrétaire. L'académie n'en a point encore eu de pareil. Je mourrais bien gaiement, ſi vous pouviez faire encore un petit voyage avec lui. *V.*

LETTRE XXXVI.

A MADAME

LA MARQUISE DU DEFFANT.

12 de mai.

J'ECRIS de ma main, Madame, cette fois-ci, et d'une petite écriture comme votre grand'maman, malgré mes fluxions ſur les yeux. Je voudrais bien que vous puſſiez en faire autant.

J'ai exécuté les ordres de votre grand'maman à la lettre. Je n'ai prononcé ſon nom qu'à des étrangers

qui paſſent continuellement par nos cantons, et j'ai
1772. conclu que l'Europe penſait comme moi.

Au reſte, je n'écris à perſonne, et je ne fatigue la poſte qu'à porter les montres que ma colonie fabrique. J'ai été long-temps un peu émerveillé que M. *Séguier*, ci-devant avocat général, fût venu me voir à Ferney pour me dire qu'il ſerait obligé de déférer l'Hiſtoire du parlement, et que *meſſieurs* l'en preſſaient fort : comme ſi un hiſtorien avait pu diſſimuler la guerre de la fronde, et comme s'il avait fallu mentir pour plaire à *meſſieurs*. Je n'avais pas lieu aſſurément de me louer de *meſſieurs*; mais, après avoir dit ce que je penſais d'eux depuis vingt ans, j'ai gardé un profond ſilence ſur toutes les choſes de ce monde; et je n'ai laiſſé remplir mon cœur que des ſentimens que je dois à mes généreux bienfaiteurs.

Je fais des vœux pour eux, moi qui ne prie jamais DIEU, et qui me contente de la réſignation. Il y a des choſes que je déteſte et que je ſouffre. Je vois parfaitement de loin toute la méchanceté des hommes, et le néant de leurs illuſions.

J'attends la mort en ne changeant de ſentiment ſur rien, et ſurtout ſur l'attachement que je vous ai voué pour le reſte de ma vie. *V.*

LETTRE XXXVII.

1772.

A MADAME DE BEAUHARNAIS.

Le . . . .

On dit, Madame, que les divinités apparaiſſaient autrefois aux ſolitaires dans les déſerts ; mais elles n'écrivaient point de jolies lettres ; et j'aime mieux la lettre dont vous m'avez honoré, que toutes les apparitions de ces nymphes de l'antiquité. Il y a encore une choſe qui me fait un grand plaiſir, c'eſt que vous ne m'auriez point écrit, ſi vous aviez été dévote ou ſuperſtitieuſe : il y a des confeſſeurs qui défendent à leurs pénitentes de ſe jouer à moi. Je crois, Madame, que, ſi quelqu'un eſt aſſez heureux pour vous diriger, ce ne peut être qu'un homme du monde, un homme aimable qui n'a point de ſots ſcrupules. Vous ne pouvez avoir qu'un directeur raiſonnable et fait pour plaire. Le comble de ma bonne fortune, c'eſt que vous écrivez naturellement, et que votre eſprit n'a pas beſoin d'art. On dit que votre figure eſt comme votre eſprit. Que de raiſons pour être enchanté de vos bontés ! Agréez, Madame, la reconnaiſſance et le reſpect du vieux ſolitaire *V.*

1772.

LETTRE XXXVIII.

A M. VASSELIER.

A Ferney, mai.

MON cher correſpondant, j'aime mieux envoyer des montres à Gènes pour Maroc, que des mémoires de l'avocat du *Roncel* à monſieur le chancelier. Notre fabrique a l'air d'une grande correſpondance. Elle envoie à la fois à Pétersbourg, à Conſtantinople et au fond de l'Afrique; mais juſqu'à préſent elle n'en paraît pas plus riche. Il faut eſpérer que ce petit commerce, dans les quatre parties du monde, produira enfin quelque choſe, et que j'en viendrai à mon honneur qui a été le ſeul but de mon entrepriſe.

Je fais réflexion que les équivoques gouvernent ce monde. On intitule une tragédie les Lois de Minos; à ce mot de lois, un magiſtrat lyonnais croit qu'il s'agit de nos parlemens, et un prêtre croit qu'il eſt queſtion du droit canon; mais la première loi des Français eſt le ridicule. Il ne faut ſonger qu'à cultiver ſon jardin et à ſoutenir ſa colonie: c'eſt vous qui la ſoutenez.

Pourriez-vous, mon cher ami, m'aider à rendre un petit ſervice? Il s'agirait de faire toucher ſix louis à un vieillard nommé d'*Aumart*, retiré depuis peu au Mans. J'imagine que le directeur de la poſte du Mans pourrait les lui faire remettre. M. *Scherer* vous donnerait ces ſix louis, ſur la ſeule inſpection de mon billet; mais s'il y a la moindre difficulté, le moindre inconvénient, n'en faites rien : je prierai M. *Scherer* de me rendre ce bon office. 1772.

Je vous embraffe de tout mon cœur.

LETTRE XXXIX.

A M. LE COMTE D'ARGENTAL.

18 de mai.

MON cher ange, le jeune avocat du *Roncel* a non-feulement renoncé aux ames de fer et à fon crédit, mais il a changé entièrement la troifième partie de fon plaidoyer et plufieurs paragraphes dans les autres.

Vous avez la bonté de nous mander que M. le duc de *Duras* daigne s'intéreffer à cette petite affaire, et qu'il doit la recommander au magiftrat dont elle dépend. Si ce magiftrat eft monfieur le chancelier, fachez enfin qu'il la connaît déjà, et qu'il y a plus d'un mois que le plaidoyer de du *Roncel* eft entre fes mains, par une aventure très-bizarre et très-ridicule. Il n'en a dit mot, ni moi non plus; l'avocat n'a point paru. J'ai dû ignorer tout; je me fuis renfermé dans mon honnête filence. Il ne m'appartient pas de me mêler des affaires du barreau, on jugera bien cette caufe fans moi; mais M. le duc de *Richelieu* m'inquiéte : j'ai lieu de croire qu'il eft fâché qu'on fe foit adreffé à d'autres qu'à lui; nous tâcherons de l'apaifer.

1772. On a ſuivi entièrement le conſeil de l'ange très-ſage, dans la petite réponſe à M. *le Roi*. Point d'injures, beaucoup d'ironie et de gaieté. Les injures révoltent, l'ironie fait rentrer les gens en eux-mêmes, la gaieté déſarme.

La Condamine n'aurait pas tant de tort ; comptons :

Les ſoldats de *Corbulon*.	30
La Beaumelle et compagnie.	5
Clément et compagnie.	15
Fréron et compagnie.	20
L'eſcadron volant.	30
Total.	100

Leſquels font au parterre une troupe formidable, ſoutenue de quatre mille hypocrites.

Que faut-il oppoſer à cette armée ? force bons vers, et force bons acteurs ; mais où les trouver ?

Je me flatte que l'autre *Teucer* ſera agiſſant dans les derniers actes, comme le mien.

Je commence à croire qu'il y aura un long congrès à Yaſſy, car ma colonie y envoie des montres avec des cadrans à la turque.

Je plains ce galant danois, c'était l'amour médecin ; et après tout ni *Aſtolphe* ni *Joconde* ne firent couper le cou aux amans de leurs femmes.

Je baiſe humblement les ailes de mes anges. *V.*

Dites-moi donc comment je puis vous envoyer la Crète : pourquoi n'a-t-on pas encore repréſenté Pierre ? *V.*

LETTRE XL.

1772.

A MADAME

LA MARQUISE DU DEFFANT.

Ferney, 18 de mai.

VRAIMENT, Madame, je me fuis fouvenu que je connaiffais votre danois. Je l'avais vu, il y a long-temps, chez madame de *Bareith;* mais ce n'était qu'en paffant. Je ne favais pas combien il était aimable. Il m'a femblé que M. de *Bernftorff*, qui fe connaiffait en hommes, l'avait placé à Paris ; et que ce pauvre *Struenzée*, qui ne fe connaiffait qu'en reines, l'avait envoyé à Naples. Je ne crois pas qu'il ait beaucoup à attendre actuellement du Danemarck ni du refte du monde. Sa fanté eft dans un état déplorable : il voyage avec deux malades qu'il a trouvés en chemin. Je me fuis mis en quatrième, et leur ai fait fervir un plat de pilules à fouper; après quoi, je les ai envoyés chez *Tiffot*, qui n'a jamais guéri perfonne, et qui eft plus malade qu'eux tous, en fefant de petits livres de médecine.

Ce monde-ci eft plein, comme vous favez, de charlatans en médecine, en morale, en théologie, en politique, en philofophie. Ce que j'ai toujours aimé en vous, Madame, parmi plufieurs autres genres de mérite, c'eft que vous n'êtes point charlatane. Vous avez de la bonne foi dans vos goûts et

1772. dans vos dégoûts, dans vos opinions et dans vos doutes. Vous aimez la vérité, mais l'attrape qui peut. Je l'ai cherchée toute ma vie sans pouvoir la rencontrer. Je n'ai aperçu que quelque lueur qu'on prenait pour elle; c'est ce qui fait que j'ai toujours donné la préférence au sentiment sur la raison.

A propos de sentiment, je ne cesserai jamais de vous répéter ma profession de foi pour votre grand'-maman. Je vous dirai toujours qu'indépendamment de ma reconnaissance qui ne finira qu'avec moi, elle et son mari sont entièrement selon mon cœur.

N'avez-vous jamais vu la carte de Tendre dans *Clélie?* je suis pour eux à Tendre sur Enthousiasme. J'y resterai. Vous savez aussi, Madame, que je suis pour vous, depuis vingt ans, à Tendre sur Regrets. Vous savez quelle serait ma passion de causer avec vous; mais j'ai mis ma gloire à ne pas bouger; et voilà ce que vous devriez dire à votre grand'maman.

Adieu, Madame; mes misères saluent les vôtres avec tout l'attachement et toute l'amitié imaginable.

Voltaire.

LETTRE XLI. 1772.

A M. LE MARECHAL DUC DE RICHELIEU.

A Ferney, 25 de mai.

MON héros eſt doyen de notre délabrée académie, et moi le doyen de ceux que mon héros tourne en ridicule depuis environ cinquante ans. Le cardinal de *Richelieu* en uſait ainſi avec *Boiſrobert*. Il me paraît que chacun a ſon ſouffre-douleurs. Permettez à votre humble plaignant de vous dire que, s'il y a des mots plaiſans dans votre lettre, il n'y en a pas un ſeul d'équitable.

Premièrement, je ne ſuis pas aſſez heureux pour avoir la plus légère correſpondance avec M. le duc de *Duras*; et s'il m'honorait de ſa bonté et de ſa familiarité, comme vous le prétendez, vous ne le trouveriez pas mauvais. Bon ſang ne peut mentir.

Je vous certifierai enſuite que M. d'*Argental* a ignoré très-long-temps cette baliverne des Lois de Minos; qu'elle a été lue aux comédiens par un jeune homme, et donnée pour être l'ouvrage d'un avocat nommé du *Roncel*, étant raiſonnable qu'une tragédie ſur les lois parût faite par un juriſconſulte.

Puis je vous certifierai qu'il y a trois ans que je n'ai écrit à *Thiriot*. Je vous dirai de plus que je voulais faire imprimer la pièce, et donner le revenant-bon de l'édition à l'avocat (ainſi que j'ai donné

depuis vingt ans le profit de tous mes ouvrages).
1772. Que je ne voulais point du tout riſquer celui-ci au théâtre. Cet avocat l'avait miſe entre les mains du libraire *Roſſet*, à Lyon. Le procureur général, qui a la librairie dans ſon département, crut, ſur le titre et ſur la dédicace à un ancien conſeiller, que c'était une ſatire des nouveaux parlemens et des prêtres: mais le fait eſt que, s'il y a quelque alluſion dans cette pièce, c'eſt manifeſtement ſur le roi de Pologne qu'elle tombe. J'ai déjà eu l'honneur de vous dire que monſieur le procureur général de Lyon envoya la pièce à monſieur le chancelier qui l'a gardée; et quelque extrême bonté qu'il ait pour moi, je n'ai pas voulu la réclamer. Je me ſuis amuſé ſeulement à corriger beaucoup la pièce, et ſurtout à l'écrire en français, ce qui n'eſt pas commun depuis pluſieurs années.

Vous me demanderez peut-être pourquoi je n'ai pas pris la liberté de m'adreſſer à vous, et d'implorer vos bontés pour *Minos*? c'eſt parce que je voulais demeurer inconnu; c'eſt parce que je craignais prodigieuſement que vous n'exerçaſſiez ſur votre humble client l'habitude enracinée où vous êtes de vous moquer de lui; c'eſt parce que vous n'avez jamais eu la bonté de m'inſtruire comment je pourrais vous adreſſer de gros paquets; c'eſt parce qu'on riſque de prendre très-mal ſon temps avec un vice-roi d'Aquitaine, avec un maréchal de France entouré d'affaires et de courtiſans, qui peut être tenté de jeter au feu une malheureuſe pièce de théâtre qui ſe préſente mal à propos; c'eſt que vous vous moquâtes de la tragédie de Mérope; c'eſt qu'à ſoixante et dix-huit ans il eſt tout naturel que je ne mérite que vos ſifflets, en vous ennuyant d'une tragédie. Ce n'eſt pas que je n'aye tout bas l'inſolence de la croire bonne, mais je n'oſerais le préſumer tout haut : d'ailleurs, à qui confierais-je mes faibleſſes plutôt qu'à mon reſpectable doyen, s'il daignait m'encourager, au lieu de me rabêtir, comme il fait toujours ? 1772.

Eh bien, quand vous aurez du temps de reſte, quand vous voudrez voir mon œuvre qui eſt fort différente de celle qu'on a lue au tripot de la comédie, dites-moi donc ſi je dois vous l'envoyer ſous l'enveloppe de M. le duc d'*Aiguillon* ou ſous la vôtre. Mais, Dieu merci, vous ne me dites jamais rien. Ne ſerait-il pas même de votre intérêt qu'on dît un jour qu'à nos âges on conſervait le feu du génie ?

Pour vous faire rougir de vos cruautés, tenez, voilà les Cabales; elles valent mieux que la Bégueule : c'eſt, je crois, de mes petits morceaux détachés le moins mauvais. Tournez cela en ridicule, ſi vous l'oſez. Vous ſerez du moins le ſeul qui vous en moquerez, car vous êtes le ſeul à qui je l'envoie en toute humilité.

Vous m'allez dire encore qu'il faut que j'aye une terrible ſanté, puiſque je fais tant de pauvretés à mon âge; voilà ſur quoi mon héros ſe trompe. *Toto cœlo, totâ terrâ aberrat.*

Je ſuis plié en deux, je ſouffre vingt-trois heures en vingt-quatre, et je me tuerais ſi je n'avais pas la conſolation de faire des ſottiſes. J'en ferai donc tant que je vivrai, mais je vous ſerai attaché,

1772. Monseigneur le railleur, avec un aussi tendre respect que si vous applaudissiez à mes lubies.

Je me prosterne. *V.*

N. B. Je crois que le comte de *Morangiés* n'a point touché les cent mille écus. Oserais-je vous demander ce que vous en pensez ?

L'abbé *Mignot* est mon propre neveu, et passe pour le meilleur juge du parlement ; ainsi vous gagnerez vos trois procès ; mais perdrai-je toujours le mien avec vous ?

LETTRE XLII.

AU MEME.

A Ferney, 30 de mai.

A vous seul, je vous en supplie.

MON HEROS,

L'IMPÉRATRICE de Russie, qui me fait l'honneur de m'écrire plus souvent que vous, me mande, par sa lettre du 10 d'avril, qu'elle enverra en Sibérie les prisonniers français. On les croit déjà au nombre de vingt-quatre.

Il se peut qu'il y en ait quelques-uns auxquels vous vous intéressiez. Il se peut aussi que le ministère ne veuille pas se compromettre, en demandant grâce pour ceux dont l'entreprise n'a pas été avouée par lui.

Quelquefois on ſe ſert (et ſurtout en ſemblables occaſions) de gens ſans conſéquence. J'en connais 1772.
un qui n'eſt de nulle conſéquence, et que même quelquefois vous appelâtes inconſéquent. Il ſerait prêt à obéir à des ordres poſitifs, ſans répondre du ſuccès ; mais aſſurément il ne haſarderait rien ſans un commandement exprès. Il ſe ſouvient qu'il eut le bonheur d'obtenir la liberté de quelques officiers ſuiſſes pris à la journée de Rosback. Il ne ſe flatte pas d'être toujours auſſi heureux ; mais il eſt plus ennemi du froid que des mauvais vers, et tient que des français ſont très-mal à leur aiſe en Sibérie.

Il attend donc les ordres de monſeigneur le maréchal, ſuppoſé qu'il veuille lui en donner de la part du miniſtre des affaires étrangères ou de celui de la guerre. Oſerais-je, Monſeigneur, vous demander ce que vous penſez du procès de M. de *Morangiès*? Il court dans Paris la copie d'une lettre de moi ſur cette affaire ; cette copie eſt fort infidelle, et celui qui l'a divulguée n'eſt pas diſcret. Quoi qu'il en ſoit, je me mets aux pieds de mon héros avec ſoumiſſion profonde. *V.*

1772.

LETTRE XLIII.

A MADAME LA MARQUISE DU DEFFANT.

A Ferney, 5 de juin.

VOUS me parlez, Madame, de philofophie pratique; parlez-moi de fanté pratique. La difpofition des organes fait tout; et malgré le fot orgueil humain, malgré les petites vanités qui fe jouent de notre vie, malgré les opinions paffagères qui entrent dans notre cervelle, et qui en fortent fans favoir ni pourquoi ni comment, la manière dont on digère décide prefque toujours de notre manière de penfer, témoin Jean qui pleure et qui rit, qui a couru tout Paris, et que vous n'avez probablement point lu.

M. de *Gleichen* m'a paru digérer fort mal. Je crois qu'il n'approuve guère le ftyle du théâtre danois. J'étais très-malade quand il vint dans mon hermitage. J'ai peur qu'en qualité de miniftre accoutumé aux cérémonies, il n'ait été un peu choqué de ma rufticité. Je laiffe faire aux dames les honneurs de ma retraite champêtre; c'eft à elles à voir fi les lits font bons, et fi on a bien fait mouffer le chocolat de *meffieurs* à leur déjeûner.

M. de *Schomberg* a paru pardonner à mes mœurs agreftes. Je fouhaite que les Danois foient auffi indulgens que lui. De tous ceux qui ont paffé par Ferney, c'eft la fœur de M. de *Cucé* dont j'ai été le plus content, car c'eft à elle que je dois de n'avoir pas perdu entièrement les yeux. Elle me donna d'une drogue qui ne m'a pas guéri, mais qui m'a beaucoup ſoulagé. Je voudrais bien qu'il y eût des recettes pour votre mal comme pour le mien. Nous avons à Genève un phyſicien qui électriſe parfaitement le tonnerre ; il a voulu électriſer auſſi un homme qui a une goutte ſereine, mais il n'y a pas réuſſi. A l'égard du tonnerre, c'eſt une bagatelle ; on l'inocule comme la petite vérole. Nous nous familiariſons fort, dans notre ſiècle, avec tout ce qui feſait trembler dans les ſiècles paſſés. Il eſt prouvé même, généralement parlant, que chez les nations policées on vit un peu plus long-temps qu'on ne vivait autrefois. Je vous en fais mon compliment, ſi c'en eſt un à faire. Je vois bien qu'il eſt ſi doux de vivre avec votre grand'maman, que vous aimez encore la vie, malgré tout le mal que vous en dites ſouvent avec tant de raiſon. C'eſt un roſſignol que vous êtes allée entendre chanter dans ſa belle cage. Je conçois très-bien qu'on ſoit heureux quand on a, comme dit le *Guarini :* 1772.

Lieto nido, eſca dolce, aura corteſe.

Mais, lorſqu'avec ces avantages on eſt aimé, reſpecté de l'Europe, et qu'on poſsède un génie ſupérieur, on doit être content. Le moyen de n'être pas au-deſſus de la fortune, quand on eſt ſi fort au-deſſus des autres.

J'ai un peu beſoin, moi chétif, de cette philoſophie dont vous me parlez. De tous les établiſſemens que j'ai faits dans mon déſert, il ne me reſtera bientôt plus que mes vers à ſoie. On a chicané mes artiſtes

1772. qui envoyaient des montres en Amérique, à Conſtantinople et à Pétersbourg. Le commerce qu'ils entreprenaient était immenſe, et feſait entrer en France beaucoup d'argent. C'était un plaiſir de voir mon abominable village changé en une jolie petite ville, et de nombreux artiſtes étrangers devenus français, bien logés et feſant bonne chère avec leurs familles, dans de jolies maiſons de pierre de taille que je leur avais bâties. La protection d'un grand-homme avait fait ce miracle qui va ſe détruire. Il faudra que je diſe comme le bon homme *Job* : Je ſuis ſorti tout nu du ſein de la terre, et j'y retournerai tout nu; mais remarquez que *Job* diſait cela en s'arrachant les cheveux et en déchirant ſes habits. Moi, je ne m'arrache pas les cheveux, parce que je n'en ai point, et je ne déchire point mes habits, parce que par le temps qui court il faut être économe.

Adieu, Madame; feſons tous deux comme nous pourrons. Vogue la pauvre galère. Penſez fortement et uniformément, et conſervez-moi vos bontés; vous ſavez combien elles me ſont chères. *V.*

LETTRE

LETTRE XLIV.

1772.

A M. LE MARECHAL DUC DE RICHELIEU.

A Ferney, 8 de juin.

MON héros daigne me mander qu'il va dans ſon royaume d'Aquitaine. Il y eſt donc déjà ; car mon héros eſt comme les dieux d'*Homère*, il va fort vîte, et ſurement il eſt arrivé au moment que j'ai l'honneur de lui écrire. Il a d'autres affaires que celles des Lois de Minos ; il eſt occupé de celles de *Louis XV*.

Je commence par lui jurer, s'il a un moment de loiſir, qu'il n'y a pas ûn mot à changer dans tout ce que je lui ai écrit touchant la Crète ; et ſi M. d'*Argental* lui a donné une très-mauvaiſe défaite, ce n'eſt pas ma faute. Pourquoi mentir ſur des bagatelles ? Il ne faut mentir que quand il s'agit d'une couronne ou de ſa maîtreſſe.

Je n'ai point de nouvelles de la Ruſſie : vous penſez bien, Monſeigneur, qu'on ne m'écrit pas toutes les poſtes. Ce que je vous ai propoſé eſt ſeulement d'une bonne ame. Je ne cherche point du tout à me faire valoir. Il ſe pourrait même très-bien que l'on ſe piquât d'en agir noblement, ſans en être prié, comme fit l'impératrice *Anne* à la belle équipée du cardinal de *Fleuri* qui avait envoyé quinze cents français contre dix mille ruſſes, pour faire ſemblant de ſecourir l'autre roi *Staniſlas*. Ma deſtinée eſt toujours d'être un peu enfoncé dans le Nord. Vous vous en apercevrez, quand vous daignerez lire quelques endroits des Lois

de Minos. Vous verrez bien que le roi de Crète *Teucer*
1772. eſt le roi de Pologne *Staniſlas-Auguſte Poniatowsky*, et que le grand-prêtre eſt l'évêque de Cracovie, comme auſſi vous pourrez prendre le temple de Gortine pour l'égliſe de Notre-Dame de Czenſtochowa.

J'ai donc la hardieſſe de vous envoyer cette facétie, à condition que vous ne la lirez que quand vous n'aurez abſolument rien à faire. Vous ſavez bien qu'*Horace*, en envoyant des vers à *Auguſte*, dit au porteur : Prends bien garde de ne les préſenter que quand il ſera de loiſir et de bonne humeur.

Si mon héros eſt donc de belle humeur et de loiſir, je lui dirai que madame *Arsène* et ſon charbonnier ſont un ſujet difficile à manier, et que celui qui en fera un joli opéra comique ſera bien habile.

Je prendrai encore la liberté de lui dire que, ſelon mon petit ſens, il faudrait quelque choſe d'héroïque, mêlé à la plaiſanterie. J'ai un ſujet qui, je crois, ſerait aſſez votre fait; mais je ne ſais rien de plus propre à une fête que la Pandore de *la Borde*. La muſique m'a paru très-bonne. Vous me direz que je ne m'y connais point; cela peut fort bien être, mais je parierais qu'elle réuſſirait infiniment à la cour. Vous m'avouerez qu'il eſt beau à moi de ſonger aux plaiſirs de ce pays-là.

Il faut, dans votre grande ſalle des ſpectacles à Verſailles, des pièces à grand appareil; les Lois de Minos peuvent avoir du moins ce mérite. Olimpie auſſi ferait, je crois, beaucoup d'effet; mais vous manquez, dit-on, d'acteurs et d'actrices : et de quoi ne manquez-vous pas ? le beau ſiècle ne reviendra plus. Il y aura toujours de l'eſprit dans la nation, il y aura du raisonné, et malheureusement beaucoup trop, et même du raisonné fort obscur et fort inintelligible; mais pour les grands talens, ils seront d'autant plus rares que la nature les a prodigués sous *Louis XIV.* Jouissez long-temps de la gloire d'être le dernier de ce siècle mémorable, et de soutenir l'honneur du nôtre. Vivez heureux autant qu'on peut l'être en ce pauvre monde et en ce pauvre temps. Vos bontés ajoutent infiniment à la quiétude de ma douce retraite. Mon cœur y est toujours pénétré pour vous du plus tendre respect. *V.* 1772.

LETTRE XLV.

A M. LE COMTE D'ARGENTAL.

19 de juin.

NON, je ne puis croire ce comble d'iniquité; non, il n'est pas possible que mes anges abandonnent la Crète à tant d'horreurs, et qu'ils laissent plaider la cause sans que les avocats soient préparés. J'ai déjà mandé que ce pauvre diable d'avocat du *Roncel* travaillait comme *Linguet* à mettre plus d'ithos et de pathos dans son plaidoyer, et à prévenir toutes les objections de ses adversaires. Jugez-en par ces vers-ci qui expliquent précisément quelle était l'espèce de pouvoir d'un roi de Crète:

Minos fut despotique, et laissa pour partage
Aux rois ses successeurs un pompeux esclavage,
Un titre, un vain éclat, le nom de majesté,
L'appareil du pouvoir, et nulle autorité.

1772. Tout ce qui pourrait fournir aux méchans des allufions impies fur les prêtres, ou quelques allégories audacieufes contre les parlemens, eft ou adouci ou retranché avec toute la prudence dont un avocat eft capable. Enfin tous les emplâtres font prêts, et on les appliquera fur le champ aux bleffures faites par les cifeaux de la police. Il n'eft donc pas poffible, encore une fois, que des anges gardiens, des anges confolateurs, expofent aux fifflets du barreau un plaidoyer auquel on travaille tous les jours. Ils ne font pas capables d'une telle diablerie. Ils me renverront par *Marin* le plaidoyer de du *Roncel*, tel qu'il a été eftropié à la police, et on le renverra par la même voie.

Toutes les nouvelles font l'éloge de mademoifelle *Sainval la cadette*. Je fupplie inftamment mes anges de faire une forte brigue pour lui faire jouer *Olimpie* à Fontainebleau. J'ai mes raifons pour cela, mais des raifons fi fortes, fi touchantes, fi convaincantes, que fi mes anges les favaient, ils les préviendraient avec la bonté la plus empreffée. Je n'ai point de nouvelles de M. le maréchal de *Richelieu*, et je ne fais quand il revient.

Que dites-vous du procès de la veuve *Verron*?

LETTRE XLVI.

1772.

A M. LE MARECHAL DUC DE RICHELIEU.

A Ferney, 4 de juillet.

MON HEROS,

JE reçois de votre grâce une lettre qui m'enchante. Elle me fait voir qu'au bout de cinquante ans vous avez daigné enfin me prendre férieufement. Je vois que notre doyen, quand il veut s'en donner la peine, eft le véritable protecteur des lettres : mais ce que vous avez la bonté de me dire fur la perte que vous avez faite, a pénétré mon cœur. J'avais déjà pris la liberté de vous ouvrir le mien. Je fentais combien vous deviez être affligé, et à quel point il eft difficile de réparer de tels malheurs. Je vous plaignais en vous voyant refter prefque feul de tout ce qui a contribué aux agrémens de votre charmante jeuneffe. Tout eft paffé, et on paffe enfin foi-même pour aller trouver le néant, ou quelque chofe qui n'a nul rapport avec nous, et qui eft par conféquent le néant pour nous.

Je fouhaite paffionnément que les affaires et les plaifirs vous diftrayent long-temps.

La bonté avec laquelle vous vous êtes occupé de la Crète, a été pour vous un moment de diverfion. Vos réflexions font très-juftes; et quoique cet ouvrage ait beaucoup plus de rapport à la Pologne qu'à la France, cependant il eft très-aifé d'y trouver des allufions à nos anciens parlemens et à nos affaires

1772. préfentes. Il ne faut pas laiffer le moindre prétexte à ces allégories défagréables, et c'eft à quoi j'ai travaillé, à la réception de la belle lettre dont vous m'avez honoré. Il y a même beaucoup encore à faire dans le dialogue et dans la verfification, pour que la pièce foit digne d'être protégée par monfeigneur le maréchal de *Richelieu.*

Notre doyen fait de quelle difficulté il eft d'écrire à la fois raifonnablement et avec chaleur, de ne pas dire un mot inutile, de mêler l'harmonie à la force, d'être auffi exact en vers qu'on le ferait dans la profe la plus châtiée. On peut remplir ces devoirs dans cinq ou fix vers ; mais il n'a été donné qu'à *Jean Racine* d'en faire des centaines de fuite, qui approchent de la perfection : tout le refte eft plein de boue, et les fautes fourmillent au milieu des beautés.

Il ne faut pourtant pas fe décourager. Il faut qu'à mon âge je tâche de faire voir qu'il y a encore des reffources, et que ceux qui font nés lorfque *Racine* et *Boileau* vivaient encore, lorfque *Louis XIV* tenait encore fa brillante cour, lorfque madame la dauphine de Bourgogne commençait à donner les plus grandes efpérances, lorfque la France donnait le ton à toutes les nations de l'Europe, confervent encore quelques étincelles de ce feu qui nous animait.

Je vous demande en grâce de ne pas laiffer fortir de vos mains ma pauvre Crète, jufqu'à ce que j'aye épuifé tout mon favoir-faire.

Pour vous parler des prifonniers français qui fe font beaucoup plus fignalés que les Crétois, je vous dirai que je me flatte toujours qu'ils feront reçus magnifiquement à Pétersbourg, qu'on y étalera toute la pompe de la puissance, tout l'éclat de la victoire, et toute la galanterie d'une femme de beaucoup d'esprit. On ne peut mieux réparer la petite fredaine dont vous parlez, et vous m'avouerez que cette fredaine a produit les plus grandes choses. Si vous étiez encore au mois d'auguste dans votre royaume, je vous supplierais de vous y faire donner les Crétois bien corrigés. Le vieux malade aura l'honneur de vous en dire davantage une autre fois; il est à vos pieds avec le plus tendre respect. *V.*

1772.

LETTRE XLVII.

A MADAME

LA MARQUISE DU DEFFANT.

6 de juillet.

Je fais depuis vingt ans, Madame, en petit dans ma chaumière, ce que votre grand'maman fait avec tant d'éclat dans son palais délicieux. Je vous imite aussi en parlant d'elle et de son respectable mari, et en leur étant tendrement attaché, quoi qu'ils en disent; et une preuve que je ne change point, c'est que je suis chez moi. Madame de *Saint-Julien*, qui a daigné faire cent trente lieues pour me venir voir dans mon hermitage, pourrait vous en dire des nouvelles. Je finirai par m'en tenir à ma bonne conscience, et à souffrir en paix qu'on ne me croye pas.

Savez-vous qu'il paraît deux petits volumes de lettres de madame de *Pompadour*? Elles sont écrites

1772. d'un ſtyle léger et naturel, qui ſemble imiter celui de madame de *Sévigné*. Pluſieurs faits ſont vrais, quelques-uns faux, peu d'expreſſions de mauvais ton. Tous ceux qui n'auront pas connu cette femme, croiront que ces lettres ſont d'elle. On les dévore dans les pays étrangers. On ne ſaura qu'avec le temps que ce recueil n'eſt que la friponnerie d'un homme d'eſprit qui s'eſt amuſé à faire un de ces livres que nous appelons, nous autres pédans, pſeudonymes. Il y a bien des gens de votre connaiſſance qui ne ſeront pas contens de ce recueil; ils y ſont extrêmement maltraités, à commencer par ſon frère; mais dans un mois on n'en parlera plus. Tout cela s'engloutit dans le torrent des ſottiſes dont on eſt inondé.

Vous voulez que je vous envoye les miennes; vous en aurez. On a imprimé à Paris les Cabales, la Bégueule, Jean qui pleure et qui rit : on les a cruellement défigurés. Je vous en ferai tenir, dans quelques ſemaines, une petite édition, avec des notes très-inſtructives pour la jeuneſſe qui veut être philoſophe.

Je crois votre M. de *Gleichen* à Spa, où il y a grande compagnie. Sa ſanté eſt bien mauvaiſe, et les révolutions du Danemarck ne la rétabliront pas. Il feſait un peu le myſtérieux à Ferney, mais ſon myſtère était qu'il ne ſavait rien. Toute cette aventure eſt bien horrible et bien honteuſe. Gardez-vous d'ailleurs d'aimer trop les étrangers : leurs amitiés ſont, comme eux, des oiſeaux de paſſage. *Formont* valait mieux. Il n'y a que les gens peu répandus qui ſachent aimer.

Adieu, Madame; je ſuis très-peu répandu. *V.*

LETTRE XLVIII.

1772.

A M. LE COMTE D'ARGENTAL.

8 de juillet.

MON cher ange, je commence par vous demander ſi vous avez lu les lettres de madame de *Pompadour*, c'eſt-à-dire les lettres qui ne ſont pas d'elle, et dans leſquelles l'auteur cherche à copier le ſtyle de madame de *Sévigné*. On les dévore et on les dévorera, juſqu'à ce qu'on ſoit bien convaincu que c'eſt un ouvrage ſuppoſé, et qu'on doit en faire le même cas que des lettres de *Ninon*, de celles de la reine *Chriſtine*, et des mémoires de madame de *Maintenon*. Des gens qui ſont aſſez au fait prétendent que ce recueil eſt de cet honnête *Vergy* qui vous a fait une ſi jolie tracaſſerie. Vous n'êtes point nommé dans ces lettres : M. le maréchal de *Richelieu* y eſt horriblement maltraité. Il eſt difficile de mettre un frein à ces infamies.

Il faut que vous ſachiez qu'il arriva chez moi, ces jours paſſés, deux piémontais qui me dirent avoir travaillé long-temps dans les bureaux de M. de *Félino*, et qui ont, diſent-ils, été empriſonnés long-temps à ſon occaſion; ils prétendaient avoir été accuſés d'avoir voulu empoiſonner la ducheſſe de Parme. Je leur demandai ce qu'ils voulaient de moi, ils me répondirent qu'ils me priaient de les employer ; je leur dis que j'étais bien fâché, mais que je n'avais perſonne à empoiſonner; et le ſingulier de l'aventure, c'eſt qu'ils refusèrent de l'argent.

1772. Difons à préfent, je vous prie, un petit mot de la Crète. Bénis foient ceux qui me l'ont renvoyée ; elle était perdue, fi on l'avait donnée telle qu'elle était. Les mutilations lui feront du bien ; j'ajufte des bras et des jambes à la place de ceux qu'on a coupés. Je l'avais envoyée à M. le maréchal de *Richelieu*, avec quelques additions que vous n'aviez pas. Je ne comptais pas qu'elle pût lui plaire, elle a été plus heureufe que je ne croyais. Il voulait la faire jouer à Bordeaux, où il dit avoir une excellente troupe. Je l'ai conjuré de n'en rien faire. Je ne crois pas en faire jamais une pièce qui foit auffi touchante que Zaïre ; mais il fe pourra faire qu'elle ait fon petit mérite. Il ne faut pas que tous les enfans d'un même père fe reffemblent ; la variété fait quelque plaifir. Je voudrais bien que l'amour jouât un grand rôle chez nos Crétois, mais c'eft une chofe impoffible. Un amant qui ne foupçonne point fa maîtreffe, qui n'eft point en fureur contre elle, qui ne la tue point, eft un homme infipide ; mais il eft beau de réuffir fans amour chez des Français. Enfin, nous verrons fi vous ferez content. J'efpère du moins que le roi de Pologne le fera. Vous fentez bien que c'eft pour lui que la pièce eft faite. Je fuis quelquefois honni dans ma patrie ; les étrangers me confolent. On a joué à Londres une traduction de Tancrède avec un très-grand fuccès. La pièce m'a paru fort bien écrite.

Je fors de Zaïre ; des comédiens de province m'ont fait fondre en larmes. Nous avions un *Lufignan* qui eft fort au-deffus de *Brizard*, et un *Orofmane* qui a égalé *le Kain* en quelques endroits.

Une mademoifelle *Camille*, grande, bien faite, belle

voix, l'air noble, le geſte vrai, va ſe préſenter pour les rôles de reines; elle demande votre très-grande protection auprès de M. le duc de *Duras.* Je ne l'ai point vue; on en dit beaucoup de bien; vous en jugerez, elle viendra vous faire ſa cour à Paris. C'eſt aſſez, je crois, vous parler comédie; le ſujet eſt intéreſſant, mais il ne faut pas l'épuiſer. 1772.

Je me mets à l'ombre des ailes de mes anges. *V.*

LETTRE XLIX.

AU MEME.

25 de juillet.

MON cher ange, M. le marquis de *Félino* eſt bien bon de daigner deſcendre juſqu'à m'expliquer ce que c'eſt que mes deux aventuriers de Nice. Il me paſſe tous les jours ſous les yeux de pareils *Guſmans d'Alfarache.* Il y en a autant que de mauvais poëtes à Paris, et de mauvais prêtres à Rome; mais je vois que la Providence tire toujours le bien du mal, puiſque ces deux poliſſons m'ont valu un écrit inſtructif de la part d'un homme pour qui j'ai l'eſtime la plus reſpectueuſe, et qui eſt votre ami. Je vois avec douleur que l'eſprit de la cour romaine domine encore dans preſque toute l'Italie, excepté à Veniſe.

Romanos rerum dominos gentemque togatam.

Je ne voyagerai point dans ce pays-là, quoique

M. *Ganganelli* m'ait aſſuré que ſon grand inquiſiteur
1772. n'a plus ni d'yeux ni d'oreilles.

Je vous ſupplie de vouloir bien préſenter mes très-humbles remercîmens à M. le marquis de *Félino.* Je crois que le ſéjour de Paris lui ſera pour le moins auſſi agréable que celui de Parme.

Je ſonge toujours à la Crète, et je vous aurais déjà envoyé mon dernier mot, ſi je pouvais avoir un dernier mot.

Votre favori *Roſcius* veut-il, quand il ſera à Ferney, jouer Gengis et Sémiramis ? je crois que le pauvre entrepreneur de la troupe ne pourrait lui donner que cent écus par repréſentation ; et, ſi je ne me trompe, je vous l'ai déjà mandé. Cela ſert du moins à payer des chevaux de poſte. Pour moi, je ne puis plus être magnifique ; je me ſuis ruiné en bâtimens et en colonies, et je m'achève en bâtiſſant une maiſon de campagne pour *Florian.*

Je dirai, en parodiant *Didon :*

Exiguam urbem ſtatui, mea mœnia vidi,
Et nunc parva mei ſub terras ibit imago.

Voici des pauvretés pour vous amuſer.

Je me mets à l'ombre des ailes de mes anges. *V.*

Vous croyez bien que je recevrai M. le chevalier de *Buffevent* de mon mieux, tout malade et tout languiſſant que je ſuis. Les apparitions de vos parens et de vos amis ſont des fêtes pour moi.

LETTRE L.

1772.

A MADAME

LA COMTESSE DE SAINT-HEREM.

A Ferney, 27 de juillet.

MADAME,

Vous avez écrit à un vieillard octogénaire qui eſt très-honoré de votre lettre ; il eſt vrai que madame votre mère daigna autrefois me témoigner beaucoup d'amitié et quelque eſtime. Ce ferait une grande conſolation pour moi, ſi je pouvais mériter de ſa fille un peu de ſes ſentimens.

Vous avez aſſurément très-grande raiſon de regarder l'adoration de l'Etre des êtres comme le premier des devoirs, et vous ſavez ſans doute que ce n'eſt pas le ſeul. Nos autres devoirs lui ſont ſubordonnés ; mais les occupations d'un bon citoyen ne ſont pas auſſi mépriſables et auſſi haïſſables qu'on a pu vous le dire.

Celui qui a contribué à rendre *Henri IV* encore plus cher à la nation, celui qui a écrit le Siècle de *Louis XIV*, qui a vengé les *Calas*, qui a écrit le Traité de la tolérance, ne croit point avoir célébré des choſes mépriſables et haïſſables. Je ſuis perſuadé que vous ne haïſſez, que vous ne mépriſez que le vice et l'injuſtice; que vous voyez dans le maître de la nature le père de tous les hommes ; que vous n'êtes d'aucun parti ; que plus vous êtes éclairée, plus vous êtes

indulgente ; que votre vertu ne ſera jamais altérée par
1772. les ſéductions de l'enthouſiaſme. Telle était madame votre mère que je regrette toujours.

Tous les hommes ſont également faibles, également petits devant DIEU, mais également chers à celui qui les a formés. Il ne nous appartient pas de vouloir ſoumettre les autres à nos opinions. Je reſpecte la vôtre, je fais mille vœux pour votre félicité, et j'ai l'honneur d'être avec le plus ſincère reſpect, Madame, votre, &c.

LETTRE LI.

A MADAME DE SAINT-JULIEN.

31 de juillet.

Je vous avais dit, Madame, que je n'aurais jamais l'honneur de vous écrire pour vous faire de vains complimens, et que je ne m'adreſſerais à vous que pour exercer votre humeur bienfeſante ; je vous tiens parole ; il s'agit de favoriſer les blondes. Je ne ſais ſi vous n'aimeriez pas mieux protéger des blondins ; mais il n'eſt queſtion ici ni de belles dames, ni de beaux garçons : et je ne vous demande votre protection qu'auprès de la marchande qui ſoutient ſeule l'honneur de la France, ayant ſuccédé à madame *du Chap* (*).

Vous avez vu cette belle blonde, façon de dentelle de Bruxelles, qui a été faite dans notre village. L'ouvrière qui a fait ce chef-d'œuvre eſt prête d'en faire autant, et en auſſi grand nombre qu'on voudra, et à très-bon marché pour l'ancienne boutique *du Chap* ;

(*) Fameuſe marchande de modes.

elle prendra une douzaine d'ouvrières avec elle, s'il le faut, et nous vous aurons l'obligation d'une nouvelle manufacture. Vous nous avez porté bonheur, Madame; notre colonie augmente, nos manufactures se perfectionnent, je suis encore obligé de bâtir de nouvelles maisons. Si le ministère voulait un peu nous encourager, et me rendre du moins ce qu'il m'a pris, Ferney pourrait devenir un jour une ville opulente. Ce sera une assez plaisante époque dans l'histoire de ma vie, qu'on m'ait saisi mon bien de patrimoine entre les mains de M. de *la Borde* et de M. *Magon*, tandis que j'employais ce bien, sans aucun intérêt, à défricher des champs incultes, à procurer de l'eau aux habitans, à leur donner de quoi ensemencer leurs terres, à établir six manufactures, et à introduire l'abondance dans le séjour de la plus horrible misère; mais je me consolerai, si vous favorisez nos blondes, et si vous daignez faire connaître à l'héritière de madame *du Chap* qu'il y va de son intérêt et de sa gloire de s'allier avec nous. 1772.

Quand vous reviendrez, Madame, aux Etats de Bourgogne, si vous daignez vous souvenir encore de Ferney, nous vous baignerons dans une belle cuve de marbre, et nous aurons un petit cheval pour vous promener, afin que vous ne soyez plus sur un génevois. Tout ce que je crains c'est d'être mort quand vous reviendrez en Bourgogne. Votre écuyer *Racle* a pensé mourir ces jours-ci, et je pense qu'il finira comme moi par mourir de faim; car M. l'abbé *Terrai* qui m'a tout pris, ne lui donne rien, du moins jusqu'à présent. Il faut espérer que tout ira mieux dans ce meilleur des mondes possibles. Je me flatte que tout ira

1772. toujours bien pour vous, que vous ne manquerez ni de perdrix ni de plaiſirs. Vous ne manqueriez pas de vers ennuyeux, ſi je ſavais comment vous faire tenir Syſtêmes, Cabales, &c., avec des notes très-inſtructives.

En attendant, recevez, Madame, mon très-tendre reſpect.

Le vieux malade de Ferney.

LETTRE LII.

A MADAME

LA MARQUISE DU DEFFANT.

10 d'auguſte.

J'AI tort, Madame, j'ai très tort; mais je n'ai pas pourtant ſi grand tort que vous le penſez : car, en premier lieu, je croyais que vous n'aviez plus du tout de goût pour les vers, et ſurtout pour les miens; et ſecondement, je n'étais pas content de l'édition dont vous avez la bonté de me parler; je vous en envoie une meilleure.

Pour peu que vous vouliez connaître le ſyſtême de *Spinoſa*, vous le verrez aſſez proprement expoſé dans les notes. Si vous aimez à vous moquer des ſyſtêmes de nos rêveurs, il y aura encore de quoi vous amuſer.

Vous verrez de plus, dans les notes des Cabales, ſi j'ai eu ſi grand tort de me réjouir de la chute et de la diſperſion

dispersion de *messieurs*. La plupart sont, comme moi, à la campagne; je leur souhaite d'en tirer le parti que j'en tire. 1772.

Je me suis mis à établir une colonie; rien n'est plus amusant : ma colonie serait bien plus nombreuse et plus brillante, si M. l'abbé *Terrai* ne m'avait pas réduit à une extrême modestie.

Puisque vous avez vu M. *Hubert*, il sera votre portrait : il vous peindra en pastel, à l'huile, en *mezzo-tinto :* il vous dessinera sur une carte avec des ciseaux, le tout en caricature. C'est ainsi qu'il m'a rendu ridicule d'un bout de l'Europe à l'autre. Mon ami *Fréron* ne me caractérise pas mieux, pour réjouir ceux qui achètent ses feuilles.

Nous voici bientôt, Madame, à l'anniversaire centenaire de la Saint-Barthelemi. J'ai envie de faire un bouquet pour le jour de cette belle fête. En ce cas, vous avez raison de dire que je n'ai point changé depuis cinquante ans; car il y a en effet cinquante ans que j'ai fait la Henriade. Mon corps n'a pas plus changé que mon esprit. Je suis toujours malade comme je l'étais. Je passe mon temps à faire des gambades sur le bord de mon tombeau, et c'est en vérité ce que font tous les hommes. Ils sont tous *Jean* qui pleure et qui rit; mais combien y en a-t-il malheureusement qui sont *Jean* qui mord, *Jean* qui vole, *Jean* qui calomnie, *Jean* qui tue !

Eh bien, Madame, n'avouerez-vous pas à la fin que ma *Catherine II* n'est pas *Catherine* qui file ? ne conviendrez-vous pas qu'il n'y a rien de plus étonnant? Au bout de quatre ans de guerre, au lieu de mettre des impôts, elle augmente d'un cinquième la paye

BIBLIOTHÈQUE IMPÉRIALE

1772. de toutes ſes troupes : voilà un bel exemple pour nos *Colberts*.

Adieu, Madame; quoi qu'en diſe M. *Hubert*, je n'ai pas long-temps à vivre : et quoi que vous en diſiez, j'ai la plus grande envie de vous faire ma cour. Comptez que je vous ſuis attaché avec le plus tendre reſpect. *V.*

LETTRE LIII.

A MADAME DE SAINT-JULIEN.

A Ferney, 25 d'auguſte.

CE n'était pas, Madame, quand je n'avais plus l'honneur de vous tenir à Ferney que mes jours devaient être filés d'or et de ſoie. J'ai reçu ces petits échantillons de ſoie blanche, façonnée en blondes, que vous avez eu la bonté de nous envoyer. Nos ouvrières de Ferney vont travailler ſur ces modèles. J'aurai bientôt l'honneur de vous envoyer un eſſai d'une autre manufacture, car je ſuis auſſi sûr de votre ſecret que de vos bontés.

Vraiment je remercierai M. le duc de *Duras ;* mais je dois commencer par vous. Oſerai-je, en vous préſentant mes remercîmens, vous faire encore une prière? ce ſerait, Madame, de vouloir bien, quand vous verrez M. d'*Ogny*, lui parler de la reconnaiſſance extrême que j'ai de toutes les facilités qu'il a accordées à ma colonie juſqu'à préſent. Ma ſenſibilité, et ſurtout un petit mot de votre bouche, l'engageront peut-être à me continuer des faveurs qui me ſont bien néceſſaires. Si elles ceſſaient, mes fabriques tomberaient, mes maiſons que j'ai augmentées deviendraient inutiles, les fabricans ne pourraient me rien rembourſer des avances énormes que je leur ai faites ſans aucun intérêt, je me verrais ruiné. Voilà deux hommes à Ferney dont vous daignez ſoutenir la cauſe dans des genres différens, *Racle* et moi. 1772.

Le vieux malade eſt trop vieux pour venir vous faire ſa cour à Paris. Il faut ſavoir aimer la retraite; mais, Madame, il vous ſera attaché juſqu'au dernier moment de ſa vie avec le plus tendre reſpect. *V.*

LETTRE LIV.

A M. LE COMTE D'ARGENTAL.

28 d'auguſte.

MON cher ange m'écrit du 22; mais n'a-t-il point reçu le paquet des Lois de Minos que je lui avais dépêché par M. *Bacon*, ſubſtitut de monſieur le procureur général? Il me parle de la fête de la Saint-Barthelemi, mais pas un mot de Minos. J'ai peur que meſſieurs de la poſte ne ſe ſoient laſſés de favoriſer mon petit commerce de tragédies et de montres, que je feſais aſſez noblement. J'ai eſſuyé les plus grandes difficultés et les plus cruels contretemps, dont ni tragédie, ni comédie, ni petits vers, ni brochures ne peuvent guère me conſoler; mais ſi Minos ne vous a point été rendu, que deviendrai-je?

J'ai toujours été perſuadé que le procureur qui a joué le rôle de magiſtrat avec du *Jonquay* eſt puniſſable; et que *Desbrugnières*, le pouſſe-cu, mérite le

pilori ; que M. de *Morangiés* a cru attraper les
1772. du *Jonquay*, en se fesant prêter par eux cent mille écus qu'il ne pouvait rendre ; qu'il a été attrapé lui-même ; que dans l'ivresse de l'espérance de toucher cent mille écus dans trois jours, il a signé des billets avant d'avoir l'argent : mais je tiens qu'il est impossible que les du *Jonquay* aient eu cent mille écus.

Dieu veuille que je ne perde pas cent mille écus à mes manufactures.

Minos me consolera un peu, s'il réussit ; mais vraiment pour le Dépositaire, je ne suis pas en état d'y songer : Minos a toute mon ame.

On a joué, ces jours passés, Olimpie sur le théâtre de Genève, qui est à quelques pas de la ville ; elle a été applaudie bien plus qu'à Paris. Une belle actrice toute neuve, toute simple, toute naïve, sans aucun art, a fait fondre en larmes. Ce rôle d'*Olimpie* n'est pas fait, dit-on, pour mademoiselle *Vestris ;* c'est à vous d'en juger. *Patras* a joué supérieurement le grand-prêtre. Je le trouve bien meilleur que *Sarrazin* dans plusieurs rôles ; il me paraît nécessaire au tripot de Paris. Il s'offre à jouer tous les rôles. Il a beaucoup d'intelligence, un air très-intéressant ; il y a là de quoi faire un acteur admirable. Il me serait très-nécessaire dans les Lois de Minos. Les comédiens le refusent-ils parce qu'il est bon ? Ils ont déjà privé le public de plusieurs sujets qui auraient soutenu leur pauvre spectacle. Les intérêts particuliers nuisent au bien général dans tous les tripots.

Je lirai le livre dont vous me faites l'éloge ; mais j'aime mieux *Molière* que des réflexions sur *Molière*.

A l'ombre de vos ailes, mes divins anges. *V.*

1772.

LETTRE LV.

A M. LE MARQUIS DE CONDORCET.

1 de ſeptembre.

L'ABBÉ *Pinzo*, Monſieur, écrit trop bien en français ; il n'a point le ſtyle diffus et les longues phraſes des Italiens. J'ai grand'peur qu'il n'ait paſſé par Paris, et qu'il n'ait quelque ami encyclopédiſte. Malheureuſement ſa poſition eſt celle de *Pourceaugnac : Il me donna un ſoufflet, mais je lui dis bien ſon fait.*

A l'égard des Syſtêmes, il faut s'en prendre un peu à M. *le Roi*, dont l'équipée eſt un peu ridicule.

A l'égard des athées, vous ſavez qu'il y a athée et athée, comme il y a fagots et fagots. *Spinoſa* était trop intelligent pour ne pas admettre une intelligence dans la nature. L'auteur du *Syſtême* ne raiſonne pas ſi bien que *Spinoſa*, et déclame beaucoup trop.

Je ſuis fâché pour *Leibnitz*, qui ſurement était un grand génie, qu'il ait été un peu charlatan ; ni *Newton* ni *Locke* ne l'étaient. Ajoutez à ſa charlatanerie que ſes idées ſont preſque toujours confuſes. Puiſque ces meſſieurs veulent toujours imiter DIEU qui créa, dit-on, le monde avec la parole, qu'ils diſent donc comme lui, *fiat lux*.

Ce que j'aime paſſionnément de M. d'*Alembert*, c'eſt qu'il eſt clair dans ſes écrits comme dans ſa converſation, et qu'il a toujours le ſtyle de la choſe. Il y a des gens de beaucoup d'eſprit dont je ne pourrais en dire autant.

1772. Adieu, Monſieur ; faites provigner la vigne tant que vous pourrez ; mais il me ſemble qu'on nous fait manger à préſent des raiſins un peu amers. *V.*

LETTRE LVI.

A M. LE COMTE D'ARGENTAL.

5 de ſeptembre.

EH bien, mon cher ange, tout eſt-il déchaîné contre les Lois de Minos, juſqu'à la poſte ? Il eſt certain, de certitude phyſique, que je fis partir le paquet, il y a plus de trois ſemaines, à l'adreſſe de monſieur le procureur général du parlement ; et ſous cette enveloppe à ſon ſubſtitut M. *Bacon*, à qui j'envoie d'autres paquets toutes les ſemaines, et qui juſqu'à préſent n'a pas été négligent à les rendre. Au nom de *Rhadamante*, envoyez chez ce *Bacon*. Il ſe peut que la multiplicité prodigieuſe des affaires, ſur la fin de l'année de robe, lui ait fait oublier mon paquet cette fois-ci. Il ſe peut encore que meſſieurs des poſtes, qui m'ont taxé un autre envoi vingt-cinq piſtoles, aient retenu ce dernier ; peut-être quelque commis aime les vers : enfin je ſuis très en peine, et je ſuis émerveillé de votre tranquillité. Ce n'eſt point, encore une fois, à *Marin*, c'eſt à *Bacon* que j'avais envoyé Minos ; et, ce qu'il y a de pis, c'eſt que je n'ai plus que des brouillons informes auxquels on ne connaît rien.

Je me conſole par le ſuccès de ce Roméo, et par le ſuccès de tous ces ouvrages abſurdes écrits en ſtyle barbare, dont nos Velches ont été ſi ſouvent les dupes. Il faut qu'une pièce paſſablement écrite ſoit ignorée, quand les pièces viſigothes ſont courues; mais faut-il qu'elle ſoit égarée et qu'elle devienne la proie de *Fréron* avant terme? Il faut avouer qu'il y a des choſes bien fatales dans ce monde, ſans compter ce qui eſt arrivé en Pologne, en Danemarck, à Parme, et même en France. 1772.

On s'eſt aviſé de jouer à Lyon le Dépoſitaire; on y a ri de tout ſon cœur, et il a fort réuſſi. Les Lyonnais apparemment ne ſont point gâtés par *la Chauſſée;* ils vont à la comédie pour rire. O *Molière, Molière!* le bon temps eſt paſſé. Qui vous eût dit qu'on rirait un jour au théâtre de *Racine*, et qu'on pleurerait au vôtre, vous eût bien étonné.

Comment en un plomb lourd votre or s'eſt-il changé?

Il nous manquait une tragédie en proſe, nous allons l'avoir. C'en eſt fait; le monde va finir, l'ante-chriſt eſt venu.

J'ai écrit à M. le duc de *Duras* pour le remercier de ſes bontés. Hélas! elles deviendront inutiles. Paris eſt devenu velche. Vous étiez ma conſolation, mon cher ange; mais vous vous êtes gâté; vous avez je ne ſais quelle inclination fatale pour la comédie larmoyante, qui abrègera mes jours. Je ne vous en aime pas moins; mais je pleure dans ma retraite, quand je ſonge que vous aimez à pleurer à la comédie.

Tendres reſpects à mes anges. *V.*

1772.

LETTRE LVII.

A M. LE MARECHAL DUC DE RICHELIEU.

A Ferney, 16 de feptembre.

Mon héros eft très - bienfefant, quoiqu'il fe moque de la bienfefance. Ce qu'il daigne me dire fur les mariages des proteftans, me touche d'autant plus qu'il n'y a point de femaine où je ne voye des fuites funeftes de la profcription de ces alliances. Je fuis affurément intéreffé plus que perfonne à voir finir cette horrible contradiction dans nos lois, puifque j'ai peuplé mon petit féjour de proteftans. Certainement l'ancien commandant du Languedoc, le gouverneur de la Guienne, eft l'homme de France le plus inftruit des inconvéniens attachés à cette loi, dont les catholiques fe plaignent aujourd'hui auffi hautement que les huguenots; et monfeigneur le maréchal de *Richelieu*, qui a rendu de fi grands fervices à l'Etat, eft peut-être aujourd'hui le feul homme capable de fermer les plaies de la révocation de l'édit de Nantes. Il fent bien que la faute de *Louis XIV* eft de s'être cru affez puiffant pour convertir les calviniftes, et de n'avoir pas vu qu'il était affez puiffant pour les contenir.

Mouftapha, tout borné qu'il eft, fait trembler cent mille chrétiens dans Conftantinople, pendant que les Ruffes brûlent fes flottes et font fuir fes armées.

Vous connaiſſez très-bien nos ridicules, mais
jugez s'il y en a un plus grand que celui de refuſer 1772.
un état à des familles que l'on veut conſerver en France. Voyez à quoi on eſt réduit tous les jours. M. de *Florian*, ancien capitaine de cavalerie, a l'honneur d'être connu de vous ; il avait épouſé une de mes nièces qui eſt morte. Il vient à Ferney pour ſe diſſiper, il y trouve une huguenotte fort aimable, il l'épouſe ; mais comment l'épouſe-t-il ? c'eſt un prêtre luthérien qui le marie avec une calviniſte, dans un pays étranger.

Vous voyez quels troubles et quels procès peuvent en naître dans les deux familles.

Je ſuis perſuadé que vous avez été témoin de cent aventures auſſi bizarres.

Puiſque vous pouſſez la bonté et la condeſcendance juſqu'à vouloir qu'un homme auſſi obſcur que moi vous diſe ce qu'il penſe ſur un objet ſi important et ſi délicat, permettez-moi de vous demander s'il ne ſerait pas poſſible de remettre en vigueur, et même d'étendre l'arrêt du conſeil ſigné par *Louis XIV* lui-même, le 15 de ſeptembre 1685, par lequel les proteſtans pouvaient ſe marier devant un officier de juſtice? Leurs mariages n'avaient pas la dignité d'un ſacrement comme les nôtres, mais ils étaient valides; les enfans étaient légitimes, les familles n'étaient point troublées. On crut, en révoquant cet arrêt, forcer les huguenots à rentrer dans le ſein de la religion dominante, on ſe trompa. Pourquoi ne pas revenir ſur ſes pas lorſqu'on s'eſt trompé ? pourquoi ne pas rétablir l'ordre, lorſque le déſordre eſt ſi pernicieux, et lorſqu'il eſt ſi aiſé de donner un état à cent mille

1772. familles, ſans le moindre riſque, ſans le moindre embarras, ſans exciter le plus léger murmure? J'oſe croire que, ſi vous êtes l'ami de monſieur le chancelier, vous lui propoſerez un moyen qui paraît ſi facile.

LETTRE LVIII.

A M. CAILLEAU, *libraire à Paris.*

Le . . . . .

MONSIEUR, quoique j'avance à pas de géant à mon ſeizième luſtre, et que je ſois preſque aveugle, mon cœur ne vieillit point; je l'ai ſenti s'émouvoir au récit des malheurs d'*Abélard* et d'*Héloïſe*, dont vous avez eu l'honnêteté de m'envoyer les lettres et les épîtres que je connaiſſais déjà en partie. Le choix que vous en avez fait, et l'ordre que vous y avez donné, juſtifient votre goût pour la littérature. Votre réponſe à la lettre de notre ami *Pope*, m'a beaucoup intéreſſé; elle enrichit votre collection; elle eſt purement écrite et avec énergie. Qu'elle peint bien les agitations d'un cœur combattu par la tendreſſe et le repentir! Il ſerait à ſouhaiter que ceux qui exercent l'art typographique euſſent vos talens; le ſiècle des *Elzévirs*, des *Etiennes*, des *Frobens*, des *Plantins*, &c. renaîtrait. Je ne le verrai point, mais je mourrai du moins avec cette eſpérance.

Je ſuis, &c.

LETTRE LIX.

1772.

A M. LE COMTE D'ARGENTAL.

21 de ſeptembre.

MON cher ange, je ſuis dans l'extaſe de *le Kain.* Il m'a fait connaître Sémiramis que je ne connaiſſais point du tout. Tous nos Génevois ont crié de douleur et de plaiſir ; des femmes ſe ſont trouvées mal, et en ont été fort aiſes.

Je n'avais point d'idée de la véritable tragédie, avant *le Kain;* il a répandu ſon eſprit ſur les acteurs. Je ne ſavais pas quel honneur il feſait à mes faibles ouvrages, et comme il les créait ; je l'ai appris à ſix vingts lieues de Paris. Il eſt bien fatigué ; il demande en grâce à M. le duc de *Duras*, et à M. le maréchal de *Richelieu*, la permiſſion de ne ſe rendre à Fontainebleau que le 12. Il mérite cette indulgence. Je vous ſupplie d'en parler ; j'écris de mon côté et en ſon nom ; un mot de votre bouche fera plus que toutes nos lettres. Vous n'aurez donc que le 12 le code Minos ; vous le trouverez un peu changé, mais non pas autant que je le voudrais.

Je ne ſuis plus ſi preſſé que je l'étais. J'ai dompté la fougue impétueuſe de ma jeuneſſe ; mais je crois qu'on pourra fort bien publier ce code au retour de Fontainebleau.

On parle d'une pièce de M. le chevalier de *Châtellux*, qu'on répete ; je lui cède le pas ſans difficulté. Son livre *de la félicité publique* m'a rendu heureux, du

1772. moins pour le temps que je l'ai lu ; il eſt juſte que j'en aye de la reconnaiſſance. De plus, il faut laiſſer les Velches dégorger leur Roméo et leur Juliette.

Je me mets toujours ſous les ailes de mes divins anges. *V.*

LETTRE LX.

A M. MARMONTEL.

A Ferney, 29 de ſeptembre.

On m'a inſtruit, mon cher ami, du beau tour que vous m'avez joué. Il m'eſt impoſſible de vous remercier dignement, et d'autant plus impoſſible que je ſuis aſſez malade. Il ne faut pas vous témoigner ſa reconnaiſſance en mauvais vers, cela ne ſerait pas juſte; mais je dois vous dire ce que je penſe en proſe très-ſérieuſe : c'eſt qu'une telle bonté de votre part et de celle de mademoiſelle *Clairon*, une telle marque d'amitié eſt la plus belle réponſe qu'on puiſſe faire aux cris de la canaille qui ſe mêle d'être envieuſe. C'eſt une plus belle réponſe encore aux *Ribalier* et aux *Cogé*. Soyez très-certain que je ſuis plus honoré de votre petite cérémonie de la rue du Bac, que je ne le ſerais de toutes les faveurs de la cour. Je n'en fais nulle comparaiſon. Il y a ſans doute de la grandeur d'ame à témoigner ainſi publiquement ſon eſtime et ſa conſidération en France à un ſuiſſe preſque oublié, qui achève ſa carrière entre le mont Jura et les Alpes.

Il n'y a pas grand mal à être oublié, c'eſt même ſouvent un bonheur; le mal eſt d'être perſécuté, et vous ſavez combien nous l'avons été, et par qui? par des cuiſtres dignes du treizième ſiècle. 1772.

S'il faut déteſter les cabales, il faut reſpecter l'union des véritables gens de lettres; c'eſt l'unique moyen de leur donner la conſidération qui leur eſt néceſſaire.

Je vous remercie donc pour moi, mon cher ami, et pour la gloire de la littérature que vous avez daigné honorer dans moi.

Voici mon action de grâce à mademoiſelle *Clairon*. Je vous en dois une plus travaillée; mais vous ſavez qu'un long ouvrage en vers demande du temps et de la ſanté.

Je vous embraſſe tendrement, mon cher ami; mon ſeul chagrin eſt de mourir ſans vous revoir.

Je vous prie de préſenter à mademoiſelle *Clairon* ma petite épître écourtée. *V.*

LETTRE LXI.

A M. DE LA HARPE.

29 de ſeptembre.

MON cher ſucceſſeur, on a donc eſſayé ſur mon image ce qu'on fera un jour pour votre perſonne? la maiſon de mademoiſelle *Clairon* eſt donc devenue le temple de la gloire? C'eſt à elle à donner des lauriers, puiſqu'elle en eſt toute couverte. Je ne pourrai pas la remercier dignement; je ſuis un peu entouré

1772. de cyprès. On ne peut pas plus mal prendre ſon temps pour être malade.

M. *le Kain* eſt chez moi. Il a joué ſix de mes pièces, et l'auteur eſt actuellement dans ſon lit. Je vais pourtant me ſecouer, et écrire au grand-prêtre et à la grande-prêtreſſe.

Je n'ai point lu Roméo. On m'a mandé que cela était un peu bizarre: mais j'attends les Barmécides comme on attend du vin de Champagne dans un pays où l'on ne boit que du vin de Brie. Je vous avais envoyé les Cabales et les Syſtêmes, mais vous étiez à la campagne.

Je ſuis fâché, mon cher ſucceſſeur, de mourir ſans vous revoir. Nous avons actuellement M. de *Florian* que vous connaiſſez; il s'eſt remarié avec une jolie huguenotte, et devient un habitant de Ferney où nous lui bâtiſſons une jolie maiſon. Ce ſéjour eſt bien changé. Il eſt vrai que nous n'avons plus de théâtre, mais en récompenſe notre village eſt devenu une petite ville aſſez jolie, toute pleine de manufactures floriſſantes. C'eſt dommage que je m'y ſois pris ſi tard; et j'avoue encore qu'un ſouper avec vous chez mademoiſelle *Clairon* vaut mieux que tout cela.

Vous avez donc changé d'habitation: je vous ſouhaite, quelque part que vous ſoyez, autant de bonheur que vous avez de talens. Madame *Denis* ne vous oublie point, mais elle n'écrit à perſonne. Sa pareſſe d'écrire eſt invincible, et par conſéquent pardonnable. Elle eſt uniquement occupée de l'éducation de la fille de M. *Dupuits*, qui a de ſinguliers talens. M. de *Boufflers* ne dirait pas d'elle qu'elle tient plus d'une corneille que du grand *Corneille*.

Adieu ; je vous embraſſe de tout mon cœur, et je me recommande au ſouvenir de madame de *la Harpe*. 1772.

LETTRE LXII.

A M. LE PRINCE DE LIGNE.

A Ferney, 29 de ſeptembre.

On dit, monſieur le Prince, que les mourans prophétiſent : je me trouve peut-être dans ce cas. Je fis, il y a trois mois, une aſſez mauvaiſe tragédie qu'on pourra bien jouer au retour de Fontainebleau. Il s'eſt trouvé que c'était mot pour mot, dans deux ou trois ſituations, l'aventure du roi de Suède. J'en ſuis encore tout étonné, car en vérité je n'y entendais pas fineſſe.

Puis donc que vous me faites apercevoir que je ſuis prophète, je vous prédis que vous ſerez ce que vous êtes déjà, un des plus aimables hommes de l'Europe, et un des plus reſpectables. Je vous prédis que vous introduirez le bon goût et les grâces chez une nation qui peut-être a cru juſqu'à préſent que ſes bonnes qualités lui devaient tenir lieu d'agrémens. Je vous prédis que vous ferez connaître la ſaine philoſophie à des eſprits qui en ſont encore un peu loin, et que vous ſerez heureux en la cultivant.

Je me prédis à moi, ſans être ſorcier, que je vous ſerai attaché juſqu'au dernier moment de ma vie avec le plus tendre et le plus ſincère reſpect.

Le vieux malade de Ferney.

1772. LETTRE LXIII.

A M. LE BARON DE CONSTANT DE REBECQUE,

SEIGNEUR D'HERMENCHES.

29 de feptembre.

LE vieux malade de Ferney, Monfieur, n'eft pas trop exact, mais il eft bien fenfible ; il eft pénétré de votre fouvenir et de vos bontés.

Nous avons eu *le Kain* affez long-temps. Il a joué fix fois, et s'en eft retourné avec de l'argent et des préfens. J'aurais bien voulu que la garnifon d'Huningue eût été plus près de Genève.

Je me crois un peu prophète. Je fis, il y a plus de trois mois, une tragédie qui ne vaut pas grand'chofe, mais qui eft, à quelques différences près, la révolution de Suède. Nous attendons celle de Pologne.

Il n'y a rien de nouveau en Ruffie, finon un rhinocéros pétrifié qu'on a trouvé dans les fables, au foixante-cinquième degré de latitude. Ce rhinocéros, joint aux os d'éléphant qu'on rencontre fouvent en Sibérie, fait préfumer que ce monde eft bien vieux, et qu'il a éprouvé des révolutions que le véridique *Moïfe* n'a point connues.

Voilà tout ce que je fais dans ma retraite.

Vous êtes occupé actuellement à commander des évolutions à de braves gens qui ne feront, je crois, la guerre de long-temps. Vous faites très-bien d'embellir votre maifon de campagne auprès de Laufane.

Quand

Quand on a bien connu le monde, on conclut qu'on n'eſt bien que chez ſoi. 1772.

Madame *Denis* vous fait mille complimens. Vous ſavez, Monſieur, avec quels ſentimens je vous ſuis attaché pour le reſte de ma vie.

LETTRE LXIV.

A MADAME LA MARQUISE DU DEFFANT.

Ferney, 4 d'octobre.

J'AI bien des remords, Madame, d'avoir été ſi long-temps ſans vous écrire ; mais j'ai été malade : il m'a fallu mener *le Kain* tous les jours à deux lieues, pour jouer la comédie auprès de Genève ; et n'ayant rien à faire du tout, j'ai été accablé des détails les plus inquiétans.

J'ai été ſur le point de voir ma colonie détruite. Dès qu'on veut faire quelque bien, on eſt sûr de trouver des ennemis. Qu'on rende ſervice, dans quelque genre que ce puiſſe être, on peut compter qu'on trouvera des gens qui chercheront à vous écraſer. Faites de la proſe ou des vers, bâtiſſez des villes, cela eſt égal : l'envie vous perſécutera infailliblement. Il n'y a d'autre ſecret, pour échapper à cette harpie, que de ne jamais faire d'autre ouvrage que ſon épitaphe, de ne bâtir que ſon tombeau, et de ſe mettre dedans au plus vîte.

Quand je vous dis, Madame, que j'ai bâti une

1772. petite ville affez jolie, cela eft très-ridicule, mais cela eft très-vrai. Cette ville même fefait un commerce affez confidérable; mais fi on continue à me chicaner, tout périra. Pour me dépiquer, j'ai fait une épître à *Horace*. Je ne vous l'envoie pas, parce que je ne fais pas fi vous aimez *Horace*, fi vous fouffrez encore les vers, fi vous avez envie de lire les miens. Vous n'aurez cette épître que quand vous m'aurez dit : Envoyez-la-moi. Ce n'eft pas affez de prier quelqu'un à fouper, il faut avoir de l'appétit.

J'ai toujours mon ancien chagrin que vous connaiffez. Ce chagrin m'empêchera de revoir jamais Paris. Je ne faurais fouffrir les tracafferies et les factions, auffi ridicules qu'acharnées, qui règnent dans cette Babylone où tout le monde parle fans s'entendre. Je m'en tiens à mes Alpes et à votre fouvenir. Je vous fouhaite toute la fanté, tous les amufemens, toute la bonne compagnie, tous les bons foupers qu'on peut mettre à la place de deux yeux qui vous manquent.

Voici le temps où je vais perdre les miens, dès que les neiges arrivent; et cependant je ne cherche point à revenir à Paris, parce que j'aime mieux fouffrir chez moi que d'effuyer des tracafferies dans votre grande ville. Il eft vrai que les hommes ne fe mangent pas les uns les autres dans Paris comme dans la nouvelle Zélande, qui eft habitée par des anthropophages dans huit cents lieues de circonférence; mais on fe mange dans Paris le blanc des yeux fort mal à propos. On dit même quelquefois que le miniftère nous mange et nous gruge; mais je n'en veux rien croire.

Adieu, Madame; vivons l'un et l'autre le moins malheureusement que nous pourrons : c'est toujours là mon refrain; car, puisque nous ne nous tuons pas, il est clair que nous aimons la vie. 1772.

Je vous aime, Madame; je vous aimerai toujours, je vous serai inviolablement attaché, aussi-bien qu'à votre grand'maman : mais de quoi cela servira-t-il? *V.*

LETTRE LXV.

A M. LE COMTE D'ARGENTAL.

4 d'octobre.

MON cher ange, je suis bien malingre; cependant je vous écris de ma très-faible main. Dès que je reçus votre lettre et celle pour *le Kain*, je lui envoyai sur le champ votre dépêche à Lyon; je lui écrivis: Partez dans l'instant.

Le lendemain je reçus les lettres de M. le maréchal de *Richelieu* et de M. le duc de *Duras*. J'envoyai à *le Kain* la lettre de M. le duc de *Duras*, et je réitérai mes instances. Il doit être parti aujourd'hui 4 d'octobre, s'il est sage et honnête, comme je crois qu'il l'est.

M. le maréchal de *Richelieu* me mande qu'il le fera mettre en prison, s'il n'est pas à Paris le 4. Cela ne me paraît ni d'un bon compte, ni d'une exacte justice. Vous m'aviez toujours mandé qu'il pouvait arriver le 8, et qu'on ferait content; or il est certain qu'il peut aisément être à Paris le 8.

1772. Il vous apportera le code Minos que je lui donnai quand il partit de Ferney. Je ſuis fâché que madame la comteſſe *du Barri* n'ait pas la bonne leçon, car j'entends dire qu'elle a beaucoup de goût et d'eſprit naturel. Vous devez le ſavoir mieux que moi, vous qui allez néceſſairement à la cour.

En attendant que *le Kain* vous ait remis cette dernière copie, voici, pour vous amuſer, l'épître à *Horace*. Je vous ſupplie de n'en laiſſer prendre de copie à perſonne; c'eſt juſqu'à préſent un ſecret entre *Horace* et vous. Je ne vous parle point des barbaries de notre théâtre vandale et anglais. Je gémis et je vous implore. *V.*

LETTRE LXVI.

AU MEME.

21 d'octobre.

J'AI d'abord à me juſtifier devant mon ange gardien de quelques péchés d'omiſſion. J'avais, dans mes diſtractions, oublié cette jolie petite nièce de madame *du Bocage*. Voici ce que je dis à la tante, et même en aſſez mauvais vers :

Ces bontés que pour moi ta nièce a fait paraître,
De tes rares talens ſont encore un effet ;
Elle a pris en jouant, pour orner mon portrait,
Un reſte de ces fleurs que ta muſe a fait naître.

Cette demoiſelle aura de meilleurs vers, quand elle

aura quinze ans ; ce ne fera pas moi qui les ferai. Il faut bientôt que je renonce à vers et à profe; car vous avez beau avoir de l'indulgence pour les Lois de Minos, c'eft mon dernier effort, c'eft le chant du cygne. 1772.

Il faut que je me prépare à aller rendre vifite à *Defpréaux* et à *Horace*. Je vous remercie, mon divin ange, de n'avoir laiffé prendre de copie à perfonne de l'épître à *Horace;* elle exciterait beaucoup de murmures, et ce n'eft pas le temps de faire crier. On criera affez contre moi, fi les Lois de Minos réuffiffent.

Le fymbole, en patois favoyard, eft une profeffion de foi extrêmement bête, que ce poliffon d'évêque d'Annecy, foi-difant prince de Genève, a fait imprimer fous mon nom. Voyez l'article *Fanatifme* aux pages 24, 25, &c. du tome VI des Queftions fur l'encyclopédie.

J'ai fait les plus incroyables efforts pour lire les Chérufques et Roméo. Je ne fais auquel des deux ouvrages donner le prix. Je fuis émerveillé des progrès que ma chère nation fait dans les beaux arts. Il eft démontré que, fi ces admirables ouvrages réuffiffent, les Lois de Minos feront huées d'un bout à l'autre : il faut s'y attendre, en prévenir les acteurs, ne fe pas décourager, jouer la pièce avec un majeftueux enthoufiafme, bien morguer le public, et le traiter avec la dernière infolence.

Il ne paraît pas trop convenable que le rôle de *Mérione* ne foit pas joué par *Molé;* mais je ne veux faire aucune baffeffe auprès de ce héros; j'abandonne la pièce à fon mauvais deftin.

1772. M. le duc de *Praslin* est donc à Paris ; je prie mes chers anges de vouloir bien continuer à me mettre dans ses bonnes grâces : il est plus juste que son cousin.

Mes chers anges, vous pensez bien que mon cœur prend souvent la poste pour aller chez vous ; mais il est bien difficile que mon corps soit du voyage. Il faut tant de cérémonies ; et puis ma détestable santé me condamne à des assujettissemens qui m'excluent de la société. Je suis homme pourtant à franchir tous les obstacles, si je puis venir passer huit jours à l'ombre de vos ailes ; après quoi je reviendrai mourir dans mes Alpes.

Mon doyen des clercs, qui est chez moi, dit que vous avez un vieux procès de la succession paternelle ; vous croyez bien que votre cause lui paraîtra excellente.

Je renouvelle mes tendres et respectueux hommages à mes anges.

LETTRE LXVII.

A MADAME LA MARQUISE DU DEFFANT.

23 d'octobre.

Je me vante, Madame, d'avoir les oreilles aussi dures que vous, et le cœur encore davantage ; car je vous assure que je n'ai pas entendu un seul mot de presque tous les ouvrages en vers et en prose qu'on m'envoie depuis dix ans. La plupart m'ont mis dans une extrême colère. J'ai été indigné que le ſiècle fût tombé de ſi haut. Je ne reconnais plus la France en aucun genre, excepté dans celui des finances. 1772.

J'ai voulu, dans la tragédie des Lois de Minos, faire des vers comme on en feſait il y a environ cent ans. Je voudrais que vous en jugeaſſiez. Il faudrait que je vous procuraſſe du moins ce petit amuſement. Vous diriez au lecteur de ceſſer, quand l'ennui vous prendrait; avec cette précaution on ne riſque rien. Mon idée ferait que vous priaſſiez *le Kain* de venir ſouper chez vous en très-petite et très-bonne compagnie. J'entends, par petite et bonne compagnie, quatre ou cinq perſonnes tout au plus, qui aiment les vers qui diſent quelque choſe et qui ne ſont pas tout-à-fait allobroges.

J'exige encore que vos convives aiment le roi de Suède, et même un peu le roi de Pologne. Je veux qu'ils ſoient perſuadés qu'on a immolé des hommes à DIEU, depuis *Iphigénie* juſqu'au chevalier de *la Barre*.

Je veux outre cela que vos convives, hommes et femmes, ſoient un peu indulgens, puiſque la ſottiſe eſt faite, et qu'il n'y a plus moyen de rien réparer.

J'exige encore que la choſe ſoit ſecrète, et que vos amis aient au moins le plaiſir d'y mettre du myſtère, ſi le myſtère eſt un plaiſir.

Si vous acceptez toutes ces conditions, voici un petit billet pour *le Kain*, que je mets dans ma lettre. Liſez ce billet, ou plutôt faites-vous le lire, puis faites-le cacheter.

Je ne vous parlerai point cette fois-ci de l'épître à *Horace*. Ce que je vous propoſe a l'air plus agréable. Cette épître à *Horace* n'eſt pas finie; elle eſt d'ailleurs

1772. fort ſcabreuſe, et elle demanderait un ſecret bien plus profond que le ſouper des Lois de Minos.

Je vous avouerai, Madame, que j'aimerais mieux vous lire cette tragédie crétoiſe, que de la faire lire par un autre; mais j'ai fait vœu de ne point aller à Paris, tant qu'on me ſoupçonnera d'avoir manqué à votre grand'maman. Je ſuis toujours très-ulcéré, et ma bleſſure ne ſe fermera jamais. Ne vous fâchez pas ſi je ſuis conſtant dans tous mes ſentimens. *V.*

LETTRE LXVIII.

A M. MARMONTEL.

23 d'octobre.

Je ne ſais, mon très-cher confrère, ce que j'aime le mieux de votre proſe ou de vos vers. Votre ode m'immortaliſera, et votre lettre fait ma conſolation. Je n'ai qu'un chagrin, mais il eſt violent, et je vous le confie.

On s'eſt imaginé que j'avais manqué à des perſonnes très-conſidérables, parce que j'avais trouvé la conduite de monſieur le chancelier très-ferme et très-juſte, parce que j'avais dit hautement que l'obſtination d'*entacher* M. le duc d'*Aiguillon*, était un ridicule énorme, parce qu'enfin je ne pouvais voir qu'avec horreur ceux que M. *Beccaria* appelle, dans ſes lettres, les aſſaſſins du chevalier de *la Barre*.

Je n'ai prétendu, en tout cela, être d'aucun parti; et c'eſt même ce qui m'a déterminé à faire la

1772.

petite plaiſanterie des Cabales. Mais plus je me ſuis moqué de toutes les cabales, moins on me doit accuſer d'en être. Les chefs de ma faction ſont *Horace*, *Virgile* et *Cicéron*. Je prends ſurtout parti contre les vers allobroges dont nous ſommes inondés depuis ſi long-temps. Je ris de *Fréron* et de *Clément*, mais je n'entre point dans les querelles de la cour; j'ignore s'il y en a. C'eſt la plus horrible injuſtice du monde de m'avoir ſoupçonné d'abandonner des perſonnes à qui j'ai mille obligations ; cette idée me fâche. Le ſoupçon d'ingratitude me fait plus de peine que la chute des Lois de Minos ne m'en fera.

C'eſt contre ces Lois qu'il y aura une belle cabale, et je m'en moque. J'ai fait cette pièce pour avoir occaſion d'y mettre des notes qui vous réjouiront.

Je reviens à vos vers, mon cher ami ; ils ſont trop beaux pour moi. Je fais ce que je puis pour oublier que c'eſt de moi dont vous parlez, et alors je les trouve plus admirables, et j'admire votre courage autant que votre poëſie. Mais quand verrons-nous *les Incas?* quand ferai-je un petit voyage au Pérou ? On dit que cette fois-ci vous ne mettez point votre nom à votre ouvrage, que vous ne voulez plus vous battre avec *Cogé pecus* et avec *Ribaudier*. J'y perds une occaſion de rire à leurs dépens, mais je me conſolerai très-aiſément, ſi vous n'avez point de tracaſſerie.

Je me mets aux pieds de la grande-prêtreſſe de votre temple : je vous aſſure qu'un jour cette petite orgie ſera une grande époque dans l'hiſtoire de la littérature. Si je pouvais faire un voyage, ce ſerait celui de la rue du Bac. Je ne viendrais à Paris

1772. que pour voir quatre ou cinq amis, la ſtatue d'*Henri IV*, et m'en retourner.

Madame *Denis* vous fait mille tendres complimens, et je vous aime comme je le dois.

LETTRE LXIX.

A M. MARIN.

A Ferney, 30 d'octobre.

Vous vous intéreſſez, mon cher ami, à M. de *Morangiés* : il me mande du 21 qu'il eſt réſolu à s'aller mettre lui-même en priſon, puiſqu'on y a mis le chirurgien *Ménager*. Vous m'écrivez du 25 qu'on le dit à la conciergerie. Cette démarche eſt triſte, mais elle eſt d'un homme sûr de ſon innocence. Au reſte, il eſt bien étrange que le comte de *Morangiés* ſoit empriſonné, et que *du Jonquay* ſoit libre. Je vous ſupplie de lui faire parvenir ſurement cette lettre, quelque part où il ſoit. Je m'intéreſſe infiniment à cette affaire. Elle eſt capable de faire mourir de chagrin le père de M. de *Morangiés*, et M. de *Morangiés* lui-même. Il faudrait qu'il ne me cachât rien. Cela eſt plus important qu'il ne penſe. Je me trouve en état de le ſervir, et j'ai encore plus de zèle.

Voici de *nouvelles probabilités* qui m'ont paru néceſſaires. Il s'agit de bien diſtinguer ici la forme du fond, et l'arrêt qui dépend des juges, de l'honneur qui n'en dépend pas. Il eſt certain que la prévention eſt contre M. de *Morangiés*, mais il me paraît à moi qu'il ne peut être coupable.

Ce qui frappe le plus les juges, c'eſt le myſtère qu'il a voulu mettre à un emprunt conſidérable qui ne ſe peut jamais faire ſecrétement. Ses billets d'ailleurs parlent contre lui, et ſi des témoins, qu'il eſt difficile de convaincre, perſiſtent à dépoſer en faveur de *du Jonquay*, je ne vois pas qu'il puiſſe gagner ſa cauſe; mais il ne faut pas qu'il la perde au tribunal du public. 1772.

Je crois donc qu'il eſt de la dernière importance de ſéparer bien nettement ſon honneur de ces cent mille écus. J'eſpère toujours qu'il ne ſera pas condamné à payer ce qu'il ne doit point; mais enfin ce malheur peut arriver, et il faut le prévenir. Je crois que c'eſt le tour le plus favorable qu'on pourrait prendre, et que cette manière d'enviſager la choſe peut ſervir auprès des juges comme auprès de tous ceux qui ne ſont pas inſtruits. Le plus grand avantage de ce mémoire, c'eſt qu'il eſt très-court. Les longs plaidoyers fatiguent tous les lecteurs. J'en enverrai autant d'exemplaires qu'on voudra; vous n'avez qu'à parler.

Mon gros doyen n'eſt pas aiſé à convaincre. Il commence pourtant à ſe convertir. Il a l'eſprit et le cœur juſtes.

Je vous prie de lire ce que j'écris à M. de *Morangiès*, et de le cacheter.

Nous parlerons une autre fois de Ninon et de Minos. Mais je ſuis plus tranquille ſur cet article que ſur celui de M. de *Morangiès*. Je ſerai pourtant jugé avant lui, mais je ne perdrai pas cent mille écus. Tout ce qui peut m'arriver, c'eſt d'être ſifflé, et c'eſt le plus petit malheur du monde.

1772.

LETTRE LXX.

A M. LE COMTE DE MORANGIÉS.

A Ferney, 30 d'octobre.

Je ſuis toujours, Monſieur, très-perſuadé de la juſtice de votre cauſe, et je ne le ſuis pas moins de la violence des préjugés contre vous, et de l'acharnement de la cabale. Un parti nombreux vous pourſuit et ſe déchaîne ſur votre avocat autant que ſur vous. Je me ſouviens que, quand il défendit la cauſe de M. le duc d'*Aiguillon*, on m'envoya les ſatires les plus ſanglantes contre l'avocat et contre l'accuſé.

Cependant il me parut très-clair, par ſon mémoire, que M. le duc d'*Aiguillon* avait très-bien ſervi l'État et le roi, tant dans le militaire que dans le civil. Il a triomphé à la fin, malgré ſes nombreux ennemis, et malgré les plus horribles calomnies. J'eſpère que tôt ou tard on vous rendra la même juſtice.

Il ne faut pas vous diſſimuler un malheur que M. le duc d'*Aiguillon* n'avait pas, c'eſt celui de vous être trouvé chargé de dettes de famille très-conſidérables, qui vous ont forcé d'en faire encore de nouvelles, et de recourir à des expédiens auſſi onéreux que déſagréables.

La ſaiſie de vos meubles ordonnée par le parlement en faveur de quelques créanciers, pendant le cours de votre procès contre les *du Jonquay*, a pu vous faire très-grand tort. On a mêlé malignement toutes ces affaires enſemble; on s'eſt élevé également contre vous et contre votre avocat.

Plus le procès devient compliqué, plus il ſemble que les préjugés augmentent. Il peut y avoir des 1772.
juges prévenus ; ils peuvent ſe laiſſer entraîner à l'opinion dominante d'un certain public, puiſqu'ils voient déjà par avance, dans cette opinion même, l'approbation d'une ſentence qu'ils rendraient contre vous.

Je ne balancerais pas, ſi j'étais à votre place, à faire un mémoire en mon propre et privé nom, ſigné de mon procureur. Je ſuis sûr que ce mémoire ſerait vrai dans tous ſes points ; j'avouerais même la néceſſité fatale où vous avez été de recourir quelquefois à des reſſources déjà connues du public, reſſources triſtes, mais permiſes, et qui n'ont rien de commun avec la cruelle affaire de *du Jonquay* et de la *Verron.*

Je crois que c'eſt le ſeul parti que vous deviez prendre. Je vous ſervirai de grammairien ; je mettrai les points ſur les *i.* Il ſera bien important que vous ne diſiez rien qui ne ſoit dans la plus exacte vérité, et je m'en rapporte à vous. Il faudra même que vous diſiez hardiment que vous faites dépendre le jugement de votre cauſe du moindre fait que vous auriez altéré par un menſonge.

Je ne m'embarraſſe pas que vous ſoyez condamné ou non en première inſtance : il ſerait triſte, ſans doute, de perdre au bailliage ce procès qui me paraît ſi juſte ; mais ce malheur même pourrait tourner à votre avantage, en vous ramenant un public qu'on a vu changer plus d'une fois de ſentiment ſur les choſes les plus importantes. J'oſerais vous répondre que le parlement n'en aura que plus d'attention à écarter tout préjugé dans ſon arrêt en dernier reſſort,

1772. et qu'il y mettra l'application la plus ſcrupuleuſe, comme la juſtice la plus impartiale.

En un mot, cette affaire eſt une bataille dans laquelle vous devez commander en perſonne. Vous me paraiſſez d'autant plus capable de livrer ce combat avec ſuccès, que vous ſemblez tranquille dans les ſecouſſes que vous éprouvez. Vous ſavez qu'il faut qu'un général ait la tête froide et le cœur chaud. Je ſerai de loin le ſecrétaire du général, pourvu que j'aye ſon plan bien détaillé. Quand vous ſeriez battu par les formes, il faut vaincre par le fond; il faut que votre réputation ſoit à couvert, c'eſt-là le point eſſentiel pour vous et pour toute votre maiſon.

En un mot, Monſieur, je ſuis à vos ordres ſans cérémonies.

Gardez-moi le ſecret, ne craignez point au parlement un rapporteur prévenu.

Vous ne pouviez mieux faire que d'offrir vous-même de vous conſtituer priſonnier; et ſi vous avez fait cette démarche, elle contribuera à faire revenir le public.

Je viens de conſulter ſur votre affaire; rien n'eſt plus néceſſaire qu'un mémoire en votre propre nom, dans lequel vous faſſiez bien ſentir qu'on a malignement confondu le procès de la *Verron* avec quelques affaires déſagréables auxquelles vos dettes de famille vous ont expoſé. C'eſt ce malheureux mélange qui vous a nui plus que vous ne penſez. Mettez-moi au fait de tout, vous ſerez promptement ſervi par un avocat qui ne fera rien imprimer ſans votre approbation en marge à chaque page, et qui ne vous fera parler que convenablement.

LETTRE LXXI.

1772.

A M. LE MARQUIS DE XIMENÈS.

Ferney, le 31 d'octobre.

PARDONNEZ, encore une fois, à un vieillard qui lutte contre les douleurs, de vous remercier ſi tard. Je n'en ſuis pas moins, monſieur le Marquis, reconnaiſſant de vos faveurs. Il eſt très-vrai que vous faites mieux des vers que l'homme dont vous me parlez; mais je ne crois pas que vous augmentiez votre fortune comme il arrondit la ſienne. Votre lyre eſt plus harmonieuſe; il a pour lui la flûte, le tambour, et le coffre-fort.

Je crois que l'abbé *Mignot*, mon neveu, mérite l'éloge dont vous l'honorez. Je ſuis bien loin de me croire digne des fleurs que vous jetez ſur le drap mortuaire dont je vais bientôt être embéguiné. J'écrivis, il y a quelque temps, à *Horace* qui eſt de votre connaiſſance, mais je n'ai pas oſé rendre ma lettre publique, attendu que je lui ai parlé un peu librement; mais je prendrai encore plus de liberté quand je le verrai.

Je prends avec vous celle de recommander à votre indulgence les Lois de Minos. Vous verrez un beau tapage le jour de l'audience. Vous êtes dans un pays où tout eſt cabale, et loin duquel je fais très-bien de mourir en vous étant très-tendrement attaché.

1772.

LETTRE LXXII.

A M. LE COMTE D'ARGENTAL.

11 de novembre.

MON cher ange, il me revient que les *Frérons*, les *la Beaumelles* et compagnie, ont fait un pacte pour faire siffler notre avocat; mais, puisque vous l'avez pris sous votre protection, je me flatte que vous lui donnerez une audience favorable.

Je vous suis très-obligé d'avoir fait copier les écritures de ce procès, conformément à la dernière copie. J'ose croire que, si les acteurs jouent avec un peu d'enthousiasme, mais sans précipitation, notre cause sera gagnée; je dis notre cause, car vous en avez fait la vôtre.

Le frère de madame de *Sauvigni*, qui me sert de copiste, chose assez singulière, jure son dieu et son diable qu'il n'a donné à personne de copie de la lettre à *Horace*. S'il ne me trompe point, il se pourrait faire que votre secrétaire en eût laissé traîner une; cependant, vous autres messieurs les ministres, vous avez des secrétaires fidelles et attentifs, qui ne laissent rien traîner. Après tout, il n'y a plus de remède. Il faut se consoler, et croire que ni le roi de Prusse, ni *Ganganelli*, ni l'abbé *Grizel*, ni l'avocat *Marchand*, ne me persécuteront pour cette honnête plaisanterie. On marche toujours sur des épines dans le maudit pays du Parnasse; il faut passer sa vie à combattre. Allons donc, combattons, puisque c'est mon métier.

On

On m'a apporté une répétition, boîte unie, avec ciſelure au bord, diamans aux boutons et aux aiguilles, le tout pour dix-ſept louis : j'en ſuis émerveillé. Si vous connaiſſiez quelqu'un qui fût curieux d'un ſi bon marché, je vous enverrais la montre, avec un joli faux étui. Un tel ouvrage vaudrait cinquante louis à Londres. Ma colonie proſpère, et moi non. J'ai de terribles reproches à faire à monſieur le contrôleur général. 1772.

Le gros doyen clerc doit être à préſent à Paris, et certainement prendra votre affaire à cœur ; il ne ſerait pas de la famille s'il ne vous était pas fortement attaché.

Voudriez-vous avoir la bonté de m'écrire ce que vous penſez des répétitions. J'y étais autrefois aſſez indifférent, mais je crois que je deviens ſenſible ; vous me rajeuniſſez.

A l'ombre de vos ailes. *V.*

LETTRE LXXIII.

A M. MARIN.

13 de novembre.

Je ne puis trouver, mon cher correſpondant, la lettre d'*Helvétius* ſur le bonheur. A l'égard du ſujet de la lettre, je ſais qu'il ne ſe trouve nulle part, et je ne vous le demande pas : mais pour la lettre, je vous ſupplie de vouloir bien me la communiquer, ſi vous l'avez. Il eſt bon de ſavoir ce qu'on dit de cet être fantaſtique après lequel tout le monde court.

1772. Savez-vous ce que c'eſt qu'un Sylla du jéſuite *la Rue* qu'on attribue à *Pierre Corneille*? S'il était de *Corneille*, ce n'était pas de ſon bon temps.

Je ne croyais pas que *Marie-Théréſe* revendiquât tant de terrains ; cela me paraît fort. Il reſtera peu de choſe au roi de Pologne. Mais il eſt plaiſant que le roi de Pruſſe ait commencé par faire des vers contre les confédérés, avant de prendre la Pruſſe polonaiſe. Il m'a envoyé un ſervice de porcelaine de Berlin. Cette porcelaine eſt plus belle que celle de Saxe; c'eſt ce que j'ai jamais vu de plus parfait. Cela conſole des ſifflets que vous avez prédits aux Lois de Minos. Je me les ſuis bien prédits moi-même, et nous ſommes ordinairement du même avis.

J'ai bien peur que les ciſeaux de la police n'aient coupé le nez à *Minos*. Quelques bonnes gens auront ſubſtitué des vers honnêtes à des vers un peu hardis, et c'eſt encore un encouragement à la ſifflerie; car vous ſavez que ces vers ſi ſages ſont d'ordinaire fort plats et fort froids.

Je reçois à l'inſtant *le Bonheur*, d'*Helvétius*. C'eſt un livre : je croyais que c'était un petit poëme à la main. Je vous demande pardon. *Vale*.

LETTRE LXXIV.

1772.

A M. CHRISTIN.

14 de novembre.

MON cher philofophe, mon cher défenfeur de la liberté humaine, vous avez affurément plus de courage et d'efprit que vous n'êtes gros. Vous rendez fervice, non-feulement à vos efclaves, mais au genre-humain.

Et pro follicitis non tacitus reis;
Et centum puer artium.

Je vous envoie un fatras d'érudition que j'ai reçu de Paris. Le fait eft qu'il eft abominable que des moines veuillent rendre efclaves des hommes qui valent mieux qu'eux, et à qui ils ont vendu des terres libres. Il n'y a point de prefcription contre un pareil crime. J'ai reçu votre aimable lettre; elle me donne de grandes efpérances. Toutefois un bon accommodement vaudrait mieux qu'un procès dont l'iffue eft toujours incertaine. Si les chanoines veulent fe mettre à la raifon, leur tranfaction pourra fervir de modèle aux autres, et vous ferez le père de la patrie.

Je vous embraffe, mon cher ami, du meilleur de mon cœur.

Rarement les philofophes en favent affez pour faire venir du blé à leurs amis; mais vous êtes de

1772. ces philoſophes qui ſavent être utiles. Nous vous avertiſſons qu'il y a, dans notre petit pays de Gex, plus de difficultés pour faire venir un ſac de froment, qu'il n'y en a eu à Paris pour ſe faire oindre des ſaintes huiles au nombril et au croupion, du temps des billets de confeſſion. Il faut que votre certificat et votre acquit à caution ſoient à Gex au plus tard vingt-quatre heures après le départ de Saint-Claude. Cela devient inſupportable. Je vous demande bien pardon de tant de peine.

LETTRE LXXV.

A M. LE MARECHAL DUC DE RICHELIEU.

A Ferney, 21 de novembre.

MON héros, je me doutais bien que *Nonotte* ne vous amuſerait guère; mais ce *Nonotte* m'intéreſſe, et il faut que tout le monde vive. Voici quelque choſe qui vous amuſera davantage.

Vous avez ſans doute, dans votre bibliothéque, les ouvrages de tous les rois, et nommément ceux du feu roi *Staniſlas*. Vous verrez, dans la préface de ſon livre intitulé *la Voix du citoyen*, qu'il a prédit mot pour mot ce qui arrive aujourd'hui à ſa Pologne. Je crois que le roi de Pruſſe eſt celui qui gagne le plus au partage. Il m'a envoyé un joli petit ſervice de ſa porcelaine qui eſt plus belle que celle de Saxe. Je le crois très-bien dans ſes affaires. Mais que dites-vous de l'impératrice de Ruſſie, qui, au bout de quatre ans de guerre, augmente d'un cinquième les appointemens de tous ses officiers, et qui achète un brillant gros comme un œuf ? *Minos* ne portait pas de pareils diamans à son bonnet. On dit que dans sa succession on trouva des sifflets qui m'étaient destinés de loin. Que cela ne décourage pas vos bontés ! On a été hué quelquefois par le parterre de Paris, et approuvé de la bonne compagnie. D'ailleurs, c'est une chose fort agréable qu'une première représentation. On y voit les états généraux en miniature, des cabales, des gens qui crient, un parti qui accepte, un parti qui refuse, de la liberté et beaucoup de critique. Chacun jouit du *liberum veto*, et cette diète est aussi tumultueuse que celles des Polonais. Je ne crois pas qu'on doive s'en tenir aux délibérations d'une première séance; on ne juge bien des ouvrages de goût qu'à la longue; et même, dans des choses plus graves, vous verrez que le public n'a jamais bien jugé qu'avec le temps. Je sais que j'ai contre moi une terrible faction, mais je suis tout résigné; et pourvu que je vous plaise un peu, je me tiens fort content. C'est toujours beaucoup qu'un jeune homme comme moi ait pu amuser mon héros une heure ou deux. 1772.

Conservez-moi vos bontés, Monseigneur; soyez bien sûr qu'elles me font beaucoup plus chères que tous les applaudissemens qu'on pourrait donner à *le Kain*, à mademoiselle *Vestris* et à *Brizard*.

Agréez toujours mon tendre et profond respect.

Le vieux malade V.

1772.

LETTRE LXXVI.

A M. LE COMTE D'ARGENTAL.

24 de novembre.

MON cher ange, voici une petite addition qui m'a paru effentielle dans le mémoire de notre avocat. Je vous prie de la mettre entre les mains du préfident *le Kain*. Elle eft néceffaire, car on jouait au propos interrompu.

Je crains fort les cifeaux de la police. Si on nous rogne les ongles, il nous fera impoffible de marcher: d'ailleurs le vent du bureau n'eft pas pour nous. On ne veut plus que des Roméo et des Chérufques. Les beaux vers font paffés de mode. On n'exige plus qu'un auteur fache écrire. Hélas! j'ai hâté moi-même la décadence, en introduifant l'action et l'appareil. Les pantomimes l'emportent aujourd'hui fur la raifon et fur la poëfie; mais ce qu'il y a de plus fort contre moi, c'eft la cabale. J'ai autant d'ennemis qu'en avait le roi de Pruffe. C'eft une chofe plaifante de voir tous les efforts qu'on prépare pour faire tomber un vieillard qui tomberait bien de lui-même.

Actuellement que le congrès de Foczani eft renoué, il n'y a plus que moi en Europe qui faffe la guerre; mais la ligue eft trop forte, je ferai battu. Ne m'en aimez pas moins, mon cher ange.

LETTRE LXXVII.

1772.

A M. DE LA HARPE.

30 de novembre.

Il n'y a que vous, mon cher ſucceſſeur, qui ayez pu écrire au nom d'*Horace*. Heureuſement vous ne lui avez pas refuſé votre plume, comme il refuſa la ſienne à *Auguſte*. Vous avez mis dans ſa lettre la politeſſe, la grâce, l'urbanité de ſon ſiècle. *Boileau* n'a pas été ſi bien ſervi que lui. De quoi s'aviſait-il auſſi de prendre ſon ſecrétaire dans les charniers Saints-Innocens ? Je vous remercie des galanteries que vous me dites, tout indigne que j'en ſuis ; et je vous remercie encore plus d'avoir ſi bien ſaiſi l'eſprit de la cour d'*Auguſte*. Ce n'eſt pas tout-à-fait le ton d'aujourd'hui. Notre racaille d'auteurs eſt bien groſſière et bien inſolente ; il faut lui apprendre à vivre.

J'avais voulu autrefois ménager ces meſſieurs, mais je vis bientôt qu'il n'y avait d'autre parti à prendre que de ſe moquer d'eux. Ce ſont les enfans de la médiocrité et de l'envie ; on ne peut ni les éclairer ni les adoucir. Il faut brûler leur vilain viſage avec le flambeau de la vérité. Jamais de paix avec un ſot méchant : pour peu qu'on ſoit honnête, ils prétendent qu'on les craint.

Vous donnez quelquefois, dans le *Mercure*, des leçons qui étaient bien néceſſaires à notre ſiècle de barbouilleurs. Continuez ; vous rendrez un vrai ſervice à la nation.

Je vous embraſſe plus tendrement que jamais.

1772.

LETTRE LXXVIII.

A M. LE MARECHAL DUC DE RICHELIEU.

A Ferney, 2 de décembre.

Je crois, Monſeigneur, que vous êtes déjà inſtruit de l'aventure de cette tragédie de Sylla qu'on attribuait à notre père du théâtre. Elle eſt véritablement d'un écolier, puiſque le jéſuite *la Rue*, qui en eſt l'auteur, et qui a tant prêché devant *Louis XIV*, n'a jamais été au fond qu'un écolier de rhétorique. J'avais vu cette pièce, il y a environ ſoixante et cinq ans. Je me ſouviens même de quelques vers. Je me ſouviens ſurtout qu'il y avait trois femmes qui venaient aſſaſſiner le dictateur perpétuel; il les renvoyait coudre ou faire quelque choſe de mieux.

Comme la pièce était remplie de deux choſes que *la Couture*, le fou de *Louis XIV* n'aimait point, qui ſont le *brailler* et le *raiſonné*, le père *Tournemine*, mauvais raiſonneur et très-ampoulé perſonnage, mit en titre de ſa copie, *Sylla, tragédie digne de Corneille*. Un autre jéſuite, qui avait plus de goût, effaça *digne*. C'eſt en cet état qu'elle eſt parvenue aux héritiers d'un héritier de *Dumoulin*, le médecin; et c'eſt ce chef-d'œuvre qui a extaſié votre parlement de la comédie.

Mon héros, qui a plus de goût que ces ſénateurs, ne s'eſt pas mépris comme eux.

Mais comme il a autant de bonté que de goût, il daigne protéger la Crète. Je ne ſais ſi on avait bien diſtribué les rôles, je ne m'en ſuis point mêlé. *Le Kain* eſt le ſeul des héros crétois qui ſoit de ma connaiſſance. Je m'en rapporte en tout aux bontés et aux ordres de mon héros de la France. 1772.

Vraiment, vous avez bien raiſon ſur la Sophonisbe; il faudrait abſolument refaire la fin du quatrième acte : ce n'eſt pas une choſe aiſée à un pauvre homme preſque octogénaire, qui a verſé ſur les Crétois les dernières gouttes de ſon huile ; mais ſi la cabale des *Fréron* et des *la Beaumelle* n'écraſe point les Lois de Minos, et s'il me reſte encore quelque vigueur, je l'emploîrai auprès de Sophonisbe, pour tâcher de vous plaire.

Le tripot comique doit ſans doute vous excéder, mais cela amuſe; c'eſt une république qui ne reſſemble à rien; et il y a toujours à la tête de ce gouvernement anarchique quelques dames de conſidération, très-ſoumiſes à monſieur le premier gentilhomme de la chambre.

Puiſſiez-vous amuſer votre loiſir à reſſuſciter les talens et les plaiſirs ! Ni les uns ni les autres ne ſont plus faits pour moi ; je n'ai plus guère à vous offrir que mon tendre et reſpectueux attachement qui me ſuivra juſqu'au tombeau. *V.*

1772.

LETTRE LXXIX.

A M. LE COMTE D'ARGENTAL.

4 de décembre.

MON cher ange, ce que vous me mandez, dans votre lettre du 27 de novembre, eſt bien affligeant. J'ai peur que cette nouvelle n'ait contribué à la maladie de madame d'*Argental.*

Quidquid delirant reges plectuntur Achivi.

Je tremble que le fromage ne ſoit entièrement autrichien, et qu'il ne ſoit ſaupoudré par des jéſuites; mais auſſi il me ſemble que ce mal peut produire un très-grand bien pour vous. Vous êtes conciliant, vous avez dû plaire, vous pourrez tout raccommoder; tout peut tourner à votre gloire et à votre avantage. Je ne ſais ſi je me fais illuſion, et ſi mes conjectures ſur le fromage ſont vraies. Je vois les choſes de trop loin. Je n'ai jamais été ſi fâché de n'être pas auprès de vous; mais, pour faire ce voyage, il faut être deux.

C'eſt à *Jean-Jacques Rouſſeau*, à qui la France a tant d'obligations, d'honorer de ſa préſence votre grande ville, et d'y marier nos princes à la fille du bourreau; c'eſt au ſage et vertueux *la Beaumelle* d'y briller dans de belles places; j'eſpère même que *Fréron* y ſera noblement récompenſé: mais moi je ne ſuis fait que pour la Scythie.

Que vous êtes bon, que vous êtes aimable, que je

vous ſuis obligé d'avoir empêché mademoiſelle *Taſchin* d'hériter de moi ! car cette demoiſelle, qui a tué *Thiriot*, s'appelle *Taſchin*. Je reconnais bien là votre cœur. Ma plus grande conſolation dans ce monde a toujours été d'avoir un ami tel que vous. 1772.

Je vais écrire à M. de *Sartine* ſuivant vos inſtructions. *Thiriot* avait toujours eſpéré être lui-même l'éditeur de mes lettres et de beaucoup de petits ouvrages; il ſera bien attrapé.

Voici un petit mot pour ce chevalier que je ne connais point du tout; mais puiſque vous le protégez, il m'intéreſſe.

Je conçois que *Molé* aura eu de la peine à prendre ſon rôle de confédéré, et à ſe voir priſonnier de guerre de *le Kain;* mais enfin il faut que les héros s'attendent à des revers. M. le maréchal de *Richelieu* m'a écrit ſur cela la lettre du monde la plus plaiſante. Je lui ai grande obligation de m'avoir un peu ranimé au ſujet de Sophonisbe. Je crois qu'avec un peu de ſoin on peut en faire une pièce très-intéreſſante. Je crois même qu'un africain peut avoir trouvé du poiſon avant de trouver un poignard, attendu qu'en Afrique il n'y a qu'à ſe baiſſer et en prendre. A peine ai-je reçu ſa lettre que j'ai travaillé à cette Sophonisbe. Je ſuis comme *Perrin Dandin* qui ſe délaſſe à voir d'autres procès. Les intervalles de mes maladies continuelles ſont toujours occupés par la folie des vers, ou par celle de la proſe.

Madame *Denis* a été malade tout comme moi; elle a eu une violente dyſſenterie : ce mal a été épidémique vers nos Alpes, et même beaucoup de monde en eſt mort. J'ai été d'abord dans de cruelles tranſes,

1772. mais elle eſt entièrement hors d'affaire. Je n'ai plus d'inquiétude que ſur votre fromage, car je me flatte que l'indiſpoſition de madame d'*Argental* n'a pas de ſuite; ſi elle en avait, je ſerais bien affligé.

Adieu, mon très-cher ange; à l'ombre de vos ailes.

Le vieux V.

LETTRE LXXX.

A M. LE CHEVALIER DE CHATELLUX.

A Ferney, 7 de décembre.

MONSIEUR,

LA première fois que je lus *la Félicité publique*, je fus frappé d'une lumière qui éclairait mes yeux, et qui devait brûler ceux des ſots et des fanatiques; mais je ne ſavais d'où venait cette lumière. J'ai ſu depuis que je l'aurais aiſément reconnue, ſi j'avais jamais eu l'honneur de converſer avec vous; car on dit que vous parlez comme vous écrivez: mais je n'ai pas eu la félicité particulière de faire ma cour à l'illuſtre auteur de *la Félicité publique*.

Je chargeai de notes mon exemplaire, et c'eſt ce que je ne fais que quand le livre me charme et m'inſtruit. Je pris même la liberté de n'être pas quelquefois de l'avis de l'auteur. Par exemple, je diſputais contre vous ſur un demi-ſavant, très-méchant homme, nommé *Dutens*, réfugié à préſent en Angleterre, qui imprima, il y a cinq ans, un ſot libelle atroce contre tous les philofophes, intitulé *le Tocfin* (*). Ce poliffon prétend que les anciens avaient connu l'ufage de la bouffole, la gravitation, la route des comètes, l'aberration des étoiles, la machine pneumatique, la chimie, &c. &c. 1772.

Je difputais encore fur ce mot *Jehova*, que je croirais phénicien, et je ne regardais le patois hébraïque que comme un informe compofé de fyriaque, d'arabe et de chaldéen.

Mais en écrivant mes doutes fur ces misères, avec quel tranfport je remarquais tout ce qui peut élever l'ame, l'inftruire et la rendre meilleure! comme je mettais *bravo*, à la page cinquième du premier volume, à ces *règnes cruellement héroïques*, &c., et à *falus gubernantium*, et aux réflexions fur la *cloaca magna*, et fur mille traits d'une fineffe de raifon fupérieure qui me fefait un plaifir extrême!

Je recherchais s'il n'y a en effet qu'un million d'efclaves chrétiens (**). Vous entendez les ferfs de glèbe; et j'en trouvais plus de trois millions en Pologne, plus de dix en Ruffie, plus de fix en Allemagne et en Hongrie. J'en trouvais encore en France, pour lefquels je plaide actuellement contre des moines feigneurs.

J'obfervais que *Jéfus-Chrift* n'a jamais fongé à parler d'adoucir l'efclavage; et cependant combien de fes compatriotes étaient en fervitude de fon temps! Je me fouvenais qu'au commencement du fiècle le miniftère comptait, dans la généralité de Paris, dix mille têtes de prêtraille, habitués, moines et nonnes.

(*) Voyez l'article *Syftême*, Dictionnaire philofophique, tome VII.

(**) On ne parle, en cet endroit de l'ouvrage, que des efclaves noirs, et non pas des ferfs qu'on ne peut affimiler aux efclaves des anciens.

1772. Il n'y a que dix mille *prieſts* en Angleterre. Je mettais madame de *Vintimille* à la place du cardinal de *Fleuri*, page 152. Vous ſavez que ce pauvre homme fit tout malgré lui.

Enfin votre ouvrage, d'un bout à l'autre, me fait toujours penſer. Tout ce que vous dites ſur le chriſtianiſme eſt d'une ſage hardieſſe. Vous en uſez avec les théologiens comme avec des fripons qu'un juge condamne ſans leur dire des injures.

Quelle réflexion que celle-ci ! *Ce n'eſt qu'à des peuples brutes qu'on peut donner telles lois qu'on veut.*

Que vous jugez bien *François I !* J'aurais voulu que vous euſſiez dit un mot de certains barbares dont les uns aſſaſſinèrent *Anne Dubourg*, la maréchale d'*Ancre*, &c., et les autres le chevalier de *la Barre*, &c., en cérémonie.

Population, *Guerre*, chapitres excellens.

Je vous remercie de tout ce que vous avez dit; je vous remercie de l'honneur que vous faites aux lettres et à la raiſon humaine. Je ſuis pénétré de celui que vous me faites, en daignant m'envoyer votre ouvrage. Je ſuis bien vieux et bien malade, mais de telles lectures me rajeuniſſent.

Conſervez-moi, Monſieur, vos bontés dont je ſens tout le prix. Que n'êtes-vous quelquefois employé dans mon voiſinage ! je me flatterais, avant de mourir, du bonheur de vous voir. Certes, il ſe forme une grande révolution dans l'eſprit humain. Vous mettez de belles colonnes à cet édifice néceſſaire.

J'ai l'honneur d'être avec reſpect, avec reconnaiſſance, avec enthouſiaſme, &c.

LETTRE LXXXI.

1772.

A M. D'ETALLONDE DE MORIVAL.

12 de décembre.

Un vieux malade de quatre-vingts ans a reçu, Monfieur, votre lettre du 23 de novembre, et fur le champ j'ai remercié le roi de Pruffe de ce qu'il voulait bien penfer à vous. J'ai pris la liberté de lui dire combien vous méritez d'être avancé, et que fa gloire eft intéreffée à réparer les abominables injuftices qu'on vous a faites en France. Le mot d'injuftice même eft trop faible; je regarde cette atrocité comme un grand crime, et tous les hommes éclairés penfent comme moi.

Je fuppofe que vous m'avez écrit par la voie de M. *Rey* d'Amfterdam. Je me fers de la même voie pour vous répondre et pour vous affurer que vous me ferez toujours cher par votre malheur et par votre mérite. Permettez-moi de ne point figner, et reconnaiffez-moi à mes fentimens.

1773.

LETTRE LXXXII.

A M. LE COMTE D'ARGENTAL.

4 de janvier.

Eh bien, avais-je tort de vous appeler mon ange gardien, et de me mettre à l'ombre de vos ailes? M. de *Chauvelin* s'en mêle donc auſſi? je lui dois quelques petits remercîmens couchés par écrit. Ils partent du fond de mon cœur, ainſi vous trouverez bon que je les faſſe paſſer par vos mains. La perſonne qui a répondu, *mais* ſans aigreur, n'eſt pas ſujette à en montrer; mais cette perſonne eſt opiniâtre comme une mule ſur certaines petites choſes, quoiqu'elle ſe laiſſe aller à tout vent ſur d'autres, à ce qu'on diſait très-mal à propos. Il faut prendre les gens comme ils ſont, à ce qu'on dit. Je profiterai de tout cela dans l'occaſion, et cette occaſion pourrait bien ſe trouver dans l'île de Candie, ſuppoſé que le voyage fût heureux, et que nous n'eſſuyaſſions pas de vents contraires.

Vous ſavez, mon très-cher ange, qu'il y a dans les plus petites affaires, de même que dans les plus grandes, des anicroches qui dérangent tout. L'aventure des exemplaires d'une pauvre tragédie eſt de ce nombre. Il faut d'abord vous dire que le jeune homme, auteur d'*Aſtérie*, n'ayant nulle expérience du monde, crut, ſur la foi de noſſeigneurs du tripot, qu'il ſerait expoſé au ſifflet immédiatement après le Fontainebleau. Enſuite on lui certifia qu'il ſerait jugé

quinze

quinze jours après fans faute. Le jeune étourdi, comptant fur cette parole, donna fon factum à imprimer dans l'imprimerie de l'imprimeur *Gabriel Cramer*, dont il eut auffi parole que ce factum, accompagné de notes un peu chatouilleufes, ne paraîtrait qu'après la première féance des juges. 1773.

Vous faurez maintenant qu'il y a deux *Graffet* frères, l'un eft dans l'imprimerie de l'imprimeur *Gabriel Cramer*, l'autre eft libraire à Laufane. Ce *Graffet* de Laufane eft, dit-on :

> Pipeur, efcroc, fycophante, menteur,
> Sentant la hart de cent pas à la ronde.

Il eft affocié avec le bourgmeftre de Laufane et deux miniftres de la parole de Dieu : ce font eux qui, en dernier lieu, ont fait une édition des ouvrages du jeune homme, édition prefque auffi mauvaife que celle de *Cramer* et de *Panckoucke;* mais enfin cela fait beaucoup d'honneur à l'auteur. Rien ne répond plus fortement au *mais*, qu'une édition faite par deux prêtres. Or, le *Graffet* de Genève a probablement envoyé à fon frère de Laufane les feuilles du mémoire du jeune avocat, feuilles incomplètes, feuilles auxquelles il manque des cartons abfolument néceffaires, feuilles remplies de fautes groffières felon la coutume de nos allobroges. Je ne puis être préfent par-tout; je ne puis remédier fur le champ à tout; je paffe ma vie dans mon lit; j'y griffonne, j'y dirige cent horlogers dont les têtes font quelquefois plus mal montées que leurs montres; j'y donne mes ordres à mes vaches, à mes bœufs, à mes chevaux de toute efpèce. Le prince et le marquis font occupés des tracafferies

1773. continuelles de leur vaste république, et pendant ce temps-là on envoie des Minos tronqués à Paris.

Cela peut être, mais il se peut aussi que deux ou trois curieux aient vu un exemplaire de la première épreuve que j'avais confiée à M. le comte de *Rochefort*, lorsqu'il était à Ferney au mois de novembre; il manque même à cet exemplaire la dernière page. Il se peut encore que ce *Grasset* ait compté contrefaire l'édition cramérienne, sitôt qu'elle paraîtrait, et qu'il l'ait mandé au libraire de Paris qui débite son édition lausanoise en trente-six volumes. Je n'ai aucun commerce avec ce malheureux; il est venu quelquefois à Ferney; je lui ai fait défendre ma porte.

Voilà l'état des choses, quant aux typographes; à l'égard des calomniographes, j'en ris; il y a cinquante ans que j'y suis accoutumé. Mais je remercie bien tendrement mon cher ange de la bonté qu'il a de songer à réprimer ce coquin de *Clément*. S'il a fait imprimer un libelle, il faut que quelque petit censeur royal, quelque petit fripon de commis à la douane des pensées ait été de concert avec lui. Je tâcherai de découvrir cette manœuvre; mais, encore une fois, je suis touché jusqu'au fond du cœur des bontés de mon cher ange.

Madame *Denis* et moi nous souhaitons le plus heureux 1773 à mes deux anges, et la tranquillité à Parme avec les pensions.

LETTRE LXXXIII.

1773.

A M. DE CHABANON.

8 de janvier.

VOTRE lettre ſur la langue et ſur la muſique, mon cher ami, eſt bien précieuſe. Elle eſt pleine de vues fines et d'idées ingénieuſes. Je ne connais guère la muſique de *Corelli*. J'entendis autrefois une de ſes ſonates, et je m'enfuis, parce que cela ne diſait rien ni au cœur, ni à l'eſprit, ni à mon oreille. J'aimais mille fois mieux les noëls de *Mouton* et *Roland Laſſé*.

Ce *Corelli* eſt bien poſtérieur à *Lulli*, puiſqu'il mourut en 1734. Si vous voulez avoir un modèle de récitatif meſuré italien, avant *Lulli*, abſolument dans le goût français, faites-vous chanter par quelque baſſe taille, le *ſunt roſæ mundi breves* de *Cariſſimi*. Il y a encore quelques vieillards qui connaiſſent ce morceau de muſique ſingulier. Vous croirez entendre le monologue de *Roland*, au quatrième acte.

Vous pourrez d'ailleurs trouver quelques contradicteurs, mais vous ne trouverez que des lecteurs qui vous eſtimeront.

J'attends avec impatience la traduction des *Odes d'Horace*. Il eſt juſte que je préſente à ce traducteur ſi digne de ſon auteur, et à ſon aimable frère, une certaine épître à cet *Horace*, que vous n'avez vue que très-incorrecte.

Madame *Denis* vous fait mille complimens. Le vieux bavard qui a oſé écrire à *Horace* vous aime de tout ſon cœur. *V.*

1773.

LETTRE LXXXIV.

A M. LE COMTE D'ARGENTAL.

11 de janvier.

IL ne s'agit pas cette fois-ci de la Crète auprès de mes anges, il s'agit de montres. Je présente requête, au nom de *Valentin* et compagnie, contre *le Jeune* et sa femme, à qui ils ont confié depuis long-temps plusieurs montres, et fourni une pièce de toile. Le sieur *Valentin* leur a écrit plusieurs lettres sans pouvoir obtenir une seule réponse. Je supplie très-instamment mes anges de vouloir bien parler à *le Jeune*, et de tirer la chose au clair. La société de *Valentin* est la moins riche de Ferney; elle a essuyé plusieurs malheurs; un nouveau l'accablerait sans ressource.

Cependant *Valentin* et compagnie ne m'occupe pas si fort qu'il me fasse absolument oublier les Crétois. Je ne vois pas pourquoi les Lois de Minos seraient appelées Astérie, qui n'est qu'un nom de roman; la pièce est connue par-tout sous le nom des Lois de Minos; c'est sous ce titre qu'elle est imprimée: mais votre volonté soit faite. Vous ne m'aviez rien dit du drame d'Alcidonis, et du beau passe-droit qu'on vous fesait. Vous avez craint apparemment que je n'en fusse affligé; mais je m'attends à tout de la part du tripot, et je vous avoue que dans le fond il ne m'importe guère

Que Minos soit devant, ou Minos soit derrière.

Je pourrais me plaindre de *le Kain* qui ne m'a pas ſeulement écrit, mais je ne me ſâche point contre les 1773.
héros de l'antiquité; et pourvu que *le Kain* ne faſſe point trop les beaux bras, pourvu qu'il ne cherche point à radoucir ſa voix dans ſon rôle de ſauvage; pourvu qu'il ne faſſe point de ces longs ſilences qui impatientent, excepté dans le moment où il croit ſa ſauvage morte, et où il ſe laiſſe aller comme évanoui entre les bras d'un de ſes compagnons; ſi dans tout le reſte il veut être un peu brutal, je ſerai très-content. Le ſuccès d'une tragédie au théâtre dépend abſolument des acteurs, et de l'auteur à l'impreſſion; mais on a beau imprimer la pièce quand elle eſt tombée, il faut dix ans, il faut être mort pour qu'elle ſe relève. Les gens de lettres ſont les ſeuls qui puiſſent la rétablir, et ils s'en gardent bien; au contraire ils jettent des pierres dans ſa foſſe; et quand l'auteur n'eſt plus, ils ne le déterrent que pour enſevelir à ſa place la pièce de quelque auteur en vie. Voilà le train du monde, dans plus d'une profeſſion.

Venons à quelque choſe qui me tient plus au cœur. Mon cher ange a-t-il reçu une lettre par la voie de M. *Bacon*? M. le maréchal de *Richelieu* vous a-t-il parlé de ce ſouper? s'eſt-il expliqué avec vous ſur le projet d'un certain voyage? Vous ſavez que *Charles XII* ne voulut jamais revoir Stockholm après la journée de Pultava. Tâchez que je ne ſois pas battu en Crète; mais, vainqueur ou vaincu, je ſerai toujours bien dévot au culte des anges, et je leur ſerai très-tendrement réſigné à la vie et à la mort. *V.*

1773.

LETTRE LXXXV.

A M. DE LA HARPE.

A Ferney, 22 de janvier.

MON cher ami, mon cher ſucceſſeur, votre *Eloge de Racine* eſt preſque auſſi beau que celui de *Fénélon*, et vos notes ſont au-deſſus de l'un et de l'autre. Votre très-éloquent diſcours ſur l'auteur du *Télémaque* vous a fait quelques ennemis. Vos notes ſur *Racine* ſont ſi judicieuſes, ſi pleines de goût, de fineſſe, de *force* et de *chaleur*, qu'elles pourront bien vous attirer encore des reproches; mais vos critiques (s'il y en a qui oſent paraître) ſeront forcés de vous eſtimer et, je le dis hardiment, de vous reſpecter.

Je ſuis fâché de ne vous avoir pas inſtruit plutôt de ce que j'ai entendu dire ſouvent, il y a plus de quarante ans, à feu M. le maréchal de *Noailles*, que *Corneille* tomberait de jour en jour, et que *Racine* s'élèverait. Sa prédiction a été accomplie, à meſure que le goût s'eſt formé; c'eſt que *Racine* eſt toujours dans la nature, et que *Corneille* n'y eſt preſque jamais.

Quand j'entrepris le Commentaire ſur *Corneille*, ce ne fut que pour augmenter la dot que je donnais à ſa petite nièce que vous avez vue; et, en effet, mademoiſelle *Corneille* et les libraires partagèrent cent mille francs que cette première édition valut. Mon partage fut le redoublement de la haine et de la calomnie de ceux que mes faibles ſuccès rendaient

mes éternels ennemis. Ils dirent que l'admirateur des ſcènes ſublimes qui ſont dans Cinna, dans Polyeucte, 1773.
dans le Cid, dans Pompée, dans le cinquième acte de Rodogune, n'avait fait ce commentaire que pour décrier ce grand-homme. Ce que je feſais par reſpect pour ſa mémoire, et beaucoup plus par amitié pour ſa nièce, fut traité de baſſe jalouſie et de vil intérêt par ceux qui ne connaiſſent que ce ſentiment, et le nombre n'en eſt pas petit.

J'envoyai preſque toutes mes notes à l'académie; elles furent diſcutées et approuvées. Il eſt vrai que j'étais effrayé de l'énorme quantité de fautes que je trouvais dans le texte; je n'eus pas le courage d'en relever la moitié; et M. *Duclos* me manda que, s'il était chargé de faire le commentaire, il en remarquerait bien d'autres. J'ai enfin ce courage. Les cris ridicules de mes ridicules ennemis, mais plus encore la voix de la vérité qui ordonne qu'on diſe ſa penſée, m'ont enhardi. On fait actuellement une très-belle édition in-4° de *Corneille* et de mon Commentaire. Elle eſt auſſi correcte que celle de mes faibles ouvrages eſt fautive. J'y dis la vérité auſſi hardiment que vous.

Qui n'a plus qu'un moment à vivre
N'a plus rien à diſſimuler.

Savez-vous que la nièce de notre père du théâtre ſe fâche quand on lui dit du mal de *Corneille;* mais elle ne peut le lire; elle ne lit que *Racine.* Les ſentimens de femme l'emportent chez elle ſur les devoirs de nièce. Cela n'empêche pas que, nous autres hommes qui feſons des tragédies, nous ne devions le plus profond reſpect à notre père. Je me ſouviens que

1773. quand je donnai, je ne ſais comment, Oedipe, étant fort jeune et fort étourdi, quelques femmes me diſaient que ma pièce (qui ne vaut pas grand'choſe) ſurpaſſait celle de *Corneille* (qui ne vaut rien du tout), je répondis par ces deux vers admirables de *Pompée:*

> Reſtes d'un demi-dieu dont jamais je ne puis
> Egaler le grand nom, tout vainqueur que j'en ſuis.

Admirons, aimons le beau, mon cher ami, partout où il eſt; déteſtons les vers viſigoths dont on nous aſſomme depuis ſi long-temps, et moquons-nous du reſte. Les petites cabales ne doivent point nous effrayer; il y en a toujours à la cour, dans les cafés et chez les capucins. *Racine* mourut de chagrin, parce que les jéſuites avaient dit au roi qu'il était janſéniſte. On a pu dire au roi, ſans que j'en ſois mort, que j'étais athée, parce que j'ai fait dire à *Henri IV :*

> Je ne décide point entre Genève et Rome.

Je décide avec vous qu'il faut admirer et chérir les pièces parfaites de *Jean*, et les morceaux épars inimitables de *Pierre*. Moi qui ne ſuis ni *Pierre* ni *Jean*, j'aurais voulu vous envoyer ces Lois de Minos qu'on repréſentera, ou qu'on ne repréſentera pas ſur votre théâtre de Paris; mais on y a voulu trouver des alluſions, des allégories. J'ai été obligé de retrancher ce qu'il y avait de plus piquant, et de gâter mon ouvrage pour le faire paſſer. Je n'ai d'autre but, en le feſant imprimer, que celui de faire comme vous des notes qui ne vaudront pas les vôtres, mais qui feront curieufes; vous en entendrez parler dans peu. 1773.

Adieu ; le vieux malade de Ferney vous embraffe très-ferré.

LETTRE LXXXVI.

A M. LE COMTE D'ARGENTAL.

25 de janvier.

MON cher ange, les notes chatouilleufes ne paraîtront qu'après la pièce, du moins fi on me tient parole ; et encore j'empêcherai bien que ce volume un peu hafardé n'entre à Paris ; ou s'il y entre, il ne fera qu'entre peu de mains, et alors il n'y a aucun danger ; car, en fait de livres comme en fait d'amour, il n'y a de fcandale que dans l'éclat.

On m'a mandé que cet Alcidonis, auquel j'ai été facrifié, eft protégé par madame la ducheffe de *Villeroi*, qui même y a travaillé, et qui a fait faire la mufique ; fi la chofe eft ainfi, elle m'a ôté le plaifir d'être le premier à lui céder tous mes droits bien refpectueufement.

Lorfque les Lois de Minos ou Aftérie feront fur le point d'être repréfentées au jugement très-incertain et fouvent très-fautif de la cohue du parterre, je vous informerai de la cabale qui a pris déjà fes mefures. Elle eft de la plus grande violence ; mais

Je ne veux pas prévoir les malheurs de fi loin.

M. le marquis de *Chauvelin* a eu la bonté de

1773. m'écrire ; mais vous ſentez qu'il ne faut pas que M. le maréchal de *Richelieu* ſe preſſe, avant que l'affaire des Lois de Minos ſoit plaidée ; je joue gros jeu dans cette partie. Il eſt certain qu'il eût mieux valu ne plus jouer du tout à mon âge, et ſe retirer paiſiblement ſur ſon gain ; mais je vois que la paſſion du jeu ne ſe corrige guère. Une autre fois je vous en dirai davantage, puiſque vous avez la bonté de vous intéreſſer à mes paſſions ; mais je ſuis un malade entouré de gens plus malades que moi. Madame de *Florian* eſt attaquée de la poitrine ; je lui ai bâti une maiſon que probablement elle n'habitera guère. Il ne faut pas plus compter ſur la vie que ſur le ſuccès des pièces nouvelles. Je ne compte que ſur votre amitié qui fait ma conſolation.

LETTRE LXXXVII.

A M. LE COMTE DE ROCHEFORT.

Ferney, le 1 de février.

A moi les philoſophes, c'eſt-à-dire les ſages et les honnêtes gens. Vous ſavez quelle peine j'avais priſe pour ces Lois de Minos. J'avais vraiment employé près de huit jours pour les faire, et j'en mettais preſqu'autant pour les corriger ; un nommé *Valade*, libraire de Paris, vient d'imprimer la pièce toute défigurée, toute remplie de mauvais vers que je n'ai pourtant pas faits, en un mot, toute différente de mon dernier manuſcrit qui était encore tout différent

des feuilles imprimées que vous avez entre les mains. 1773.
C'eſt quelque bel eſprit de comédien qui m'a joué ce tour. Je vous prie d'en parler à M. le maréchal de *Richelieu*, qui a la ſurintendance du tripot, et qui ne laiſſera pas un tel brigandage impuni. J'ai d'ailleurs l'honneur de lui en écrire; tout cela eſt un fort petit malheur, mais il faut de l'ordre en toutes choſes.

Mes reſpects à madame *Dixneufans* et à ſon digne mari. Je leur ſerai attaché juſqu'au dernier moment de ma ridicule vie. *V.*

LETTRE LXXXVIII.

A M. LE MARECHAL DUC DE RICHELIEU.

A Ferney, 1 de février.

En voici bien d'une autre, Monſeigneur; le tripot m'a joué d'un mauvais tour. Quelqu'un de ces meſſieurs a vendu une copie informe et déteſtable du Minos que vous protégiez, à un nommé *Valade*, fripon de libraire de la rue Saint-Jacques, qui la débite hardiment dans Paris, au mépris de toutes les lois de la Crète et de la France. Cette piraterie doit intéreſſer MM. d'*Argental* et de *Thibouville*; car j'ai trouvé dans la pièce beaucoup de vers de leur façon. Je les crois meilleurs que les miens; mais enfin chacun a ſon ſtyle, et il n'y a point de peintre qui fût content qu'un autre travaillât à ſon tableau.

Quoi qu'il en ſoit, ce *Valade* me paraît réprimable,

et le voleur qui lui a vendu la pièce, très-puniſſable.
1773. Je n'ai pas l'honneur de connaître M. de *Sartine*, et je n'ai nulle protection auprès de lui. Je ne ſais pas pourquoi l'impreſſion ne dépend pas de meſſieurs les premiers gentilshommes de la chambre, puiſque la repréſentation en dépend. Ce monde-ci eſt plein de contradictions et d'anicroches.

J'avais fondé ſur Minos l'eſpérance de vous faire ma cour à Paris; mon eſpérance eſt détruite : c'eſt la fable du pot au lait.

Il ſerait curieux de ſavoir quel eſt le ſeigneur crétois qui a fait l'infamie de vendre la pièce à un des pirates de la rue Saint-Jacques; cela peut ſervir dans l'occaſion, et vous ſauriez à quoi vous en tenir ſur l'honnêteté des gens du tripot.

Je comptais vous dédier cette pièce, malgré tout le ridicule des dédicaces; mais comment faire à préſent? Je ſuis déjoué de toutes les façons. Les *Frérons* et toute la canaille de la littérature vont me tomber ſur le corps. N'importe, je vous la dédierai encore, ſi vous me le permettez. Mais feriez-vous ſi mal d'écrire à M. de *Sartine*? il donnerait certainement tous ſes ſoins à découvrir le fripon.

On m'aſſure que les comédiens ne laiſſeront pas de donner la pièce au premier de mars. Il n'y a autre choſe à faire qu'à y retravailler encore pour dérouter les poliſſons.

Conſervez toujours vos bontés pour votre ancien courtiſan ſifflé ou non ſifflé, mais attaché à vous avec le plus profond et le plus tendre reſpect. *V.*

LETTRE LXXXIX.

1773.

A M. L'ABBÉ DE VOISENON.

3 de février.

Mon très-cher confrère, je vous prie de ne pas manquer d'excommunier, d'une excommunication majeure, le libraire *Valade*, grand imprimeur de libelles, qui, malgré toutes les lois de la police, a défiguré les Lois de Minos d'une manière à déchirer les entrailles paternelles d'un vieux radoteur qui ne reconnaît plus ſon ouvrage. Le ſcélérat a ſans doute acheté une déteſtable copie de quelque bel eſprit ouvreur de loges, qui n'a pas manqué d'y mettre beaucoup de vers de ſa façon. Voilà certainement le plus horrible abus qui ſoit en France, et peut-être le ſeul ; car tout le reſte aſſurément va à merveille. Mais j'ai mes Lois de Minos ſur le cœur, et j'ambitionne trop votre ſuffrage pour vous laiſſer croire un moment que la pièce ſoit entièrement de moi.

Vous me direz qu'il eſt très-ridicule à mon âge de faire des pièces de théâtre ; je le ſais bien, mais il ne faut pas reprocher à un homme d'avoir la fièvre. Que voulez-vous qu'on faſſe au milieu des neiges ſi ce n'eſt des tragédies ? Si j'étais avec vous, je paſſerais mon temps à vous écouter et à me réjouir, et nous ferions tous deux *Jean* qui rit. Cependant M. *Valade* ne fera pas de moi *Jean* qui pleure.

Je vous embraſſe, je vous regrette et je vous aime de tout mon cœur. *V.*

1773.

LETTRE XC.

A M. LE MARQUIS DE THIBOUVILLE.

A Ferney, 8 de février.

Je vous ai un peu grondé, mais je ne vous en aime pas moins. Il eſt vrai que, ſi on avait été tout d'un coup à monſieur le lieutenant de police, le vol aurait été découvert et puni. D'ailleurs, je penſe encore qu'il vous eſt fort aiſé de ſavoir à qui vous avez donné la pièce telle qu'elle eſt imprimée, et en quelles mains elle eſt reſtée. C'eſt un bonheur, après tout, qu'on m'ait mis à portée de déſavouer cet ouvrage, et de crier à la falſification. Vous me feſiez beaucoup d'honneur de joindre vos vers aux miens; mais, en vérité, vous deviez m'en avertir. L'art des vers eſt plus difficile qu'on ne penſe. Je ſais bien que le cinquième acte eſt le plus faible, et après le quatrième je ne pouvais pas aller plus loin; mais du moins il ne faut pas finir, comme je vous l'ai dit, par des complimens qui ne ſignifient rien.

Après avoir détruit tes funeſtes erreurs.

Vous ſentez combien le mot d'erreurs eſt faible et mal placé quand il s'agit de ſacrifices de ſang humain, d'une faction barbare, et d'une bataille meurtrière. Ajoutez que l'épithète *funeſte* n'eſt qu'une épithète, et par conſéquent qu'une cheville.

Ta clémence, grand prince, a ſubjugué nos cœurs.

Ce n'eſt ſurement pas la clémence qui a gagné

Datame. Le roi eſt venu lui-même le tirer de priſon, lui donner des armes, le faire combattre avec lui ; 1773.
ce n'eſt pas là de la clémence : c'eſt tout ce que pourrait dire un courtiſan rebelle à qui on aurait pardonné, et le mot de *grand prince*, ſuivi de *grand-homme* et de *grand roi*, eſt, comme vous le voyez bien, inſupportable.

> Je ne méritais pas le trône où tu m'appelle.

Il faut une *s* à appelle, grâce aux lois ſévères de notre poëſie qui ne permet plus la plus légère licence en fait de langue. On retranchait quelquefois cette *s* du temps de *Voiture*, mais aujourd'hui c'eſt un ſolécïſme.

J'adore Aſtérie, et tu me rends digne d'elle. C'eſt ce qu'on pourrait dire dans des lettres patentes du roi ; mais vous voyez combien il eſt au-deſſous du caractère de *Datame* de ne ſe croire digne d'épouſer *Aſtérie* que parce qu'il obtient une dignité dont il ne feſait nul cas. Ce compliment dément ſon caractère. Certainement il était bien plus convenable à ce fier ſauvage, qui ſe croit égal aux rois, de dire qu'il penſe être digne d'*Aſtérie*, parce qu'il l'a toujours aimée ; c'eſt le ſentiment d'une ame hardie et fière ; le contraire eſt un compliment très-ordinaire, et par conſéquent d'une extrême froideur.

Les quatre derniers vers de *Datame* ſont de la même faibleſſe. Il dit, et il retourne en quatre vers ſans force, qu'il ſera un ſujet fidelle.

J'ai vu pluſieurs endroits dans la pièce ſur leſquels je vous ferais de pareilles remarques. On ſouffre des vers de liaiſon dans une tragédie ; mais les gens de

1773. goût ne peuvent souffrir des vers lâches, des hémistiches rebattus, des épithètes oiseuses, des lieux communs qui traînent les rues. Vous devez concevoir à quel point je dois être affligé qu'on ait ainsi gâté mon ouvrage, sans daigner m'en dire un mot. Mes plus cruels ennemis ne m'auraient pas rendu un si mauvais service.

Cependant, encore une fois, je vous pardonne, en me flattant que vous réparerez cet affront qui est très-aisé à pardonner et à réparer.

Une vingtaine de vers ne me feront jamais oublier l'amitié que vous m'avez témoignée, &c.

LETTRE XCI.

A M. LE MARECHAL DUC DE RICHELIEU.

A Ferney, 19 de février.

Je me meurs pour le présent, mon héros; vous me direz que, quand je serai mort, il n'importe guère que mademoiselle *Raucourt* soit fâchée ou non contre moi: je vous répondrai qu'il importe beaucoup à ma mémoire que je ne meure pas souillé de cet opprobre. De méchantes langues ont fait courir cette histoire scandaleuse dans Paris, et ont prétendu que c'était un tour cruel que vous aviez voulu faire à cette pauvre fille, dont tout le monde est idolâtre. Je crois que, dans l'ordre des petites choses, rien n'est plus essentiel que de faire parvenir à mademoiselle *Raucourt* la petite lettre que je vous ai écrite sur son compte.

Vous

Vous aurez bientôt *Patras*, dont je crois qu'il eſt très-aiſé de faire un acteur excellent, et de le rendre utile dans tous les genres. 1773.

Il m'eſt arrivé un petit accident, c'eſt que je me meurs au pied de la lettre. On m'a fait baigner au milieu de l'hiver pour ma ſtrangurie. Votre exemple m'encourageait; mais il n'appartient pas à tout le monde d'oſer vous imiter : mes deux fuſeaux de jambes ſont devenus gros comme des tonneaux. J'ajouterais au bel état où je ſuis la ſottiſe de mourir de douleur, ſi on jouait les Lois de Minos telles que des gens de beaucoup d'eſprit et de mérite les ont faites. Je ne veux point me parer des plumes du paon; je ſuis un pauvre geai qui s'eſt toujours contenté de ſon plumage. Les vers de ces meſſieurs peuvent être fort beaux, mais ils ne ſont pas de moi, je n'en veux point. Leurs beautés entièrement déplacées dépareraient trop l'ouvrage.

En un mot, je vous demande en grâce qu'on ne joue pas cette indigne rapſodie, vendue par un comédien au libraire *Valade*. Ce libraire a la bêtiſe de dire qu'il ne l'a imprimée que ſur la copie de Genève et de Lauſane, et vous remarquerez qu'elle n'a paru encore ni à Lauſane ni à Genève; mais ce brigandage eſt comme tout le reſte. Dieu ait pitié de ma chère patrie qui avait autrefois une ſi belle réputation dans l'Europe! Tout eſt bien changé, et vous ne faites que rire de cette décadence. Riez de la mienne, mais pleurez de celle de votre patrie. Votre vieux courtiſan ſe recommande très-triſtement à vos bontés. *V.*

1773.

LETTRE XCII.

A M. LE MARQUIS DE THIBOUVILLE.

A Ferney, le 22 de février.

VOUS me prenez à votre avantage. Je fuis dans les horreurs d'une maladie qui pourrait bien être la dernière. On fe réconcilie à la mort avec fes ennemis, à plus forte raifon avec fes amis. Je vous demande donc pardon très-férieufement de vous avoir foupçonné d'avoir fait les vers à la *Pellegrin*, qui ont déshonoré mon ouvrage. Il y en a un, entre autres, qui eft d'un ridicule extrême; c'eft à la feconde fcène du fecond acte.

Ah! tu vois ce pontife ardent à m'outrager.

Il faut avouer que voilà un *ah!* bien placé, et que cela fait un bel effet. Je répète que mes plus cruels ennemis n'auraient jamais pu me jouer un pareil tour.

Quant à celui qui a fait vendre fous main à *Valade* ce malheureux exemplaire, je fais qui c'eft; vous le favez auffi, et je n'en parle pas.

Croyez-moi, jouiffez des talens des acteurs, s'ils en ont, et renoncez au tripot.

Quant à la propofition de faire parler d'amour une fauvage dont l'amour n'eft pas le fujet de la pièce, cette propofition eft beaucoup plus déplacée que les complimens qu'on mettait dans la bouche de

Datame, à la fin du cinquième acte. La fade galanterie n'a certainement rien à voir dans cette pièce. Elle était faite pour plaire au roi de Suède, au roi de Pologne et au roi de Pruſſe ; elle était faite pour fournir des notes ſur les ſacrifices de ſang humain, et ſur toutes les horreurs religieuſes ; mais n'en parlons plus, c'eſt trop bavarder pour un homme qui ſe meurt. 1773.

J'allais écrire à M. d'*Argental* ; mes maux qui augmentent m'en empêchent. Pardonnez-moi le crime de vous avoir ſoupçonné d'une vingtaine de vers déteſtables, et ſoyez sûr que, ſi je meurs, ce ſera en vous aimant.

LETTRE XCIII.

A M. LE COMTE D'ARGENTAL.

A Ferney, 17 de mars.

Je ne ſais pas, mon cher ange, ſi je ſuis encore en vie ; mais ſi j'exiſte, c'eſt bien triſtement. J'ai la ſottiſe d'être profondément affligé de l'inſolence avec laquelle ce fripon de *Valade* a fait accroire à monſieur le chancelier et à M. de *Sartine*, qu'il n'avait fait ſa déteſtable édition que ſur celle qui lui avait été envoyée de Genève, tandis que ma véritable édition de Genève n'eſt pas encore tout-à-fait achevée d'imprimer, à l'heure que je vous écris.

Vous pouviez confondre d'un mot l'impoſture de ce miſérable, puiſque ſon édition contient des vers

1773. que je n'ai point faits, et dont la pièce a été remplie fans m'en donner le moindre avis. Vous favez ce que je vous ai mandé fur ces vers, et vous pouvez juger de la peine extrême que j'en ai reffentie. Il faut peu de chofe pour accabler un malade; et fouvent qui a réfifté à cinquante accès de fièvre confécutifs, ne réfifte pas à un chagrin.

Pendant ma maladie, il m'eft arrivé des revers bien funeftes dans ma fortune, et j'ai craint de mourir fans pouvoir remplir mes engagemens avec ma famille. La vie et la mort des hommes font fouvent bien malheureufes; mais l'amitié que vous avez pour moi, depuis plus de foixante ans, rend la fin de ma carrière moins affreufe.

Pardonnez les expreffions que la douleur m'arrache; elles font bien excufables dans un vieillard octogénaire, qui fort de la mort pour fe voir enfeveli fous quatre pieds de neige, et pour être, comme il eft d'ufage, abandonné de tout le monde. J'efpère que je ne le ferai pas par vous, que je ne mourrai pas de chagrin, n'étant pas mort de cinquante accès de fièvre, et que je reprendrai ma gaieté pour les minutes que j'ai à ramper fur ce miférable globule.

LETTRE XCIV.

1773.

A M. LE JEUNE DE LA CROIX, *avocat.*

A Ferney, le 22 de mars.

J'AI reçu, Monfieur, votre lettre, lorfque j'échappai à peine, et pour très-peu de temps, d'une maladie qui n'épargne guère les gens de mon âge. Ainfi votre confrère, M. *Marchand*, eft plus en droit que jamais de faire mon teftament ; mais vous êtes bien plus en droit de réfuter la calomnie qui vous a imputé un libelle contre M. de *Morangiès* et contre moi. Je connais trop votre ftyle, Monfieur, pour m'y être mépris un moment. Il eft vrai qu'on a voulu l'imiter, mais on n'en eft pas venu à bout. Je vous ai toujours rendu juftice; et, quoique nous foyons d'avis très-différent fur le fingulier procès de M. de *Morangiès*, mon eftime pour vous n'en a jamais été altérée. Je me hâte de vous témoigner mes véritables fentimens; malgré la faibleffe extrême où je fuis, je ferais trop fâché de mourir fans compter fur votre amitié, et fans vous affurer de la mienne. C'eft avec ces fentimens, Monfieur, que j'ai l'honneur d'être votre très-humble et très-obéiffant ferviteur,

Voltaire.

1773.

LETTRE XCV.

A M. MARIN.

27 de mars.

J'AI reçu, mon cher Monſieur, ma *Déclaration* imprimée à Paris. J'ai été fâché de voir, *Réponſe d'un avocat à l'écrit intitulé*, au lieu de *Réponſe à l'écrit d'un avocat, intitulé*, *&c.* Cela fait un contre-ſens aſſez ridicule; mais il faut ſouffrir ce ridicule auquel on ne peut remédier.

L'affaire de M. de *Morangiés* eſt d'un ridicule bien triſte et bien cruel. Il la perdra, quoiqu'il ſoit démontré qu'il n'a jamais reçu les cent mille écus. Dieu veuille que je me trompe! Cependant il me paraît que le public des honnêtes gens revient beaucoup en faveur de M. de *Morangiés*. C'eſt une choſe bien abſurde que la rétractation d'un faux témoin ne ſoit pas admiſe en juſtice après le récolement. Je regarde le déſaveu fait par cette malheureuſe *Hériſſé tempête*, avant d'être fouettée et marquée, comme une eſpèce de teſtament de mort, qui doit ſervir de matière à une nouvelle inſtruction, et qui prouve évidemment que M. de *Morangiés* eſt opprimé par la plus infame canaille. La faveur donnée à un vérol. et le décret de priſe de corps contre un chirurgien honnête homme, marquent, ce me ſemble, la plus mauvaiſe volonté de la part du juge. Ce juge s'eſt fait un point d'honneur de protéger la populace contre la nobleſſe, mais il ne fallait protéger que la vérité contre l'impoſture. Le grand malheur eſt qu'on ne peut prouver cette impoſture juridiquement, et que les billets de M. de *Morangiés* ſubſiſtent toujours. Au reſte, ce problème me paraît plus intéreſſant que cent mille billeveſées mathématiques, et cent mille diſcours pour les prix des académies. 1773.

Je ne connais point du tout ce M. de *Boiſſi* dont vous vous plaignez, ni cet abbé *Savatier* qui m'a tant dénigré. Ma longue maladie, dont je ne ſuis pas encore guéri, ne m'a pas laiſſé le temps de lire leurs brochures.

On dit que M. de *la Harpe* a fait une tragédie qui eſt le meilleur de tous ſes ouvrages. Je le ſouhaite de tout mon cœur pour l'honneur des lettres et pour ſon avantage. C'eſt, de tous nos jeunes gens, celui qui fait le mieux des vers, qui écrit le mieux en proſe, et qui a le goût le plus sûr.

LETTRE XCVI.

A MADAME

LA MARQUISE DU DEFFANT.

29 de mars.

SAVEZ-VOUS bien, Madame, pourquoi j'ai été ſi long-temps ſans vous écrire? c'eſt que j'ai été mort pendant près de trois mois, grâce à une complication de maladies qui me perſécutent encore. Non-ſeulement j'ai été mort, mais j'ai eu des chagrins et des embarras; ce qui eſt bien pire.

1773. Puiſque vous avez vu les Lois de Minos, il eſt juſte que je vous envoye les notes qu'une bonne ame a miſes à la fin de cette pièce. Je pourrais même vous dire que cette tragédie n'a été faite que pour amener ces notes qui paraîtront peut-être trop hardies à quelques fanatiques, mais qui ſont toutes d'une vérité inconteſtable. Faites-vous les lire; elles vous amuſeront au moins autant qu'une feuille de *Fréron.*

Quelques perſonnes ſeront peut-être étonnées qu'on parle dans ces notes du chevalier de *la Barre*, et de ſes exécrables aſſaſſins; mais je tiens qu'il en faut parler cent fois, et faire déteſter, ſi l'on peut, la mémoire de ces monſtres, appelés juges, à la dernière poſtérité.

Je ſais bien que l'intérêt perſonnel d'un très-grand nombre de familles, l'eſprit de parti, la crainte des impôts et du pouvoir arbitraire, ont fait regretter dans Paris l'ancien parlement; mais, pour moi, Madame, j'avoue que je ne pouvais qu'avoir en horreur des bourgeois, tyrans de tous les citoyens, qui étaient à la fois ridicules et ſanguinaires. Je me ſuis déclaré hautement contre eux, avant que leur inſolence ait forcé le roi à nous défaire de cette cohue. Je regardais la vénalité des charges comme l'opprobre de la France, et j'ai béni le jour où nous avons été délivrés de cette infamie. Je n'ai pas cru aſſurément m'écarter de la reconnaiſſance que je dois et que je conſerve à un bienfaiteur, en m'élevant contre des perſécuteurs qui n'ont rien de commun avec lui. Je n'ai fait ma cour à perſonne, je n'ai demandé aucune grâce à perſonne. La ſatisfaction de manifeſter mes ſentimens et de dire la vérité, m'a tenu lieu de tout. Un temps viendra où les haines et les factions feront éteintes, et alors la vérité reftera feule. 1773.

Il y a quelque chofe d'auffi facré pour moi que cette vérité, c'eft l'ancienne amitié. Je compte fur la vôtre en vous répondant de la mienne; c'eft ce qui fait ma confolation dans mes neiges et dans mes fouffrances. Ma gaieté n'eft pas revenue, mais elle reviendra avec les beaux jours, fi mes maladies diminuent. Si je n'ai plus de gaieté, j'aurai du moins de la réfignation et de la fermeté, un profond mépris pour toute fuperftition, et un attachement inviolable pour vous. *V.*

LETTRE XCVII.

A M. DE LA HARPE.

29 de mars.

OUI, j'ai vu les vers fur la ftatue; ils me font trop d'honneur, mais ils font excellens. En voici (*) fur cette ftatue, qui ne valent pas les vôtres. Ce font *levia carmina et faciles verfus* qu'on fait *currente calamo*, et qui ne prétendent à rien. Cependant, fi vous pouvez les gliffer dans le mercure, ce fera toujours un petit fervice rendu à *Aliboron* et à fa féquelle.

Je fais partir un ballot de livres de contrebande. Vous croyez bien qu'il y en a quelques exemplaires pour vous qui êtes un peu de contrebande auffi, puifque vous êtes rempli de goût et de génie.

Le difcours de l'avocat *Belleguier*, en l'honneur de

(*) A M. *Pigal*, volume d'Epîtres.

1773. l'université, fe trouve dans ce recueil. Il y a des pièces curieufes, et même importantes. Ce qu'il contient de moins bon, c'eft la tragédie des Lois de Minos; mais du moins les vers dont *Valade* l'avait honorée n'y font pas. Cette pièce n'avait été faite que pour amener des notes fur les facrifices du temps paffé et du temps préfent. Ces notes ne feront approuvées ni par *Riballier* ni par *Cogé pecus*, mais elles font toutes dans la plus exacte vérité; ainfi elles peuvent faire du bien : *le vrai feul eft aimable, il doit régner par-tout.*

Il y a une épître dédicatoire à M. le maréchal de *Richelieu*, bien longue et affez fingulière. Il me femble que je vous ai affez bien défigné, à la page 10. Puiffent les alguazils de la littérature, et les commis à la douane des penfées, laiffer arriver mon petit ballot en fureté!

LETTRE XCVIII.

A M. MARMONTEL.

29 de mars.

VOTRE ancien ami eft revenu au monde, mais ce n'eft pas pour long-temps. Ce qui eft bien sûr, c'eft qu'il vous fera tendrement attaché dans le petit nombre de minutes qu'il peut avoir encore à végéter fur ce globule.

Je vous plains, je plains le théâtre et le bon goût, puifque mademoifelle *Clairon* va en Allemagne; mais je ne puis la blâmer de quitter le pays de la frivolité et de l'ingratitude.

J'ai mis au coche un petit ballot de rogatons qu'on vient enfin d'imprimer à Genève. On y trouve des pièces aſſez curieuſes, et, entre autres, le diſcours de l'avocat *Belleguier* qui n'aura point le prix de l'univerſité. Vous y verrez auſſi les Lois de Minos qui n'ont été faites que pour amener des notes très-vraies et très-inſolentes, très-dignes de l'avocat *Belleguier*, très-dignes d'être lues par vous, et qui ne feront point du tout du goût de *Cogé pecus* et de *Ribaudier*. 1773.

Vous voyez bien que *Valade* eſt un fripon et un ſot fripon, puiſqu'il oſe dire qu'il imprima ſon infame rapſodie ſur une édition de Genève, et que cette édition de Genève ne paraît que depuis huit jours.

Voici une lettre à M. *Pigal;* elle ſe ſent un peu de ma maladie, mais auſſi elle n'a point de prétention.

Adieu, mon très-cher confrère; ma grande prétention eſt à votre amitié.

Préſentez, je vous prie, mes regrets à mademoiſelle *Clairon*.

LETTRE XCIX.

A M. LE COMTE D'ARGENTAL.

6 d'avril.

IL s'en faut bien, mon cher ange, que je ſois guéri. Les apparences ſont que j'irai bientôt trouver votre ami M. de *Croiſmare*, qui était mon cadet.

Permettez-moi de vous citer un vers de ces pauvres Lois de Minos:

On voit périr les ſiens avant que de mourir.

1773. Mais à mefure qu'on eſt privé de fes anciens amis, on s'attache plus à ceux qui nous reſtent, et c'eſt ce que j'attends de votre cœur fenſible; c'eſt moi qui ai plus que jamais beſoin de conſolation. La petite cabale qui me perſécute, fait débiter dans Paris deux volumes d'horreurs affreuſes qu'elle m'attribue, et qu'on a imprimées à la fuite du Dépoſitaire et des Pélopides, afin de faire paſſer la calomnie à la faveur de la vérité. On a inſéré, dans ce recueil infame, le Catéchumène qui eſt, comme on le fait, d'un académicien de Lyon. (*)

Outre ces infamies ſcandaleuſes et puniſſables, on a inſéré, dans ce recueil, je ne fais quel écrit fait contre les anciens parlemens, et jufqu'à des pièces relatives à l'attentat commis contre le roi de Pologne, imprimées à Varſovie, et dans leſquelles il y a beaucoup de termes que je n'entends point.

Enfin il eſt bien démontré, aux yeux de tout homme impartial et de tout eſprit raiſonnable, que non-feulement je n'ai pas plus de part à cette édition qu'à celle de *Valade*, mais qu'elle a été faite uniquement dans l'intention de me perdre et de plonger dans le déſeſpoir les derniers momens de ma vie. Voilà tout ce que les belles-lettres m'ont produit. Une ſtatue ne conſole pas, lorſque tant d'ennemis conſpirent à la couvrir de fange. Cette ſtatue n'a fervi qu'à irriter la canaille de la littérature. Cette canaille aboie, elle excite les dévots; ces dévots cabalent, et les honnêtes gens font très-indifférens.

Je ne fais comment faire pour vous faire parvenir un autre recueil plus honnête à la ſuite des Lois de

(*) M. de *Bordes*.

Minos. Je crains pour les recueils. On me dira : Si vous avez fait celui-ci, vous pouvez bien avoir fait l'autre dont vous vous plaignez. Heureux qui vit et qui meurt inconnu ! *qui benè latuit, benè vixit :* je n'ai pas eu ce bonheur. 1773.

Je n'ai point de nouvelles de M. le maréchal de *Richelieu.* Je lui ai pourtant dédié cette véritable édition des Lois de Minos. Elle réussit beaucoup chez l'étranger. Je ne suis toléré dans ma patrie qu'à la longue ; mais entre les Alpes et le mont Jura a-t-on une patrie ? Un ami tel que vous en tient lieu.

Adieu. Non-seulement je vous souhaite une vieillesse plus heureuse que la mienne, mais je suis sûr que vous l'aurez ; j'en dis autant à madame d'*Argental. V.*

LETTRE C.

A M. LE MARQUIS DE THIBOUVILLE.

A Ferney, 6 d'avril.

OH ! pour ces vers-là, je les trouve fort bons ; mais je ne les mérite guère. Ma maladie m'a laissé des suites affreuses :

> La Renommée est vanité,
> Courir après elle est folie :
> Qu'importe l'immortalité,
> Quand on souffre pendant sa vie ?

Portez-vous bien, tout le reste est bien peu de

1773. chofe. Continuez-moi vos bontés, elles font ma confolation.

Madame *Denis* vous fait mille complimens par ce pauvre malade; cela lui eft plus aifé que d'écrire.

Pour moi, je n'ai pas le courage de vous parler de fpectacles ni de plaifirs; je ne puis vous parler que de mon attachement, de ma reconnaiffance et de la patience avec laquelle il faut que je fupporte toutes les douleurs du corps et de ce qu'on appelle ame. *V*.

LETTRE CI.

A M. LAUS DE BOISSI.

A Ferney, 6 d'avril.

Une très-longue maladie, Monfieur, m'a mis jufqu'à préfent hors d'état de vous remercier et de vous témoigner toute mon eftime ainfi que ma reconnaiffance. Je ne faurais me plaindre d'un ennemi tel que l'abbé *Sabatier*, puifqu'il m'a valu un défenfeur tel que vous.

Je fais qu'on a payé cet abbé pour me nuire; mais vous, Monfieur, vous n'avez écouté que la nobleffe de votre ame, et vous faites autant d'honneur aux belles-lettres que tous ces écrivains mercenaires et calomniateurs y jettent de honte et d'opprobre.

Je cherche à vous faire parvenir mon petit hommage (*) par M. *Bacon*, fubftitut de monfieur le

(*) C'était un exemplaire de fes ouvrages dont il fefait préfent à M. *Laüs de Boiffi*.

procureur général. J'eſpère qu'il vous ſera rendu, malgré la difficulté de la correſpondance du pays où j'achève mes jours, avec votre belle et dangereuſe ville de Paris. 1773.

J'ai l'honneur d'être, &c. *Voltaire.*

LETTRE CII.

A M. DE BORDES, *à Lyon.*

A Ferney, 10 d'avril.

VRAIMENT c'eſt bien vous, Monſieur, qui avez plus d'un ton. Il s'en faut bien, à mon gré, que *Vert-vert*, avec ſes *b* et ſes *f* qui *voltigeaient ſur ſon bec*, ſoit auſſi agréable que *Paparilla.* Quand vous aurez mis la dernière main à cet agréable ouvrage, il ſera un des meilleurs que nous ayons dans ce genre, en italien et en français. Nous avons à Genève un homme dont le nom était préciſément celui du premier héros du poëme : il a changé ſon nom en celui de *Planteamour*, comme l'ex-jéſuite *Feſſe*, de Lyon, qui m'a volé pendant trois ans de ſuite, avait changé ſon nom en celui de père *Feſſi.*

Je crois que les notes à la ſuite des Lois de Minos ne vous auront pas déplu, et que vous ſerez content du diſcours de l'avocat *Belleguier*, pour les prix de l'univerſité. Que dites-vous du recteur qui ne ſait pas le latin, et qui a pris *magis* pour *minus*?

Je ſuis bien fâché qu'*Aufreſne* ne puiſſe aller à Lyon; on dit que c'eſt un acteur qui a des momens

1773. et des éclairs admirables. Il me ſemble quelquefois que, ſi on pouvait repréſenter ſur le beau théâtre de Lyon les Lois de Minos avec quelque ſuccès, je pourrais faire un effort, et oublier aſſez mes maux pour venir vous embraſſer. J'ai des raiſons eſſentielles pour avoir un prétexte plauſible de ce petit voyage. Que de choſes j'aurais à vous dire, et que de choſes à entendre!

Aimons-nous, mon cher philoſophe, car les ennemis de la raiſon n'aiment guère ceux qui penſent comme nous.

LETTRE CIII.

A M. DE LA HARPE.

10 d'avril.

Je viens de retrouver une lettre de *Clément*, qu'il eſt bon de faire connaître à mon cher ſucceſſeur. Il n'y a pas ſix mois d'intervalle, entre cette lettre tout-à-fait cordiale, et les pouilles qu'il nous chante à tous deux. Cela prouve que les grands-hommes changent d'opinion volontiers, et ſe rétractent comme St *Auguſtin*.

Le *Mercure* me paraît le greffe où cette lettre doit être dépoſée, avec quelques petites réflexions de votre part ſur les progrès que font en peu de temps les hommes de génie, et ſur la rapidité avec laquelle ils paſſent du pour au contre.

LETTRE

LETTRE CIV.

1773.

AU MEME.

Je n'ai point lu, Monsieur, les beaux vers où vous dites que le très-inclément *Clément* me déchire aussi-bien que plusieurs de mes amis. Il y a environ soixante ans que je suis accoutumé à être déchiré par les *Desfontaines*, les *Bonneval*, les *Fréron*, les *Clément*, les *la Beaumelle*, et les autres grands-hommes de ce siècle. Je vous envoie la jolie pièce de vers que ce M. *Clément* fit, il y a peu de temps, à mon honneur et gloire. J'en retranche seulement quelques vers, tant parce qu'il faut être modeste, que parce qu'il ne faut pas trop abuser de votre loisir.

O toi que j'aime autant que je t'admire,
Sur ces vers que mon cœur inspire
Et que lui seul doit avouer,
Jette un regard de bonté, de tendresse :
L'art d'une main enchanteresse
Ne cherche point à t'y louer,
Laissons la louange insipide
Pour ces mortels peu délicats
Que de la vérité l'ombre même intimide,
Et que l'encens n'affadit pas.
C'est un poison qu'en nos climats
Une complaisance perfide
Prépara pour la vanité.
La fable, de la vérité

Eſt une image réfléchie ;
1773. C'eſt un miroir où l'on n'eſt point flatté :
Je t'offre ſa glace fidelle,
Voltaire, tu t'y connaîtras.
Mais, ô toi, mon autre modèle,
Maudit geai, tu la terniras.

LE ROSSIGNOL ET LE GEAI.

Fable.

Dès ſon printemps, dès ſon jeune âge,
Un roſſignol, par ſon ramage,
Dans ſes cantons s'était fait reſpecter ;
Il enchantait ſon voiſinage,
On ſe taiſait pour l'écouter.
Sa voix plaiſait aux cœurs, plus encor qu'aux oreilles,
Et ſes fredonnemens même étaient des merveilles.
Un geai fort ſot, fort ennuyeux
Et fort bavard, c'eſt l'ordinaire,
Ne put entendre ſans colère
Du roſſignol les chants délicieux.
Le mérite d'autrui le rendait envieux.
Pourquoi ? le voici ſans myſtère.
C'eſt qu'il n'en avait point. Il n'avait plu jamais,
Et ne voulait que tout autre pût plaire.
Or, envers maître geai, ſur ce point très-ſévère,
Le roſſignol avait des torts très-vrais :
On l'admirait. Témoin de ſes ſuccès,
Jacque enrageait, et lui fit ſon procès.
Au chanteur, au bon goût, il déclara la guerre,
A ſa langue il donna carrière,
De ſon babil étourdit les forêts.

Outrage, injure journalière,
Il porta tout aux plus groſſiers excès. 1773.
Que fit meſſire Jacque? Oh! de l'eau toute claire.
Il avait beau crier : Meſſieurs, que c'eſt mauvais!
Cette voix eſt caſſée, elle devrait ſe taire;
Ah! croyez-moi... L'on n'en voulut rien faire.
Il ne perſuada que quelques ſots, des geais.
Le roſſignol toujours en paix,
Ne s'aviſa de lui répondre.
Répondre aux ſots! finirait-on jamais?
Mépriſant le ſtupide, et pour le mieux confondre,
Il formait avec ſoin des chants toujours nouveaux,
Toujours plus beaux;
Et les autres oiſeaux
Diſaient au geai bouffi de rage:
Au roſſignol tu crois être fatal,
Détrompe-toi, vain animal,
Ta cenſure pour lui peut-elle être un outrage?
S'il te plaiſait, c'eſt qu'il chanterait mal.

Monſieur, ſi vous avez la bonté de me permettre de rendre ces vers publics, après y avoir ajouté, retranché, corrigé ce que bon vous ſemblera, je les enverrai dans quelque ouvrage périodique, ou dans quel recueil que vous aurez la complaiſance de m'indiquer.

Je ſuis avec tout le reſpect poſſible, &c.

Vous voyez, Monſieur, que ce *Clément* qui me traitait impudemment de roſſignol, eſt devenu geai; mais il ne s'eſt point paré des plumes du paon. Il s'eſt contenté de becqueter MM. de *Saint-Lambert*, *Delille*, *Watelet*, *Marmontel*, &c. &c.

1773. Je voudrais voir cette épître dans laquelle il nous apprend à tous notre devoir, j'en profiterais. Je n'ai que soixante et dix-huit ans; les jeunes gens comme moi peuvent toujours se corriger, et nous devons une grande reconnaissance à ceux qui nous avertissent publiquement, et avec charité, de nos défauts. J'ai dit autrefois :

> L'envie est un mal nécessaire ;
> C'est un petit coup d'aiguillon
> Qui nous force encore à mieux faire.

Il fallait dire, l'envie est un bien nécessaire, si pourtant ces messieurs ne connaissent d'autre envie que celle de perfectionner les arts et d'être utiles à l'*univers*. M. *Clément* semble être l'homme du monde le plus utile après l'illustre *Fréron;* il entre sagement dans une carrière qui doit l'immortaliser, et surtout lui faire beaucoup d'amis, &c. (*)

(*) Voyez les notes sur le Dialogue de *Pégase*, volume de Contes et Satires.

1773.

LETTRE CV.

A M. LE MARECHAL DUC DE RICHELIEU.

A Ferney, 11 d'avril.

JE m'imagine que mon héros fait ses pâques à Versailles, et que j'aurai tout le temps de disposer mon squelette à me rendre à ses ordres.

Votre *Lazare* ressuscité ne manquera pas de venir au rendez-vous, le plus secrétement que faire se pourra, dès que vous lui aurez marqué le jour où il devra partir, après quoi il retournera bien vîte dans son hermitage.

On doit jouer incessamment les Lois de Minos à Lyon, et l'on fait pour cela de grands préparatifs; c'est précisément de quoi je ne veux pas être témoin. Comme vous êtes l'unique objet de mon voyage, je ne veux pas qu'aucune idée étrangère se mêle à mon idée dominante. Je compte d'ailleurs beaucoup plus sur les acteurs de Bordeaux que sur ceux de Lyon. *Belmont* fera ses efforts pour faire réussir une pièce que vous protégez, qui vous est dédiée, et qui vous appartient.

A l'égard de Paris, je pense qu'il ne faut pas se presser, et que vous pourriez attendre le voyage de Fontainebleau. Il n'est pas impossible que dans ce temps-là vous n'ayez quelques bons acteurs. Il y en a un qui était à Lyon, et que j'envoie malheureusement à Pétersbourg. Je m'en repens du fond

1773. de mon cœur. Je crois qu'il ferait devenu excellent à Paris.

La pièce d'ailleurs était fort mal arrangée par *le Kain*, et les rôles ridiculement donnés. Monfeigneur me permettra d'arranger tout cela différemment, felon fon bon plaifir.

Il pleut de mauvais vers à Turin ; c'eft tout comme chez vous ; et vous rembourferez plus d'un fonnet, quand vous viendrez dans ce pays-là. La troupe de l'impératrice-reine eft revenue de Naples et de Venife où elle a beaucoup réuffi. C'eft la première fois qu'on a vu des acteurs français au fond de l'Italie. Vous pourriez bien trouver parmi ces comédiens quelqu'un qui vous convînt. Je m'aperçois que je ne vous parle que de théâtre ; mais vous êtes premier gentilhomme de la chambre, et les plaifirs de l'efprit font faits pour vous être auffi chers que les autres.

Vous ne m'avez point mandé fi l'on pouvait vous envoyer de gros paquets du côté de la Suiffe. Je crains toujours de commettre quelque indifcrétion ; mon ombre me fait peur : c'eft apparemment depuis que j'ai été fur le point de n'être plus qu'une ombre.

Jouiffez, Monfeigneur, de votre belle fanté. Il n'y a de jeunes que ceux qui fe portent bien. Daignez continuer à me faire oublier par vos bontés toutes les misères de ma décrépitude, et agréez toujours mon très-tendre refpect. *V.*

M. de *Sartine* m'a écrit qu'il ne doutait pas de la prévarication de *Valade ;* qu'il aurait tout faifi, fi tout n'avait pas été vendu, et qu'il me priait de ne pas exiger de lui qu'il poufsât plus loin cette affaire. Je vous rends compte de tout comme à mon médecin. 1773.

A propos, je vous crois réellement le meilleur médecin du monde; car, par votre attention et votre régime, vous avez fortifié votre fanté et prolongé vos plaifirs. *Boërhaave*, avec tous fes livres et un tempérament de fer, n'a pas fu arriver à foixante et dix ans faits.

Vivez cent ans, et moquez-vous intérieurement des médecins, ainfi que du refte du monde.

LETTRE CVI.

A M. LE COMTE D'ARGENTAL.

19 d'avril.

MON cher ange, votre lettre du 13 d'avril m'a bien confolé, mais ne m'a pas guéri, par la raifon qu'à foixante et dix-neuf ans, avec un corps de rofeau et des organes de papier mâché, je fuis inguériffable. Toutes les chimères dont je me berçais font forties de ma tête. Vous favez que j'avais imaginé de partir de Crète fur un vaiffeau fuédois, pour venir vous embraffer; la deftinée en a ordonné autrement. Je vous avoue que j'en ai été au défefpoir, et que mon chagrin n'a pas peu contribué à envenimer l'humeur qui rongeait ma déplorable machine.

On va repréfenter les Crétois à Lyon, à Bordeaux,

à Bruxelles. A l'égard des comédiens de votre ville
1773. de Paris, je puis dire d'eux ce que St *Paul* diſait des Crétois de ſon temps : *Ce ſont de méchantes bêtes et des ventres pareſſeux ;* je puis ajouter encore que ce ſont des ingrats. Ils ont eu le mauvais procédé et la bêtiſe de préférer je ne ſais quel Alcidonis ; DIEU les en a punis, en ne leur accordant qu'une repréſentation. J'eſpère que M. le maréchal de *Richelieu* pourra mettre quelque ordre dans ce tripot. Il était bien ridicule d'ailleurs que *le Kain* s'aviſât de vouloir jouer le rôle d'un jeune homme, tandis que celui de *Teucer* était fait pour ſa taille, et le rôle du vieillard pour *Brizard.* Si on ne peut pas réformer le tripot, je m'en lave les mains, et je me borne à mes boſquets et à mes fontaines.

On m'a mandé que la déteſtable copie, ſur laquelle le déteſtable *Valade* avait fait ſa déteſtable édition, venait d'une autre copie qui avait traîné dans l'antichambre de madame *du Barri ;* mais cela eſt impoſſible, parce que l'exemplaire prêté par *le Kain* à madame *du Barri* était abſolument différent.

Vous ſaurez, s'il vous plaît, que les Lois de Minos ſont ſuivies de pluſieurs pièces très-curieuſes qui compoſent un aſſez gros volume ; c'eſt ce volume que je veux vous envoyer. Je cherche des moyens de vous le faire parvenir. Cela n'eſt pas ſi aiſé que vous le penſez, ſurtout après l'aventure des deux tomes très-condamnables et très-brûlables, que de charitables ames m'ont fait la grâce de m'imputer. Ce monde eſt un coupe-gorge, et il y a des gens qui, pour couper la mienne, ſe ſervent d'un long raſoir dont le manche eſt dans une ſacriſtie. Eſt-il possible que vous n'ayez pas un moyen à m'indiquer pour vous faire parvenir le recueil crétois ? Il ne part pas tous les jours des voyageurs de Genève pour Paris. D'ailleurs, je n'en vois aucun; je fais fermer ma porte à tout le monde; mon triste état ne me permet pas de recevoir des visites.

1773.

Le Kain m'a écrit sur ma maladie. Je le crois actuellement à Marseille : je lui répondrai quand il sera de retour.

Vous me parlez de la Sophonisbe de *Mairet*, rapetassée, et tellement rapetassée qu'il n'y a pas un seul mot de *Mairet*. Vous aurez cette Sophonisbe dans le paquet de la Crète; mais quand et par où ? DIEU le sait, car *Marin* ne peut plus recevoir de gros paquets.

J'ai répondu à tout; mais il me semble toujours que je n'ai pas répondu assez aux marques de l'amitié constante que vous daignez me conserver, vous et madame d'*Argental*. Mon corps souffre beaucoup; mon ame, s'il y en a une, ce qui est fort douteux, vous est tendrement attachée jusqu'à la dissolution entière de mon individu, laquelle est fort prochaine. *V.*

1773.

LETTRE CVII.

A M. DIDEROT.

A Ferney, 20 d'avril.

J'AI été bien agréablement surpris, Monsieur, en recevant une lettre signée *Diderot*, lorsque je revenais d'un bord du Styx à l'autre.

Figurez-vous quelle eût été la joie d'un vieux soldat couvert de blessures, si M. de *Turenne* lui avait écrit. La nature m'a donné la permission de passer encore quelque temps dans ce monde ; c'est-à-dire, une seconde entre ce qu'on appelle deux éternités, comme s'il pouvait y en avoir deux.

Je végetterai donc au pied des Alpes encore un instant dans la fluante du temps qui engloutit tout. Ma faculté intelligente s'évanouira comme un songe, mais avec le regret d'avoir vécu sans vous voir.

Vous m'envoyez les fables d'un de vos amis. S'il est jeune, je réponds qu'il ira très-loin; s'il ne l'est pas, on dira de lui qu'il écrivit avec esprit ce qu'il inventa avec génie : c'est ce qu'on disait de *la Motte*. Qui croirait qu'il y eût encore une louange au-dessus de celle-là ? et c'est celle qu'on donne à *la Fontaine : Il écrivit avec naïveté*. Il y a, dans tous les arts, un je ne sais quoi qu'il est bien difficile d'attraper. Tous les philosophes du monde, fondus ensemble, n'auraient pu parvenir à donner l'Armide de *Quinault*, ni *les Animaux malades de la peste* que fit *la Fontaine*, sans savoir même ce qu'il fesait. Il faut avouer que, dans les arts de génie, tout eſt l'ouvrage de l'inſtinct. *Corneille* fit la ſcène d'*Horace* et de *Curiace* comme un oiſeau fait ſon nid, à cela près qu'un oiſeau fait toujours bien, et qu'il n'en eſt pas de même de nous autres chétifs. M. *Boiſard* paraît un très-joli oiſeau du Parnaſſe, à qui la nature a donné, au lieu d'inſtinct, beaucoup de raiſon, de juſteſſe et de fineſſe. Je vous envoie ma lettre de remercîmens pour lui. Ma maladie, dont les ſuites me perſécutent encore, ne me permet guère d'être diffus. Soyez sûr que je mourrai en vous regardant comme un homme qui a eu le courage d'être utile à des ingrats, et qui mérite les éloges de tous les ſages. Je vous aime, je vous eſtime, comme ſi j'étais un ſage.

1773.

Le vieux malade de Ferney, V.

LETTRE CVIII.

A MADAME NECKER.

A Ferney, 23 d'avril.

La lettre, Madame, dont vous m'honorez m'eſt aſſurément plus précieuſe que tous les ſacremens de mon égliſe catholique, apoſtolique et romaine. Je ne les ai point reçus cette fois-ci. On s'était trop moqué à Paris de cette petite facétie; et le petit-fils de mon maçon, devenu mon évêque, ainſi qu'il ſe prétend le vôtre, avait trop crié contre ma dévotion. Il eſt vrai que je ne m'en porte guère mieux. Preſque tout le monde a été malade dans nos cantons, vers l'entrée du printemps.

1773. Je n'avais point du tout mérité ma maladie. Les plaisanteries qui ont couru n'avaient, malheureusement pour moi, aucun fondement; et je vous assure que je mourais le plus innocemment du monde.

Je m'arrange assez philosophiquement pour ce grand voyage dont tout le monde parle sans connaissance de cause. Comme on n'a point voyagé avant de naître, on ne voyage point quand on n'est plus. La faculté pensante, que l'éternel architecte du monde nous a donnée, se perd comme la faculté mangeante, buvante et digérante. Les marionnettes de la Providence infinie ne sont pas faites pour durer autant qu'elle.

De toutes ces marionnettes, la plus sensible à vos bontés, c'est moi. Je vous regarde comme un des êtres les plus privilégiés que l'ordre éternel et immuable des choses ait fait naître sur ce petit globe. Je suis très-fâché de ramper loin de vous sur un petit coin de terre où vous n'êtes plus; je ne vois plus personne, je ferme surtout ma porte à tout étranger: mais je compte que M. *Moultou* viendra ce soir dans mon hermitage, et que nous nous consolerons l'un l'autre en parlant long-temps de vous.

Je remercie M. *Necker* de son souvenir, avec la plus tendre reconnaissance. Madame *Denis* me charge de vous dire à quel point elle vous est attachée.

Agréez le sincère respect, la véritable estime et l'amitié du vieux malade de Ferney.

LETTRE CIX.

1773.

A M. LE CHEVALIER DE TOLENDAL.

A Ferney, 28 d'avril.

J'AVAIS eu l'honneur, Monfieur, de connaître particulièrement M. de *Lalli*, et de travailler avec lui, fous les yeux de M. le maréchal de *Richelieu*, à une entreprife dans laquelle il déployait tout fon zèle pour le roi et pour la France. Je lus avec attention tous les mémoires qui parurent au temps de fa malheureufe cataftrophe. Son innocence me parut démontrée : on ne pouvait lui reprocher que fon humeur aigrie par tous les contre-temps qu'on lui fit effuyer. Il fut perfécuté par plufieurs membres de la compagnie des Indes, et facrifié par le parlement.

Ces deux compagnies ne fubfiftent plus, ainfi le temps paraît favorable; mais il me paraît abfolument néceffaire de ne faire aucune démarche fans l'aveu et fans la protection de monfieur le chancelier.

Peut-être ne vous fera-t-il pas difficile, Monfieur, de produire des pièces qui exigeront la révifion du procès; peut-être obtiendrez-vous d'ailleurs la communication de la procédure. Une permiffion fecrète au greffier criminel pourrait fuffire. Il me femble que M. de *Saint-Prieft*, confeiller d'Etat, peut vous aider beaucoup dans cette affaire. Ce fut lui qui, ayant examiné les papiers de M. de *Lalli*, et étant convaincu non-feulement de fon innocence, mais de la réalité de fes fervices, lui confeilla de fe remettre

1773. entre les mains de l'ancien parlement. Ainſi la cauſe de M. de *Lalli* eſt la ſienne auſſi-bien que la vôtre : il doit ſe joindre à vous dans cette affaire ſi juſte et ſi délicate.

Pour moi, je m'offre à être votre ſecrétaire, malgré mon âge de quatre-vingts ans, et malgré les ſuites très-douloureuſes d'une maladie qui m'a mis au bord du tombeau. Ce ſera une conſolation pour moi que mon dernier travail ſoit pour la défenſe de la vérité.

Je ne ſais s'il eſt convenable de faire imprimer le manuſcrit que vous m'avez envoyé ; je doute qu'il puiſſe ſervir, et je crains qu'il ne puiſſe nuire. Il ne faut, dans une pareille affaire, que des démonſtrations fondées ſur les procédures mêmes. Une réponſe à un petit libelle inconnu ne ferait aucune ſenſation dans Paris. De plus, on ſerait en droit de vous demander des preuves des diſcours que vous faites tenir à un préſident du parlement, à un avocat général, au rapporteur, à des officiers ; et, ſi ces diſcours n'étaient pas avoués par ceux à qui vous les attribuez, on vous ferait les mêmes reproches que vous faites à l'auteur du libelle. Cette obſervation me paraît très-eſſentielle.

D'ailleurs, ce libelle m'eſt abſolument inconnu, et aucun de mes amis ne m'en a jamais parlé. Il ſerait bon, Monſieur, que vous euſſiez la bonté de me l'envoyer par M. *Marin*, qui voudrait bien s'en charger.

Souffrez que ma lettre ſoit pour madame la comteſſe de *la Heuze* comme pour vous. Ma faibleſſe et mes ſouffrances préſentes ne me permettent pas d'entrer dans de grands détails. Je lui écris ſimplement pour l'affurer de l'intérêt que je prends à la mémoire de M. de *Lalli*. Je vous prie l'un et l'autre d'en être perfuadés. 1773.

J'ai l'honneur d'être, avec tous les fentimens que je vous dois, Monfieur, votre, &c.

LETTRE CX.

A M. MARMONTEL.

A Ferney, 28 d'avril.

Mon cher ami, vous venez bien à propos au fecours des libraires de Paris, qui fans vous n'auraient fait qu'une collection infipide; et grâces aux foins dont vous voulez bien les honorer, je crois que l'ouvrage fera très-intéreffant et très-inftructif.

La tragédie de Sophonisbe n'eft pas fi bien réformée que celle de Vencellas. La raifon en eft qu'on n'a pas laiffé fubfifter un feul vers de *Mairet*.

Il y a long-temps que je cherche une occafion de vous envoyer un petit recueil pour mettre dans un coin de votre bibliothéque; mais la contrebande eft devenue fi difficile, que je ne fais comment m'y prendre.

Je vous remercie de demeurer dans un *impaffe*, mais je ne vous pardonne pas d'écrire français par un *o*.

Je vous embraffe bien tendrement.

1773. LETTRE CXI.

A M. LE MARECHAL DUC DE RICHELIEU.

A Ferney, 5 de mai.

C'EST toujours au premier gentilhomme de la chambre, au grand-maître des jeux et des plaiſirs, que j'ai l'honneur de m'adreſſer. Je lui ai écrit en faveur de *Patras*, que je crois très-utile au théâtre que mon héros veut rétablir.

Je lui préſente aujourd'hui requête pour *la Borde*, dont on prétend que la Pandore eſt devenue un ouvrage très-agréable. Je crois qu'il mourra de douleur ſi mon héros ne fait pas exécuter ſon ſpectacle aux fêtes de madame la comteſſe d'*Artois ;* et moi je reprendrais peut-être un peu de vie, ſi cette aventure pouvait me fournir une occaſion de vous faire ma cour pendant quelques jours.

Je crois que cette Pandore, avec ſa boîte, a été en effet la ſource de bien des maux, puiſqu'elle fit mourir de chagrin ce pauvre *Royer*, et qu'elle eſt capable de jouer un pareil tour à *la Borde*. Les muſiciens me paraiſſent encore plus ſenſibles que les poëtes. Il y a long-temps, Monſeigneur, que je cherche le moyen de vous envoyer un recueil qui contient les Lois de Minos, et pluſieurs petits ouvrages en proſe et en vers aſſez curieux. Je vous demanderais une petite place pour ce livre dans votre bibliothéque; il eſt aſſez rare juſqu'à préſent. Ne puis-je pas vous

l'envoyer

l'envoyer ſous l'enveloppe de M. le duc d'*Aiguillon*? J'attends ſur cela vos ordres. 1773.

On va jouer les Lois de Minos à Lyon ; le ſpectacle ſera très-beau, mais les acteurs ſont bien médiocres. Je compte que la pièce ſera mieux jouée dans votre capitale de la Guienne. Je n'irai point voir le ſpectacle de Lyon : les ſuites de ma maladie ne me le permettent pas ; mais quand il s'agira d'obéir à vos ordres, je trouverai des ailes, et je volerai. Je vois qu'un certain voyage eſt un peu différé ; tant mieux, car nous n'avons point encore de printemps, mais en récompenſe nous ſommes entourés de neige.

Conſervez vos bontés à ce pauvre malade qui ne reſpire que pour en ſentir tout le prix. *V.*

N. B. On me mande que *la Borde* a beaucoup retravaillé ſa Pandore, et qu'elle eſt très-digne de votre protection.

LETTRE CXII.

A M. LE COMTE D'ARGENTAL.

A Ferney, 8 de mai.

VOUS voulez que je vous écrive, mon cher ange ; c'eſt à moi bien plutôt de vous ſupplier de m'écrire, et de me mander des nouvelles de madame d'*Argental*. Que puis-je vous mander du fond de ma retraite ? vous amuſerai-je beaucoup, quand je vous dirai que je ſuis en Sibérie, ſous le quarante-ſixième

1773. degré et demi de latitude, et que nous avons au 8 de mai plus de cent pieds de neige au revers du mont Jura; que tous nos fruits ſont perdus; que ma pauvre colonie eſt ſur le point d'être ruinée, et que je ſerais peut-être à Paris actuellement auprès de vous, ſans la friponnerie de *Valade*, et l'impertinente ingratitude des comédiens? Mille contre-temps à la fois ont exercé ma patience; ma mauvaiſe ſanté la met encore à de plus grandes épreuves.

Je ne ſais point du tout comment m'y prendre pour vous envoyer ce recueil à la tête duquel les Lois de Minos ſe trouvent: ce qu'on peut dans un temps, on ne le peut pas dans un autre: tous les envois de livres du pays étranger ſont devenus plus difficiles que jamais. Je pourrais haſarder d'envoyer le petit paquet, par le carroſſe de Lyon, à la chambre ſyndicale de Paris. Voyez ſi vous pourriez le réclamer, et ſi M. de *Sartine* voudrait vous le faire rendre. Je ſuis étranger, je ſuis de contrebande; je ſuis environné de chagrins, quoique je tâche de n'en point prendre. Je ſuis vieux, je ſuis malade; j'ai la mort ſur le bout du nez, ſi ce n'eſt pas pour cette année, c'eſt pour l'année prochaine. On ne meurt point comme on veut dans les heureux pays libres qu'on appelle papiſtes ou papaux. *Rabelais* dit qu'on y eſt toujours tourmenté par les clers-gots et par les évec-gots. On ne ſait où ſe fourrer; j'eſpère pourtant que je m'en tirerai galamment; mais avouez que tout cela n'eſt pas joyeux. La philoſophie fait qu'on prend ſon parti, mais elle eſt trop ſérieuſe cette philoſophie, et on ne rit point entre des peines préſentes et un anéantiſſement prochain. Je gagerais que *Démocrite* n'eſt pas mort en riant.

Sur ce, mon cher ange, portez-vous bien et vivez. 1773.

Je croyais *le Kain* à Marſeille. Permettez que je vous adreſſe un petit mot de réponſe que je dois à une lettre qu'il m'écrivit, il y a plus d'un mois.

Pour mademoiſelle *Daudet*, je lui en dois une depuis le mois de janvier; il y a preſcription. Je vous ſupplie de lui dire que mon triſte état m'a mis dans l'impoſſibilité de lui répondre : rien n'eſt ſi inutile qu'une lettre de complimens. Je lui ſouhaite fortune et plaiſirs, et ſurtout qu'elle reſte à Paris le plus qu'elle pourra. Quoique je n'aime point Paris, je ſens bien qu'on doit l'aimer.

Que mes anges me conſervent un peu d'amitié, je ſerai conſolé dans mes neiges et dans mes tribulations; je leur ſerai attaché tant que mon cœur battra dans ma très-faible machine.

LETTRE CXIII.

A M. MARIN.

8 de mai.

MON cher Monſieur, je crois, Dieu me pardonne, que je ſuis encore en vie : en ce cas, je vous prie d'envoyer un exemplaire de ce petit ouvrage à M. de *la Harpe*. Pourriez-vous me faire parvenir le nouveau mémoire de *la Croix*? je ſais qu'il écrit plutôt contre M. *Linguet* que contre M. de *Morangiès*. C'eſt une choſe déplorable qu'on ſe déchaîne ſi univerſellement contre un avocat qui ne fait que ſon devoir. On dit

1773. qu'on ne jugera ce procès que fur les probabilités qui frappent tout le monde ; mais je n'en crois rien. Les juges font aftreints à fuivre les lois. L'ancien parlement fe mettait au-deffus : celui-ci n'eft pas encore affez puiffant pour prendre de telles libertés. La détention de M. de *Morangiés*, et le refus d'entendre de nouveaux témoins, me font trembler pour lui. Je le regarderai toujours comme un homme très-innocent. Dieu veuille qu'il n'augmente pas mon catalogue des innocens condamnés.

Avez-vous vu M. de *Tolendal* (*)? fon oncle eft une terrible preuve de ce que peut la cabale. Le roi de Pruffe a, parmi fes officiers, le jeune d'*Etallonde* qui fut condamné, avec le chevalier de *la Barre*, à la queftion ordinaire et extraordinaire, à l'amputation de la main droite et de la langue, et à être brûlé vif pour n'avoir pas ôté fon chapeau devant des capucins, et pour avoir chanté je ne fais quelle chanfon que perfonne ne connaît. C'eft un exemple qu'il faut toujours avoir devant les yeux : il nous prouve que notre fiècle eft auffi abominable que frivole. Il y a bientôt quatre-vingts ans que je fuis au monde, et je n'ai jamais vu que des injuftices. Je crois que *Mathufalem* aurait pu en dire autant.

(*) M. le comte de *Lalli*. M. de *Voltaire* le croyait alors neveu, et non fils de celui dont il cherchait à faire réhabiliter la mémoire.

LETTRE CXIV.

1773.

A MADAME DE SAINT-JULIEN.

A Ferney, 19 de mai.

Ce que madame *Denis* veut vous dire, Madame, c'eſt que M. le maréchal de *Richelieu*, votre ami, vient de m'affliger d'une manière bien ſenſible pour un cœur qui lui eſt ſi tendrement attaché depuis plus de cinquante ans. Il m'accable d'abord de bontés au ſujet des Lois de Minos; il n'a jamais été ſi empreſſé avec moi; et le moment d'après il m'accable de dégoûts, il me traite comme ſes maîtreſſes. Voici le fait: dans la chaleur de nos tendreſſes renaiſſantes, je lui dédie les Lois de Minos, et je me livre dans cette dédicace à toute ma paſſion pour lui; il me promet et me donne ſa parole d'honneur qu'il fera repréſenter les Lois de Minos, à Fontainebleau, au mariage de M. le comte d'*Artois*. Sur cette parole, je retire la pièce des mains des comédiens qui allaient la jouer, et je n'ai de confiance qu'en ſes bontés.

Quelque temps après, *le Kain* vient lui préſenter la liſte des pièces qu'on doit donner à Fontainebleau; il met dans cette liſte pluſieurs de mes pièces, et ſurtout les Lois de Minos. M. le maréchal les raye toutes, et ſubſtitue à leur place le Catilina de *Crébillon*, et je ne ſais quelles autres pièces barbares. Voilà ce qu'on me mande, et ce que j'ai peine à croire: je l'aime et je le reſpecte trop pour croire qu'il en ait uſé ainſi avec moi, dans le temps même qu'il me

prodiguait les marques les plus flatteuſes de l'amitié
1773. dont il m'a honoré depuis ſi long-temps.

Nous avons recours, ma nièce et moi, Madame, à celle qui connaît ſi bien le prix de l'amitié, à celle dont la bienveillance et l'équité ſont ſi actives, à celle qui a tiré notre ami *Racle* du profond bourbier où il était plongé, à celle qui n'entreprend rien dont elle ne vienne à bout. Vous allez à la chaſſe des perdrix; allez à la chaſſe de M. de *Richelieu :* trouvez-le, parlez-lui, faites-le rougir, s'il eſt coupable, faites-le rentrer en lui-même, ramenez-moi mon infidelle. Il n'appartient qu'à vous de faire de tels miracles; vous connaiſſez ma poſition. Cette petite aventure tient à des choſes qui ſont eſſentielles pour moi, et même pour ma famille.

Nous vous prions de vouloir bien ajouter aux bons offices que nous vous demandons, celui de parler de vous-même à mon perfide; d'ignorer avec lui que nous vous avons écrit; de lui dire que vous ne venez lui repréſenter ſon inconſtance que ſur le bruit public, et que vous ne ſauriez ſouffrir qu'on attaque ainſi ſa gloire.

Franchement, Madame, rien n'eſt plus cruel que de ſe voir abandonné et trahi ſur la fin de ſa vie, par les perſonnes ſur leſquelles on avait le plus compté, et dans qui on avait mis toutes ſes affections. Il n'y a que vos bontés qui puiſſent me conſoler, et me tenir lieu de ce que je perds.

J'ai l'honneur de vous envoyer un exemplaire de la pièce en queſtion, avec des notes que je vous prie de lire quand vous n'irez point à la chaſſe.

Agréez, Madame, mon reſpect et mon attachement inviolable. *V.*

LETTRE CXV.

1773.

A M. CHRISTIN.

20 de mai.

Vous êtes, mon cher ami, meilleur citoyen que les anciens Romains; ils étaient difpenfés d'aller à la guerre pour le fervice de la république; et vous, à peine êtes-vous marié que vous faites la campagne la plus vive en faveur du genre-humain contre les bêtes puantes appelées moines. Tout ce que je peux faire à préfent, eft de lever les mains au ciel pendant que vous vous battez.

Il y a des chofes qui m'ont paru fort équivoques dans le mémoire de l'avocat de Befançon. Je tremblerai toujours jufqu'au jour de la décifion. Ce ferait au roi à terminer ce grand procès dans toute la France. L'aboliffement du droit barbare de main-morte ferait encore plus néceffaire que l'aboliffement des jéfuites. Puiffe le roi jouir de la gloire de nous avoir délivrés de ces deux peftes! Bonfoir, mon cher philofophe; foyez le plus heureux des maris et des avocats.

A madame Chriftin.

Vous m'avez prévenu, Madame; c'était à moi de faire mon compliment à la femme de mon meilleur ami. Je me ferais fans doute acquitté de ce devoir, fi les fuites de ma maladie ne m'en avaient empêché.

1773. Je vous ſouhaite tout le bonheur que vous méritez, et je ſuis sûr que vous l'aurez. On ne peut être plus ſenſible que je le ſuis à la bonté que vous avez eue de m'écrire : ſi j'avais eu de la ſanté, j'aurais été un des garçons de la noce.

J'ai l'honneur d'être, &c.

LETTRE CXVI.

A M. DE LA HARPE.

24 de mai.

Je ſouhaite que la calomnie ne députe point quelques-uns de ſes ſerpens à la cour, pour perdre ce génie naiſſant, en cas que la cour entende parler de ſes talens; page 10 de l'Epître morale et inſtructive de *Guillaume Vadé.*

Vous voyez, mon cher ami, que *Guillaume* était très-inſtruit, qu'il y avait des préjugés contre celui qui a donné quelquefois de ſi bonnes ailes aux talons de *Mercure*, et dont le génie alarme ceux qui n'en ont pas.

J'ai ouï dire que *Guillaume Vadé*, avant ſa mort, avait eſſuyé quelques injuſtices un peu plus fortes; qu'un commentateur avait interprété fort mal ſes diſcours auprès d'un ſatrape de Perſe, lorſque *Guillaume* était à la campagne, à quelques lieues d'Iſpahan; mais ce n'eſt point de cela que *Guillaume* mourut : il était accoutumé à tous ces orages, et il en riait. On s'était imaginé qu'il était fort ſenſible à toutes ces misères, on ſe trompait beaucoup.

Sa nièce, *Catherine Vadé*, que vous avez connue, vous dira qu'il avait le plus profond mépris pour les tracaſſeries perſannes. Il était quelquefois un peu malin, ſoit quand il écrivait à *Nicolas*, ſoit quand il écrivait à *Flaccus;* mais il fut très-ſenſible et reconnaiſſant pour le ſecrétaire intime de *Flaccus*, lequel avait l'eſprit et les grâces de ſon maître : il m'a même chargé, en mourant, de dire à ce ſecrétaire intime qu'il ne l'oubliait point, quoiqu'il allât boire les eaux du fleuve de l'oubli. Il me le recommandait en préſence de *Catherine* ſa nièce : Je vous exhorte, lui diſait-il ſouvent, à ne point craindre vos envieux, à marcher toujours dans le ſentier épineux de la gloire, entre le général d'armée *Warvick* et le miniſtre *Barmécide;* comptez, quand on a la gloire pour ſoi, que le reſte vient tôt ou tard.

1773.

Je penſe comme *Guillaume*. Je vous ſuis très-ſincèrement dévoué, et j'en prends à témoin *Catherine;* j'eſpère trouver l'occaſion de vous le prouver. Il y a long-temps que je vous ai dit : *Macte animo, generoſe puer.*

1773.

LETTRE CXVII.

A M. LE CHEVALIER DE LALLI-TOLENDAL.

24 de mai.

Vous avez, Monſieur, du courage dans l'eſprit comme dans le cœur; et une choſe à laquelle vous ne faites peut-être pas attention, c'eſt que votre *mémoire* eſt de l'éloquence la plus forte et la plus touchante.

On m'a mandé que le roi vous avait accordé une grande grâce, il y a quelques mois. Vous ne pouviez mieux lui en marquer votre reconnaiſſance qu'en manifeſtant l'injuſtice des juges qui ont trempé, dans le ſang de votre oncle, leurs mains teintes du ſang du chevalier de *la Barre*. Ces tuteurs des rois étaient les ennemis du roi : vous le ſervez en demandant juſtice contre eux.

Je penſe que c'eſt un devoir indiſpenſable à M. de *Saint-Prieſt* de ſe joindre à vous. Je ne ſais pas comment il eſt votre parent ou votre allié, je ne ſais pas même ce que vous eſt madame la comteſſe de *la Heuze*, ſi elle eſt votre tante ou votre ſœur. Je vous prie de vouloir bien mettre au fait un ſolitaire ſi ignorant, en cas que vous lui faſſiez l'honneur de lui écrire.

J'ai peur que l'homme puiſſant, à qui vous vous êtes adreſſé, ne vous ait donné des paroles et non pas une parole; mais il ne vous empêchera pas de tenter toutes les voies de venger la mort et la mémoire de votre oncle.

Je préſume que madame *du Barri* vous protégerait dans une entrepriſe ſi juſte et ſi décente. J'oſe croire encore que M. le maréchal de *Richelieu*, que j'ai vu l'ami de M. de *Lalli*, ne vous abandonnerait pas. 1773.

Enfin, on peut faire un mémoire au nom de la famille. Il me ſemble qu'il faudrait que ce mémoire fût ſigné d'un avocat au conſeil. La requête la plus juſte n'aura aucun ſuccès, ſi elle n'eſt pas dans la forme légale, et ne ſera regardée tout au plus que comme une plainte inutile.

J'ajoute, et avec chagrin, qu'il faudra ſe réſoudre à épargner, autant qu'on le pourra, les ennemis qui ont dépoſé contre leur général. Ils ſont en grand nombre; et on doit ſonger, ce me ſemble, plutôt à juſtifier le condamné qu'à s'emporter contre les accuſateurs. Sa mémoire réhabilitée les couvrira d'opprobre.

Il me paraît que vous avez un juſte ſujet de préſenter requête en réviſion, ſi vous prouvez que pluſieurs pièces importantes n'ont point été lues. Il n'y a point, en ce cas, d'avocat au conſeil qui refuſe de ſigner votre mémoire. Alors vous aurez la conſolation d'entendre la voix du public ſe joindre à la vôtre, et ce cri général éveillera la juſtice.

Je ſuis plus malade encore que je ne ſuis vieux; mais mon âge et mes ſouffrances ne peuvent diminuer l'intérêt que je prends à cette cruelle affaire, et les ſentimens que vous m'inſpirez.

J'ai l'honneur d'être, &c.

1773.

LETTRE CXVIII.

A M. VASSELIER, *à Lyon.*

Mai.

Vous êtes donc mon confrère en fait de goutte, mon cher ami? Pour moi, je n'ai la goutte que comme un acceffoire à tous mes maux. On fait bien qu'il faut mourir; mais, en confcience, il ne faudrait pas aller à la mort par de fi vilains chemins. Je défire bien vivement de guérir pour venir vous voir, mais je commence à en défefpérer.

Je ne fuis point du tout étonné de l'évêque dont vous me parlez. Les comédiens font toujours jaloux les uns des autres. Nous allons avoir une troupe en Savoie, à la porte de Genève, qui fera fans doute crever de dépit celle que nous avons déjà à l'autre porte en France. Chacun joue la comédie de fon côté; je ne la joue pas, mon cher correfpondant, en vous difant combien je vous aime.

Mille grâces de la belle branche de palmier. *Quid retribuam domino?*

P. S. Il y a, dans le Bugey, un brave officier qui aime la lecture, qui eft philofophe, et qui m'a demandé des livres. Je crois ne pouvoir mieux remplir mon devoir de miffionnaire qu'en m'adreffant à vous. Je vous envoie le paquet que je vous fupplie inftamment de faire tenir à ce digne officier à qui le roi ne donne pas de quoi acheter des livres.

Faites un philofophe, et DIEU vous le rendra. Je ne puis faire une meilleure action dans le trifte état où je fuis. 1773.

LETTRE CXIX.

A MADAME DE SAINT-JULIEN.

A Ferney, 4 de juin.

LA protectrice réuffit à tout ce qu'elle entreprend, et fes entreprifes font toujours de faire du bien. Je me jette à fes pieds, et je les baife avec mes lèvres de quatre-vingts ans, en la priant feulement de détourner les yeux.

Mon doyen de l'académie, qui eft fort mon cadet, a eu la bonté de m'écrire une lettre très-confolante. Je lui écris aujourd'hui fur nos hiftrions qui font à fes ordres, et je le fupplie, comme je l'ai toujours fupplié, et comme il me l'a toujours promis, de faire jouer, fur la fin de fon année, les Lois de Minos, d'un jeune auteur, et la Sophonisbe de *Mairet*, qui eft mort il y a environ cent trente ans; le tout fans préjudice des autres faveurs qu'il peut me faire, et fur lefquelles vous avez infifté avec votre générofité ordinaire.

J'aurais bien voulu vous envoyer des Lois de Minos pour vos amis, et furtout pour monfieur votre frère; mais M. d'*Ogni* me mande qu'il ne peut plus fe charger de paquets de livres. Il veut bien faire paffer toutes les montres de ma colonie dont il eft le protecteur; mais,

1773. pour la littérature, on dit qu'elle eſt aujourd'hui de contrebande, et que les commis à la douane des penſées n'en laiſſent entrer aucune. Je crois pourtant que, ſi jamais vous rencontrez M. d'*Ogni*, vous pourriez lui demander grâce pour les Lois de Minos, et alors vous en auriez tant qu'il vous plairait.

A propos de lois, Madame, je ne ſuis point ſurpris de la ſentence portée contre M. de *Morangiés;* j'ai toujours dit qu'ayant eu l'imprudence de faire des billets, il ſerait obligé de les payer, quoiqu'il ſoit évident qu'il n'en ait jamais touché l'argent.

J'ai toujours dit encore que les faux témoins qui ont dépoſé contre lui, ayant eu le temps de ſe concerter et de s'affermir dans leurs iniquités, triompheraient de l'innocence imprudente.

Voilà une affaire bien ſingulière et bien malheureuſe. Elle doit apprendre à toute la nobleſſe de France à n'avoir jamais affaire avec des uſuriers, et à ne jamais connaître madame de *la Reſſource :* mais on ne corrigera point nos officiers du bel air. J'ai peur qu'il ne ſoit difficile de faire modérer la ſentence par le parlement, et impoſſible d'en changer le fond, à moins que quelqu'un des fripons qui ont gagné leur procès ne meure inceſſamment, et ne demande pardon à DIEU et à la juſtice de ſes manœuvres criminelles. Toute cette aventure ſera long-temps un grand problème. Il ne faut compter dans ce monde que ſur votre belle ame et ſur votre amitié courageuſe ; mais daignez compter auſſi, Madame, ſur la très-tendre et très-reſpectueuſe reconnaiſſance de ce pauvre malade du mont Jura. *V.*

LETTRE CXX.

1773.

A M. LE MARECHAL DUC DE RICHELIEU.

A Ferney, 4 de juin.

En vérité, Monſeigneur, je ne ſais ſi je dois pleurer ou rire de ce que vous me mandez dans votre lettre du 28 de mai; mais quand un comédien fait une tracaſſerie à M. le maréchal de *Richelieu*, il faut rire, et c'eſt ſans doute ce que vous avez fait.

J'admire ſeulement votre bonté de daigner m'écrire, lorſque les autres tracaſſeries de Bordeaux pour du pain, qui ont été, dit-on, ſuivies d'une ſédition meurtrière, attiraient toute votre attention. Si cet orage eſt paſſé, permettez-moi de vous parler d'abord d'une choſe qui m'intéreſſe beaucoup plus que tous les ſpectacles de Fontainebleau et de Verſailles; c'eſt du petit voyage dont vous m'aviez flatté. L'état cruel où je ſuis ne m'aurait certainement pas empêché d'être à vos ordres; il n'y a que la mort qui eût pu me retenir à Ferney; mais je vois que tout eſt rompu, et c'eſt-là ce qui me fait pleurer. J'avais tout arrangé pour cette petite courſe; il ne m'appartient pas d'avoir une dormeuſe, mais j'avais une voiture que j'appelais une commode. Il faut s'attendre aux contre-temps juſqu'au dernier moment de ſa vie.

Quant à l'article des ſpectacles, mon héros eſt engagé d'honneur à protéger mon hiſtrionage. J'ignore quel eſt le goût de la cour, j'ignore l'eſprit du temps

1773. préſent ; mais je compterai toujours ſur votre indulgence pour moi, et ſur votre protection néceſſaire à ma jeuneſſe.

Je vous ai ſupplié, et je vous ſupplie encore, d'honorer d'une place dans votre liſte le roi de Suède, ſous le nom de *Teucer*, malgré toutes les différences qui ſe trouvent entre ces deux perſonnages.

Je vous demande votre protection pour *Mairet*, qui eſt mort il y a environ ſix-vingts ans, et qui était protégé par votre grand-oncle : il ne tient qu'à vous de le reſſuſciter. Minos et Sophonisbe ſont deux pièces nouvelles ; toutes deux, et ſurtout les Lois de Minos, forment des ſpectacles où il y a beaucoup d'action. On dit que c'eſt ce qu'il faut aujourd'hui, car tout le monde a des yeux, et tout le monde n'a pas des oreilles.

Je vous réitère donc ma très-humble et très-inſtante prière, de vouloir bien ordonner à noſſeigneurs les acteurs de jouer ces deux pièces ſur la fin de votre année. J'aurai le temps de les rendre moins indignes de vous, ſi je ſuis en vie.

Je quitte le cothurne pour vous parler de ma colonie. Vous qui gouvernez une grande province, vous ſentez quelles peines a dû éprouver un homme obſcur, ſans pouvoir, ſans crédit, avec une fortune aſſez médiocre, en établiſſant des manufactures qui demandaient un million d'avances pour être bien affermies. Il a fallu changer un miſérable hameau en une eſpèce de ville floriſſante, bâtir des maiſons, prêter de l'argent, faire venir les artiſtes les plus habiles, qui font les montres que les plus fameux horlogers de Paris vendent ſous leur nom. Il a fallu

leur

leur procurer des correſpondances dans les quatre parties du monde : je vous réponds que cela eſt plus difficile à faire que la tragédie des Lois de Minos, qui ne m'a pas coûté huit jours. Les plus petits objets, dans une telle entrepriſe, ne ſont pas à négliger. Ma colonie était perdue et expirait dans ſa naiſſance, ſi M. le duc de *Choiſeul* n'avait pas pris et payé, au nom du roi, pluſieurs de nos ouvrages, et ſi l'impératrice de Ruſſie n'en avait pas fait venir pour environ vingt mille écus. 1773.

Les deux montres que M. le duc de *Duras* voulut bien accepter pour le roi, au mariage de madame la dauphine, avaient un grand défaut. Un miſérable peintre en émail, qui croyait avoir un portrait reſſemblant de madame la dauphine, la peignit fort mal ſur les boîtes de ces montres. Je n'oſe vous propoſer de les renvoyer. Si vous pouvez pouſſer vos bontés juſqu'à faire payer les ſieurs *Ceret* et *Dufour* de ces deux montres, je vous aurai beaucoup d'obligation : ils ſont les moins riches de la colonie. Daignez faire dire un mot à M. *Hébert*, et un frère de *Ceret*, qui eſt ſon correſpondant à Paris, ira chercher l'argent.

Je vous demande bien pardon d'entrer dans de tels détails avec le vainqueur de Mahon et le défenſeur de Gènes ; mais enfin mon héros daigne quelquefois s'amuſer de bagatelles. On n'eſt pas toujours à la tête d'une armée ; il faut bien deſcendre quelquefois aux niaiſeries de la vie civile.

A propos de niaiſeries, ſouvenez-vous bien, je vous en prie, que je vous ai envoyé dans *Patras* un acteur qui deviendrait en trois mois égal à *le Kain* en bien des choſes, et très-ſupérieur à lui par le don

de faire répandre des larmes. Je m'y connais, je ſuis
1773. du métier. J'ai joué *Cicéron* et *Luſignan*, avec un prodigieux ſuccès ; mais ce n'était pas le *Cicéron* du barbare *Crébillon*.

J'envoie *Patras* à l'impératrice de Ruſſie, avec un autre comédien aſſez bon, dont on n'a point voulu à Paris. Je ſuis fâché que le Nord l'emporte ſur le Midi en tant de choſes.

Quand je ſonge à cette lettre prolixe dont j'importune mon héros, je ſuis tout honteux. Cependant je le conjure de la lire toute entière, et de conſerver ſes bontés à ſon vieux courtiſan, tout ennuyeux qu'il peut être.

Certainement, il lui ſera attaché juſqu'au dernier moment de ſa vie avec le reſpect le plus tendre. *V.*

LETTRE CXXI.

A M. LE COMTE D'ARGENTAL.

5 de juin.

Je n'ai jamais, mon cher ange, rien entendu aux affaires de ce monde. Le maître des jeux m'écrit de ſon côté, et dit que le grand acteur en a menti, et qu'il y eſt fort ſujet. D'un autre côté, je recevais pluſieurs lettres qui m'affligeaient infiniment; elles me peignaient, comme mon ennemi déclaré, un homme à qui je ſuis attaché depuis cinquante ans, et à qui je venais de donner des marques publiques d'une eſtime et d'une vénération qu'on me reprochait. A toutes ces tracafferies fe joignait la déteftable édition de mon ami *Valade*, et la petite humiliation qui réfulte toujours d'avoir affaire à mon ami *Fréron*. 1773.

Je ne fais pas trop quel eft le goût de la cour ; je ne fais pas même s'il y a un goût en France. J'ignore ce qui convient, et ce qui ne convient pas ; mais je fais très-certainement que j'avais écrit au maître des jeux plufieurs fois, pour le prier de donner une place dans fa lifte à mes pauvres Crétois, pour le mois de novembre ; et il a oublié fans doute qu'il me l'avait promis formellement ; il voulait même reffufciter *Mairet*. Il m'avait demandé quelques changemens à l'habit de Sophonisbe ; j'y travaillai fur le champ, il en fut content ; apparemment qu'il ne l'eft plus. Je vous enverrai inceffamment cette vieille Sophonisbe, la mère du théâtre français, dont j'ai replâtré les rides. Elle aurait été bien reçue à la cour, du temps du cardinal de *Richelieu ;* mais les chofes pourraient bien avoir changé du temps du maréchal. Je lui écrirai encore pour le faire fouvenir qu'en qualité de premier gentilhomme de la chambre, il m'a promis de préfenter *Aftérie* et *Sophonisbe* comme de nouvelles mariées. Je ne demande point qu'elles foient baifées, mais feulement qu'elles faffent la révérence.

C'eft affez parler du tripot ; voici maintenant bien des grâces que je vous demande.

Premièrement, c'eft de vouloir bien affurer madame de *Saint-Julien*, M. le duc de *Duras* et M. le comte de *Biffy*, de ma reconnaiffance que vous exprimerez bien mieux que moi, et que vous ferez bien mieux valoir quand vous les verrez.

Je penfe qu'il faut attendre le mois de novembre,

1773. et la préfentation de ces deux dames, avant de faire la moindre démarche fur ce que vous favez.

Je vous fupplie enfuite de me dire fi vous avez entendu parler d'un neveu du comte de *Lalli*, qui a obtenu du roi je ne fais quelle grâce, concernant la petite fortune que fon malheureux oncle pouvait avoir laiffée. Il eft aux moufquetaires, fous le nom de M. de *Tolendal*. Le connaiffez-vous ? en avez-vous entendu parler? Je vois quelquefois dans mes rêves, à droite et à gauche, le comte de *Lalli* et le chevalier de *la Barre*, et je me dis : Quiconque a du pain et une retraite affurée, doit fe croire heureux. Ma retraite cependant eft bien troublée ; ma vieilleffe languiffante ne peut fupporter les peines que ma colonie me donne ; elle a été jufqu'ici très-utile à l'Etat. Si monfieur le contrôleur général avait pu la protéger, et me faire payer de ce qu'il me devait, je ne ferais pas dans le cruel embarras où je me trouve. J'ai fondé une efpèce de petite ville fort jolie, mais j'ai peur que bientôt elle ne foit déferte. Il faut s'attendre à tout, et mourir.

Que madame d'*Argental* vive heureufe et pleine de fanté avec vous; voilà encore une fois ma confolation ! *V.*

LETTRE CXXII.

1773.

A M. LE CHEVALIER HAMILTON,

AMBASSADEUR A NAPLES.

A Ferney, le 17 de juin.

MONSIEUR,

LE public vous a l'obligation de connaître le Vésuve et l'Etna beaucoup mieux qu'ils ne furent connus du temps des cyclopes, et ensuite de celui de *Pline*. Les montagnes que vous avez vues de mes fenêtres à Ferney, sont dans un goût tout opposé. Votre Vésuve et votre Etna sont pleins de caprices; ils ressemblent aux petits hommes trop vifs, qui se mettent souvent en colère sans raison; mais nos montagnes de glacières, qui sont dix fois plus hautes, et quarante fois plus étendues, ont toujours le même visage, et sont dans un calme éternel. Des lacs toujours glacés, de six milles de longueur, sont établis dans la moyenne région de l'air, entre des rochers blancs, au-dessus des nuages et du tonnerre, sans qu'il y ait eu de l'altération depuis des milliers de siècles.

Il n'y a pas bien loin, de la fournaise où vous êtes, à la glacière de la Suisse; et cependant quelle énorme différence entre les terrains, entre les hommes, entre les gouvernemens, entre *Calvin* et *San-Gennaro !*

J'ai vu avec douleur que vous n'avez pu faire

rajuſter un thermomètre en Sicile. Que dirait *Archimède*,
1773. s'il revenait à Syracuſe ? mais que diraient les *Trajan* et les *Antonin*, s'ils revenaient à Rome ?

Je trouve tout ſimple que les éruptions des volcans produiſent des monticules ; ceux que les fourmis élèvent dans nos jardins ſont bien plus étonnans. Ces petites montagnes, formées en huit jours par des inſectes, ont deux ou trois cents fois la hauteur de l'architecte. Mais pour nos vénérables montagnes, ſeules dignes de ce nom, d'où partent le Rhin, le Danube, le Rhône, le Pô, ces énormes maſſes paraiſſent avoir plus de conſiſtance que Monte-Nuovo, et que la prétendue nouvelle île de Santorin. La grande chaîne de hautes montagnes qui couronnent la terre en tout ſens, m'a toujours paru auſſi ancienne que le monde ; ce ſont les os de ce grand animal ; il mourrait de ſoif, s'il n'y avait pas de fleuves ; et il n'y aurait aucun fleuve ſans ces montagnes qui en ſont les réſervoirs perpétuels. On ſe moquera bien un jour de nous, quand on ſaura que nous avons eu des charlatans qui ont voulu nous faire accroire que les courans des mers avaient formé les Alpes, le mont Taurus, les Pyrénées et les Cordelières.

Tout Paris, en dernier lieu, était en alarmes ; il s'était perſuadé qu'une comète viendrait diſſoudre notre globe le 20 ou le 21 de mai. Dans cette attente de la fin du monde, on manda que les dames de la cour et les dames de la halle allaient à confeſſe, ce qui eſt, comme vous ſavez, un ſecret infaillible pour détourner les comètes de leur chemin. Des gens, qui n'étaient pas aſtronomes, prédirent autrefois

la fin du monde pour la génération où ils vivaient. 1773.
Eſt-ce par pitié ou par colère que cette cataſtrophe a été différée? To be, or not to be; that is the queſtion, &c.

LETTRE CXXIII.

A M. LE PRINCE GALLITZIN,

AMBASSADEUR A LA HAIE.

A Ferney, le 19 de juin.

MONSIEUR LE PRINCE,

Vous rendez un grand ſervice à la raiſon, en feſant réimprimer le livre de feu M. *Helvétius*. Ce livre trouvera des contradicteurs, et même parmi les philoſophes. Perſonne ne conviendra que tous les eſprits ſoient également propres aux ſciences, et ne diffèrent que par l'éducation. Rien n'eſt plus faux, rien n'eſt plus démontré faux par l'expérience. Les ames ſenſibles ſeront toujours fâchées de ce qu'il dit de l'amitié, et lui-même aurait condamné ce qu'il en dit, ou l'aurait beaucoup adouci, ſi l'eſprit ſyſtématique ne l'avait pas entraîné hors des bornes.

On ſouhaitera peut-être, dans cet ouvrage, plus de méthode et moins de petites hiſtoriettes, la plupart fauſſes; mais il me ſemble que tout ce qu'il dit ſur la ſuperſtition, ſur les abominations de l'intolérance, ſur la liberté, ſur la tyrannie, ſur le malheur des

hommes, ſera bien reçu de tout ce qui n'eſt pas un
1773. ſot ou un fanatique. Quelque philoſophe aurait pu corriger ſon premier livre ; mais perſécuter l'auteur, comme on a fait, cela eſt auſſi barbare qu'abſurde, et digne du quatorzième ſiècle. Tout ce que des fanatiques ont anathématiſé dans cet homme ſi eſtimable, ſe trouvait au fond dans le petit livre du duc de *la Rocheſoucauld*, et même dans les premiers chapitres de *Locke*. On peut écrire contre un philoſophe, en cherchant comme lui la vérité par des routes différentes ; mais on ſe déshonore, on ſe rend exécrable à la poſtérité, en le perſécutant. Il s'en fallut peu que des *Mélitus* et des *Anitus* ne préſentaſſent un gobelet de ciguë à votre ami.

Je dois encore des remercîmens à votre Excellence pour cette hiſtoire de la guerre de la ſublime *Catherine*, contre la ſublime Porte du peu ſublime *Mouſtapha*. Vous ſavez que je m'intéreſſe à cette guerre preſque autant qu'à la tolérance univerſelle qui condamne toutes les guerres. Il faut bien quelquefois ſe battre contre ſes voiſins, mais il ne faut pas brûler ſes compatriotes pour des argumens. On dit que le pape eſt auſſi tolérant qu'un pape peut l'être ; je le ſouhaite pour l'amour du genre-humain. J'en ſouhaite autant au mufti, au shérif de la Mecque, au grand lama et au daïri.

Je ſuis poſſeſſeur d'un tas de boue, grand comme la patte d'un ciron, ſur ce miſérable globe ; il y a chez moi des papiſtes, des calviniſtes, des piétiſtes, quelques ſociniens, et même un jéſuite : tout cela vit enſemble dans la plus grande concorde, du moins juſqu'à préſent. Il en eſt ainſi dans votre vaſte empire, ſous les auſpices de *Catherine.* On goûte depuis long-temps de ce bonheur en Angleterre, en Hollande, en Brandebourg, en Pruſſe et dans pluſieurs villes d'Allemagne; pourquoi donc pas dans toute la terre? pourquoi n'adoucirait-on pas un peu cette maxime : *Que celui qui n'eſt pas de notre avis, ſoit comme un commis des fermes et comme un païen?* pourquoi jetterions-nous dans un cachot le convive qui n'aurait pas mis ſon bel habit pour ſouper avec nous? pourquoi ferait-on aujourd'hui mourir d'apoplexie un père de famille et ſa femme qui, ayant donné preſque tout leur bien aux jacobins, garderaient quelques florins pour dîner? pourquoi?.... pourquoi?... pourquoi?...Si on me demande pourquoi je vous ſuis ſi attaché, je réponds : C'eſt que vous êtes tolérant, juſte et bienfeſant. 1773.

Que dites-vous du barbare énergumène qui a cru que j'étais l'ennemi de votre ami, et qui m'a écrit une philippique? Agréez, monſieur le Prince, ma très-ſenſible et très-reſpectueuſe reconnaiſſance.

LETTRE CXXIV.

A M. LE JEUNE DE LA CROIX.

A Ferney, 28 de juin.

Un vieux malade de quatre-vingts ans, a retrouvé dans ſes papiers une lettre du 12 de mai, dont M. *le Jeune de la Croix* l'a honoré. Il y parle du mot *idiotiſme.* Puiſque *idiot* ſignifiait autrefois *ſolitaire*, le vieillard avoue qu'il eſt un grand idiot; et

1773. comme les organes de l'ame s'affaibliffent avec ceux du corps, il avoue encore qu'il eft idiot dans le fens qu'on attache aujourd'hui à ce terme. Il penfe que l'idiotifme eft l'état d'un idiot, comme le pédantifme eft l'état d'un pédant, le janfénifme eft l'état d'un janfénifte, le fanatifme celui d'un fanatique, comme le purifme eft le défaut d'un purifte, comme le népotifme était autrefois l'habitude des neveux de gouverner Rome, comme le newtonianifme eft la vérité qui a écrafé les fables du cartéfianifme.

Le vieillard n'a pas le fatuifme de croire avoir raifon, il s'en faut beaucoup ; mais, comme il a embraffé depuis long-temps le tolérantifme, il efpère qu'en faveur de l'analogifme, M. de *la Croix* voudra bien, malgré fon atticifme, permettre à un homme qui eft depuis vingt ans en Suiffe, un folécifme ou un barbarifme.

Multa renafcentur quæ jam cecidere, cadentque
Quæ nunc funt in honore vocabula, fi volet ufus ;
Quem penes arbitrium eft, et jus et norma loquendi.

Comme eftime eft due à un homme eftimable, le vieillard affure M. de *la Croix* de fa refpectueufe eftime.

LETTRE CXXV. 1773.

A M. LE COMTE D'ARGENTAL.

28 de juin.

VOUS aurez inceſſamment, mon cher ange, une nouvelle édition de la Sophonisbe de *Mairet ;* et ſi *Cramer* n'était pas un pareſſeux trop occupé de ſon plaiſir, je vous l'enverrais dès aujourd'hui ; mais il faudra que j'attende encore plus de quinze jours, et peut-être un mois. *Mairet* eſt revenu exprès de l'autre monde pour profiter d'une critique très-judicieuſe et très-fine de M. le maréchal de *Richelieu.* Il a de bien beaux éclairs, quand la rapidité des affaires et des plaiſirs lui laiſſe des momens pour tirer en volant aux choſes de littérature et de goût, et pour daigner s'en occuper une minute. *Mairet* a refait plus de cent vers dans cette pièce, qui eſt la première en date du théâtre français. Il faut qu'il ait l'honneur de rappeler ce *Lazare* de ſon tombeau ; cela eſt digne du petit neveu du cardinal de *Richelieu :* le tout, s'il vous plaît, ſans préjudice de la Crète.

Vous avez bien raiſon ſur *Lalli* et ſur *la Barre.* Vous verrez inceſſamment un ouvrage concernant l'Inde et ce *Lalli.* Je le crois curieux, intéreſſant, hardi et ſage, ſurtout très-vrai dans tous ſes points ; vous en jugerez. Il eſt très-certain qu'un mort n'eſt bon à rien, que le chevalier de *la Barre* ſerait devenu un des meilleurs officiers de France, puiſqu'il s'appliquait à ſon métier, au milieu des diſſipations et

1773. des débauches de la jeuneſſe. Son camarade, le fils du préſident d'*Etallonde*, eſt un des meilleurs officiers qu'ait le roi de Pruſſe; il en eſt extrêmement content, car il connaît juſqu'au dernier capitaine de ſes armées.

Vous m'offrez vos bons offices, mon cher ange, pour ma colonie; en voici une belle occaſion. Un marquis génois, nommé *Vial* ou *Viale*, s'eſt adreſſé à un de nos comptoirs, et malheureuſement au plus pauvre; il lui a commandé des montres et des bijoux pour la cour de Maroc. Je me défiais beaucoup des Maroquains et des marquis. Le noble génois *Viale* n'en a pas uſé noblement; il a fait une banqueroute complète, et n'a pas daigné ſeulement répondre aux lettres que mes artiſtes lui ont écrites. Cette triſte aventure retombe entièrement ſur moi, et elle n'eſt pas la ſeule. Je ne ſuis point marquis, mais j'ai bâti des maiſons pour toutes mes fabriques, et je leur ai avancé des ſommes conſidérables, ſans être ſecouru d'un denier par le miniſtère. J'ai vaincu cent obſtacles, j'ai tout fait, j'ai tout combattu, et je combats encore. Vous connaiſſez monſieur l'envoyé de Gènes, il eſt votre ami. Les artiſtes auxquels le marquis a fait banqueroute, s'appellent *Servand* et *Bourſault*: ce ſont deux très-honnêtes gens; ils ſont pères de famille, ils méritent votre protection.

J'ai écrit à M. *Boyer*, miniſtre du roi à Gènes. Je n'oſe fatiguer M. le duc d'*Aiguillon* de cette affaire particulière, il eſt aſſez occupé de celles du Nord; mais je voudrais ſavoir quel eſt le premier commis qui a la correſpondance de Gènes; je lui demanderais une recommandation auprès de M. *Boyer*, et je lui enverrais un mémoire détaillé ſur cette banqueroute qui eſt certainement frauduleuſe. 1773.

Je vous jure que la ſanté de madame d'*Argental* m'intéreſſe plus que cette banqueroute ; cela eſt tout ſimple. La ſanté eſt préférable à des montres et à des diamans. Je mourrai bientôt, mais je travaille juſqu'au dernier moment ; je fais des vers et de la proſe, bien ou mal ; je bâtis une eſpèce de ville floriſſante où il n'y avait qu'un hameau abominable ; je sème du blé dans des terres qui n'avaient point été cultivées depuis la création ; je fais travailler trois cents artiſtes ; je ſuis perſécuté et honni ; je vous aime très-tendrement : voilà un compte exact de mon exiſtence. *V.*

LETTRE CXXVI.

A M. L'ABBÉ DE CURSAI.

A Ferney, ce 3 de juillet.

Je vois bien, Monſieur, que vous deſcendez d'un homme qui ne voulait pas aſſaſſiner ſes frères pour plaire à un duc de *Guiſe* (*). On ne les aſſaſſinait, il y a quelques années, dans Abbeville, que par arrêt de l'ancien banc du roi, nommé parlement ; aujourd'hui on ſe contente de les calomnier. Ainſi le monde eſt tout le contraire de ce que diſait *Horace ;* il ſe corrige, au lieu d'empirer. Je vais le quitter bientôt, et je ſuis bien aiſe de le laiſſer dans ces bonnes diſpoſitions.

(*) *Thomaſſeau de Curſai* refuſa d'exécuter les ordres du duc de *Guiſe*, pour le maſſacre des proteſtans d'Angers, le jour de la Saint-Barthelemi.

1773. Plus il y aura d'hommes qui vous ressemblent, Monsieur, moins il faudra dire de mal de son siècle. M. d'*Alembert*, qui m'a envoyé votre lettre et votre livre, est un de ceux qui me réconcilient le plus avec le genre-humain. Il est encore un peu sot ce genre-humain; mais à la fin la lumière pénètrera chez tous les honnêtes gens. Vous contribuerez à les éclairer, comme votre ancêtre à les laisser vivre.

J'ai l'honneur d'être, &c.

LETTRE CXXVII.

A M. LE MARECHAL DUC DE RICHELIEU.

A Ferney, 5 de juillet.

Le gros *la Borde* m'apporte une lettre de mon héros. Il va en Italie, comme vous savez, tandis que, moi misérable, je suis dans mon lit fort peu en état d'aller en France.

Vous m'apprenez la jolie niche que vous vouliez me faire. Vous pensez bien, Monseigneur, que je la trouve charmante; attrapez-moi toujours de même. Mon cœur est bien sensible à cette bonne plaisanterie. J'ai bien peur que ce ne soit donner des gouttes d'Angleterre à un homme qui est mort. Je ressemble un peu au *Lazare*, à qui vous avez dit, *viens-t-en dehors;* mais je vois qu'on ne ressuscite plus: le bon temps est passé, et c'est bien dommage.

Après avoir remercié mon protecteur du fond de mon ame, je vais parler à monsieur le doyen. Il ne ſe ſouvient plus de m'avoir donné un très-bon conſeil, très-judicieux, très-fin, très-digne de monſieur le doyen. C'était pour la Sophonisbe de *Mairet*, c'était pour la fin du quatrième acte. Je crois avoir exécuté pleinement ce que vous m'avez preſcrit. J'ai tâché d'ailleurs de garnir d'un peu d'embonpoint ce ſquelette de *Mairet;* je l'ai retravaillé de la tête aux pieds. Je le fais réimprimer, et dès qu'il ſera ſorti de la preſſe, je l'enverrai à monſieur le doyen et à monſieur le premier gentilhomme de la chambre. Ce premier monument de la ſcène françaiſe mérite aſſurément d'être rajeuni. C'eſt le premier ouvrage où les trois unités aient été obſervées. *Corneille* ne les connaiſſait pas encore, et c'eſt une obligation que nous avons à M. le cardinal de *Richelieu.* La pièce même de *Mairet* était beaucoup plus intéreſſante que la Sophonisbe de *Corneille*, bien plus naturelle et bien plus tragique. Elle était plus correctement écrite, quoiqu'antérieure de près de quarante ans; et ſi elle n'avait pas été entièrement infectée d'une familiarité comique, ſouvent pouſſée juſqu'à la baſſeſſe, elle ſe ſerait ſoutenue toujours au théâtre. 1773.

Je penſe donc, et j'oſe dire que je penſe avec mon héros, qu'en donnant à la Sophonisbe un ton plus noble, on peut la reſſuſciter pour jamais. Il ſera ce miracle quand il le voudra et quand il le pourra. J'aurai l'honneur de lui envoyer quelques exemplaires de la reſſuſcitée, et je le ſupplierai d'en faire parvenir un à *le Kain*, afin qu'il apprenne ſon rôle de *Maſſiniſſe*, ſuppoſé que monſieur le doyen ſoit content de l'ouvrage.

Je n'oſe lui parler de Minos et de la Crète, parce

1773. que je fais qu'il ne faut courir ni deux lièvres ni deux tragédies à la fois, et furtout qu'il ne faut point fatiguer fon héros qui a autre chofe à faire qu'à écouter mes balivernes.

N. B. Une très-belle dame de votre connaiffance (*), et qui par fon portrait me paraît ce que j'ai jamais vu de plus beau, a chargé *la Borde* de m'embraffer des deux côtés, à ce qu'il prétend ; je lui en ai témoigné ma reconnaiffance par une lettre un peu infolente, qu'elle pourrait vous montrer avant de la jeter au feu.

Pardonnez à la longueur de celle que je vous écris, en faveur de ma bavarde vieilleffe et de mon tendre et profond refpect. *V.*

LETTRE CXXVIII.

A M. LE CHEVALIER DELISLE,

CAPITAINE DE DRAGONS, &c.

A Ferney, 12 de juillet.

Si vous voyagez, Monfieur, pour les belles divinités de la France, vous faites bien d'aller où eft madame la comteffe de *Brionne* (**). Si vous voulez, chemin fefant, voir des ombres, comme fefait le capitaine de dragons *Ulyffe* dans fes voyages, vous ne pouvez mieux vous adreffer que chez moi. Je fuis la plus

(*) Madame *du Barri*.

(**) A Laufane.

plus chétive ombre de tout le pays, ombre de quatre-vingts ans ou environ, ombre très-légère et très-souffrante. Je n'apparais plus aux gens qui sont en vie. Mon triste état m'interdit tout commerce avec les humains; mais, quoique vous n'ayez point traduit les *Géorgiques*, hasardez de venir à Ferney quand il vous plaira. Madame *Denis*, qui est le contraire d'une ombre, vous fera les honneurs de la chaumière. Nous avons aussi un neveu, capitaine de dragons tout comme vous, qui demeure dans une autre chaumière voisine. Et moi, si je ne suis pas mort absolument, je vous ferai ma cour comme je pourrai, dans les intervalles de mes anéantissemens. Si je meurs pendant que vous serez en route, cela ne fait rien; venez toujours, mes manes en seront très-flattés; ils aiment passionnément la bonne compagnie. J'ai l'honneur d'être avec respect, Monsieur, votre très-humble et très-obéissante servante, 1773.

l'ombre de Voltaire.

LETTRE CXXIX.

A M. LE MARECHAL DUC DE RICHELIEU.

A Ferney, 19 de juillet.

C'EST uniquement pour ne point fatiguer les yeux de mon héros, que j'ai fait réimprimer quelques exemplaires de cette Sophonisbe de *Mairet*. J'y ai mis tout ce que je sais, et ma petite palette n'a plus de couleurs pour repeindre ce tableau. Il se peut

1773. bien faire que les arts étant aujourd'hui perfectionnés, le public, étant enthousiasmé des spectacles de M. *Audinot* et des comédiens de bois, se soucie fort peu de juger entre la Sophonisbe de *Mairet* et celle de *Corneille;* mais il y a toujours un petit nombre d'honnêtes gens qui ont du goût et du bon sens, et qu'il ne faut pas absolument abandonner. Il est nécessaire qu'il y ait à la cour un homme qui empêche la prescription, et qui ne souffre pas que l'Europe se moque toujours de nous. Le seul vice du sujet, c'est que *Massinisse*, qui en est le héros, est toujours un peu avili, soit que les Romains lui ordonnent de quitter sa femme, étant vainqueur, soit qu'ils le prennent prisonnier dans un combat, soit qu'ils le désarment dans son propre palais. On a tâché de remédier à ce défaut essentiel en fesant de *Massinisse* un jeune héros emporté et imprudent, parce que tout se pardonne à la jeunesse; mais on ne sait si on a réussi à corriger, par quelques beautés de détail, un vice si capital.

Quoi qu'il en soit, il y a quelque apparence que *le Kain* fera beaucoup valoir le rôle de *Massinisse*. J'ignore à qui monseigneur donnera celui de *Sophonisbe* et celui de *Scipion*. La disette des héros et des héroïnes est fort grande.

Je vous envoie quatre exemplaires sous le couvert de M. le duc d'*Aiguillon*. Vous en donnerez un à M. d'*Argental*, si vous voulez; et si vous voulez aussi, vous ne lui en donnerez pas : vous êtes le maître absolu.

J'écris à *Cramer*, et je lui mande qu'il mette les autres exemplaires sous la clef; c'est d'ailleurs une précaution assez inutile. La pièce est imprimée dès l'année paffée, et court tout le monde. Perfonne ne s'embarraffe ni ne s'embarraffera de favoir s'il y a une édition nouvelle dans laquelle il y a quelques vers de changés. Nous fommes dans un temps où rien ne fait une grande fenfation. Tous les objets, de quelque nature qu'ils foient, font effacés les uns par les autres. 1773.

Je vous ai toujours fupplié, et je vous fupplie encore de vouloir bien ordonner qu'on repréfente les Lois de Minos, dans les fêtes du mariage. Les comédiens avaient déjà appris cette pièce, et les lois de la comédie font qu'on la repréfente. Je ne vous ai donc demandé, et je ne vous demande encore que l'exécution littérale des lois de votre empire, foutenues de votre protection. Les Lois de Minos font à moi, et la Sophonisbe eft à *Mairet.* Les Lois de Minos forment un fpectacle magnifique, et un contrafte très-pittorefque de crétois civilifés, méchamment fuperftitieux, et de vertueux fauvages. Une fille, dont on va faire le facrifice, eft plus intéreffante qu'une femme qui époufe fon amant deux heures après la mort de fon mari.

La déteftable édition que la mauvaife foi et le mauvais goût firent chez *Valade*, me caufa, je vous l'avoue, un extrême chagrin. On n'aime point à voir mutiler fes enfans. Je retirai cette pièce qu'on allait repréfenter, et je vous conjurai d'avoir la bonté de ne la donner qu'au mois de novembre. J'ai toujours perfifté dans cette idée et dans mes fupplications. J'ai penfé que je pourrais même avoir le temps d'ôter quelques défauts à cet ouvrage, et de le rendre moins indigne d'être protégé par vous.

1773. J'ai imaginé encore que, fi les Lois de Minos et la Sophonisbe réuffiffaient, ce fuccès pourrait être un prétexte pour faire adoucir certaines lois dont vous favez que je ne parle jamais. Il faudrait un peu plus de fanté que je n'en ai, pour profiter de l'abrogation de ces lois arbitraires.

J'avais long-temps imaginé d'aller aux eaux de Barége comme *le Kain*, quand vous feriez dans votre royaume; et il n'y a pas loin de Barége à Bordeaux: c'était-là l'efpérance dont je me berçais. Vos bontés me préfentent une autre perfpective: je doute un peu de la réuffite. Vous favez qu'il y a des gens opiniâtres fur les petites chofes, et à qui le terme *non* eft beaucoup plus familier dans de certaines occafions que le terme *oui*.

Au refte, il me paraît que chacun s'en va tout le plus loin qu'il peut. Il y a, de compte fait, plus de foixante perfonnes de confidération à Laufane, venues toutes de votre pays, et on en attend encore. Pour moi, il y a vingt ans que je n'ai changé de lieu, et je n'en changerai jamais que pour vous.

La Borde a fait exécuter à Ferney quelques morceaux de fa Pandore. Si tout le refte eft auffi bon que ce que j'ai entendu, cet ouvrage aura un très-grand fuccès. Le fujet n'eft pas fi funefte, puifque l'amour refte au genre-humain; et d'ailleurs qu'importe le fujet, pourvu que la pièce plaife? Le grand point, dans toutes ces fêtes, eft d'éviter la fadeur de l'épithalame. Je devrais éviter la fadeur des longues et ennuyeufes lettres, mais la confolation de m'entretenir avec mon héros et de lui renouveler mon tendre refpect, m'emporte toujours trop loin. *V.*

LETTRE CXXX.

1773.

A M. LE COMTE D'ARGENTAL.

19 de juillet.

J'AI attendu long-temps, mon cher ange, que cette édition de la Sophonisbe de *Mairet* fût finie, pour vous l'envoyer; et actuellement qu'elle eſt faite, je ne vous l'envoie pas. En voici la raiſon : le maître des jeux veut qu'on ne l'envoye qu'à lui ſeul; il me dénonce expreſſément cette volonté deſpotique; et ſi je ſuis réfractaire, la pièce ne ſera pas jouée. Cela eſt fort plaiſant, et ſi plaiſant que vous tâcherez de n'en rien ſavoir.

Il ne ſera pas moins plaiſant que vous lui diſiez, quand vous le verrez, que j'ai refuſé de vous donner l'ouvrage, et qu'il faut une lettre de cachet de ſa part pour que vous l'ayez en votre poſſeſſion, comme lorſque le roi fit ſaiſir à Verſailles toutes les *Encyclopédies*, et ne les rendit qu'aux gens qui avaient une bonne réputation.

J'aurais dû commencer par vous remercier de votre négociation génoiſe; mais l'aventure de Sophonisbe m'a paru ſi drôle, que je lui ai donné la préférence.

M. de *Spinola* ſe trompe; on veut tromper ſur une choſe qui n'en vaut pas la peine. Le marquis *Vial* ou *Viale* eſt marchand et banqueroutier en ſon propre nom de marquis. C'eſt lui qui écrivit à mes artiſtes; c'eſt lui ſeul qui ſe chargea des effets à lui ſeul envoyés: et s'il a fait banqueroute avec quelques aſſociés, il en

1773. eſt ſeul la véritable cauſe. M. de *Spinola* s'eſt encore trompé en vous diſant que le marquis ne s'était point abſenté : le marquis eſt à Naples, et c'eſt notre miniſtre à Gènes qui me mande tout cela. C'eſt une affaire dans laquelle on ne peut agir ni par conciliation ni par la voie de l'autorité ; on ne peut y employer que la vertu de la réſignation. J'exhorte à préſent mes pauvres artiſtes à la patience, et je tâche de profiter moi-même de mon ſermon, dans plus d'une affaire. Ceux qui diſent que la patience n'eſt que la vertu des ânes, ont grand tort ; elle doit être, ſurtout à préſent, la vertu des philoſophes et de ceux qui aiment les bons vers.

Vous ſavez que nous avons à préſent, à Lauſane, la moitié de la France et la moitié de l'Allemagne. Monſieur l'évêque de Noyon eſt dans la maiſon qui m'a appartenu neuf ans.

Monſieur l'évêque de Noyon
Eſt à Lauſane en ma maiſon
Avec d'honnêtes hérétiques.
Il en eſt très-aimé, dit-on,
Ainſi que des bons catholiques.
Petits embryons frénétiques
De Loyola, de Saint-Médard,
Qui troublâtes long-temps la France,
Apprenez tous, quoiqu'un peu tard,
A connaître la tolérance.

Comment ſe porte madame d'*Argental* ? a-t-elle beſoin de la vertu de la patience ? J'embraſſe mon cher ange le plus tendrement du monde.

Dieu veuille que l'homme à qui vous avez prêté la Crète n'ait point donné la chose à examiner à des gens qui auront été effrayés de tout ce qui l'accompagne ! 1773.

Les notes, et certains petits traités subséquens, pourraient bien éveiller les *Cerbères*.

LETTRE CXXXI.

A MADAME

LA MARQUISE DU DEFFANT.

30 de juillet.

VOUS avez sans doute, Madame, trouvé fort mauvais que je ne vous aye point écrit, et que je ne vous aye point remerciée de m'avoir fait connaître M. *Delisle* qui, par son esprit et son attachement pour vous, méritait bien que je me hâtasse de vous faire son éloge. Ce n'est pas que la foule des princes et des princesses de Savoie et de Lorraine, ou de Lorraine et de Savoie, qui étonnent la Suisse par leur affluence, m'ait pris mon temps; ce n'est pas que Genève, encore plus étonnée que le reste de la Suisse, m'ait vu à ses bals et à ses fêtes : vous sentez bien que tout ce fracas n'est pas fait pour moi; mais je n'ai pas eu un instant dont je pusse disposer, et je veux vous dire de quoi il est question.

Les parens de M. de *Lalli*, qui se trouvent dans une situation très-équivoque et très-désagréable, se sont imaginés que je pourrais rendre quelques services

1773. à ſa mémoire. Ils m'ont envoyé leurs papiers : il m'a fallu étudier ce procès énorme qui a duré trois ans, et qui a fini enfin d'une manière ſi funeſte.

J'ai trouvé qu'il n'y avait pas plus de preuves contre lui que contre les *Calas ;* et que les aſſaſſins du chevalier de *la Barre* avaient à ſe reprocher le ſang de *Lalli*, tout autant que celui de cet infortuné jeune homme.

Mais ſachant très-bien que le public ne ſe foucierait point du tout aujourd'hui du procès de *Lalli*, que tout s'oublie, qu'on ne s'intéreſſe ni à *Louis XIV*, ni à *Henri IV*, et qu'il faut toujours piquer la curioſité de nos Velches par quelque choſe de nouveau, j'ai fait un petit précis des révolutions de l'Inde, à la fin duquel la cataſtrophe de *Lalli* s'eſt trouvée naturellement.

Voilà, Madame, ce qui m'a occupé jour et nuit; et quoique j'aye près de quatre-vingts ans, c'eſt le travail qui m'a le plus coûté dans ma vie.

Peut-être, dans l'indifférence où vous paraiſſez être pour les choſes de ce monde, vous ne vous intéreſſez point du tout à ce qui s'eſt paſſé dans l'Inde et dans le parlement ; nos ſottiſes et nos déſaſtres à Pondichéri et dans Paris peuvent fort bien ne vous pas toucher ; auſſi je me garderai bien de vous envoyer cette petite hiſtoire que j'ai compoſée pourtant pour le petit nombre de perſonnes qui ont le ſens droit comme vous, et qui aiment comme vous la vérité.

Je me ſuis mis à juger les vivans et les morts. J'ai fait un précis hiſtorique du procès de M. de *Morangiés ;* et je ne ſuis pas plus de l'avis du bailli du palais que je n'ai été de l'avis du parlement dans tout ce qu'il a

fait depuis le temps de la fronde, excepté quand il a renvoyé les jéſuites. Mais ſoyez bien sûre que vous 1773.
n'aurez ni *Morangiés* ni *Lalli*, à moins que vous ne l'ordonniez poſitivement.

J'oſerais mettre encore dans mon marché que je voudrais que vous penſaſſiez comme moi ſur ces deux objets ; mais ce ſerait trop demander. Il faut laiſſer une liberté toute entière aux perſonnes qu'on prend pour juges, et ne les point révolter par trop d'enthouſiaſme.

Il eſt bon d'avoir votre ſuffrage, mais je veux l'avoir par la force de la vérité ; et je ne vous prierai pas même d'avoir la plus légère complaiſance. Tout ce que je crains, c'eſt de vous ennuyer ; mais, après tout, les objets que je vous préſente valent bien tous les rogatons de Paris, et tous les miſérables journaux que vous vous faites lire pour attraper la fin de la journée.

Il me ſemble qu'il y a un roman intitulé *Les journées amuſantes ;* ce ne peut être en effet qu'un roman. Les journées heureuſes feraient une fable encore plus incroyable. Vous les méritiez, ces journées heureuſes ; mais on n'a que des momens. J'aurais du moins des momens conſolans, ſi je pouvais vous faire ma cour. *V.*

1773.

LETTRE CXXXII.

A M. LE MARECHAL DUC DE RICHELIEU.

A Ferney, 7 d'auguste.

Si mon héros a un moment de loisir à Compiègne, je le supplie de daigner lire un petit précis très-vrai et très-exact du meurtre de M. de *Lalli*, lieutenant général, et un précis très-court de l'affaire de M. de *Morangiès*, maréchal de camp. Il peut être sûr de ne trouver, dans ces deux mémoires, aucun fait qui ne soit appuyé sur des papiers originaux qu'on a entre les mains.

On a joué les Lois de Minos à Lyon avec beaucoup de succès. Un acteur, nommé *la Rive*, a emporté tous les suffrages dans le rôle de *Datame*, et la ville a prié *le Kain* de jouer le rôle de *Teucer* à son retour, au mois de septembre.

Pour moi, je vous supplie instamment, Monseigneur, d'avoir la bonté d'ordonner aux comédiens de Paris de jouer les tragédies de Sophonisbe et de Minos. Je compte sur vos promesses autant que je suis pénétré de vos bontés. Je ne demande, après tout, que ce qu'on ne pourrait refuser à MM. *le Mière* et *Portelance.*

J'ai encore une passion plus forte que celle des tragédies, ce serait de vous faire ma cour au moins deux jours avant de mourir, au premier voyage que vous feriez dans votre royaume de Guienne. Il ne faut nulle permiffion pour cela ; les chemins font libres ; je mourrais content. 1773.

J'envoie ce paquet fous le couvert de M. le duc d'*Aiguillon*, ne fachant pas fi vous avez vos ports francs pour les gros paquets qui ne viennent point de votre gouvernement. Vous ne m'avez jamais répondu fur cet article.

Daignez me conferver vos bontés ; elles font la première des confolations d'un homme qui bientôt n'aura plus befoin d'aucune. *V.*

LETTRE CXXXIII.

A M. MARMONTEL.

9 d'augufte.

MON cher hiftoriographe, vous voilà donc entré dans ce chemin femé d'épines : mais vous le couvrirez de fleurs convenables au fujet. Voilà d'ailleurs les Incas qui vous appellent. On prétend que les *Indios bravos*, après avoir détruit leurs vainqueurs, ont enfin mis fur le trône un homme de la race des anciens Incas. Ce n'eft pas là vraiment une affaire de roman, c'eft matière d'hiftoriographerie. Vous en avez affez honnêtement dans le Nord et dans le Midi.

J'ai vu M. de *Garville*, et je ne l'ai point affez vu. J'étais très-malade, mais j'efpère qu'il me donnera ma revanche.

J'ai reçu une brochure imprimée chez *Valade*. C'eft une épître à *Sabatier* et compagnie. J'ignore à qui

1773. j'en ſuis redevable. Je ſoupçonne M. l'abbé *Duvernet*, et encore un autre abbé dont j'ignore la demeure. Je ne m'attendais pas, je l'avoue, à être défendu par des gens d'Egliſe. Ceux-ci me paraiſſent de la petite Egliſe des gens d'eſprit, et du petit nombre des élus.

Dans l'embarras où je ſuis de ſavoir à quel ſaint je dois des actions de grâce, je m'adreſſe à vous, mon cher ami; je vous envoie ma réponſe toute ouverte; je vous ſupplie d'y mettre l'adreſſe, et de l'envoyer à l'auteur qui, ſans doute, eſt connu de vous ou de M. d'*Alembert*. Il ne ſerait pas mal que l'on connût un peu à fond ce M. *Sabatier*. Ses protecteurs ſauront au moins qu'ils ſont fort mal ſervis par les gens qu'ils emploient.

Je me flatte que vous recevrez dans quelques jours un petit eſſai ſur quelques révolutions de l'Inde, ſur la perte de Pondichéri, et ſur la mort funeſte de *Lalli*. Cela eſt du reſſort de feu l'hiſtoriographe, et de l'hiſtoriographe vivant. Je puis vous aſſurer de la vérité de tous les faits. La plupart ſont curieux, et peuvent même être intéreſſans ſix ans après l'événement. L'auteur eſt un peu l'avocat des cauſes perdues; mais vous ſerez convaincu que M. de *Lalli* était innocent, et que l'ancien parlement n'était pas infaillible.

Je ſuis enchanté que *la Harpe* ait remporté un nouveau prix. Je ſouhaite qu'il en ait deux cette année: à la fin ſa gloire forcera le gouvernement à lui rendre juſtice.

Adieu, mon très-cher et illuſtre confrère; continuez toujours à veiller ſur notre petit troupeau qui eſt toujours près d'être mangé des loups.

LETTRE CXXXIV.

1773.

A MADAME

LA MARQUISE DU DEFFANT.

A Ferney, 13 d'auguste.

J'AI peur, Madame, que vous ne vous intéressiez pas plus à nos indiens qu'à la plupart de nos velches. Vous m'avez mandé que vous aviez jeté votre bonnet par-dessus les moulins, mais il ne sera pas arrivé jusqu'à l'Inde. Pour moi, je vous l'avoue, je considère avec quelque curiosité un peuple à qui nous devons nos chiffres, notre trictrac, nos échecs, nos premiers principes de géométrie, et des fables qui sont devenues les nôtres; car celle sur laquelle *Milton* a bâti son singulier poëme, est tirée d'un ancien livre indien, écrit il y a près de cinq mille ans.

Vous sentez combien cela élargit notre sphère. Il me semble que, quand on rampe dans un petit coin de notre Occident, et quand on n'a que deux jours à vivre, c'est une consolation de laisser promener ses idées dans l'antiquité, et à six mille lieues de son trou.

Cependant il se pourra très-bien que la description des pays où le colonel *Clive* a pénétré plus loin qu'*Alexandre*, ne vous amusera pas infiniment. Ce qui était si essentiel pour notre défunte compagnie des Indes, sera peut-être pour vous très-insipide. En tout cas, il ne tient qu'à vous de ne pas vous faire

1773. lire le commencement de cet ouvrage, et d'aller tout d'un coup aux aventures de ce pauvre *Lalli*, à ſon procès criminel, à ſon arrêt et à ſon bâillon.

Nous donnons de temps en temps à l'Europe de ces ſpectacles affreux qui nous feraient paſſer pour la nation la plus ſauvage et la plus barbare, ſi d'ailleurs nous n'avions pas tant de droits à la réputation de l'eſpèce la plus frivole et la plus comique.

J'ai un petit avertiſſement à vous donner ſur cet envoi que je vous fais, c'eſt qu'il n'eſt pas sûr que vous le receviez. M. d'*Ogni* qui a des bontés infinies pour ma colonie, et qui veut bien faire paſſer, juſqu'à Conſtantinople et à Maroc, les travaux de nos manufactures, m'a mandé qu'il ne voulait pas ſe charger d'une ſeule brochure pour Paris.

Mon village de Ferney envoie tous les ans pour cinq cents mille francs de marchandiſes au bout du monde, et ne peut pas envoyer une penſée à Paris. Le commerce des idées eſt de contrebande.

Je ne peux donc pas vous répondre, Madame, que mes idées vous parviennent. Cependant c'eſt un ouvrage dans lequel il n'y a rien que de vrai et d'honnête. Le plus rude commis à la douane de l'entendement humain ne pourrait y trouver à redire. Je ne ſais ſi nous ne devons pas cette rigueur, qu'on exerce aujourd'hui contre tous les livres, à meſſieurs les athées. Ils ont fort mal fait, à mon avis, de faire imprimer tant de ſermons contre DIEU; cette eſpèce de philoſophie ne peut faire aucun bien, et peut faire beaucoup de mal. Notre terre eſt un temple de la Divinité. J'eſtime fort tous ceux qui veulent nettoyer ce temple de toutes les abominables ordures dont il eſt infecté; mais je n'aime pas qu'on veuille renverſer le temple de fond en comble. 1773.

Je languis au milieu des ſouffrances continuelles dans un petit coin de ce temple, et j'attends chaque jour le moment d'en ſortir pour jamais. Vous n'avez perdu qu'un de vos ſens, et je perds mes cinq.

Je n'ai pu faire ma cour ni à madame de *B*.... ni à madame la princeſſe de *C*.... ſa fille, quoiqu'elles ſoient toutes deux philoſophes; madame la ducheſſe de *V*.... l'eſt auſſi. Une centaine d'êtres penſans de la première volée, ſont venus dans nos cantons. On prétend que tous les dieux ſe réfugièrent autrefois en Egypte : ils ſe ſont donné cette fois-ci rendez-vous en Suiſſe.

Si vous aviez pu y venir, j'aurais été conſolé. Je fais mille vœux pour vous, Madame; mais à quoi ſervent-ils? Je vous ſuis attaché tendrement et inutilement. Nous ſommes tous condamnés aux privations, ſuivies de la mort. Je l'attends ſur mon fumier du mont Jura, et je vous ſouhaite du moins de la ſanté dans votre Saint-Joſeph.

Adieu, Madame; contre nature, bon cœur. *V.*

1773.

LETTRE CXXXV.

A M. VILLEMAIN D'ABANCOURT. (*)

19 d'augufte.

Le vieux malade de Ferney vous remercie, Monfieur, avec la plus grande fenfibilité. Il reffemble à ces vieux chevaliers qui ne pouvaient plus combattre en champ clos; ils étaient *exoines*, comme dit la chronique; et un jeune chevalier, plein de courage, prenait leur défenfe.

Je n'aurais jamais fi bien combattu que vous, Monfieur; je rends grâce à ma vieilleffe qui m'a valu un fi brave champion. Vous êtes entré dans la lice accompagné des grâces. Le bon roi *René* dit que, quand *li preux chevalier fe démène fi gentiment, il rengrège l'amitié de fa dame.* Je ne doute pas que vous ne plaifiez fort à la vôtre. Pour moi, je ne fais fi les agrémens de votre ftyle ne m'ont pas fait encore plus de plaifir que votre combat ne m'a fait d'honneur.

Agréez, Monfieur, la reconnaiffance très-fincère de votre, &c.

(*) Sur fa fable intitulée *le Cygne et les Hiboux*, qui n'eft qu'une allufion à M. de *Voltaire* et à fes ennemis.

LETTRE CXXXVI.

1773.

A M. LE MARECHAL DUC DE RICHELIEU.

A Ferney, 26 d'auguſte.

JE mets aux pieds de mon héros une troiſième lettre à la nobleſſe de ſon ancien gouvernement. Quand le parlement condamnerait M. de *Morangiès* par les formes, je le croirais toujours innocent dans le fond. Vous êtes maréchal de France et juge de l'honneur ; vous êtes pair du royaume et juge de tous les citoyens : prononcez.

Si j'oſais demander une autre grâce à notre doyen, je le conjurerais de ne pas flétrir une Electre compoſée, avec quelque ſoin, d'après celle de *Sophocle*, ſans épiſode, ſans un ridicule amour, écrite avec une pureté qu'un doyen de l'académie, un *Richelieu* doit protéger, repréſentée avec tant de ſuccès par mademoiſelle *Clairon*, et qu'enfin mademoiſelle *Raucourt* pourrait encore embellir ; je vous conjurerais de me raccommoder avec elle, puiſque vous m'avez attiré ſa colère. Je vous ſupplierais de ne me point donner le dégoût de préférer une partie carrée d'amours inſipides, en vers allobroges ; une *Electre* qui s'écrie,

Je ne puis y ſouſcrire ; allons trouver le roi,
Feſons tout pour l'amour, s'il ne fait rien pour moi.

Une *Iphianaſſe* qui dit,

J'ignore quel deſſein vous a fait révéler
Un amour que l'eſpoir ſemble avoir fait parler.

1773\. Un *Itis* qui fait ce compliment à *Electre*,

Pénétré du malheur où mon cœur s'intéreſſe,
M'eſt-il enfin permis de revoir ma princeſſe ?
Je ne ſuis point haï. Comblez donc tous les vœux
Du cœur le plus fidelle et le plus amoureux,
&c. &c. &c. &c.

Enfin, j'eſpèrerais que vous ne donneriez point cette préférence humiliante à un mort ſur un mourant qui vous a été attaché pendant plus de cinquante ans.

Vous ſavez que mon unique reſſource, dans la ſituation où je ſuis, ſerait d'adoucir des perſonnes prévenues contre moi, en leur inſpirant quelque indulgence pour mes faibles talens.

Je ſuis déſeſpéré de vous importuner de mes plaintes. Je n'ai de conſolation qu'en vous parlant de mon reſpect et de mon attachement inviolable. *V.*

LETTRE CXXXVII.

1773.

A M. KEAT.

Ferney, 27 d'auguſte.

Et in Arcadia ego!

HE was dead, and j am a dying; and what is worſe, j am a ſuffering. But my torments are allay'd by your Arcadian muſik.

Tale tuum carmen nobis, divine poëta,
Quale quies feſſis in gramine, quale per æſtum
Dulcis aquæ ſaliente ſitim reſtinguere vivo.

My ſtormy life at laſt ſinks to a calm. Come death when it will j'll meet it ſmiling.

Dear ſir, enjoy the happineſs you deſerve. *V.*

1773.

LETTRE CXXXVIII.

A M. LE COMTE D'ARGENTAL.

27 d'augufte.

MON cher ange, les côtes de Malabar et de Coromandel, l'Indus et le Gange, la mauvaife tête et le trifte cou du pauvre *Lalli*, le procès pitoyable de M. de *Morangiés*, l'abfurdité de M. *Pigeon*, mes craintes qu'il n'y ait quelques *Pigeons* dans le parlement, les embarras multipliés que me donne ma colonie, les cruautés de M. l'abbé *Terrai*, ma déteftable fanté, &c. &c. &c. &c., tout cela m'a empêché de vous écrire. Je ne vous parle point des caprices du maître des jeux : il y a de petites malices qui me confondent.

Je vous envoie par M. *Sabatier*, qui n'eft point l'abbé *Sabatier*, la première partie des affaires des brachmanes et de *Lalli*, en attendant la feconde, en attendant tout le refte.

Si vous voulez que, pour ranimer vos bontés, je vous parle de comédie, je vous dirai que j'ai vu trois comédiens auxquels il manque peu de chofe pour devenir excellens ; mais les maîtres des jeux ne les prendront pas.

Adieu, mon cher ange; croirait-on que, dans ma profonde retraite, je n'ai pas un feul moment à moi; mais vous favez, mes deux anges, fi mon cœur eft à vous. *V.*

LETTRE CXXXIX.

1773.

A M. DE SAINT-LAMBERT.

A Ferney, 1 de feptembre.

JE reçois de vous, Monfieur, deux beaux préfens à la fois; il eft vrai que je les reçois tard. C'eft la cinquième édition du très-beau poëme des *Saifons* avec une de vos lettres : elle eft du 12 de mai, et nous fommes au mois de feptembre. Le paquet eft refté environ quatre mois à Lyon, dans les mains des commis. Le poëme des *Saifons* ne reftera jamais fi long-temps chez les libraires.

Je trouve à l'ouverture du livre, page 104 :

J'entends de loin les cris d'un peuple *infortuné*
Qui court le tirfe en main, de pampre couronné, &c.

Les premières éditions portaient, d'un peuple *fortuné*. Vous feriez-vous ravifé cette fois-ci? voudriez-vous dire qu'un peuple infortuné, chargé de corvées et d'impôts, ne laiffe pas pourtant de s'enivrer, de danfer et de rire? Cette feconde leçon vaudrait bien la première; mais, en ce cas, il eût fallu exprimer que la vendange fait oublier la misère, *et addit cornua pauperi :* j'aime mieux croire que c'eft une faute d'impreffion.

J'ignore fi vous avez reçu les Lois de Minos. Vous vous doutez bien dans quel efprit j'ai fait cette rapfodie : il ne faut jamais perdre de vue le grand objet

1773. de rendre la fuperftition exécrable. J'aurais dû y mettre un peu plus de *vim tragicam ;* mais un malade de quatre-vingts ans ne peut rien faire de ce qu'il voudrait, en aucun genre.

Si j'ai rendu à une belle dame deux baifers qu'elle m'avait envoyés par la pofte, perfonne ne doit m'en blâmer; la poëfie a cela de bon, qu'elle permet d'être infolent en vers, quoiqu'on foit fort miférable en profe. Je fuis un vieillard très-galant avec les dames; mais plein de reconnaiffance pour des hommes éternellement refpectables qui m'ont accablé de bontés.

Voici deux petites lettres fur l'affaire de M. de *Morangiès*, qui vous font probablement inconnues. Comment pourrais-je vous faire tenir les Fragmens fur l'Inde, dans lefquels je crois avoir démontré l'injuftice et l'abfurdité de l'arrêt de mort contre *Lalli?* Il me femble que j'ai combattu toute ma vie pour la vérité. Ma deftinée ferait-elle de n'être que l'avocat des caufes perdues? Je fus certainement l'avocat d'une caufe gagnée, quand je fus fi charmé du poëme des *Saifons;* foyez sûr que cet ouvrage reftera à la poftérité comme un beau monument du fiècle. Les poliffons qui l'ont voulu décrier, font retombés bien vîte dans le bourbier dont ils voulaient fortir. Que dites-vous de ce malheureux abbé *Sabatier* qui a fauté de fon bourbier dans une facriftie, et qui a obtenu un bénéfice? J'ai en ma poffeffion des lettres de ce coquin à *Helvétius*, qui ne font pleines, à la vérité, que de vers du Pont-neuf et d'ordures de b . . . ; mais j'ai auffi un commentaire de fa main fur *Spinofa*, dans lequel ce drôle eft plus hardi que *Spinofa* même. Voilà l'homme qui fe fait père de l'Eglife à la cour;

voilà les gens qu'on récompenſe. Ce galant homme eſt devenu un confeſſeur, et mériterait aſſurément d'être martyr à la grève. Ce ſont-là de ces choſes qui font aimer la retraite. Votre poëme des *Saiſons*, que je vais relire pour la vingtième fois, la fait aimer bien davantage. 1773.

M. *Deliſle*, le très-aimable dragon, qui eſt venu dans nos cantons ſuiſſes avec madame de *Brionne*, m'a communiqué l'*Art d'aimer* de *Bernard*. Ce pauvre *Bernard* était bien ſage de ne pas publier ſon poëme : c'eſt un mélange de ſable et de brins de paille avec quelques diamans très-joliment taillés.

Le livre poſthume d'*Helvétius* eſt bien pire ; on a rendu un mauvais ſervice à l'auteur et aux ſages, en le feſant imprimer ; il n'y a pas le ſens commun.

Adieu, Monſieur ; il faut que je vous prie, avant de mourir, d'ajouter un jour à vos *Saiſons*, dans quelque nouvelle édition, l'image d'un vieux fou de poëte mangeant, dans ſa chaumière aſſez belle, le pain dont il a ſemé le blé dans des landes qui n'en avaient jamais porté depuis la création ; et établiſſant une colonie très-utile et très-floriſſante dans un hameau abominable, où il n'y avait d'autre colonie que celle de la vermine. Cela vaut mieux que les Lois de Minos : ce ſont vos leçons que je mets en pratique. Je ſuis votre vieil écolier, votre admirateur et votre ami *haſta la muerte*. *V.*

1773.

LETTRE CXL.

A M. DE LA HARPE.

2 de ſeptembre.

Je ſuis plus heureux, mon cher ami, en odes qu'en ombres. Jamais l'ombre de *Duclos* ne m'a apparu; mais j'ai vu avec grand plaiſir le fantôme du Cap de Bonne-Eſpérance, plus majeſtueux et plus terrible dans vous que dans *Camoëns*. Vous faites frémir le lecteur ſur les dangers de la navigation, et le moment d'après vous lui donnez envie de s'embarquer.

Pectus inaniter angis.

Le grand point eſt de remuer l'ame en l'étonnant. Rien n'eſt plus difficile aujourd'hui que le public; fatigué des arts véritables, il court à l'opéra-comique et aux marionnettes.

J'ai vu M. de *Schomberg;* il vous aime, il connaît votre mérite.

Quel eſt donc ce monſieur *André* qui embraſſe et qui félicite ſon vainqueur avec un ſi grand air de vérité? Si tous ceux que vous ſurpaſſez vous embraſſaient, vous ſeriez las de baiſers. Je ne ſais ſi M. *André* eſt *l'homme aux quarante écus:* il m'a envoyé ſon ouvrage; je vais le remercier et l'embraſſer de tout mon cœur, quoique ma miſérable ſanté et mon âge ne me permettent guère d'écrire.

Qui vous a donc parlé du Taureau blanc? n'eſt-ce

pas une traduction du ſyriaque par un profeſſeur du collége royal ? 1773.

Je n'ai point lu l'ouvrage de M. *Necker*. S'il blâme les économiſtes d'avoir dit du mal du grand *Colbert*, il me paraît qu'il a grande raiſon. A l'égard des autres Meſſieurs, il ſerait fort aiſé de s'accorder, ſi on voulait s'entendre. *Baruch Spinoſa* admet une intelligence ſuprême, et *Virgile* a dit : *Mens agitat molem.*

J'aurais voulu que le parlement eût commencé par faire ſortir de priſon M. de *Morangiés*. Le fond du procès eſt auſſi ridicule que révoltant. On ſera un jour étonné d'avoir pu croire une fable auſſi abſurde que celle des *Verrons*. C'eſt le ſort de notre nation de traiter ſérieuſement des extravagances, et légérement les plus ſérieuſes affaires.

Adieu, mon cher ſucceſſeur qui vaudrez mieux que moi. Faites bien mes complimens au digne ſecrétaire d'une académie dont vous devriez être, et à ceux de mes confrères que vous voyez.

Madame *Denis* eſt comme moi, ſon amitié et ſon eſtime pour vous augmentent tous les jours.

1773. LETTRE CXLI.

A MADAME DE SAINT-JULIEN.

A Ferney, 9 de ſeptembre.

Je dérobe un moment, Madame, à mes ſouffrances continuelles, et à mille affaires qui m'accablent, pour me jeter à vos pieds, pour vous remercier de vos bontés dont mon cœur eſt pénétré.

Je commence par vous dire que l'innocence de M. de *Lalli* m'eſt auſſi démontrée que celle de M. de *Morangiès ;* la ſeule différence que je trouve entre eux, c'eſt que l'un était le plus brutal des hommes, et que l'autre eſt le plus doux. J'ai entrepris d'écrire ſur ces deux affaires, par des motifs qu'une ame comme la vôtre approuve. J'avais paſſé une partie de ma jeuneſſe avec la mère de M. de *Morangiès*, le lieutenant-général, qui voulait bien m'honorer de ſa bienveillance. J'avais été lié avec M. de *Lalli*, par un haſard ſingulier, dans l'affaire du monde la plus importante ; et en dernier lieu, ſa famille m'avait demandé le faible ſervice que je lui ai rendu.

Puiſque vous voulez, Madame, vous occuper un moment des Fragmens ſur l'Inde, qui contiennent la juſtification de M. de *Lalli*, donnez-moi vos ordres ſur la manière de vous les faire parvenir. M. d'*Ogni*, qui a la généroſité de ſe charger des ouvrages de nos manufactures, ne peut faire paſſer par la poſte rien qui ſorte de la manufacture des libraires : cela eſt expreſſément défendu.

Vous faites aſſurément une bien bonne action, Madame, en déterminant M. le maréchal de *Richelieu* à faire repréſenter à la cour une pièce qui lui eſt dédiée, et qui a été faite pour cette cour même. Vous croyez bien que je ſens toutes les conſéquences de cette indulgence que M. le maréchal aurait pour moi, et dont j'aurais l'obligation à votre belle ame. Elle ne ſe laſſe pas plus de rendre de bons offices et de faire du bien, que votre légère figure de nymphe ne ſe laſſe de tuer des perdrix. 1773.

Ce n'eſt point moi aſſurément, Madame, qui ai donné des copies de ce petit billet que j'écrivis par M. de *la Borde;* il ſait que je n'en avais pas de copie moi-même. Je ne devinais pas que cette petite galanterie pût jamais être publique. (*)

Quant aux plaiſanteries entre M. le maréchal de *Richelieu* et M. d'*Argental*, comme je ne ſuis pas abſolument au fait, je ne ſais qu'en dire; je dois me borner à leur être tendrement attaché à tous les deux; et ſi j'avais encore quelques talens, je ne les emploierais qu'en m'efforçant de mériter les ſuffrages de l'un et de l'autre. J'ai ſu tout ce qui s'était paſſé au ſujet d'un de vos amis, dont je reſpecte le mérite; j'en ai été bien affligé. Je m'intéreſſerai, juſqu'au dernier moment de ma vie, à tout ce qui pourra vous toucher. M. *Dupuits*, qui viendra vous faire ſa cour inceſſamment, vous en dira davantage; il vous dira ſurtout combien vos ſujets de Ferney vous adorent. Ma reconnaiſſance n'a point de bornes, et mon cœur n'a point d'âge. Agréez, Madame, mon tendre reſpect.

(*) A madame *du Barri;* Lettres en vers et en proſe.

1773.

LETTRE CXLII.

A MADAME LA MARQUISE DU DEFFANT.

A Ferney, 10 de ſeptembre.

EH bien, Madame, que dites-vous à préſent de la cabale abominable qui pourſuivait M. de *Morangiés?* que dites-vous en tout genre de ce monſtre énorme qu'on appelle le public, et qui a tant d'oreilles et de langues, étant privé des yeux? Si vous avez perdu la vue du corps, et ſi je ſuis à peu-près dans le même état quand l'hiver approche, il me ſemble que nous avons conſervé du moins les yeux de l'entendement. Avouez que le parlement d'aujourd'hui répare les crimes que l'ancien a commis en aſſaſſinant juridiquement *Lalli* et le chevalier de *la Barre*.

J'ignore ſi M. *D.*... vous a fait tenir les Fragmens ſur l'Inde et ſur le malheureux *Lalli*. Ce petit ouvrage a quelque ſuccès : il eſt fondé du moins ſur la vérité. Mais il vous faut des vérités intéreſſantes, et je voudrais que celles-là puſſent vous occuper quelques momens.

Je voudrais ſurtout qu'une bonne ſanté vous rendît la vie ſupportable, ſi mes ouvrages ne le ſont pas. Ma ſanté eſt horrible ; et quand j'écris, ce n'eſt qu'au milieu des ſouffrances. Soyez bien sûre, Madame, que mes maux ne dérobent rien aux ſentimens qui m'attachent à vous juſqu'au dernier moment de ma vie. *V.*

LETTRE CXLIII.

1773.

A M. LE COMTE D'ARGENTAL.

14 de feptembre.

VOICI le fait, mon cher ange. Il y a long-temps que je donnai à M. de *Garville* un petit paquet pour vous, dans lequel il y avait auffi quelque chofe pour M. de *Thibouville*, et principalement des exemplaires de ces lettres pour M. de *Morangiés*, lefquelles font devenues très-inutiles. M. de *Garville* m'avait dit qu'il partait pour Paris; et, en effet, il monta dans fon carroffe en fortant de fouper à Ferney. Mais j'apprends aujourd'hui qu'au lieu de retourner à Paris, il eft allé fe réjouir dans une maifon de campagne, avec mes inutiles paquets. Il y avait, autant qu'il m'en fouvient, du Lalli et du Minos. Cela vous parviendra peut-être à Noël. Ce M. de *Garville* eft un philofophe inftruit et aimable, qui eft fort bien avec M. le duc d'*Aiguillon*, votre grand correfpondant en affaires étrangères.

J'ai voulu être fidelle au ferment qu'on a exigé de moi. Je n'ai envoyé de Sophonisbe à perfonne, pas même à vous. Nous verrons fi les dieux de théâtre me récompenferont de ma piété et de ma réfignation, ou s'ils me perfécuteront malgré mon innocence. Au refte, tous ces petits dégoûts que j'effuie tous les jours, depuis la belle aventure de M. *Valade*, ont fervi beaucoup à m'inftruire; ils ont amorti le feu de ma jeuneffe, et j'ai fenti le néant des vanités du monde.

1773. J'avoue que j'avais un peu de paſſion pour la ſcène françaiſe, mais les choſes ſont tellement changées qu'il faut y renoncer. Je veux avoir au moins le mérite de dompter une paſſion ſi dangereuſe, qui pourrait bien m'empêcher de prendre un parti honnête dans le monde, quand il faudra m'établir. Les affaires ſérieuſes ne s'accommodent pas trop de la poëſie. Je commençais à bâtir une petite ville aſſez propre, j'allais même y élever un petit obéliſque; mais je me ſuis aperçu à la fin que les pierres de taille ne venaient pas s'arranger d'elles-mêmes au ſon de la lyre comme du temps d'*Amphion*.

Mon cher ange, je n'ai plus de parti à prendre que celui de finir mes jours en philoſophe obſcur, et d'attendre la mort tout doucement au milieu des ſouffrances du corps et des chagrins de ce petit être fantaſque, et probablement très-fantaſtique, qu'on appelle ame.

L'affaire de ce marquis génois n'eſt pas la ſeule qui ait dérangé ma colonie. Je vois qu'il faut être prince ou fermier général pour entreprendre de tels établiſſemens. J'aurais pu réuſſir ſi M. l'abbé *Terray* ne m'avait pas pris mes reſcriptions entre les mains de M. *Magon*. Il n'a point voulu réparer cette cruauté. Je n'ai point trouvé de *Mécène* qui m'ait fait rendre mon bien. Je ne ſais enfin ſi on pourra me dire :

Fortunate ſenex, ergo tua rura manebunt.

Je ne vous ennuie point de mes autres misères. Il ne faut pas appéſantir ſon fardeau ſur les épaules de l'amitié, mais ſavoir le porter avec un peu de courage.

Je vois que tous les honnêtes gens auraient ſouhaité que l'infame cabale des *Verrons* eût été plus rigoureu- 1773.
ſement punie; mais nous avons été encore bien heureux d'obtenir ce que nous avons obtenu. Vous ſavez qu'il y avait deux partis dans le parlement; car où n'y a-t-il pas deux partis? Nous avons eu pluſieurs voix abſolument contre nous; et, ce qui eſt bien étrange, c'eſt que l'avocat de M. de *Morangiés* avait indiſpoſé une partie du parlement contre ſa partie. M. de *Morangiés* lui-même ne ſait pas ce que cette affaire m'a coûté de peine. Ma ſituation eſt ſingulière; je ſers les autres et je ne me ſers pas moi-même.

Adieu, mon cher ange; votre amitié me conſole. Que madame d'*Argental* ſe porte mieux, et je me porterai moins mal.

LETTRE CXLIV.

A M. LE BARON DE CONSTANT DE REBECQUE.

Le . . . . .

Vous combattez vaillamment pour la *Vulgate*, mon brave colonel! Je ne lui connaiſſais point d'aimables défenſeurs comme vous. On dit que *Fra-Paolo* ne voulut pas jeter les yeux ſur le livre d'un de ſes amis qui démontrait la vérité des dogmes, *pour ne pas perdre le mérite de la ſoi* : je vous lis pour rendre hommage à votre mérite, dans une affaire où la défenſive eſt plus difficile que l'attaque.

Votre eſprit et vos vertus doivent vous faire eſtimer par les ſages de tous les rites et de toutes les croyances;

1773. mais ſavez-vous qu'en Sorbonne et devant le ſaint-office, je ne répondrais pas que vous fuſſiez mieux traité que *Socrate* par les prêtres de *Cérès*?

Cette foi, qui peut tranſporter les montagnes, ne me paraît pas être la vôtre. Vous n'écrivez point d'injures, vous parlez raiſon. Héréſie ! héréſie ! ſi j'étais orthodoxe, comme vous le voulez, je vous dénoncerais pour la plus grande gloire de DIEU.

Venez être notre miſſionnaire : je me ſuis confeſſé entre vos mains, il y a long-tems ; je ne hais que l'intolérance et le fanatiſme. Nous vous attendons à bras ouverts. Vous connaiſſez le tendre reſpect avec lequel je vous ſuis attaché.

LETTRE CXLV.

A M. LE MARECHAL DUC DE RICHELIEU.

A Ferney, 20 de ſeptembre.

SELON ce que vous daignâtes me mander, Monſeigneur, par votre dernière lettre, j'envoie aujourd'hui à madame la comteſſe *du Barri* une montre de ma colonie. Si vous en êtes content, j'eſpère qu'elle en ſera ſatisfaite ; car ce n'eſt pas ſeulement dans les ouvrages d'eſprit que mon héros a du goût.

Il n'a pas daigné répondre à mes juſtes plaintes ſur la partie carrée de l'Electre de *Crébillon;* mais j'oſe préſumer que, dans le fond de ſon cœur, il eſt aſſez de mon avis. Je compte toujours ſur ſes bontés pour l'Afrique et pour la Crète, pour l'impudente Sophonisbe et pour les Lois de Minos ; car, quoique

je

je sente parfaitement le néant de toutes ces choses, j'y suis pourtant bien attaché, attendu que je suis néant moi-même. J'ai été sur le point, ces jours passés, d'être parfaitement néant, c'est-à-dire de mourir; il ne s'en est pas fallu l'épaisseur d'un cheveu; et je disais: Je ne saurai pas dans un quart d'heure si mon héros a encore de la bonté pour moi. 1773.

Vivez, mon héros; vivez, et vivez gaiement. Je suis très-sûr que vous vivrez long-temps; car vous êtes très-bien constitué, et vous êtes votre médecin à vous-même. Daignez, dans la multitude de vos occupations ou de vos plaisirs, vous souvenir qu'il existe encore, entre les Alpes et le mont Jura, le plus ancien de vos courtisans, et le plus pénétré de respect pour vous.

Le vieux malade de Ferney, V.

LETTRE CXLVI.

A M. LE COMTE D'ARGENTAL.

26 de septembre.

Et moi, mon cher ange, je me hâte de me justifier de l'obscurité que vous me reprochez par votre lettre du 20. L'obscurité est assurément dans la conduite du maître des jeux. Je lui ai toujours présenté mes humbles requêtes très-nettement et très-constamment. Je ne lui ai pas écrit une seule lettre où je ne l'aye fait souvenir de la parole d'honneur qu'il avait donnée au bon roi *Teucer*, au petit sauvage et à son amoureuse. Je me suis même plaint douloureusement de la

préférence qu'il donnait à la partie carrée d'*Iphianasse*
1773. avec *Oreste*, et d'*Electre* avec le petit *Itis*.

J'ai surtout insisté sur la nécessité absolue de faire un peu valoir un ancien serviteur. Je lui ai représenté que c'était peut-être la seule manière de venir à bout d'une chose dont il m'avait flatté. Il m'a toujours répondu des choses vagues et ambiguës. Il y a deux affaires que je n'ai jamais comprises, c'est cette conduite du maître des jeux, et l'édition de *Valade*.

Il y en a une troisième que je comprends fort bien, c'est le changement d'avis du maître des choses. Je conçois que des hypocrites ont parlé à ce maître des choses, et qu'ils ont altéré ses bonnes dispositions. Les tartufes sont toujours très-dangereux. A l'égard de Sophonisbe, comment puis-je distribuer les rôles, moi qui, depuis trente ans, ne connais d'autre acteur que *le Kain*? c'est au maître des jeux à en décider.

J'ai écrit ces jours-ci à madame de *Saint-Julien*, et je l'ai remerciée de toutes ses bontés, en comptant même qu'elle en aurait encore de nouvelles; mais voici le voyage de Fontainebleau, et je n'ai plus le temps de rien espérer. Celle qui a lu si bien ma petite lettre à mon successeur l'historiographe, aurait pu se mêler un peu des affaires de la Crète et de l'Afrique; mais je n'ai pas osé seulement lui faire parvenir cette proposition; j'ai craint de faire une fausse démarche. On voit rarement les choses telles qu'elles sont, avec des lunettes de cent trente lieues.

J'ai donc tout remis, en dernier lieu, entre les mains de la Providence.

Vous daignez entrer, mon cher ange, dans toutes mes tribulations. Vous me parlez de ma malheureuse affaire des refcriptions : elle eft très-défagréable, et elle a beaucoup nui à ma colonie. C'eft encore une affaire de la Providence, qui demande une grande réfignation. 1773.

Quant à M. de *Garville*, qui eft fi lent dans fes voyages, je crois qu'il s'était chargé de deux Minos, l'un pour vous, et l'autre pour M. de *Thibouville*.

Il ne me refte plus qu'à répondre à vos femonces d'écrire à M. le duc d'*Albe*. Il me femble qu'il y a trop long-temps que j'ai laiffé paffer l'occafion de lui écrire. Je dois d'ailleurs ignorer la chofe, et ne me point mêler de ce que des gens de lettres ont bien voulu faire pour moi, tandis que des gens d'Eglife me perfécutent un peu. Et puis, il faut vous dire que je fuis découragé, affligé, malade, vieux comme un chemin, que je crains les nouvelles connaiffances, les nouveaux engagemens et les nouveaux fardeaux.

Pardonnez-moi; il y a des temps dans la vie où l'on ne peut rien faire, des temps morts, et je me trouve dans cette fituation. Vous me demanderez pourquoi j'écris des fariboles à mon fucceffeur l'hiftoriographe, et que je ne puis écrire des chofes raifonnables à M. le duc d'*Albe*? c'eft précifément parce que ce font des fariboles; on retombe fi aifément dans fon caractère! Mais je me fens bien plus à mon aife quand je vous écris, parce que c'eft mon cœur qui vous parle. Je fuis bien confolé par ce que vous me dites de madame d'*Argental* : fi elle fe porte bien, elle eft heureufe; il ne lui manquait que cela.

Madame *Denis* et moi, nous lui en marquons toute notre joie. Vous favez à quel point nous vous fommes attachés.

1773. Adieu, mon cher ange ; je vous aimerai jusqu'à ce que mon corps soit rendu aux quatre élémens, et l'ame à rien du tout ou peu de chose.

Pour répondre à tout, je vous dirai que le Taureau blanc est entre les mains de M. *Delisle*, et qu'il faut le faire transcrire.

LETTRE CXLVII.

A M. LE CHEVALIER DELISLE.

A Ferney, 13 d'octobre.

QUE je vous suis obligé, Monsieur, de m'écrire du séjour de la gloire et du bonheur (*) ! Ces deux personnes sont rarement ensemble ; mais, quand on les trouve, il semble qu'il soit permis d'oublier tout le monde. Vous n'avez pourtant point oublié un pauvre vieux solitaire : nous vous remercions tendrement, madame *Denis* et moi.

Grand merci de cette lettre d'un évêque de Picardie (**). Ce pays-là fut autrefois le berceau de la ligue ; le fanatisme s'y est conservé. J'ai peine à croire que cette lettre soit d'un évêque né à Carpentras, et par conséquent sujet du pape. Ce n'est pas qu'il n'eût pu penser tout ce qui est dans la lettre, mais il y a long-temps que le pauvre diable ne pense plus : il est tombé en enfance, et vous verrez que quelque ex-jésuite lui

(*) De Chanteloup.

(**) De l'évêque d'Amiens (d'*Orléan de la Motte*) sur la bulle de destruction des jésuites ; il y blâme hautement le pape.

aura fait ſigner cette lettre également injurieuſe au roi et au pape. Il ſerait plaiſant que nous euſſions un ſchiſme et des anti-papes pour la compagnie de *Jéſu*. Il ne nous manque plus que cela pour nous achever de peindre. 1773.

On dit que tout eſt factions et cabales à Paris, depuis les petites marionnettes juſqu'aux grandes. Je ne m'attendais pas qu'il dût ſe trouver un parti qui ſoutînt le crime abſurde des *Jonquay* contre l'innocence de M. de *Morangiès*, après l'arrêt du parlement. La folie a établi ſon trône dans Paris, comme la raiſon a mis le ſien dans le beau ſéjour où vous êtes. Cependant je ne ſais comment on aime toujours cette ville qui eſt le centre de toutes les erreurs et de toutes les ſottiſes; il faut apparemment qu'il y ait auſſi du plaiſir. Les ſinges font des gambades très-plaiſantes, quoiqu'ils ſe mordent. Pour moi, j'achève mes jours en paix, malgré mon ami *Fréron* et mon ami l'abbé *Sabatier*.

Je ſerais fâché que le Taureau blanc parût en public et me frappât de ſes cornes. Je prierai M. le chevalier de *Châtellux* de vouloir bien ne le mettre que dans des écuries bien fermées, dont les profanes n'aient point la clef. On le traiterait comme le bœuf gras, on courrait après lui, et enſuite on le mangerait et moi auſſi, quoique je ne ſois pas gras.

Quand vous ſerez à Paris, je vous demanderai deux grâces : la première, c'eſt de vous ſouvenir de moi ; la ſeconde, c'eſt d'en faire ſouvenir madame *du Deffant*, à qui je n'écris point, parce que je n'ai rien à lui envoyer qui puiſſe l'amuſer ; mais à qui j'ai la plus grande obligation du monde, puiſque c'eſt à

elle que je dois votre connaiſſance, et j'oſe même dire
1773. l'honneur de votre amitié. Je ne ſais ſi vous l'amuſerez avec votre bœuf; car il faut être un peu familiariſé avec le ſtyle oriental et les bêtiſes de l'antiquité, pour ſe plaire un peu avec de telles fadaiſes; et madame *du Deffant* ne ſe plaît guère avec cette antiquité reſpectable. Je n'ai jamais pu lui perſuader de ſe faire lire l'*Ancien Teſtament*, quoiqu'il ſoit à mon gré plus curieux qu'*Homère*.

Vous aurez inceſſamment une ſuite des Fragmens ſur l'Inde. Figurez-vous qu'il y a, par-delà Lahor, une république qui poſsède plus de cent lieues de pays, et qui n'a d'autre religion que l'adoration d'un Dieu, ſans aucune cérémonie. C'eſt la république des Seïques; elle eſt alliée des Anglais qui ne ſont pas cérémonieux, et qui poſsèdent actuellement tout le Bengale en ſouveraineté. Il eſt aſſez ſingulier que je m'occupe en Suiſſe de ce qui ſe paſſe dans l'Inde; mais je ne trouverais pas mauvais qu'une fourmi, à un bout de ſa fourmilière, s'intéreſsât à ce qui arrive à l'autre bout.

Adieu, Monſieur; je ſuis une vieille fourmi qui vous eſt bien véritablement dévouée.

1773.

LETTRE CXLVIII.

A M. CHRISTIN.

A Ferney, 15 d'octobre.

MON cher philofophe humain, défenfeur des opprimés, je vous adreffe une infortunée dépouillée de tous fes biens, en vertu de cette abominable main-morte. Un ancien confeiller du parlement de Befançon, exilé à Gray, a fait condamner cette femme. On lui a pris jufqu'à fes nippes et fes habits; on a fouillé dans fes poches; il ne lui refte que fes papiers qu'elle vous remettra.

Le fond de fon affaire ne me paraît pas bien clair; mais il eft plus clair que la rapacité du confeiller exilé eft bien barbare. Dieu veuille que le malheur de cette femme n'influe pas fur le fort de nos douze mille efclaves!

Cette pauvre femme eft venue de Gray dans ma retraite; que puis-je pour elle que de lui donner le couvert et quelque argent? Je vous prie de lire fes mémoires, et de lui donner un confeil.

Elle dit qu'il y a, en dernier lieu, une fentence du bailliage de Befançon qui lui adjuge la poffeffion d'un cotillon et de fes chemifes, et qui lui permet de prouver que l'argent qu'on lui a faifi lui appartient en propre.

Vous remarquerez que cet ancien confeiller, contre lequel elle plaide, fe nomme *Brody*, et eft fils de votre grand juge de Saint-Claude.

1773. Si cette affaire pouvait s'accommoder, vous feriez une action charitable; vous y êtes accoutumé.

Peut-être une autre femme, mon cher ami, adoucirait la cruauté d'un autre homme; mais cette pauvre diableſſe n'eſt pas faite pour toucher le cœur, et on dit que ce M. *Brody* n'eſt pas tendre.

Vale, amice. V.

LETTRE CXLIX.

AU MEME.

A Ferney, 22 d'octobre.

AVEZ-VOUS vu, mon cher ami, une pauvre femme franc-comtoiſe, à qui un conſeiller de votre ancien parlement a voulu perſuader qu'elle était ſon eſclave, et à qui on a enlevé tout juſqu'à ſa chemiſe?

J'ai recours à vous, mon cher philoſophe, en plus d'un genre. Je voudrais trouver, dans les *Inſtituts de Juſtinien*, l'endroit où il eſt parlé de l'ancienne loi des douze tables, qui permet aux pères de vendre leurs enfans deux fois; loi abolie par l'humanité de *Dioclétien* qu'on fait paſſer parmi nous pour un monſtre, et rétablie par *Conſtantin* qu'on nous donne pour un ſaint. Si vous pouvez trouver ces deux lois du méchant *Dioclétien* et du bon *Conſtantin*, vous me rendrez un grand ſervice; car il n'y a point, dans mon *Juſtinien*, de grande table de matières. Mon édition eſt de 1756, chez les *Cramer*.

Mandez-moi un peu de vos nouvelles. Je vous embraſſe bien tendrement.

Le vieux malade V.

LETTRE CL.

1773.

A MADAME

LA MARQUISE DU DEFFANT.

A Ferney, 1 de novembre.

Eh bien, Madame, je commence par les diamans brillans. Page 102, tome premier. ,, Pourquoi faire de Dieu un tyran oriental? pourquoi lui faire punir des fautes légères par des châtimens éternels? pourquoi mettre le nom de la Divinité au bas du portrait du diable? ,,

Page 107. ,, Nous fommes étonnés de l'abfurdité de la religion païenne, celle de la religion papifte étonnera bien davantage la poftérité. ,,

Page 121. ,, Pour être philofophe, dit *Mallebranche*, il faut voir évidemment; et, pour être fidelle, il faut croire aveuglément. *Mallebranche* ne s'aperçoit pas que de fon fidelle il en fait un fot. ,,

Page 321. ,, Pourquoi tout moine, qui défend avec un emportement ridicule les faux miracles de fon fondateur, fe moque-t-il de l'exiftence des vampires? c'eft qu'il n'a point d'intérêt à la croire. Otez l'intérêt, refte la raifon; et la raifon n'eft pas crédule. ,,

Je prends ces petits diamans au hafard, Madame; il y en a mille dans ce goût, dont l'éclat m'a frappé. Cela n'empêche pas que le livre ne foit très-mauvais. Je paffe ma vie à chercher des pierres précieufes dans du fumier; et, quand j'en rencontre, je les mets à

part, et j'en fais mon profit : c'eſt par-là que les mau-
1773. vais livres ſont quelquefois très-utiles.

J'ai lu, il n'y a pas long-temps, l'*Art d'aimer* de *Bernard.* C'eſt un des plus ennuyeux poëmes qu'on ait jamais faits ; cependant il y a, dans ce long poëme, une trentaine de vers admirables et dignes d'être éternels comme le ſujet du poëme le ſera.

Pour faire un bon livre, il faut un temps prodigieux et la patience d'un ſaint ; pour dire d'excellentes choſes dans un plat livre, il ne faut que laiſſer courir ſon imagination. Cette folle du logis a preſque toujours de beaux éclairs : voilà pour *Helvétius.*

A l'égard de l'éloge de *Colbert*, c'était un ouvrage qu'on ne pouvait faire qu'avec de l'arithmétique ; auſſi eſt-ce un excellent banquier qui a remporté le prix. J'avoue que je ne ſaurais ſouffrir qu'un homme qui porte un habit de drap de *van-Robaïs*, ou de velours de Lyon, qui a des bas de ſoie à ſes jambes, un diamant à ſon doigt, et une montre à répétition dans ſa poche, diſe du mal de *Jean-Baptiſte Colbert* à qui on doit tout cela.

La mode eſt aujourd'hui de mépriſer *Colbert* et *Louis XIV ;* cette mode paſſera, et ces deux hommes reſteront à la poſtérité avec *Racine* et *Boileau.*

Après vous avoir confié mes inutiles idées ſur ces objets de curioſité, je viens à l'eſſentiel, c'eſt-à-dire à vous, à votre ſanté, à votre ſituation, qui m'intéreſſent véritablement. L'âge avance, je le ſens bien, et mes quatre-vingts ans m'en avertiſſent rudement. Notre faculté de penſer s'en ira bientôt comme notre faculté de manger et de boire. Nous rendrons aux quatre élémens ce que nous tenons d'eux, après avoir ſouffert quelque temps par eux, et après avoir été agités de crainte et d'eſpérance pendant les deux minutes de notre vie. Vous êtes plus jeune que moi; ainſi, ſelon la règle ordinaire, je dois paſſer avant vous. 1773.

M. *Deliſle* ſe moque de moi de dire qu'il m'a trouvé de la ſanté. Je n'en ai jamais eu, je ne ſais ce que c'eſt que par ouï-dire. Je n'ai pas paſſé un jour de ma vie ſans ſouffrir beaucoup. J'ai peine même à concevoir ce que c'eſt qu'une perſonne dans une ſanté parfaite; car on ne peut jamais avoir de notion juſte de ce qu'on n'a point éprouvé : voilà pourquoi je ſuis très-perſuadé qu'il eſt impoſſible qu'un médecin ait la moindre connaiſſance de la fièvre et des autres maladies, à moins qu'il n'en ait été attaqué lui-même.

Vous me citez deux beaux vers de M. de *Saint-Lambert.* Ils vous ont fait plus d'impreſſion que les autres, parce qu'ils vous rappellent votre état et celui de vos amis. Le grand ſecret des vers, c'eſt qu'ils puiſſent s'ajuſter à toutes les conditions et à toutes les ſituations où l'on ſe trouve. Ces deux vers de l'abbé de *Chaulieu*,

> Bonne ou mauvaiſe ſanté
> Fait notre philoſophie.

reſteront éternellement, parce qu'il n'y a perſonne qui n'en éprouve la vérité.

Ce que vous me mandez de madame de *la Vallière* m'étonne et m'afflige; mais, ſi elle n'eſt que faible, il y a du remède. Le vin n'a été inventé que pour donner de la force. Je conçois que ſon état vous

1773. attriſte ; vous n'avez point, dites-vous, de courage ; cela veut dire que vous êtes ſenſible ; car le courage de voir périr autour de ſoi, ſans s'émouvoir, toutes les perſonnes avec leſquelles on a vécu, eſt la qualité d'un monſtre ou d'un bloc de pierre de roche. Je fais grand cas de votre faibleſſe ; tant qu'on eſt ſenſible, on a de la vie. Puiſſiez-vous, Madame, avoir long-temps cette faibleſſe d'ame dont vous vous plaignez ! Je mourrai ſans avoir eu la conſolation de m'entretenir avec vous ; c'eſt-là ma grande douleur et ma grande faibleſſe.

Mon ame (s'il y en a une) aime tendrement la vôtre ; mais à quoi cela ſert-il ? *V.*

LETTRE CLI.

A M. LE COMTE D'ARGENTAL.

6 de novembre.

JE remercie bien tendrement mon cher ange d'avoir ſongé à m'écrire au milieu des fêtes et du fracas de la cour. Ce qu'il y a de mieux, à mon avis, dans Sophonisbe, c'eſt qu'elle eſt la plus courte de toutes les tragédies ; et que, ſi elle a ennuyé de belles dames auxquelles il faut des opéra comiques, elle ne les a pas ennuyées long-temps.

Les Lois de Minos auraient du moins produit un plus beau ſpectacle pour les yeux ; mais ces Lois de Minos ſont malheureuſes. Je ne veux pas croire que, parmi les grandes intrigues qui agitent quelquefois votre cour, il y en ait eu une contre Aſtérie. Je n'ai jamais rien entendu à tout ce qui s'eſt paſſé dans cette affaire, et j'ai fini par me réſigner à la Providence qui diſpoſe de la ſcène françaiſe. 1773.

J'ai écrit un petit mot au maître des jeux ſur la mort de ſa fille ; mais je ne lui ai rien dit cette fois-ci ſur la mort des miennes. J'ai eu tant d'enfans qu'il faut bien que j'en perde quelques-uns.

J'ai entendu à Ferney la tragédie du Connétable de Bourbon que M. de *Guibert* ne récite pas trop bien, mais qui étincelle de beaux vers : il a bien de l'eſprit, ce M. *Guibert.* S'il commande jamais une armée, il ſera le premier général qui ait fait une tragédie. Il eſt déjà le premier en France qui ſoit l'auteur d'une *Tactique* et d'une pièce de théâtre ; je dis en France, car *Machiavel* en avait fait avant lui tout autant en Italie ; et, par-deſſus tout cela, il avait fait une conſpiration.

Puiſque mon cher ange ſe réjouit à Fontainebleau, j'en conclus que les affaires du Parmeſan vont très-bien, et que toutes les affaires ſont heureuſement arrangées. Je lui en fais mon compliment, et je l'exhorte à jouir gaiement de la vie, pendant que je la ſupporte aſſez triſtement ; car, à la fin, l'extrême vieilleſſe et les extrêmes ſouffrances rendent un peu ſérieux ; et il faudrait avoir un orgueil inſupportable pour n'en pas convenir. Je fais contre fortune et contre nature bon cœur ; et je ſouhaite, mon cher ange, que vous n'en ſoyez jamais logé là. Conſervez-moi toujours votre amitié, elle ſera ma conſolation. *V.*

1773.

LETTRE CLII.

AU MEME.

15 de novembre.

Si, dans le fracas de ces fêtes, mon cher ange a un quart d'heure de loiſir, je lui envoie un rogaton pour paſſer ce quart d'heure. Il convient, ce me ſemble, à un miniſtre pacifique.

Je ne ſais s'il a lu la *Tactique* de M. *Guibert*, ou du moins le diſcours préliminaire. Ce livre eſt plein de grandes idées, comme ſa tragédie du Connétable de Bourbon eſt pleine de beaux vers. J'ai eu l'auteur chez moi; je ne ſais s'il ſera un *Corneille* ou un *Turenne*, mais il me paraît fait pour le grand, en quelque genre qu'il travaille.

Oſerais-je vous prier de lui faire parvenir une copie de la ſatire ou de l'éloge que je viens de faire de ſon métier de la guerre? Vous ſaurez aiſément ſa demeure. Il n'eſt pas juſte qu'il ſoit des derniers à voir cette petite plaiſanterie qui le regarde ſi perſonnellement; et vous me pardonnerez aiſément la liberté que je prends avec vous.

J'en prends encore une autre, c'eſt de vous prier d'engager *le Kain* à jouer à Paris la Sophoniſbe qui n'eſt ni de *Mairet* ni de *Corneille*. Il me doit, ce me ſemble, ſes bons offices dans cette petite affaire.

Après ces deux requêtes, je vous en préſente une troiſième bien plus importante, c'eſt de me mander comment ſe porte madame d'*Argental*.

Souvenez-vous, mon cher ange, du vieux malade de Ferney, qui n'eſt pas encore tout-à-fait mort. *V.* 1773.

LETTRE CLIII.

A MADAME LA MARQUISE DU DEFFANT.

16 de novembre.

VOUS voulez abſolument, Madame, que je vous diſe ſi je ſuis content d'un ouvrage où il y a autant de mauvais que de bon, autant de phraſes obſcures que de claires, autant de mots impropres que d'expreſſions juſtes, autant d'exagérations que de vérités. Que voulez-vous que je vous réponde? Je m'imagine que vous penſez comme moi, et j'ai la vanité de croire penſer comme vous. On dit que c'eſt le meilleur ouvrage de tous ceux qui ont été compoſés ſur le même ſujet; je n'en ſuis pas ſurpris. Ce ſujet était très-difficile, et n'était pas favorable à l'éloquence.

Quant aux diamans qu'on a trouvés dans la caſſette d'un homme qui n'eſt plus, je vous avoue qu'ils ſont très-mal enchâſſés; je crois vous l'avoir dit. Il faut avoir ma perſévérance et la paſſion que j'ai de m'inſtruire ſur la fin de ma vie, pour chercher, comme je fais, des pierres précieuſes dans des tas d'ordures. C'eſt peut-être le ſeul avantage que ce ſiècle a ſur le ſiècle paſſé, que nos plus mauvais livres

1773. ſoient toujours ſemés de quelques beautés. Du temps de *Paſcal*, de *Boileau* et de *Racine*, les mauvais livres ne valaient rien du tout; au lieu que les plus déteſtables livres de nos jours brillent toujours par quelque endroit.

J'ai trouvé encore plus de génie dans la *Tactique* de M. de *Guibert* que dans ſa tragédie, et même encore un peu plus de hardieſſe. Ce qui m'a charmé, c'eſt que ce docteur en l'art d'aſſaſſiner les gens, m'a paru dans la ſociété le plus poli et le plus doux des hommes.

Vous me parlez de cailloux : eh bien, Madame, je vous envoie un petit caillou de mon jardin, qui ne vaut pas aſſurément les pierreries de M. de *Guibert*. J'ai été étonné que le même homme ait pu faire deux ouvrages ſi différens l'un de l'autre.

Les *Saxe*, les *Turenne* n'auraient pas fait aſſurément de tragédies. Je devais naturellement donner la préférence à la tragédie ſur l'art de tuer les hommes : je crois même qu'en la travaillant un peu, on pourrait en faire un ouvrage régulier et intéreſſant dans toutes ſes parties. Je déteſte cordialement l'art de la guerre, et j'admire pourtant ſa *Tactique*. L'admiration, dit-on, eſt la fille de l'ignorance : c'eſt ce qui fait que vous admirez peu de choſe en fait d'eſprit. Je ne prétends point du tout que vous accordiez votre ſuffrage à mon caillou. Vous ſerez tentée de le jeter par la fenêtre; mais ſongez que je n'ai voulu vous amuſer qu'un moment, et que je vous envoie ma Tactique avant de l'envoyer à M. de *Guibert* lui-même.

Je vous prie de vouloir bien, Madame, me mander des nouvelles de la ſanté de madame de *la Vallière*. Il

eſt

eſt bien juſte que la vôtre ſoit bonne. La nature vous a fait aſſez de mal pour qu'elle vous laiſſe en repos. Elle me perſécute horriblement, mais je tiens bon. *V.* 1773.

LETTRE CLIV.

A M. LE MARQUIS DE CONDORCET.

16 de novembre.

. . . .

A l'égard de *Brama*, ou du *Chang-ti*, ou d'*Oromaſe*, ou d'*Iſis*, je ne crois pas encore me tromper tout-à-fait. Il faut les admettre, quand on a affaire avec des fripons, et crier plus haut qu'eux.

De plus, il m'eſt évident qu'il y a de l'intelligence dans la nature, et que les lois impoſées aux planètes, à la lumière, aux animaux et aux végétaux, ne ſont pas inventées par un ſot. *Mens agitat molem.* Ce ſont les *Sabatiers* qui ſont ſots et méchans, mais je crois la nature bonne et ſage; il eſt vrai qu'elle fait quelquefois des pas de clerc, mais je ne la crois ni impeccable ni infinie. Je penſe que ſon intelligence a tout fait pour le mieux, et que dans ce mieux il y a encore bien du mal. Tout cela eſt une affaire de métaphyſique qui n'a rien à faire avec la morale, et qui n'empêche pas que les *Verron*, les *Clément*, les *Sabatier*, &c. ne ſoient la plus mépriſable canaille de Paris.

Comme je ſais que vos mathématiques ne vous

empêchent point de cultiver les belles-lettres, per-
1773. mettez-moi de vous demander ſi vous avez lu le Connétable de Bourbon de M. de *Guibert.* Sa *Tactique* n'eſt pas un ouvrage de belles-lettres, mais elle m'a paru un ouvrage de génie. Il y a une autre ſorte de génie dans le Connétable. Je ne ſais ſi notre frivole Paris eſt digne de deux ouvrages excellens qui parurent l'année paſſée; c'eſt *la Tactique* et *la Félicité publique.* Je ne me connais ni à l'un ni à l'autre de ces ſujets, mais je voudrais que ceux qui ſont à la tête du gouvernement euſſent le temps de bien examiner ſi M. de *Châtellux* et M. de *Guibert* ont raiſon.

Il m'eſt tombé entre les mains un petit manuſcrit ſur le livre de M. de *Guibert;* ce n'eſt qu'une plaiſanterie. J'aurai l'honneur de vous la faire tenir ſous l'enveloppe de M. de *Sartine.* Vous la ferez lire à M. d'*Alembert*, ou je l'enverrai à M. d'*Alembert* afin que vous la liſiez, ſuppoſé que cela puiſſe vous amuſer un moment. Vous êtes tous deux les vrais ſecrétaires d'Etat dans le royaume de la penſée. Vos lettres ſont aſſurément plus inſtructives et plus agréables que toutes les lettres de cachet.

Conſervez toujours, Monſieur, un peu de bonté pour le vieux malade, *V.*

LETTRE CLV.

1773.

AU MEME.

5 de décembre.

C'EST bien vous qui êtes mon maître, monſieur le Marquis, et qui l'auriez été de *Bernard de Fontenelle*. C'eſt vous qui êtes un vrai philoſophe, et un philoſophe éloquent. On m'a parlé d'un éloge de M. *Fontaine*, qui eſt un chef-d'œuvre. Vous ne ſauriez croire quel plaiſir vous me feriez de me le faire parvenir.

Je ne connais guère que vous et M. d'*Alembert* qui ſachiez préſenter les objets dans leur jour, et écrire toujours d'un ſtyle convenable au ſujet. J'ai cherché dans mes paperaſſes la mauvaiſe plaiſanterie ſur les comètes, je ne l'ai point trouvée. On dit qu'il y en a deux, l'une de moi, l'autre que je ne connais pas: mais, dans l'état où je ſuis, ſouffrant continuellement, et près de quitter ce petit globe, je dois prendre peu d'intérêt à ceux qui roulent comme nous dans l'eſpace, et avec qui probablement je ne ſerai jamais en liaiſon.

Il eſt vrai que, dans les intervalles que mes maladies me laiſſent quelquefois, je m'amuſe à la poëſie que j'aime toujours, quand ce ne ſerait que pour donner un os à ronger à *Clément* et à *Sabatier;* mais j'aime mieux votre proſe que tous les vers du monde. Ce que j'aime autant que votre proſe, c'eſt votre

1773. personne. Jamais les belles-lettres et la philosophie n'ont été si honorées que par vous.

Agréez, Monsieur, le très-tendre respect du vieux malade de Ferney.

LETTRE CLVI.

A M. CHRISTIN.

A Ferney, 8 de décembre.

VOICI, mon cher ami, une lettre qui nous assure enfin la délivrance prochaine du frère de cette bonne madame *Barondel*. Je vous prie de la lui montrer pour la consoler.

Nous réussirons malgré le subdélégué qui était impitoyable. Il est plaisant que ce soit moi qui contribue à tirer un curé de prison. Mais que ne doit-on pas attendre d'un associé à l'ordre des capucins!

L'idée de présenter un mémoire pour la suppression de la main-morte, et un dédommagement aux seigneurs, n'est pas certainement à négliger. Je pense qu'il faudrait articuler ce dédommagement, et le montrer sous un jour si clair que le ministère ne pût le refuser, et que les seigneurs ne pussent pas se plaindre. Il faut présenter toujours aux ministres les choses prêtes à signer. La moindre difficulté les rebute, quand ils n'ont pas un intérêt pressant au succès de l'affaire. Vous êtes plus à portée que personne de rédiger toutes les conditions du traité, vous qui êtes au beau milieu de l'enfer de la main-morte. Vous devriez venir nous voir aux bonnès fêtes de Noël, et apporter avec vous le règlement du roi de Sardaigne. Je me chargerais hardiment d'être votre facteur, et d'envoyer le mémoire aux miniſtres. S'il ne réuſſit pas, nous aurons toujours le mérite d'avoir fait une bonne œuvre. 1773.

Je vous embraſſe du meilleur de mon cœur.

LETTRE CLVII.

A M. LE CHEVALIER DELISLE.

A Ferney, 15 de décembre.

Je vous dois, Monſieur, quatre remercîmens pour vos quatre faveurs qui ſont deux lettres charmantes, votre hymne ſur St *Nicolas*, qui devrait être chantée dans toutes les égliſes, et vos douze perroquets de la cour d'*Auguſte*.

A l'égard de St *Nicolas*, par lequel il faut commencer, puiſqu'il eſt votre patron, il mérite ſans doute tout le bien que vous dites de lui; car pendant ſa vie il reſſuſcitait tous les matelots qui s'aviſaient de mourir ſur mer, et après ſa mort ſon portrait étant tombé entre les mains d'un vandale qui ne croyait pas en DIEU, ce vandale allant en voyage pria le portrait de lui garder ſon argent comptant. A peine fut-il parti que des voleurs vinrent prendre le magot. Le vandale de retour battit l'image de *Nicolas*, et la jeta dans la rivière. *Nicolas* deſcendit du haut du ciel, repêcha ſon image, la rapporta au vandale avec ſon argent: Apprenez, lui dit-il, à ne plus battre les

1773. ſaints. Le couſin qui baptiſa le couſin n'a jamais rien fait de plus beau.

Madame la maréchale de *Luxembourg* me paraît avoir raiſon. *Emporter le chat* ſignifie à peu-près *faire un trou à la lune*. Les ſavans pourront y trouver quelques petites différences : ils diront qu'emporter le chat ſignifie ſimplement partir ſans dire adieu, et faire un trou à la lune veut dire s'enfuir de nuit pour une mauvaiſe affaire. Un ami qui part le matin de la maiſon de campagne de ſon ami, a emporté le chat ; un banqueroutier qui s'eſt enfui, a fait un trou à la lune. Voilà tout ce que je ſais ſur cette grande queſtion.

L'étymologie du *trou à la lune* eſt toute naturelle pour un homme qui s'eſt évadé de nuit ; à l'égard du chat, cela ſouffre de grandes difficultés. Madame de *Moncornillon* à qui DIEU feſait voir toutes les nuits un trou à la lune, ce qui marquait évidemment qu'il manquait une fête à l'égliſe, n'emporta point le chat. C'eſt bien dommage que le grand *Moncrif*, favori de la reine et des chats, ſoit mort à mon âge ; il aurait aſſurément éclairci cette queſtion importante.

Je vois, Monſieur, que vous êtes dans le temple de *Cérès* (*) auſſi-bien que dans celui de l'honneur et de la félicité. Vingt charrues à la fois ſont ſans doute un plus beau ſpectacle que vingt opéra médiocres qui auraient fait bâiller *Cérès* et *Triptolème*. J'ai eu une fois l'inſolence de faire marcher ſept charrues de front dans un champ de mes déſerts d'où je n'écris point de triſtes *de Ponto*. Il n'appartient point à *Naſo* d'avoir autant de charrues que *Pollio*.

(*) Chanteloup.

Je ſais qu'il y a quelques juifs dans les colonies anglaiſes. Ces marauds-là vont par-tout où il y a de l'argent à gagner, comme les Guèbres, les Banians, les Arméniens courent toute l'Aſie, et comme les prêtres iſiaques venaient ſous le nom de bohèmes voler des poules dans les baſſe-cours, et dire la bonne aventure. Mais que ces déprépucés d'*Iſraël*, qui vendent de vieilles culottes aux ſauvages, ſe diſent de la tribu de *Nephtali* ou d'*Iſſachar*, cela eſt fort peu important; ils n'en ſont pas moins les plus grands gueux qui aient jamais ſouillé la face du globe. 1773.

Il me reſte à vous dire ce que je penſe du procès de *Beaumarchais* : je crois ne m'être pas trompé ſur le procès du comte de *Morangiés*, du général *Lalli*, de *Calas*, de *Sirven* et de *Montbailli*. Je me ſuis fait *Perrin Dandin;* je juge les procès au coin de mon feu, et j'ai jugé celui de *Beaumarchais* dans ma tête : mais je me garderai bien de prononcer tout haut mon jugement. Je prévois déjà que *meſſieurs* ne feront pas tout-à-fait de mon avis tout haut, quoique dans le fond du cœur ils en ſoient tout bas.

Je crois, Monſieur, avoir répondu tant bien que mal à tous vos articles; mais il y en a un qui me tient bien plus au cœur, c'eſt celui de l'eſpérance que j'ai de vous revoir, ſi jamais vous allez conſulter *Tiſſot*, ou ſi votre régiment eſt en Franche-Comté.

Conſervez vos bontés pour le vieux bavard malingre.

1773.

LETTRE CLVIII.

A M. LE BARON D'ESPAGNAC,

GOUVERNEUR DE L'HOTEL ROYAL DES INVALIDES.

A Ferney, le 15 de décembre.

LA première chofe que j'ai faite, Monfieur, en recevant votre livre (*), c'eft de paffer prefque toute la nuit à le lire avec mes yeux de quatre-vingts ans; et le premier devoir dont je m'acquitte en m'éveillant, eft de vous remercier de l'honneur et du plaifir extrême que vous m'avez faits.

J'ai déjà lu ce qui regarde la guerre de Bohème, et je n'ai pu m'empêcher d'aller vîte à la bataille de Fontenoi, en attendant que je relife tout l'ouvrage d'un bout à l'autre. On m'avait dit que vous donniez d'autres idées que moi de cette mémorable journée de Fontenoi : je me préparais déjà à me corriger ; mais j'ai vu, avec une grande fatisfaction, que vous daignez juftifier le petit précis que j'en avais donné fous les yeux de M. le comte d'*Argenfon*. Il n'appartient qu'à un officier tel que vous, Monfieur, qui avez fervi avec tant de diftinction, d'entrer dans tous les détails intéreffans que mon ignorance de l'art de la guerre ne me permettait pas de développer. Je regarde votre Hiftoire comme une inftruction à tous les officiers, et comme un grand

(*) *Hiftoire du maréchal de Saxe.*

encouragement à bien ſervir l'Etat. Vous rendez justice à chacun, ſans bleſſer jamais l'amour propre de perſonne. Vous faites ſeulement ſentir très-ſagement, par les propres lettres du maréchal de *Saxe*, combien il était ſupérieur aux généraux de *Charles VII*, électeur de Bavière. Il n'y a guère d'officier bleſſé ou tué dans le cours de cette guerre, dont la famille ne trouve le nom, ſoit dans vos notes, ſoit dans le corps de l'Hiſtoire. 1773.

Votre ouvrage ſera lu par toute la nation, et principalement par ceux qui ſont deſtinés à la guerre.

Vous êtes très-exact dans toutes les dates, c'eſt le moindre de vos mérites; mais il eſt néceſſaire, et c'eſt ce qui manque aux *Commentaires de Céſar*, et même à *Polybe*.

Vous ne pouvez, Monſieur, employer plus dignement le noble loiſir dont vous jouiſſez, qu'en inſtruiſant la nation pour laquelle vous avez combattu.

Agréez ma reconnaiſſance de l'honneur que vous m'avez fait, et le reſpect avec lequel je ſerai, tant qu'il me reſtera un peu de vie, Monſieur, votre très-humble et très-obéiſſant ſerviteur, *V.*

P. S. Je viens de lire le Portrait du maréchal de *Saxe*, qui eſt à la fin du ſecond volume; il eſt de main de maître, et écrit comme il convient. J'oſe eſpérer qu'on fera bientôt une nouvelle édition in-4°, avec des planches qui me paraiſſent abſolument néceſſaires pour l'inſtruction de tout le militaire.

1773.

LETTRE CLIX.

A M. LE COMTE D'ARGENTAL.

A Ferney, 18 de décembre.

Je crois, mon cher ange, vous avoir dit, dans ma dernière lettre, combien j'étais touché de la mort de M. de *Chauvelin*. Voilà donc les trois *Chauvelin* anéantis. Celui-là était le plus aimable des trois et le plus raiſonnable. Tout ce que nous voyons périr fait faire des réflexions qui ne ſont pas plaiſantes. Je ſuis preſque honteux de vivre, et je ne ſais pas trop pourquoi j'aime encore la vie.

Je ſens que je ſuis un mauvais père, et tout le contraire des bons vieillards. Je me détache de mes enfans, à meſure que j'avance en âge, et que mes ſouffrances augmentent.

Voici pourtant la manière dont je voudrais finir Sophonisbe, à laquelle vous daignez vous intéreſſer.

. . . . Ils ſont morts en romains.
Grands dieux ! puiſſé-je un jour, ayant dompté Carthage,
Quitter Rome et la vie avec même courage !

Il me ſemble qu'il ſerait trop ſec de finir par ce petit mot : *Ils ſont morts en romains.* L'étriqué me déplaît autant que le trop d'ampleur. D'ailleurs c'eſt une eſpèce d'avant-goût de ce qui arriva depuis à ce *Scipion l'Africain.*

Je ne puis rien pour la ſcène du mariage, et la tête me fend.

Portez-vous bien, vous et madame d'*Argental*. C'eſt à vous de vivre, car je vous crois heureux 1773.
autant que faire ſe peut ; pour moi il n'importe.

Reſpect et tendreſſe. *V.*

LETTRE CLX.

A M. DE MAUPEOU,

CHANCELIER DE FRANCE.

A Ferney, 20 de décembre.

MONSEIGNEUR,

JE commence par vous demander pardon de ce que je vais avoir l'honneur de vous écrire.

Vous avez mépriſé, avec tous les honnêtes gens du royaume, plus d'un libelle écrit par la canaille et pour la canaille. L'abbé *Mignot*, outragé comme vous dans ces libelles écrits probablement par quelque laquais d'un ancien parlementaire, a ſuivi votre exemple ; et peut-être même ni vous, Monſeigneur, ni lui, n'avez daigné jeter les yeux ſur ces miſérables écrits. Cependant il y a des calomnies qui ne laiſſent pas de faire quelque tort à la magiſtrature ; et quand on en connaît les auteurs, quand ils mettent eux-mêmes leur nom à la tête d'une brochure, j'oſe croire qu'il eſt permis de vous en demander la ſuppreſſion.

On avait dit, dans deux libelles contre vous et

1773. contre votre parlement, que l'abbé *Mignot* eſt le petit-fils du pâtiſſier *Mignot*, dont *Boileau* dit dans ſes *Satires :*

Que dans le monde entier
Jamais empoiſonneur ne ſut mieux ſon métier.

Je ne ſais pas ſi en effet cet homme était un ſi mauvais cuiſinier, ni même ſi ces vers de *Boileau* ſont ſi bons ; mais je ſais que mon neveu eſt le fils d'un correcteur des comptes, petit-fils et arrière petit-fils de ſecrétaires du roi, et que ſa famille, anoblie depuis plus de cent cinquante ans, établit la manufacture des draps de Sedan, et fut par conſéquent plus utile au royaume que le feſeur de petits pâtés.

Cependant un nommé *Clément*, fils d'un procureur de Dijon, qui n'exerce plus depuis 1771, s'aviſe de répéter cette ſottiſe dans une brochure littéraire à moi adreſſée, intitulée *Quatrième lettre à M. de Voltaire, par M. Clément, à Paris, chez Moutard, libraire de madame la dauphine, rue du Hurepoix, à St Ambroiſe.* Ce *Clément*, chaſſé de Dijon, et demeurant à Paris, a été déjà mis en priſon par la police.

Il dit, page 83, que le pâtiſſier *Mignot* eſt mon oncle. Je ne ſerais pas fâché d'avoir eu pour oncle un traiteur, ſi on avait fait bonne chère chez lui; mais dans un ouvrage de littérature, imprimé avec permiſſion et que tout le monde lit, cette petite calomnie jette un très-grand ridicule ſur la tête à cheveux blancs d'un conſeiller de grand'chambre, et avilit un corps que vous avez voulu honorer.

Les libelles contre les grands ſont des grains de ſable qui ne peuvent aller juſqu'à eux ; mais les libelles contre de ſimples citoyens ſont des cailloux qui leur caſſent quelquefois la tête. 1773.

Je finis, comme j'ai commencé, par vous demander pardon de vous importuner pour cette misère.

Je ſuis avec le plus profond reſpect et le plus ſincère attachement,

Monſeigneur, &c.

LETTRE CLXI.

A M. D'ETALLONDE DE MORIVAL.

20 de décembre.

JE commence par vous aſſurer, Monſieur, que le mot de flétriſſure dont vous vous ſervez en parlant de cette malheureuſe affaire, ne convient qu'à vos exécrables juges : ce ſont eux qui ſeront flétris juſqu'à la dernière poſtérité, et c'eſt ainſi que penſent tous les honnêtes gens du royaume.

J'ai pris la liberté d'écrire plus d'une fois à votre ſujet au monarque que vous ſervez. Il m'a répondu avec bonté qu'il aurait ſoin de votre avancement. Je ſuis d'ailleurs convaincu que, ſi le diocèſe d'Amiens était en ſa puiſſance, ce que vous demandez ſi juſtement ſerait bientôt fait.

J'ignore ſi, dans l'état préſent des affaires de l'Europe, il ſerait convenable de demander la protection du roi de Pruſſe auprès du roi de France, pour un de ſes officiers né français. J'ignore même ſi votre démarche ne pourrait pas faire craindre que vous

1773. quittaſſiez le ſervice d'un prince auquel vous avez conſacré toute votre vie, et que vous n'abandonnerez jamais.

De plus, ſi M. le marquis de *Pons*, envoyé extraordinaire auprès de ſa majeſté le roi de Pruſſe, était chargé de votre affaire, il s'adreſſerait néceſſairement au miniſtre des affaires étrangères, et c'eſt au chancelier qu'il faut s'adreſſer. C'eſt le chancelier qui ſcelle et qui délivre les lettres de grâce, ou d'abolition, ou de rémiſſion, ou de réhabilitation.

Le point principal eſt de vous rendre capable de ſuccéder, et de jouir en France de tous vos droits de citoyen, quoique vous ſerviez un autre monarque. Toutes ces conſidérations exigeront probablement que vous ſoyez en France pendant le temps qu'on ſollicitera la juſtice qui vous eſt due.

Il s'agirait donc, pour y parvenir, de venir en France pendant quelques mois. Je ſupplierais ſa majeſté le roi de Pruſſe de vous accorder un congé d'un an; et s'il m'accordait cette grâce, ma petite retraite de Ferney ſerait à votre ſervice. Elle eſt à une lieue de Genève, de la Suiſſe et de la Savoie. Vous y ſeriez en ſureté comme à Véſel. Vous y trouveriez au printemps un ancien capitaine de cavalerie qui était auprès d'Abbeville dans le temps de cette funeſte aventure, et qui regarde vos juges avec la même exécration qu'il manifeſta alors publiquement. Ma petite terre malheureuſement n'eſt pas un pays de chaſſe; vous n'y trouveriez d'autre amuſement que celui d'un peu de ſociété les ſoirs, et une petite bibliothèque, ſi vous aimez la lecture.

Pendant votre ſéjour dans ce petit coin de terre,

nous verrions à loiſir quels moyens les plus prompts il faudrait prendre. M. le chancelier m'honore d'une extrême bonté. J'ai un neveu conſeiller de grand'-chambre au parlement de Paris, qui a beaucoup de crédit dans ſon corps, et qui penſe en honnête homme. Nous vous ſervirions de notre mieux ; et s'il était néceſſaire d'implorer la protection du roi de Pruſſe, et de demander ſes bons offices auprès de la cour de France, j'y ſerais d'autant plus autoriſé que, n'étant abſent que par congé, vous ſeriez toujours à ſon ſervice. 1773.

Mon âge et mes maladies ne m'empêcheraient pas d'agir avec vivacité. J'y mettrai plus de chaleur que la vieilleſſe n'a de glace. En un mot, Monſieur, vous pouvez diſpoſer entièrement de votre très-humble, &c.

LETTRE CLXII.

A MADAME LA MARQUISE DU DEFFANT.

24 de décembre.

QUOIQUE je n'aye rien d'intéreſſant à vous dire, Madame ; quoique je n'aye aucune nouvelle à vous mander ni de la Suiſſe, ni de Genève, ni de l'Allemagne ; quoiqu'on m'écrive que vous vous divertiſſez, que vous donnez à ſouper la moitié de la ſemaine, et que vous allez ſouper en ville l'autre moitié ; quoique d'ordinaire je ne puiſſe prendre ſur

1773. moi d'écrire une lettre sans avoir un sujet pressant de le faire; quoique mes journées soient remplies par des occupations qui m'accablent et qui ne me laissent pas un moment, il faut pourtant vous écrire, dussé-je vous ennuyer.

Je ne veux pas vous conter l'aventure d'une jeune fille amoureuse d'un aveugle; j'ai prié madame *Necker* de vous la dire, et elle s'en acquittera bien mieux que moi; mais je ne peux réprimer l'impertinence que j'ai de vous envoyer un des cailloux de mon jardin, puisque vous m'avez ordonné de jeter les pierres de mon jardin dans le vôtre.

Ce caillou est fort plat, mais heureusement il est fort petit (*). Je l'ai jeté à la tête d'une dame qui était toute émerveillée que je fusse assez fou pour faire encore des vers dans un âge où l'on ne doit dire que son *In manus*.

Pardonnez-moi donc la liberté grande de mettre à vos pieds cette sottise. Il y a pourtant, dans cette pauvreté, je ne sais quoi de philosophique et d'assez vrai; mais ce n'est rien de dire vrai, il faut le bien dire: et puis cela n'est bon que pour ceux qui ont lu *Tibulle* en latin, et vous n'avez pas cet honneur. Le marquis de *la Fare* a traduit assez heureusement cet endroit:

Que je vive avec toi, que j'expire à tes yeux;
Et puisse ma main défaillante
Serrer encor la tienne en nos derniers adieux!

(*) Ce sont les stances qui commencent ainsi:

Eh quoi, vous êtes étonnée, &c.

Le

Le latin eſt bien plus court, plus tendre, plus énergique, plus harmonieux. M. de *la Fare* n'avait que ſoixante-quatre ans quand il feſait ces vers. 1773.

Je dois me taire en vers et en proſe; mais, en me taiſant, je vous ſerai toujours très-vivement attaché. Je ferai des vœux pour que vous viviez beaucoup plus long-temps que moi, pour qu'une ſanté parfaite vous conſole de ce que vous avez perdu, pour que vous jouiſſiez d'un excellent eſtomac, pour que vous ſoyez auſſi heureuſe qu'on peut l'être dans un monde où les douleurs et les privations ſont d'une néceſſité abſolue. *V.*

LETTRE CLXIII.

A M. LE CHEVALIER DE CHATELLUX.

24 de décembre.

Je ſuis charmé, Monſieur, d'apprendre qu'on a traduit en anglais *la Félicité publique;* car on pourrait bien prendre ce livre pour l'ouvrage de quelque anglais comme *Locke* ou *Addiſſon*. Je le lirai certainement en anglais pour éclaircir mes doutes ſur l'auteur.

A l'égard de la traduction allemande, je ne ſais pas aſſez cette langue pour en juger. Je liſais autrefois le *Zeitung*, et encore avec aſſez de peine; mais j'ai tout oublié. C'eſt aſſurément la marque d'un bon livre d'être traduit par-tout. Pour la plupart des

1773. ouvrages qu'on fait aujourd'hui en France, ils ne feront jamais traduits qu'en ridicule. Je ne favais pas que vous euffiez honoré père *Adam* d'un petit mot de lettre, ou je l'avais oublié, et je vous en demande pardon.

Je n'efpère pas, Monfieur, avoir l'honneur et la confolation de vous revoir une feconde fois. Je fuis dans un âge et dans un état qui ne me permettent pas de m'en flatter ; mais fi jamais le hafard vous ramenait vers nos quartiers, je vous demanderais en grâce de daigner vous détourner un peu pour paffer à Ferney. Je n'ai point affez joui de l'honneur que vous m'avez fait, je ne me fuis point affez expliqué avec vous, je ne vous ai pas affez entendu ; je voudrais réparer mes fautes avant de mourir.

Je vous fouhaite, Monfieur, une félicité telle que l'auteur de *la Félicité publique* la mérite. On dit que le bonheur eft une chofe fort rare ; et c'eft par cette raifon-là même que je le crois fait pour vous.

Agréez, Monfieur, les refpectueux fentimens, &c.

LETTRE CLXIV. 1774.

A M. LE MARQUIS DE FLORIAN.

Le 3 de janvier.

Je reçois votre lettre du 26 de décembre, mon cher ami. Il y a bien long-temps que je ne vous avais écrit : j'ai mal fini et mal commencé l'année ; mes maux ont augmenté, et la force de les fupporter diminue.

Nous avons, pour m'achever de peindre, un procès très-confidérable, très-défagréable, très-impertinent, à foutenir contre celui qui nous avait vendu l'hermitage, et qui veut y rentrer au bout de quatorze ans. Vous voyez que le pélerinage de cette vie n'eft pas femé de rofes, et que les dernières journées de la route font prefque toujours les plus épineufes. Vous ne laiffez pas de rencontrer auffi quelque mauvais chemin au milieu de votre carrière, mais vous vous en tirerez heureufement. La pépie de votre ferin fe guérira par la nature et par vos foins, plus que par l'art des médecins. Il y a cent exemples de perfonnes qui ont vécu très-long-temps avec des humeurs erratiques, qui tantôt caufent des migraines, tantôt des pertes de fang qui affectent la poitrine, et qui enfin fe diffipent d'elles-mêmes.

J'ai toujours été très-perfuadé que tous les remèdes picotans et agiffans ne valaient rien pour notre cher ferin, dont le fang n'eft que trop vif et trop allumé. Ce principe me fait croire que les eaux minérales,

1774. de quelque nature qu'elles ſoient, lui ſeraient très-dangereuſes; elles ont tué madame d'*Egmont*. Il m'eſt évident qu'il n'y a de convenable que le régime. Le ſang circule tout entier dans le corps humain ſix cents fois par jour : la médecine conſiſte donc à ne point charger cette rivière de ſang qui nous donne la vie, de particules étrangères qui ne ſont faites ni pour nourrir ni pour laver notre corps. De petites purgations très-légères, de temps en temps, aident la nature qui cherche toujours à ſe dégager; mais il ne faut jamais la ſurcharger ni l'irriter : voilà pourquoi j'ai toujours eu une ſecrète averſion pour la liqueur rouge de votre médecin ſuiſſe, et beaucoup de mépris pour un homme qui n'oſe pas vous dire quel remède il vous donne. La ridicule charlatanerie de deviner les maladies et le tempérament par des urines, eſt la honte de la médecine et de la raiſon. Je ne voulus pas vous dire ce que j'en penſais, parce que je vous vis trop préoccupé. J'eſpérais que la bonté du tempérament de notre ſerin le ſoutiendrait contre le mal que la liqueur rouge du ſuiſſe pourrait lui faire: mais enfin, puiſque vous êtes débarraſſé de ce remède dangereux, je puis vous parler avec une entière liberté.

J'ai mangé un de vos petits ortolans. Je me flatte que le petit ſerin deviendra auſſi gras qu'eux, dès qu'il ſera un peu tranquille. C'eſt l'inquiétude, c'eſt le changement continuel de médecins, c'eſt le paſſage rapide d'un régime à un autre qui diminue l'embonpoint, et la tranquillité rend ce que l'inquiétude a ôté.

Je vous embraſſe tous deux avec tendreſſe, et je vous donne rendez-vous, au printemps, dans votre charmante petite cage de Ferney.

Il n'y a rien de nouveau, excepté la nouvelle année que je vous souhaite très-heureuse. 1774.

Vous savez sans doute que le parlement a décrété son membre pourri, le sieur *Goëzmann*. Les *mémoires* de *Beaumarchais* sont ce que j'ai jamais vu de plus singulier, de plus fort, de plus hardi, de plus comique, de plus intéressant, de plus humiliant pour ses adversaires. Il se bat contre dix ou douze personnes à la fois, et les terrasse comme *Arlequin sauvage* renversait une escouade du guet. Cela vous amuserait beaucoup, si vous aviez le temps de vous amuser. (*)

Adieu; je vous écris de mon lit dont je ne sors presque plus. *V.*

LETTRE CLXV.

AU MEME.

Le 6 de janvier.

MON cher ami, j'ai déjà répondu à votre avant-dernière lettre, et j'ai adressé la mienne à Pézénas: peut-être ai-je mal fait; mais vous avez sans doute donné ordre qu'on vous renvoyât à Montpellier toutes vos lettres.

Je réponds aujourd'hui, autant que je le peux, à votre lettre du 31 de décembre. Je dis autant que je le

(*) Les gens du monde s'étonnaient des tons variés de l'auteur des *Mémoires*, dont la gaîté n'était pourtant qu'un rafinement de mépris pour tous ses lâches adversaires. D'ailleurs il savait bien qu'il n'avait à Paris que ce moyen de se faire lire: changeant de style à chaque page, égayant les indifférens, frapant au cœur des gens sensibles, et raisonnant avec les forts; c'était au point qu'on commençait à croire que plusieurs plumes différentes travaillaient au même sujet. (*Note des éditeurs.*)

1774. peux, car je ſuis très-malade. J'ai chez moi, depuis quelques jours, M. d'*Hermenches* qui a amené avec lui mademoiſelle ſa fille et une autre demoiſelle qui eſt auſſi ſa fille d'une autre façon que celle qui eſt autoriſée dans nos pays occidentaux. Mon état ne m'empêche pas de les voir, mais il m'empêche de vous écrire. Je ſurmonte pour vous tous mes maux.

Vous ne ſavez pas encore l'aventure de deux jeunes dragons qui, ayant fait de ſérieuſes réflexions ſur les malheurs de cette vie, ſe ſont tués chacun d'un coup de piſtolet, le jour de Noël, dans un cabaret, à Saint-Denis, après avoir ſoupé amicalement enſemble, et après avoir ſigné un beau mémoire très-philoſophique, contenant les raiſons qu'ils ont eues de diſpoſer de leur perſonne, étant encore mineurs. On a envoyé leur mémoire au roi. Je ne les imiterai pas, quoique je ſois plus en droit qu'eux de finir ma vie qui m'eſt à charge depuis fort long-temps. Je trouve plus honnête de ſavoir ſouffrir.

Je vous ai dit ce que je penſais ſur le médecin des urines et ſur ſes maudites fioles rouges. Il eſt abſurde qu'on ſache ce qu'un cuiſinier nous ſert à ſouper, et qu'on ne ſache pas ce qu'un prétendu médecin nous ſert quand nous ſommes malades. Cet excès d'impertinence et d'inſolence allemande n'eſt pas tolérable, et je n'y penſe point ſans être en colère.

M. *Lamure* eſt un homme très-ſage et très-ſavant, et plus capable que perſonne de vous donner de bons conſeils. J'eſpère qu'il nous renverra notre cher ſerin au mois d'avril. J'eſpère tout du courage de ce cher ſerin que vous avez tant de raiſon d'aimer, et à qui je ſuis preſque auſſi attaché que vous-même. J'eſpère dans fon régime et dans les reffources infinies de la nature. En vérité, fi je pouvais me remuer, j'irais vous voir tous deux, et je reviendrais à Ferney avec vous. 1774.

Nous recommandons M. *Mallet* à notre gros doyen des confeillers-clercs.

Je vous embraffe tous deux bien tendrement de mes faibles bras.

LETTRE CLXVI.

A M. LE MARQUIS DE VILLEVIEILLE.

6 de janvier.

LE vieux malade de Ferney, Monfieur, oublie tous fes maux en recevant une lettre de vous. Je vous fuis très-obligé des deux *Catons* dragons. S'ils m'avaient confulté, je leur aurais confeillé d'attendre du moins jufqu'au lendemain. On n'a pas toujours, en fe réveillant le matin, les mêmes idées qu'on avait en buvant bouteille; mais enfin l'affaire eft faite, et il n'y a plus de confeil à leur donner. Je ferais plus en droit que ces meffieurs de faire une pareille efcapade; mais j'aime mieux faire la Tactique (que vous me demandez), quand j'ai un moment de fanté. Voici donc cette Tactique; voici encore ce petit extrait que vous voulez d'un ouvrage intitulé *Fragmens*.

Il faut que cet abbé *Sabatier*, dont il eft queftion dans l'article XV, foit un des plus grands fous du Languedoc, et un des plus grands fripons de l'Eglife de DIEU.

1774. J'ai eſpéré long-temps de ne point mourir ſans avoir l'honneur de vous revoir encore. Je me conſole, ſi vous êtes heureux à Verſailles. Je fais mille vœux pour la continuation de votre proſpérité ; et je vous ſerai attaché juſqu'au dernier moment de ma vie. *V.*

LETTRE CLXVII.

A M. LE COMTE DE LEVENHAUPT.

Janvier.

MONSIEUR,

JE ſuis avec vous comme le coq à qui on donna une perle ; il dit qu'on lui feſait trop d'honneur, et qu'il ne lui fallait qu'un grain de millet. Je ſuis très-indigne du beau mémoire que vous m'avez envoyé ſur la déſertion, mais j'en ſens tout le prix ; et, quoiqu'il ne m'appartienne pas de dire mon avis ſur une choſe ſi importante et ſi éloignée de mes connaiſſances, j'oſe pourtant être entièrement de votre opinion.

Ce ſont les moines qui devraient déſerter en foule, et ce ſont les ſoldats qui devraient reſter avec leurs colonels ; cependant c'eſt parmi nous tout le contraire. La raiſon en eſt que les moines ſont animés par trois motifs qui manquent aux ſoldats, l'enthouſiaſme, l'eſpérance et la cuiſine.

Les ſoldats ſuédois avaient l'eſpérance avec *Charles XII*, et ſon enthouſiaſme guerrier. Les Anglais ſe nourriſſent, dit-on, mieux que les autres.

Tous ces gens-là d'ailleurs croient avoir une patrie ; et vous ſavez qu'en général le ſoldat français eſt accuſé de n'en point avoir, d'être fort raiſonneur, inconſtant et pillard. Perſonne n'eſt plus entouré de déſerteurs que moi ; ils paſſent tous par Ferney pour aller en Suiſſe, à Genève et en Savoie ; et ils reviennent à Ferney mourant de faim. On en compoſerait une armée plus nombreuſe que celles qui ont été commandées par les *Condé* et les *Turenne*. Ce fléau ceſſera peut-être quand on ceſſera d'avilir le métier. M. le marquis de *Monteynard* a déjà fait, dans ce deſſein, la plus belle opération qui ait été tentée encore ; et j'oſe croire que, depuis cette époque, la déſertion eſt moins fréquente.

Madame *Denis* eſt infiniment flattée de votre ſouvenir ; et je ſuis bien conſolé, dans ma vieilleſſe et dans mes maladies, par les bontés que vous voulez bien avoir pour moi.

J'ai l'honneur d'être, &c.

1774. LETTRE CLXVIII.

A M. D'ETALLONDE DE MORIVAL.

Le 17 de janvier.

M. *Miſopriéſt*, Monſieur, a reçu votre lettre du 2 de janvier; il a écrit ſur le champ à ſa Majeſté. Il lui demande très-inſtamment un congé d'un an pour vous. Il eſt d'ailleurs inſtruit de votre ſituation, et a promis d'avoir ſoin de vous. M. *Miſopriéſt* lui répond que vous lui ferez de très-belles recrues dans le pays où vous devez reſter quelque temps pour vaquer à vos affaires. C'eſt à une lieue de la Suiſſe, de la Savoie, de Genève et de la Franche-Comté; vous y ſerez auſſi en ſureté qu'à Véſel.

Ne vous adreſſez ni à père ni à frère. Si vous avez beſoin de quelque argent pour aller de Véſel à Genève, vous pourrez en prendre, ſur cette ſimple lettre, chez M. *Marc-Michel Rey*, à Amſterdam, qui, ſur ma ſignature (*Voltaire*), vous fournira ce petit viatique avec ſa généroſité ordinaire, et auquel je rembourſerai ſur le champ cet argent par la voie de Genève. Vous n'aurez pas la plus légère dépenſe à faire dans le château de Ferney. C'eſt à vous à voir, Monſieur, ſi vous voulez écrire auſſi au roi. Je lui demande un congé d'un an; je lui promets des recrues (*); je lui

(*) Le roi non-ſeulement diſpenſa M. de *Morival* de faire des recrues, mais encore lui recommanda de ne s'occuper que de ſes affaires particulières, et lui donna un congé illimité.

parle de la paſſion que vous avez pour ſon ſervice. Tout ſerait manqué, s'il nous refuſait ce congé. C'eſt de-là que dépend votre deſtinée à laquelle je m'intéreſſe bien vivement. 1774.

LETTRE CLXIX.

A M. LE CHEVALIER DELISLE.

27 de janvier.

Le vieux malade, Monſieur, vous remercie d'abord de vos *Trois rois*. On n'a jamais parlé d'eux plus convenablement ni plus gaiement. L'aventure de Tours eſt dans un autre goût (*); c'eſt du *Crébillon* tout pur. Il eſt vrai que nous avons dans la ſainte Ecriture une aventure à peu-près pareille. Le patriarche *Juda*, ayant couché avec ſa belle-fille, et lui ayant fait un enfant, la condamna à la mort; mais la ſentence ne fut pas exécutée. Si *Amnon* coucha avec une de ſes ſœurs, il ne lui donna enſuite que des coups de pied au cu, et ne la tua point. Je ne croyais pas les Tourangeaux ſi méchans.

Je ne ſais ſi je vous ai conté qu'il y a environ cinquante à ſoixante ans que je trouvai à Tours un procureur du roi qui me dit : *Je ne ſuis pas du pays; mais, en paſſant par Tours, il y a vingt-cinq ans, je trouvai le peuple ſi bon que j'y fixai mon ſéjour; et, depuis que j'y ſuis, il ne m'eſt pas paſſé un ſeul procès criminel par les mains.*

(*) Un habitant de Tours, ſalpêtrier de profeſſion, avait tué ſa fille de trois balles dans la poitrine, après lui avoir fait un enfant.

1774. Je répétais un jour ces paroles à une tourangeote, et lui difais : Voyez un peu, Madame, il y a vingt-cinq ans qu'il ne s'eft commis un crime à Tours. Elle me répondit : *Eft-ce qu'il s'en ferait commis auparavant?*

Je fuis fondé, fur la réponfe de cette bonne femme, à croire que votre falpêtrier n'eft point tourangeau, et que c'eft quelque coquin, parent de *Fréron* ou de l'abbé *Sabatier*, qui s'eft allé établir à Tours. C'eft une chofe que je veux approfondir.

Pour vos quatre enforcelés (*), il y a un petit opéra comique des enforcelés, beaucoup plus plaifant que ces quatre imbécilles. Je fuis plus enforcelé qu'eux, car le diable me berce continuellement, afflige mon corps et fe moque de mon ame; c'eft ce qui fait que je vous écris une fi courte lettre, et que je réponds fi mal à toutes vos bontés. Je finis en vous affurant que, mort ou vif, je fuis à vos ordres.

(*) Une famille entière auprès du Rainci, maifon à M. le duc d'*Orléans*, fe difait enforcelée; et comme la chofe était bien abfurde, elle fut crue, et crue par la meilleure compagnie, en 1774.

LETTRE CLXX.

1774.

A M. LE MARECHAL DUC DE RICHELIEU.

30 de janvier.

Je commence par vous dire, Monſeigneur, que, de tous mes confrères de quatre-vingts ans, je ſuis ſans contredit le plus fou, puiſque je donne à mon âge des pièces de théâtre. Ceux qui ont fait une cabale contre Sophonisbe, ſont des jeunes gens qui ſont encore plus fous que moi. Le dévot ſexe féminin, qui prétendait que l'auteur de la nouvelle Sophonisbe n'eſt pas aſſez pieux, était encore plus fou que tout le reſte, ſurtout ſi on ajoutait deux lettres à cette belle épithète de fou.

J'avais imaginé que ces bagatelles pourraient être une occaſion de faire parler de ce que vous ſavez; et c'eſt encore une autre eſpèce de folie : car, après tout, la ſageſſe conſiſte à ſavoir vivre et mourir en paix où l'on eſt.

Il m'eſt venu, ces jours paſſés, un ruſſe infiniment aimable, qui a gouverné pendant quinze ans deſpotiquement un empire de deux mille lieues de long, et qui me paraît avoir la triſte folie de n'être point heureux. J'ai conclu de là qu'il ne faut ni courir après des chimères ni les regretter.

A propos de chimères, je n'ai jamais ſu quels acteurs jouaient dans Sophonisbe, excepté *le Kain*. Je ne connais perſonne des ſénateurs et des ſénatrices du tripot. C'eſt vous qui avez la bonté de m'apprendre

1774. que *Brizard* a joué *Lélie ;* je ne ſais pas encore qui a joué *Scipion.*

Je ne ſavais pas qu'une première repréſentation fût un jour de bataille, ni qu'il fallût prendre ſes poſtes et avoir un mot de ralliement ; mais, puiſque vous avez daigné faire la guerre pour moi, et me traiter comme la ville de Gènes, permettez-moi de vous en faire mes très-humbles et très-ſincères remercîmens.

Je vous avais mandé qu'on m'avait écrit d'abord qu'on ne vous rendait pas juſtice dans l'hiſtoire du maréchal de *Saxe ;* mais, ayant vérifié le contraire le lendemain, je vous écrivis qu'on vous rendait toute la juſtice qui vous était due. Ce que j'avais écrit ſur la bataille de Fontenoi, ſous les yeux de monſieur d'*Argenſon*, et d'après les lettres de tous les officiers, s'eſt trouvé entièrement conforme à ce qu'en dit M. d'*Eſpagnac.* Il eſt vrai qu'il ne dit pas tout; il ſupprime l'ordre donné, deux fois de ſuite, par le maréchal de *Saxe*, d'évacuer le poſte d'Antoin ; mais, s'il fait des péchés d'omiſſion, il me paraît qu'il n'en fait point de commiſſion.

J'ai répondu, je crois, à tous les points de la lettre que vous avez eu la bonté de m'écrire. Il ne me reſte qu'à attendre doucement le temps où je pourrai venir faire ma cour à mon héros, dans ſon royaume. Je vous prierai de me recommander au meilleur apothicaire de Bordeaux : j'ai plus beſoin de ces meſſieurs que de tous les rois de l'Europe. Il y a près de quatre-vingts ans que mon ſort dépend abſolument d'eux. Parmi tout ce qui vous diſtingue des autres hommes, je ne compte pas pour peu de choſe l'habileté que vous avez eue de vous mettre

au-dessus de tous les apothicaires, en étant un bon chimiste, et en étant votre médecin à vous-même. 1774.
Puisse ce bon médecin conserver très-long-temps la vie de mon héros, et le tenir toujours en état de goûter tous les plaisirs! car mon héros est né pour eux, aussi-bien que pour la gloire; ses bontés font ma plus grande consolation.

Agréez le tendre respect du vieux malade *V*.

LETTRE CLXXI.

A M. LE COMTE D'ARGENTAL.

31 de janvier.

DÈS que j'ai reçu la lettre, où mon cher ange m'ordonne de lui envoyer des Fragmens indous et français, sous l'enveloppe de M. de *Sartine*, j'ai pris sur le champ cette liberté avec confiance. Le paquet part à la garde de Dieu. Il vaut mieux prendre des libertés avec M. de *Sartine* qu'avec l'*hippopotame* (*).

Je ne conçois pas comment on a pu afficher dans Paris, sous mon nom, la Sophonisbe de *Mairet*. Je n'ai jamais donné cet ouvrage que comme celui de *Mairet*, un peu retouché, pour engager les jeunes gens à refaire les belles pièces de *Corneille*, comme Attila, Agésilas, Pertharite, Théodore, Pulchérie, la Toison d'or, &c.

En donnant Sophonisbe sous mon nom, on a réveillé la racaille. J'oserais penser qu'il ne faut ni

(*) L'auteur désigne *Marin*, par ce mot pris des *mémoires* de *Beaumarchais*.

1774. précipiter la retraite, ni laiſſer languir les repréſentations, mais prendre un juſte milieu, afin que *le Kain* ait une rétribution honnête.

Je perſiſte à croire que *Beaumarchais* n'a jamais empoiſonné perſonne, et qu'un homme ſi gai ne peut être de la famille de *Locuſte*. (*)

Je ſuis bien embarraſſé avec mes génois et mon marquis *Viale*. Dieu vous garde d'établir jamais une colonie! c'eſt une terrible entrepriſe: M. l'abbé *Terrai* même y ſerait un peu embarraſſé.

Je baiſe les ailes de mes anges. *V.*

(*) Cette opinion de M. de *Voltaire* produiſit dans le temps une aſſez plaiſante anecdote. Si elle a trouvé place ici, c'eſt qu'elle peint à la fois le temps, les mœurs, les caractères. On jouait aux français *Eugénie :* un beau monſieur dans le parquet, après avoir bien déchiré la pièce, tomba tout à coup ſur l'auteur. Entre autres choſes il raconta qu'ayant dîné ce jour-là même chez M. le comte d'*Argental*, il y avait entendu lire une lettre de *Voltaire*, lequel s'obſtinait, on ne ſavait pourquoi, à ſoutenir que ce *Beaumarchais* n'avait pas empoiſonné ſes trois femmes. Mais, ajouta le conteur, c'eſt un fait dont on eſt bien ſûr parmi meſſieurs du parlement.

L'homme à qui s'adreſſait la parole, ſeſait de la main, en riant, ſigne aux voiſins de ne pas interrompre; chacun ſe lève, il répond froidement: „ il eſt ſi vrai, Monſieur, que ce miſérable homme a empoiſonné ſes „ trois femmes, quoiqu'il n'ait été marié que deux fois, qu'on ſait de „ plus au *parlement-Maupeou* qu'il a mangé ſon bon père en ſalmi, „ après avoir étouffé ſa mère entre deux épaiſſes tartines; et j'en ſuis „ d'autant plus certain que je ſuis ce *Beaumarchais*-là qui vous ferait arrêter „ ſur le champ, ayant bon nombre de témoins, s'il ne s'apercevait, à „ votre air effaré, que vous n'êtes point un de ces ruſés ſcélérats qui „ compoſent les atrocités; mais ſeulement un des bavards qu'on emploie „ à les propager, au grand péril de leur perſonne. „

On aplaudit; le conteur court encore, oubliant qu'il avait payé pour voir jouer la petite pièce. (*Note des éditeurs.*)

LETTRE

LETTRE CLXXII.

1774.

A M. LE MARQUIS DE FLORIAN.

Le 9 de février.

Je me flatte, mon cher ami, que madame de *Florian* n'eſt pas réduite à garder le lit comme moi ; il y a très-long-temps que je ne ſors du mien qu'à huit heures du ſoir. Il faut eſpérer que le petit ſerin reviendra, au printemps, ſauter dans ſa cage de Ferney, que vous avez ſi joliment embellie, et qu'il voltigera ſur les fleurs que vous avez plantées.

Pour ma maladie, elle eſt incurable, puiſqu'elle date de quatre-vingts ans ; c'eſt un mal qui m'empêche quelquefois d'être auſſi exact que je le voudrais dans mes réponſes. J'ai fini ma carrière, et le ſerin n'eſt qu'au milieu de la ſienne. Vous avez tous deux de beaux jours à eſpérer, et moi je n'ai que deux ou trois triſtes nuits à ſupporter. Nous paſſons tous comme des ombres ; notre vie eſt comme la place d'un miniſtre à Verſailles : aujourd'hui quelque choſe, et demain rien.

Le déplacement de M. de *Monteynard* coupe la gorge et la bourſe à notre voiſin *Dupuits*. Ce miniſtre l'avait employé deux années de ſuite ſans le payer ; il a fallu qu'il empruntât pour ſervir, et le voilà ruiné. Quand un rocher tombe, il entraîne toujours mille petites pierrailles dans ſa chute. Il ne faut compter ſur rien, que ſur les légumes de ſon jardin, encore y eſt-on ſouvent attrapé.

1774. Si on eſt mécontent de la terre, les aventures de mer ne ſont pas plus agréables; et, quoi que *Labat* vous diſe, le vaiſſeau l'Hercule ne rapportera que des chimères. Je vois que la réſignation eſt la ſeule choſe qui puiſſe nous conſoler dans ce meilleur des mondes poſſibles.

Je comptais, l'année paſſée, que *Mouſtapha* irait paſſer le carnaval à Veniſe avec *Candide*, mais je me ſuis bien trompé. S'il fallait que les miniſtres, qui ont été déplacés de mon temps, allaſſent loger à Veniſe, dans le même cabaret, la place Saint-Marc ne ſerait pas aſſez grande pour leur donner à ſouper.

J'ai reçu tout ce que vous m'avez envoyé d'Abbeville. On ne peut faire autre choſe que ce qu'on a fait dans la dernière édition qui eſt achevée. On a rendu juſtice à M. *Belleval*, et le public ne s'en ſoucie guère. Tout paſſe, tout s'oublie, tout s'anéantit. Le déluge fit autrefois beaucoup de bruit, et actuellement on n'en parle plus que pour en rire. *Vanité des vanités, et tout n'eſt que vanité.*

Regardez, je vous prie, ma tendre amitié pour vous et pour le ſerin comme une réalité.

LETTRE CLXXIII.

1774.

A M. LE COMTE D'ARGENTAL.

25 de février.

Il y a long-temps, mon cher ange, que je voulais vous écrire, je ne l'ai pas pu; j'ai eu une violente secouſſe de mes maux ordinaires, qui ſe ſont tournés à l'extraordinaire. Je n'ai point appelé de médecin; on meurt ſans eux, et on guérit ſans eux. A préſent que je reſpire un peu, et que j'ai lu le *quatrième Mémoire* de *Beaumarchais*, il faut que je vous ouvre mon cœur.

Il y avait long-temps que M. le marquis de *Condorcet* m'avait un peu deſſillé les yeux ſur *Marin*, et m'avait même donné quelques inquiétudes, en me priant très-inſtamment de ne lui jamais écrire par un tel correſpondant. M. de *Condorcet* me parlait de cet homme préciſément comme *Beaumarchais* en parle. Dans ces circonſtances, vous m'écrivez que *Marin* eſt l'unique cauſe du funeſte contre-temps que j'ai eſſuyé à propos des Lois de Minos, contre-temps par lequel toutes mes eſpérances ont été détruites. Il n'eſt pas douteux qu'en effet ce ne ſoit *Marin* qui ait vendu la mauvaiſe copie au libraire *Valade*.

Vous voyez dans quel précipice cette perfidie mercenaire m'a plongé. Je me doutais déjà de ſes manœuvres et de ſon avidité, par les plaintes qu'il m'avait faites de ce que vous aviez bien voulu faire

1774. partager, entre *le Kain* et lui, le produit de je ne fais plus quelle tragédie : tout me paraît éclairci. Je me rappelle même que M. de *Sartine* en était inftruit, quand il me confeilla de ne pas pouffer plus loin l'affaire de *Valade*, et de ne pas exiger qu'il nommât le traître : tout cela m'accable. Je vois toujours, avec horreur, de quoi certaines gens de lettres font capables. J'ai le cœur gros, et pourtant il eft bien ferré.

Beaumarchais m'envoyait fes *Mémoires*, et je ne le remerciais feulement pas, ne voulant point que *Marin*, fur lequel je n'avais encore que des foupçons, et auquel je confiais encore tous mes paquets, pût me reprocher d'être en correfpondance avec fon ennemi. Il faut vous dire encore que, *Marin* étant bien reçu chez monfieur le premier préfident (du moins avant le *quatrième Mémoire*), j'écrivis à madame de *Sauvigny*, que je ne voulais pas feulement remercier *Beaumarchais* de fes factums, parce que j'étais l'ami de *Marin*.

Je lis et je relis ce *quatrième Mémoire :* j'y vois les imprudences et la pétulance d'un homme paffionné, pouffé à bout, juftement irrité, né très-plaifant et très-éloquent. Il me perfuade tout ce qu'il dit; il me développe furtout le caractère et la conduite de *Marin ;* et, par le tableau qu'il fait de cet homme, il me confirme ce que vous m'en avez appris. (*)

Vous me demanderez quel eft le réfultat de ma lettre? le voici : c'eft premièrement de vous fupplier de me dire franchement ce qu'on penfe de *Marin*,

(*) M. de *Voltaire* ne connaiffait pas, même de vue, monfieur de *Beaumarchais*, lorfqu'il écrivit cette lettre. (*Note du correfpondant général de la fociété littéraire-typographique.*)

dans Paris; fecondement, de vouloir bien m'apprendre s'il eft vrai qu'il foit encore en crédit auprès de monfieur le premier préfident et de M. de *Sartine*, et quelle eft fa fituation auprès de M. le duc d'*Aiguillon*. Vous pouvez en être informé; et il n'y a que vous dans le monde à qui je puiffe le demander. N'allez pas me dire que je fuis trop curieux, car je vous jure que j'ai raifon de l'être. Ce *Marin* m'a plufieurs fois embâté; il fe fefait fort de réuffir en tout, il me protégeait réellement. Enfin j'ai befoin d'être inftruit, mon cher ange. 1774.

Je me flatte que vous ne croyez plus les contes qu'on vous a faits fur *Beaumarchais*, et que vous êtes détrompé comme moi. Un homme vif, paffionné, impétueux, peut donner un foufflet à fa femme, et même deux foufflets à fes deux femmes, mais il ne les empoifonne pas. (*)

Je vous écris hardiment par la pofte, parce qu'il n'y a rien dans cette lettre, ni dans aucune autre de mes lettres, qui puiffe alarmer le gouvernement; il n'y a que quelques paffages qui pourraient alarmer *Marin;* mais, s'il y a des curieux, ils ne lui en diront mot. Je change d'avis, je m'adreffe à M. *Bacon*, fubftitut du procureur général. Il vous fera tenir ma lettre.

Mille tendres refpects à madame d'*Argental*.

(*) Je certifie que ce *Beaumarchais*-là, battu quelquefois par des femmes, comme la plupart de ceux qui les ont bien aimées, n'a jamais eu le tort honteux de lever la main fur aucune. (*Note du correfpondant général de la fociété littéraire-typographique.*)

1774.

LETTRE CLXXIV.

A MONSIEUR

LE MARQUIS DE FLORIAN, *à Montpellier.*

A Ferney, le 26 de février.

MON cher ami, il y a long-temps que je ne vous ai écrit, et que je n'ai reçu de vos nouvelles. J'ai été si malingre, si faible, si misérable, sur la fin de cet hiver, selon ma coutume, qu'en vérité je n'existais pas. Je ne m'en occupais pas moins de l'état de votre serin, et je m'attendais, chaque poste, que vous m'en diriez des nouvelles. L'inquiétude s'est jointe à tous mes maux : je vous demande, de mon lit, si elle sort du sien, si elle se promène, si elle digère, si vous jouissez tous deux d'un beau soleil ? Mon Dieu, que cette vie a d'amertumes, de dangers, de malheurs de toute espèce; et que tout cela s'oublie vîte, quand on se porte bien !

Je m'imagine que vous savez à Montpellier plus de nouvelles de Paris que nous autres solitaires de Ferney. Vous avez plus de monde autour de vous. J'ai pourtant eu le *quatrième Mémoire* de *Beaumarchais;* j'en suis encore tout ému. Jamais rien ne m'a fait plus d'impression ; il n'y a point de comédie plus plaisante, point de tragédie plus attendrissante, point d'histoire mieux contée, et surtout point d'affaire épineuse mieux éclaircie. *Goëzmann* y est traîné dans la boue, mais *Marin* y est beaucoup plus enfoncé;

et je vous dirai bien des choses de ce *Marin*, quand nous nous verrons. (*) 1774.

Toute la famille d'*Etallonde* est certaine que *Belleval* est la première cause de l'affreuse catastrophe du chevalier de *la Barre;* mais elle dit qu'il s'est brouillé depuis avec le procureur du roi, et qu'alors il a changé d'avis. On ajoute que ses enfans sont avantageusement mariés, et qu'ils ont de la considération dans leur province. Ce sera donc pour eux qu'on rétablira la réputation du père, dans la nouvelle édition qui est presque achevée. *Goëzmann* et *Marin* auront, dit-on, plus de peine à rétablir la leur.

Adieu, mon cher ami; mandez-moi, je vous prie, tout ce que fait le serin. Je ne sortirai de ma chambre que quand elle sera dans sa jolie cage du petit Ferney. *V.*

LETTRE CLXXV.

A M. LE MARECHAL DUC DE RICHELIEU.

A Ferney, 4 de mars.

J'AURAIS bien voulu remercier plutôt mon héros de sa très-aimable et très-plaisante lettre; mais, pour écrire, il faut exister. La fin des hivers m'est toujours fatale. On dit que les Romains ne donnèrent le nom de février, au mois dont nous sortons, qu'à cause de la fièvre. J'ai été traité comme un ancien

(*) Un homme disait dans un souper, que *Goëzmann* et *Marin* savaient où l'on fesait les *Mémoires* que ce *Beaumarchais* s'attribuait; celui-ci répondit gaiement: *les mal-adroits qu'ils sont! que n'y font-ils faire les leurs.* (*Note des éditeurs.*)

romain ; c'eſt peut-être parce que je me ſuis aviſé de
1774. refaire Sophonisbe. Il ne faut point chanter avec une vieille voix enrhumée.

C'eſt à mon héros à briller toujours dans ſa belle et noble carrière. Son eſprit et ſon corps ne vieilliront point. Il y a des êtres pour qui la nature a été prodigue aux dépens du pauvre genre-humain. Mon héros eſt de ce petit nombre des élus. Le voilà d'ailleurs aſſez bien établi dans le monde, par lui-même et par les ſiens. Je voudrais bien ſavoir ce que penſent MM. *Gratau*, *Martinau*, *Lardeau*, *Quatrehommes*, *Quatreſous*, quand ils voient celui qu'ils ont entaché, ſi bien détaché et ſi net ?

On me dit que vous préfèrerez le gouvernement de notre bonne ville où vous êtes né, à celui du prince noir ; que vous voulez jouir du palais que vous avez embelli ; que vous voulez reſter au centre de vôtre gloire. Soit ; par-tout où vous ſerez, vous règnerez, et je ſerai toujours votre fidelle ſujet.

On m'a un peu alarmé pour ma *Sémiramis* du Nord ; mais les *Ninias* ne reparaiſſent que dans l'élégante tragédie de *Crébillon* ou dans la mienne. Elle-même m'a écrit une lettre tout-à-fait plaiſante ſur la réſurrection de ſon mari. C'eſt une dame unique ; elle ſe joue d'un empire de deux mille lieues, et fait mouvoir cette énorme machine auſſi aiſément qu'une autre femme fait tourner ſon rouet.

J'aurais bien voulu voir ſon conſeil de légiſlation, dans lequel elle raſſemble des chrétiens de toute ſecte, des muſulmans et des païens. Elle a auprès d'elle deux jeunes chambellans, dont l'un eſt un jeune comte de *Schouvalof*, qui fait des vers français mieux que toute votre académie. *Diderot* croit être à Verſailles dans les beaux jours de *Louis XIV*. Vous ſeriez-vous douté, Monſeigneur, il y a quarante ans, que Pétersbourg ſerait une ville toute françaiſe? Si vous preniez parti pour le turc, ce ſerait attaquer votre patrie. 1774.

On prétend que vous voulez reſſuſciter les jéſuites, à l'exemple du roi de Pruſſe. J'ajouterai cela au chapitre des contradictions qui règnent dans ce monde. Je commence à croire qu'on me donnera un évêché.

Je bavarde trop pour un vieux malade. Il faut aimer ſon héros, mais il ne faut pas l'ennuyer. *V.*

LETTRE CLXXVI.

A M. LE MARQUIS DE FLORIAN.

Le 7 de mars.

L'OCTOGENAIRE de Ferney eſt malade, et ne peut écrire de ſa main; le jeune *Wagnière* eſt malade, et ne peut prêter ſa main à l'octogénaire; il emprunte donc une troiſième main pour demander comment on ſe porte à Montpellier: il ſubſiſte de l'eſpérance de revoir les deux voyageurs au mois d'avril. M. de *Florian* ſait, ſans doute, que *Goëzmann* et *Beaumarchais* ſont jugés, et que le public n'eſt point content. Le public, à la vérité, juge en dernier reſſort; mais ſes arrêts ne ſont exécutés que par la langue. Le monde a beau parler, il faut obéir. (*)

(*) Les juges reſtèrent aſſemblés depuis cinq heures du matin juſqu'à dix heures du ſoir. Il y eut de très-grands débats; enfin la rage l'emporta:

La Chalotais obéit quand la maréchaussée le traîne
1774. en prison à Loches, à l'âge de soixante et quatorze ans, pissant le sang, écorché de gravelle.

Pour madame de *Montglat*, que la maréchaussée conduisait à Montpellier pour aller pleurer ses péchés dans un couvent, elle n'a point obéi : elle a pris, pendant la nuit, un cheval de la maréchaussée même, et s'est échappée au grand galop, en corset et en jupon, tenant d'une main sa boîte de diamans, et de l'autre la bride de son cheval. On croit que cette brave amazone se réfugie à Genève.

Le vieux malade n'a pas pu manger des perdrix rouges dont M. de *Florian* a régalé Ferney; mais madame *Denis*, plus gourmande que jamais, les a trouvées excellentes. Elle voudrait bien que les deux voyageurs de Montpellier les eussent mangées avec elle au petit Ferney.

La poste part, il faut finir cette lettre, et souhaiter le prompt retour des deux aimables voyageurs.

M. de *Beaumarchais* fut blâmé. Monseigneur le prince de *Conti* vint le même soir à sa porte, l'inviter pour le lendemain à passer la journée chez lui; il y laissa un billet finissant par ces mots : *Je veux que vous veniez demain; nous sommes d'assez bonne maison pour donner l'exemple à la France de la manière dont on doit traiter un bon citoyen tel que vous.* Trois jours après la ville et la cour s'étaient fait écrire chez lui. (*Note du correspondant général de la société littéraire-typographique.*)

LETTRE CLXXVII.

1774.

A M. D'ETALLONDE DE MORIVAL.

Au château de Ferney, 8 de mars.

JE reçois, Monſieur, votre lettre du 22 de février : ma réponſe ne peut partir que le 8 de mars. Si vous avez beſoin de quelque argent pour votre voyage, je ne doute pas que M. *Rey* ne vous en fourniſſe ſur ce ſimple billet : je connais ſon cœur. J'ai l'honneur d'être, Monſieur, avec un entier dévouement, votre très-humble, &c.

Voltaire, gentilhomme ordinaire
de la chambre du roi.

Je promets rembourſer ſur le champ, par Genève, l'argent qu'il aura bien voulu prêter à M. de *Morival*, pour ſon voyage. *Voltaire*.

J'ai envoyé au roi de Pruſſe la lettre que vous me fîtes l'honneur de m'écrire, il y a deux mois, dans laquelle vous me marquiez tout le zèle qui vous attache à ſon ſervice, et toute votre reconnaiſſance. Il ne me reſte plus qu'à trouver autant de bienveillance dans le cœur du magiſtrat de qui ſeul dépend votre affaire qui eſt devenue la mienne.

1774.

LETTRE CLXXVIII.

A M. DE MAUPEOU,

CHANCELIER DE FRANCE.

14 de mars.

MONSEIGNEUR,

LORSQUE je pris la liberté d'implorer votre suffrage dans le confeil des finances, en faveur de la colonie de Ferney, j'eus l'honneur de vous dire que je vous importunerais bientôt pour une affaire qui n'eft pas indigne de vos regards.

Il s'agit d'une grâce qui dépend entièrement de vous; et vous avez rendu d'affez grands fervices à la couronne et à l'Etat, pour que le roi ait en vous la plus entière confiance. Voici de quoi il s'agit.

Le roi de Pruffe m'envoya, à la fin d'avril, un jeune officier né français, qui eft lieutenant dans un régiment à Véfel; ce jeune homme eft ce que j'ai jamais vu de plus fage et de plus circonfpect. Vous ferez étonné, Monfeigneur, quand vous faurez que c'eft ce même d'*Etallonde* d'Abbeville, qui, à l'âge de dix-fept ans, fut condamné par contumace à l'horrible fupplice que fubit en partie le chevalier de *la Barre*. Vous avez fu que depuis, les efprits ayant été calmés, le tribunal d'Abbeville eut horreur de fa procédure, et relâcha tous les autres co-accufés.

D'*Etallonde*, dont j'ai l'honneur de vous parler, alla fervir cadet dans un régiment pruffien à Véfel.

Le roi de Pruſſe a ſu qui il était ; il a connu ſes mœurs et ſon mérite ; il lui a donné une ſous-lieutenance, et enſuite une lieutenance. Le bien que ce jeune homme héritait de ſa mère ayant été confiſqué, ſon père en a demandé et obtenu la confiſcation, dont il jouit, ſans ſecourir ſon malheureux fils. Dans l'état cruel où ce jeune homme ſe trouve, le roi de Pruſſe m'autoriſe, Monſeigneur, à vous prier en ſon nom d'accorder à d'*Etallonde* toutes les bontés que votre magnanimité et votre prudence croiront praticables. Je ne ſuis point étonné que le roi de Pruſſe ne veuille point être compromis ; je ſens de plus qu'il me ſied peut-être moins qu'à perſonne de ſolliciter une telle grâce dans une affaire qui, en ſon temps, effaroucha tant de gens reſpectés.

J'oſe tout remettre entre vous et le roi de Pruſſe, ſuivant ces mots de ſa lettre de Potſdam, du 30 de juillet : *Enfin vous en uſerez dans cette affaire comme vous le jugerez convenable au bien du jeune homme.*

Je ne fais rien de plus convenable que de vous implorer, de ne point paraître me mêler du ſieur d'*Etallonde*, d'attendre tout de vos ſeules bontés, et de me taire.

Je n'écris à perſonne ſur cette démarche. Si vous pouvez, Monſeigneur, avoir la bonté de m'envoyer le parchemin ſcellé dont vous daignerez favoriſer d'*Etallonde*, quand vous le jugerez à propos, ce ſera une faveur auſſi précieuſe que ſecrète, dont je ſentirai tout le prix d'autant plus que je m'en vanterai moins. J'ai aſſez de ſujets de publier ce que vous doit la France, ſans y mêler indiſcrétement les obligations que je vous aurai.

1774.

LETTRE CLXXIX.

A M. LE MARQUIS DE FLORIAN.

Ferney, le 16 de mars.

Bienheureux ceux qui ont de la ſanté, s'ils ſentent leur bonheur! Tous nos voiſins, et madame *Dupuits* et moi, nous ſommes ſur le grabat : chacun eſt damné dans ce monde à ſa façon. Pour moi, je dis dans ma chaudière : Comment ſe porte le ſerin? viendra-t-il nous voir au printemps? reſtera-t-il dans la cage de M. *Lamure*?

J'ai prêté la quatrième philippique de *Beaumarchais* dans Genève : donc elle ne me reviendra pas. On a imprimé tout ce procès à Lyon : M. *Vaſſelier* peut vous le faire tenir. *Beaumarchais* a eu raiſon en tout, et il a été condamné. L'arrêt ne réuſſit pas mieux à Paris qu'à Montpellier. (*)

La colonie proſpère, mais moi je ſuis bien loin de proſpérer. Madame *Denis* ſort en carroſſe; elle va chez madame *Dupuits* et madame *Racle* qui ſont toutes deux groſſes. Madame *Dupuits* ſouffre beaucoup; mais qui ne ſouffre pas, ſoit de corps, ſoit d'eſprit? Ce monde-ci eſt une vallée de misère, comme vous

(*) Cet arrêt a été caſſé tout d'une voix, ſous *Louis XVI*, par la grand'chambre et la tournelle aſſemblées, quand le vrai parlement fut rétabli dans ſes fonctions. M. de *Beaumarchais* rendu à ſon état de citoyen, ſut porté par le peuple, de la grand'chambre à ſon carroſſe, au milieu d'un concours d'applaudiſſemens, fondant en larmes, et preſque étouffé par la foule. (*Note des éditeurs.*)

ſavez. Le bonheur n'eſt qu'un rêve, et la douleur eſt réelle; il y a quatre-vingts ans que je l'éprouve. Je n'y fais autre choſe que me réſigner et me dire que les mouches ſont nées pour être mangées par les araignées, et les hommes pour être dévorés par les chagrins. Celui d'être loin de vous et du ſerin eſt bien grand pour le vieux malade.

1774.

LETTRE CLXXX.

A M. LE CHEVALIER DELISLE.

27 de mars.

GRAND merci, Monſieur, de vos nouvelles, mais cent fois plus de la manière dont vous les contez. Vous êtes comme *la Fontaine;* il n'inventait pas ſes contes, mais il avait un ſtyle à lui. Vous devez avoir reçu l'Hiſtoire de l'Inde qui n'eſt pas un conte; vous devez avoir vu le Catéchiſme des premiers brames, et vous ne m'en avez rien dit. Je vous l'adreſſai pourtant ſous l'enveloppe de votre général des dragons.

Mes reſpects à M. *Goëzmann.* Ne vous avais-je pas bien dit qu'il n'y avait qu'un coupable dans cette belle affaire, comme il n'y avait qu'un homme amuſant? Vous vous imaginiez donc que *hors de cour* ſignifiait juſtifié, déclaré innocent? et parce que vous écrivez mieux que nos académiciens, vous penſiez ſavoir la langue du barreau. Je vous crois actuellement détrompé. Vous ſavez ſans doute que *hors de cour* veut dire : Hors d'ici, vilain. Vous êtes violemment ſoupçonné d'avoir reçu de l'argent des deux

1774. parties. Il n'y a pas aſſez de preuves pour vous convaincre ; mais vous reſtez *entaché*, comme diſait *l'autre* (*), et vous ne pouvez plus poſſéder aucune charge de judicature.

Pour le blâme de *Beaumarchais*, je ne ſais pas encore bien préciſément ce qu'il ſignifie : pour moi, je ne blâme que ceux qui m'ennuient ; et en ce ſens il eſt impoſſible de blâmer *Beaumarchais*. Il faut qu'il faſſe jouer ſon Barbier de Séville, et qu'il rie en vous feſant rire. (**)

Quant à *la Chalotais*, je pleure. Pour vous, Monſieur, je vous aime de tout mon cœur, et je ſuis pénétré de vos bontés pour moi.

(*) L'*autre :* le parlement, qui n'ayant pu parvenir à juger M. d'*Aiguillon*, s'en dédommagea en le déclarant entaché dans ſon honneur : il devint miniſtre ſix mois après.

(**) On raconte que par-tout où M. de *Beaumarchais* ſe montrait, on l'entourait et on l'applaudiſſait ; que le lieutenant de police qui lui voulait du bien, l'envoya chercher et lui dit : *Je vous conſeille, Monſieur, de ne vous montrer nulle part ; ce qui ſe paſſe irrite bien des gens ; ce n'eſt pas tout d'être blâmé, ſachez qu'il faut être modeſte.* (*Notes des éditeurs.*)

LETTRE

LETTRE CLXXXI.

1774.

A M. DE MAUPEOU.

MONSEIGNEUR,

Il eſt dit, dans la vie de *Molière*, qu'il obtint de *Louis XIV* un bénéfice pour le fils de ſon médecin, dont il n'avait jamais ſuivi les ordonnances. Je ſuis encore plus rebelle à celles de mon curé, mais je ne ſais ſi j'obtiendrai pour lui la ferme du Jong.

En attendant que monſieur le procureur général de Bourgogne vous envoye les informations que vous avez la bonté de demander, permettez que je vous diſe ce que je ſais des jéſuites à qui cette ferme appartenait, et du pays barbare où je ſuis naturaliſé.

Notre province de Gex eſt de ſix lieues de long ſur deux de large, ſituée le long du lac de Genève, entre le mont Jura d'un côté, et les Alpes de l'autre : pays admirable à la vue, et dans lequel on meurt de faim. Il n'y eut pendant long-temps, dans ce déſert, que des prêches, des goîtres et des écrouelles. Le canton de Berne, conquérant de ces vaſtes provinces, fut poſſeſſeur au ſeizième ſiècle de la métairie du Jong, conquiſe auparavant par des chartreux du pays de Vaud (leſquels n'exiſtent plus) ſur une famille de payſans du même canton, éteinte ainſi que tous les moines dans cette partie de la Suiſſe.

Les Bernois cédèrent depuis Gex et la ferme du Jong, au duc de Savoie, et gardèrent le pays de

1774. Vaud, parce que le vin y eſt bien meilleur : ils gardèrent auſſi le bien des chartreux dans cette province de Vaud ; et la ferme du Jong reſta au duc de Savoie.

Henri IV, comme vous le ſavez, Monſeigneur, échangea le marquiſat de Saluces pour la Breſſe et pour notre petite langue de terre, en 1601. Nous fûmes preſque tous huguenots juſqu'en 1685. *Louis XIV* révoqua l'édit de Nantes, et tout le monde s'enfuit. Nos terres reſtèrent incultes, et ne ſont même encore cultivées que par des ſavoyards.

On avait envoyé des jéſuites dans le pays, dès l'an 1649, pour cultiver nos ames ; et le cardinal *Mazarin*, le plus pieux des hommes, leur avait donné dès lors cette grange du Jong, que j'ai l'inſolence de demander pour mon curé.

Les jéſuites, en cultivant la vigne du Seigneur dans notre pays, firent aſſez bien leurs affaires. Permettez-moi de vous raconter, Monſeigneur, qu'en 1756 j'appris qu'ils avaient acheté à ma porte le bien de ſix gentilshommes, tous frères au ſervice du roi, tous mineurs, tous orphelins, tous pauvres. Ce bien était en antichrèſe, c'eſt-à-dire prêté à uſure depuis long-temps. Nos miſſionnaires l'achetèrent d'un huguenot qui l'avait acheté lui-même à vil prix. Ainſi, l'on vit la concorde établie entre les jéſuites et les hérétiques. Les jéſuites obtinrent, en 1757, des lettres-patentes pour acheter ce bien ; ils les firent entériner au parlement de Bourgogne : c'était le révérend père *Feſſe* qui conduiſait cette négociation. On lui dit qu'il riſquait beaucoup, que les ſix mineurs pourraient un jour rentrer dans leur terre, en payant l'argent pour lequel elle avait été antichréſée ; il répondit, dans un mémoire que j'ai vu, qu'il ne craignait rien, et que ces gentilshommes étaient trop pauvres. Cela me piqua. Je dépoſai l'argent qu'il fallait ; et ces gentilshommes, nommés MM. de *Craſſi*, très-bons officiers, ſont en poſſeſſion de l'héritage de leurs pères. Le père *Feſſe* eſt actuellement à Lyon ; il a changé ſon nom en *Feſſi*, de peur qu'on ne prît ce nom pour des armes parlantes, attendu ſon énorme derrière.

1774.

Ce bien feſait partie du chef-lieu des jéſuites ; ce chef-lieu s'appelle Ornex. Toutes les acquiſitions faites par les jéſuites l'environnent. Le tout vaut entre quatre et cinq mille livres de rente, diſtraction faite des terres rendues à MM. de *Craſſi*. La ferme du Jong, donnée par le roi aux jéſuites, peut valoir annuellement ſix cents livres ; elle eſt adminiſtrée par un procureur de Gex, nommé *Martin*, qui en rend compte au parlement de Dijon. Nous faiſîmes le revenu du Jong, dans le procès en faveur des orphelins contre les jéſuites ; nous apprîmes alors que cette métairie était un don royal, fait à condition d'édifier les huguenots. Elle eſt voiſine de Ferney. J'ai eu le bonheur d'établir une colonie aſſez nombreuſe, et des manufactures dans cette paroiſſe ; le curé a beſoin d'un vicaire. Nos curés, comme je crois avoir eu l'honneur de vous le dire, n'ont point de caſuel, de peur que les hérétiques ne les accuſent de vendre les choſes ſaintes ; et ſi mon curé obtenait la ferme, il édifierait les hérétiques et ſes ouailles.

Si par haſard la ferme du Jong était affectée au payement des créanciers des jéſuites, je ne demande

1774. rien pour mon curé ; je vous demande ſeulement pardon de vous avoir ennuyé du vrai portrait de mon pays et du père *Feſſe*.

LETTRE CLXXXII.

A M. LE CHEVALIER DELISLE.

18 d'avril.

AUTANT le vieux malade, Monſieur, eſt enchanté de vos bontés et de vos lettres, autant il eſt affligé de votre incrédulité : c'eſt très-ſérieuſement que je vous le dis. Toute la cour de Ruſſie me ſaurait aſſurément très-mauvais gré, ſi j'avais eu l'impudence de mettre un ouvrage, un peu licencieux et un peu téméraire, ſous le nom d'un chambellan de l'impératrice, et d'un préſident de la légiſlation. Je ſerais de plus un faquin très-mépriſable, ſi je m'étais loué moi-même dans cette pièce qu'on m'attribue. Ne me faites pas paſſer, je vous en prie, pour un malhonnête homme et pour un ridicule ; je ne ſais de ces deux réputations laquelle eſt la plus cruelle. Ne me citez point M. d'*Adhémar ;* il y a très-grande apparence qu'il était parti de Pétersbourg avant que le jeune comte de *Schouvalof* eût fait ſon *Epître à Ninon*. Je venais de la recevoir, lorſque l'autre comte de *Schouvalof*, ſon oncle, vint chez moi, il y a environ un mois. Il la fit imprimer ſur le champ à Genève, et en fit tirer une quarantaine d'exemplaires ; il en a gardé l'original. Ce ſont des faits qu'il vous ſera aiſé de conſtater avec lui, quand vous le verrez chez madame *du Deffant* où il va quelquefois. 1774.

J'avoue qu'il y a quelque reſſemblance entre mon ſtyle et celui du jeune poëte ruſſe. Il s'exprime très-clairement, et ne court point après l'eſprit : ce ſont mes ſeules bonnes qualités. J'ai fait des diſciples en Pruſſe et à Pétersbourg, et mes ennemis ſont à Paris.

Catherine II me mandait, il n'y a pas long-temps, qu'il fallait qu'il y eût deux langages en France, celui des beaux eſprits et le mien ; mais qu'elle n'entendait rien au galimatias du premier.

Je viens, dans ma juſte colère, de faire imprimer à Genève une édition de l'*Epître à Ninon*. Je vous l'envoie, en vous proteſtant encore de mon innocence et de ma douleur.

On dit que madame de *Brionne* va chez le médecin ſuiſſe avec M. le duc de *Choiſeul ;* je ne le crois point. Je puis vous certifier, par de très-triſtes exemples, que ce médecin des urines n'eſt pas digne de voir les conduits de l'urine de madame de *Brionne*, et que c'eſt le plus plat charlatan qui exiſte; mais c'eſt aſſez qu'il tienne cabaret au haut d'une montagne, pour qu'on aille le conſulter.

N. B. Votre dernière lettre a été ouverte et mal recachetée. Je ne m'étonne pas qu'on ſoit curieux de vous lire ; mais quand vous voudrez me faire cette faveur, ayez la bonté d'envoyer votre lettre chez *Marin quès-à-co* qui me fait tout tenir ſurement.

1774. LETTRE CLXXXIII.

A M. LE COMTE D'ARGENTAL.

30 d'avril.

Mon cher ange, je vous avais d'abord envoyé quelques Pégafes par l'*hippopotame ;* mais je n'ai point eu de nouvelle de ce *cheval marin*, quoique j'aye careffé fon poitrail : je n'ai pas même eu de réponfe de lui depuis quinze jours; je ne fais s'il eft au fond de la mer. Tous mes Pégafes que je lui avais envoyés font probablement noyés avec lui.

Je fuis toujours très-malade; et quoique je m'égaye quelquefois à faire de mauvais vers, je n'en fouffre pas moins.

Je me fuis donné la petite confolation de démafquer, dans les notes de Pégafe, ce fcélérat d'abbé *Sabotier* qui, après avoir commenté *Spinofa*, a l'infolence d'accufer d'irréligion tant d'honnêtes gens, et qui, ayant fait des vers que le cocher de *Vertamont* aurait été honteux de faire dans un mauvais lieu, ofe condamner les libertés innocentes qu'on peut prendre en poëfie. Ce petit monftre eft, dit-on, le favori de l'évêque *Jean-George de Pompignan;* il eft bon de connaître ces fcélérats d'hypocrites. La littérature eft devenue un cloaque que mille gredins rempliffent de leurs ordures. Vous conviendrez qu'il vaut mieux à préfent faire labourer *Pégafe* que le monter.

Portez-vous bien, mon cher ange, vous et madame *d'Argental;* jouiſſez d'une vie honorée et tranquille; 1774.
pour moi, je me meurs entre mes montagnes. *V.*

LETTRE CLXXXIV.

A M. LE MARQUIS DE CONDORCET.

4 de mai.

Le vieux malade ne peut écrire ni de ſa main, ni de celle de ſon ſcribe qui eſt malade auſſi; il ſe ſert d'une main étrangère pour vous dire, monſieur le Marquis, que vous devenez l'homme le plus néceſſaire à la France. Vous avez ſu tirer *aurum ex ſtercore Condamini.* Votre miniſtère de ſecrétaire ſera une grande époque dans la nation.

Je vois, dans tout ce que vous faites, toutes les fleurs de l'eſprit, et tous les fruits de la philoſophie: c'eſt la corne d'abondance. On courra à vos éloges comme aux opéra de *Rameau* et de *Gluck.* La réputation que vous vous faites eſt bien au-deſſus des *honneurs obſcurs de quelque légion.* Tout le monde convient qu'une compagnie de cavalerie n'immortaliſe perſonne; et je puis vous aſſurer que vos éloges de l'académie des ſciences éterniſeront l'académie et le ſecrétaire. Il n'y a qu'une choſe de fâcheuſe, c'eſt que le public ſouhaitera qu'il meure un académicien chaque ſemaine, pour vous en entendre parler.

Je voudrais que le clergé eût un ſecrétaire comme vous, et que vous puſſiez, en enterrant tous les

prêtres, faire leur oraiſon funèbre, et enſeigner aux
1774. hommes la raiſon qu'on eſt fort loin de leur enſeigner. Vous rendez bien des ſervices importans à cette malheureuſe raiſon. Je vous en remercie de tout mon cœur, comme attaché paſſionnément à vous et à elle.

LETTRE CLXXXV.

A M. LE COMTE D'ARGENTAL.

18 de mai.

QUELQUE choſe qui ſoit arrivé et qui arrive, je ne veux pas mourir ſans avoir la conſolation d'avoir revu mes anges. Il n'y a que ma malheureuſe ſanté qui puiſſe m'empêcher de faire un petit tour à Paris. Je n'ai affaire à aucun ſecrétaire d'Etat; je ne ſuis point de l'ancien parlement. Il y avait une petite tracaſſerie entre le défunt et moi, tracaſſerie ignorée de la plus grande partie du public, tracaſſerie verbale, tracaſſerie qui ne laiſſe nulle trace après elle. Il me paraît que je ſuis un malade qui peut prendre l'air par-tout, ſans ordonnance des médecins.

Cependant je voudrais que la choſe fût très-ſecrète. Je penſe qu'il eſt aiſé de ſe cacher dans la foule. Il y aura tant de grandes cérémonies, tant de grandes tracaſſeries, que perſonne ne s'aviſera de ſonger à la mienne.

En un mot, il ſerait trop ridicule que *Jean-Jacques*, le génevois, eût la permiſſion de ſe promener dans la cour de l'archevêché, que *Fréron* pût aller voir jouer l'Ecoſſaiſe, et moi que je ne puſſe aller ni à la meſſe ni aux ſpectacles dans la ville où je ſuis né. Tout ce qui me fâche, c'eſt l'injuſtice de celui qui règne à Chanteloup, et qui doit régner bientôt dans Verſailles. Non-ſeulement je ne lui ai jamais manqué, mais j'ai toujours été pénétré pour lui de la reconnaiſſance la plus inaltérable. Devait-il me ſavoir mauvais gré d'avoir haï cordialement les aſſaſſins du chevalier de *la Barre* et les ennemis de la couronne? cette injuſtice, encore une fois, me déſeſpère. J'ai quatre-vingts ans; mais je ſuis avec M. de *Chanteloup* comme un amant de dix-huit ans quitté par ſa maîtreſſe.

1774.

Quand vous jugerez à propos, mon cher ange, d'engager, de forcer votre ami et votre voiſin, M. de *Praſlin*, à repréſenter mon innocence, vous me rendrez la vie.

Je ne vous parle point des bruits qu'on fait déjà courir de l'ancien parlement qu'on rappelle, de monſieur le chancelier qu'on renvoie : je n'en crois pas un mot. Tout ce que je ſais, c'eſt que je ſuis dévot à mes anges.

1774.

LETTRE CLXXXVI.

A M. LE CHEVALIER DELISLE.

27 de mai.

LA première chofe, Monfieur, qui me vint dans la tête quand le roi eut la petite vérole, c'eft que la famille royale et tout Verfailles allaient en être attaqués : *Regis ad exemplum totus componitur orbis.* Cette maudite pefte arabique a cela de particulier qu'elle fe communique non-feulement par le tact et par l'air, mais encore par l'imagination. Il aurait fallu commencer par imiter M. le duc d'*Orléans ;* il faudrait donner la petite vérole à tout le monde, pour fauver tout le monde.

Vous devez fans doute mener une vie bien trifte (*); mais plus elle eft fombre, plus vous avez befoin de *Gluck*, et nous auffi.

Nous fommes tous *Gluck* à Ferney, Monfieur; nous fommes auffi *Arnoult ;* nous fommes encore plus *Delifle ;* et, pour vous en convaincre, nous avons fauvé un pauvre diable de moine défroqué qui ofait porter votre nom. A l'égard de mademoifelle *Arnoult* qui chante fi bien, *que de grâces! que de beauté!* Nous fentons bien qu'on peut lui reprocher un petit manque de modeftie, et qu'il n'eft pas honnête de chanter ainfi fes louanges. Elle fe tirera de cette critique, comme elle pourra. Pour madame *du Deffant*, nous ne lui pardonnons pas de s'être ennuyée à cette mufique.

(*) A Choifi où *Mefdames* avaient toutes trois la petite vérole.

On nous envoie des tas de nouvelles dont nous ne croyons rien ; nous doutons , et nous attendons. 1774.

La propoſition que vous me faites d'acheter toute la cargaiſon de *Pompignan* (*), eſt d'un grand calculateur, mais je trouve encore mieux mon compte dans l'Inde, où nous nous ſommes aviſés, quelques génevois et moi, d'envoyer un vaiſſeau. Ce vaiſſeau a péri à ſon arrivée en France, tant notre marine eſt toujours malheureuſe ; et malgré cela, nous n'y avons rien perdu. Comme j'irai bientôt dans l'autre monde, chargez-moi d'y vendre votre part du *Pompignan*, car il n'y aurait pas de l'eau à boire dans celui-ci.

On dit que le fermier (**) dont vous me parlez veut reſter dans ſa ferme : en ce cas, il a raiſon ; car tant vaut l'homme, tant vaut ſa terre. Mais ce digne fermier a eu très-grand tort d'imaginer qu'un pauvre manœuvre, éloigné de cent lieues, devait ſavoir s'il y avait ou non des charançons qui gâtaient ſes blés. Cela m'a fait une peine extrême, et je ne m'en conſolerai point : il faut pourtant ſe conſoler.

On dit que la nation ſe prépare à être fort ſérieuſe et fort ſage : elle y aura de la peine ; ce n'eſt pas là de ces choſes où il n'y a que le premier pas qui coûte.

(*) On la propoſait au rabais.

(**) M. le duc de *Choiſeul*.

1774.

LETTRE CLXXXVII.

A M. LE MARECHAL DUC DE RICHELIEU.

31 de mai.

QUAND Monſeigneur ſera dans ſon royaume d'Aquitaine, ou dans ſa province de Richelieu, ou dans ſon pavillon des fées, il n'a qu'à me dire, lève-toi et marche, mon cadavre lui obéira. Je ſuis dans un état pitoyable; il n'importe. Je ne pourrai jamais avoir l'honneur de manger en public à ſa table. Ma décrépitude et mes infirmités ne me le permettent pas. Je doute encore beaucoup que vous daigniez m'accueillir en particulier. Je ſuis très-ſourd, et on dit que mon héros eſt un peu dur d'oreilles. N'importe encore une fois. Je ſerai conſolé et j'oublierai ma miſère pour m'occuper de votre gloire et pour être témoin que vous êtes un vrai philoſophe. C'eſt par-là qu'il faut finir. Je vous ai déjà dit que votre duc d'Epernon ne l'était pas, et que c'était en tout ſens un homme infiniment inférieur à vous. C'eſt ce que je vous prouverai quand il vous plaira.

Songez, quoique vous ne ſoyez pas à beaucoup près ſi vieux que moi, que vous avez vu ſix générations, en comptant *Louis XIV*, et que pendant ces ſix générations vous avez toujours eu une carrière brillante. Cette ſeule idée eſt un excellent appui de la philoſophie. Je vivrais cent trente-quatre ans comme *Jean Cauſeur*, qui vient de mourir en Bretagne, que jamais je ne riſquerais de vous envoyer des Pégafes et autres fadaifes de chétive littérature. Mais je vous envoie hardiment une petite oraifon funèbre de *Louis XV*, compofée par un académicien de province nommé *Chambon*. Vous n'y trouverez aucun de ces lieux communs, et rien de ces déclamations dont le public eft tant rebattu, mais vous y verrez de la vérité. Elle eft bien étonnée, cette vérité de fe trouver dans une oraifon funèbre, et elle fera encore plus étonnée de ne pas déplaire. Remarquez, je vous en prie, qu'un feul académicien fit l'éloge du feu roi pendant fa vie, et que c'eft un académicien qui le premier l'a loué publiquement après fa mort. Les louanges font un peu reftreintes. Il n'y a que celles-là de vraies.

1774.

Ce modéré panégyrifte n'avait pas de rancune.

Mais ce vain éloge et le monarque, tout fera bientôt oublié. Autrefois dans de pareilles circonftances le grand chambellan difait : Meffieurs, le roi eft mort, fongez à vous pourvoir. On y fongeait affez fans qu'il le dît. Pour moi, Monfeigneur, je ne fonge qu'à vous être attaché avec le plus tendre refpect jufqu'au dernier moment de ma vie. *V.*

1774.

LETTRE CLXXXVIII.

A M. LE COMTE D'ARGENTAL.

20 de juin.

MON cher ange, l'efprit eft prompt, et la chair eft faible. Si je pouvais mettre un pied devant l'autre, vous croyez bien que mes deux pieds feraient chez vous. Je vous aurais même apporté quelques fruits de ma retraite ; car je fuis de ces vieux arbres près de périr par le tronc, et qui ont encore quelques branches fécondes. C'eft une deftinée bien funefte que je puiffe et que je ne puiffe pas vous venir voir; mais j'efpère encore, malgré mes quatre-vingts ans et toutes mes misères. Il eft vrai que je fuis un peu fourd, un peu aveugle, un peu impotent; le tout eft furmonté de trois à quatre infirmités abominables; mais rien ne m'ôte l'efpérance. Ce fond de la boîte de *Pandore* me refte. Je ne fais fi *la Borde* conferve encore ce tréfor ; il fe flattait de faire jouer fa Pandore, lorfqu'il a été écrafé par *Gluck*, et par la mort de fon protecteur.

Vous avez, mon cher ange, l'efpérance la plus jufte de vivre long-temps, très-honoré et très-heureux avec madame d'*Argental*, et vous n'avez aucun des maux qui font fortis de la boîte. Votre lot eft un des plus heureux, votre félicité me fert de confolation.

J'écris à *Papillon* philofophe (*), qui eft un phénix

(*) Madame de *Saint-Julien*.

en amitié. Je me mets aux pieds de madame d'*Argental*. Je ne doute pas que vous ne voyez souvent M. le duc de *Praslin;* et comme je le crois plus juste que son cousin, je vous supplie de vouloir bien, dans l'occasion, lui parler de mon attachement inviolable. 1774.

Voltaire.

LETTRE CLXXXIX.

A MADAME LA MARQUISE DU DEFFANT.

25 de juin.

Je vous ai fait des infidélités, Madame, en faveur de M. *Delisle;* mais aussi il me fesait mille agaceries, quand vous me traitiez avec indifférence. Il me parlait de vous, et vous ne m'en disiez mot. Il m'apprenait que vous aviez été à l'opéra d'Iphigénie, et que vous aviez trouvé les vers, le récitatif, les ariettes, la symphonie, les décorations même détestables. Il nous a envoyé quelques airs qui ont paru très-bons à ma nièce, grande musicienne; mais, comme l'accompagnement manquait, j'ai persisté à croire qu'il n'y a rien dans le monde au-dessus du quatrième acte de Roland, et du cinquième acte d'Armide. Je suis toujours pour le siècle de *Louis XIV*, malgré tout le mérite du siècle de *Louis XV* et de *Louis XVI*.

Enfin, Madame, vous vous humanisez avec moi. Vous m'écrivez, vous me fournissez matière à écrire,

1774. vous m'envoyez de très-jolis vers qui valent beaucoup mieux qu'une très-grande ode. Je vous en remercie, et je voudrais bien ſavoir de qui ils ſont. Je ne ſuis pas accoutumé à en recevoir de pareils. Voilà un bon ton, et rien n'eſt plus rare.

J'ai ſu que M. le duc de *Choiſeul* était revenu à Paris en triomphateur, et qu'il était reparti en philoſophe. Je lui battis des mains avec le peuple, et je ne le trouve pas moins injuſte envers moi.

Je perſiſte dans ma haine contre les aſſaſſins du chevalier de *la Barre* et du comte de *Lalli;* et je n'ai jamais conçu comment il avait pu être mécontent de l'horreur que j'ai eue pour des injuſtices, auxquelles il ne peut prendre le moindre intérêt. Je lui ſerai toujours attaché, fût-il exilé, ou fût-il ſouverain. Je ſerai pénétré de reconnaiſſance pour lui; je le regarderai comme un génie ſupérieur : mais je ne lui pardonnerai jamais l'erreur dans laquelle il eſt tombé ſur mon compte.

Pour vous, Madame, je vous pardonne de ne m'avoir jamais inſtruit de rien, et d'avoir voulu que je vous écriviſſe de mon déſert où j'ignorais tout ce qui ſe paſſait dans le monde. Vous m'écriviez quelquefois quatre mots cachetés du grand ſceau de vos armes, au lieu de me mettre au fait, et de cacheter avec une tête.

M. *Deliſle* a eu plus de compaſſion que vous; cependant je ne vous ai point abandonnée. Je vous ai fait parvenir de plates vérités en vers et en proſe, quand il m'en eſt tombé entre les mains, et je vous en enverrai tout autant qu'il m'en viendra.

Vous ne me donnez aucunes nouvelles des grands

tourbillons

tourbillons qui vous entourent; et moi je vous écrirai tout ce que je saurai dans ma solitude. Vous voyez, Madame, que je suis de meilleure composition que vous, et cependant c'est vous qui vous plaignez. 1774.

LETTRE CXC.

A M. LE CHEVALIER DELISLE.

1 de juillet.

IL vaut cent mille fois mieux, Monsieur, être à Chanteloup qu'à Mouzon. Votre vieux malade de Ferney, que vous avez ragaillardi par vos lettres, achèvera tout doucement sa petite carrière à Ferney, quoiqu'on le presse de venir badauder à Paris. Il serait fort aise d'entendre l'Iphigénie de *Gluck;* mais il n'est pas homme à faire cent lieues pour des doubles croches : et il craint plus les sots propos, les tracasseries, les inutilités, la perte du temps, qu'il n'aime la musique.

Quand vous serez dans ce vaste tourbillon, vos lettres me tiendront lieu de tous les plaisirs qu'on cherche dans le fracas du monde. Je verrai mieux ses sottises par vos yeux que par les miens qui sont très-affaiblis par mes quatre-vingts ans. Ecrivez-moi de Paris, et je renonce à Paris.

Vous savez que ce n'est que par vous que j'ai été instruit de l'état des choses. Je sais un peu l'Histoire de France, mais je ne savais rien du temps présent.

1774. J'étais aſſez inſtruit que l'ancien parlement, tuteur des rois, avait banni du royaume *Charles VII*, l'un de ſes pupilles, qu'il avait fait brûler en place de Grève la maréchale d'*Ancre* comme ſorcière, qu'il mit à cinquante mille écus la tête d'un cardinal premier miniſtre, que MM. *Culet*, *Gratau*, *Martinau*, *Crépin*, *Quatreſous*, *Quatrehommes*, &c. chaſsèrent deux fois leur pupille *Louis XIV* de Paris, et ſon petit frère, et leur pauvre mère. Je ſavais même qu'ils voulaient me faire pendre, pour avoir rapporté quelques-uns de ces faits dans le Siècle de *Louis XIV*. Je bénis DIEU et celui qui nous a défaits de *meſſieurs;* mais je ne l'ai jamais vu, je ne le connais point. Quand je vous dis que je ne le connais point, ce n'eſt pas de DIEU dont je parle; c'eſt de l'homme qui a détruit *meſſieurs*, et qui nous a délivrés de la vénalité de la juſtice. Je ne lui ai jamais rien demandé.

Il n'y a qu'un ſeul homme en France à qui j'aye jamais demandé des grâces. Il me les a toutes accordées. J'en conſerverai, vif ou mort, une reconnaiſſance inviolable. Je le regarderai toujours comme le premier homme de l'Etat, quand il y aurait autant de *du Barri* que *Salomon* avait de concubines. J'ai toujours penſé de même; et, s'il en doute, je l'aime au point de ne pouvoir lui pardonner.

Je vous demande pardon de vous parler de tout cela; mais j'ai le cœur plein, il faut que je débonde.

Je ne vous dirai rien de ce qu'on fait à Paris, parce que probablement on n'y fait ce qu'on fait ni ce qu'on dit; et j'attendrai, pour avoir des notions juſtes, que vous ſoyez dans ce pays-là. Si j'avais le malheur d'être roi, j'aurais assurément le bonheur de vous prendre pour mon premier ministre ; car vous êtes le seul qui me disiez la vérité. La plupart de ceux qui me font l'honneur de m'écrire, ne me mandent que des bagatelles, ou des bruits populaires, ou des contradictions. 1774.

LETTRE CXCI.

A M. LE COMTE DE LA TOURAILLE.

5 de juillet.

Je suis coupable envers vous, Monsieur, et d'autant plus coupable que, pensant absolument comme vous, je devais vous faire sur le champ mes remercîmens, et vous envoyer ma profession de foi.

Oui, Monsieur, j'aime mieux le Tartufe et le Misanthrope que les comédies nouvelles. Oui, j'ose préférer *Racine* à nos drames, et j'aime mieux Roland et Armide que certains opéra. Ce n'est pas parce que j'ai quatre-vingts ans que je pense ainsi, car j'avais le même mauvais goût à quinze, et probablement je mourrai dans mon péché. Je vois que, chez toutes les nations du monde, les beaux arts n'ont qu'un temps de perfection ; et après le siècle du génie, tout dégénère à force d'esprit.

Je vous fais un très-grand gré de combattre en faveur du bon goût ; mais vous ne ramènerez pas au vin de Bourgogne des gens blasés qui s'enivrent de mauvaise eau-de-vie. Ceci soit dit entre nous ; car il

ne faut pas fâcher les ivrognes : ils n'entendent ni
1774. raiſon, ni raillerie.

On dit que vous avez un drame qui s'appelle *le Vindicatif ;* mais il n'y avait qu'à jouer Atrée, c'eſt le plus grand vindicatif qu'on ait jamais connu.

Amuſez-vous de ce qu'on vous donnera ; le bon temps eſt paſſé, le meilleur vin eſt bu. Vous ſavez ſans doute que dans l'Evangile on donnait toujours le plus mauvais vin au deſſert.

Pardonnez-moi, encore une fois, Monſieur, de vous écrire ſi tard. Je ſuis le plus négligent des hommes. J'égare tous mes papiers ; je ſuis comme le ſiècle, je ne ſais ce que je fais : mais je ſais bien ce que je dis en vous renouvelant tous les ſentimens de ma très-reſpectueuſe eſtime.

Le vieux malade V.

LETTRE CXCII.

A M. LE COMTE CAMPI, *à Modène.*

MONSIEUR,

VOTRE belle tragédie et la lettre dont vous m'avez honoré me ſont parvenues, heureuſement pour moi, dans un temps où je peux encore lire ; car lorſque l'hiver approche, avec ſes neiges, mes yeux de quatre-vingts ans me refuſent le ſervice. Agréez mes remercîmens ; vous devez avoir reçu ceux de toute l'Italie dont vous augmentez la gloire.

Votre tragédie eſt conduite avec un grand art, et votre épiſode d'Idolea me paraît ſupérieure à l'Aricie de l'admirable *Racine ;* mais ce qui eſt plus eſſentiel,

votre pièce intéreſſe et fait couler des larmes. Une intrigue vraiſemblable et bien ſuivie ſe fait approuver; 1774.
le ſentiment ſeul ſe rend maître du cœur;

Et quòcunque volent animum auditoris agunto.

Vous avez très-heureuſement imité *Ovide* dans les excuſes que *Biblis*, amoureuſe de ſon frère, cherche auprès des Dieux.

Dî melius, Dî nempè ſuas habuere ſorores.
Sic Saturnus Opem junctàm ſibi ſanguine duxit,
Oceanus Thetin, Junonem rector Olympi:
Sunt Superis ſua jura.

Si *Biblis* avait été juive, elle aurait pu apporter l'exemple de *Sara*, qui était la ſœur d'*Abraham*, ſon mari, à ce qu'elle dit. Elle ſe ferait fondée ſur le diſcours de *Thamar*, qui dit à ſon frère *Amnon*: Demandez-moi en mariage à mon père; il ne vous refuſera pas. Si elle avait été italienne, elle aurait pu implorer votre proverbe: *La cugina non mancare, la ſorella ſe.*

Mais la tragédie veut des paſſions, des remords et des cataſtrophes ſanglantes; c'eſt en quoi, Monſieur, vous avez très-bien réuſſi. Je ne ſuis point ſurpris du nombre des ſonnets faits à votre louange; ce ſont des fleurs qu'on jette par-tout ſur votre paſſage. Pour nous autres français, quand nous nous amuſons à faire des tragédies, nous ne recueillons guère que des chardons: nos *Cotins* et nos *Frérons* s'en nourriſſent, et en offrent à quiconque réuſſit.

J'ai l'honneur d'être avec la plus reſpectueuſe eſtime, Monſieur, &c.

1774.

LETTRE CXCIII.

AU MEME.

A Ferney, 8 de juillet.

Nardi parvus onix eliciet cadum.

Le Dialogue de Pégafe et du Vieillard m'a valu une lettre de vous, que je propoferais à tous les jeunes gens comme une leçon de raifon et de goût. Il eft d'une belle ame et d'un efprit jufte de fentir de l'horreur et du mépris pour ce difcours que *Photin* tient à *Ptolomée* dans *la Pharfale*, et que *Corneille* a fi malheureufement imité dans fa tragédie de Pompée, fi remplie de grandes beautés et de défauts infupportables.

Lucain tombe d'abord dans une faute, dans une contradiction que *Corneille* ne s'eft point permife; c'eft de dire que *Ptolomée* eft un enfant plein d'innocence: *Puer eft*, *innocua eft ætas;* et de dire, quelques vers après, que *Photin* confeilla l'affaffinat de *Pompée* en homme qui favait flatter les pervers, et qui connaiffait les tyrans:

At melior fuadere malis et noffe tyrannos,
Aufus Pompeium letho damnare Photinus.

Mais j'ai toujours vu avec chagrin, et je l'ai dit hardiment, que le *Photin* de *Corneille* débite plus de maximes de fcélérateffe que celui de *Lucain;* maximes cent fois plus dangereufes, quand elles font récitées devant des princes avec toute la pompe et toute l'illufion du théâtre, que lorfqu'une lecture froide laiffe à l'efprit la liberté d'en fentir l'atrocité. 1774.

Je ne m'en dédis point; je ne connais rien de fi affreux que ces vers :

Le droit des rois confifte à ne rien épargner;
La timide équité détruit l'art de régner.
Quand on craint d'être injufte, on a toujours à craindre;
Et qui veut tout pouvoir doit ofer tout enfreindre,
Fuir comme un déshonneur la vertu qui le perd,
Et voler fans fcrupule au crime qui le fert.

Vous avez vu très-judicieufement, Monfieur, que non-feulement ces maximes font exécrables, et ne doivent être prononcées en aucun lieu du monde, mais qu'elles font abfurdes dans la circonftance où elles font placées. Il ne s'agit pas du *droit des rois*; il eft queftion de favoir fi on recevra *Pompée*, ou fi on le livrera à *Céfar*. Il faut plaire au vainqueur; ce n'eft pas là un droit des rois. *Ptolomée* eft un vaffal qui craint d'offenfer *Céfar* fon maître.

J'ai exprimé fans ménagement mon horreur pour tous ces lieux communs de barbarie, qui font frémir l'honnêteté et le fens commun. J'ai dit, et j'ai dû dire combien font horribles à la fois et ridicules ces autres vers que j'ai entendu réciter au théâtre :

Chacun a fes vertus ainfi qu'il a fes dieux....
Le fceptre abfout toujours la main la plus coupable....
Le crime n'eft forfait que pour les malheureux....
Oui, lorfque de nos foins la juftice eft l'objet,
Elle y doit emprunter le fecours du forfait.

On ne peut dire plus mal des chofes plus odieufes;
1774. cependant il y a des gens d'affez mauvaife foi pour ofer excufer ces horreurs ineptes. Point de mauvaife caufe qui ne trouve un défenfeur, et point de bonne qui n'ait un adverfaire; mais à la longue le vrai l'emporte, furtout quand il eft foutenu par des efprits tels que le vôtre.

Si rien n'eft plus odieux aux honnêtes gens que ces fcélérats de comédie qui parlent toujours de *crime*, qui crient que le *crime* eft héroïque, que *la vengeance eft divine*, qu'on s'immortalife par des *crimes*; rien n'eft plus fade auffi que ces héroïnes qui nous rebattent les oreilles de leur vertu. C'eft un grand art dans *Racine* que *Néron* ne dife jamais qu'il aime le *crime*, et que *Junie* ne fe vante point *d'être vertueufe*.

Je vous demande bien pardon, Monfieur, de vous dire des chofes que vous paraiffez favoir mieux que moi.

J'ai l'honneur d'être, &c.

LETTRE CXCIV. 1774.

A M. LE CHEVALIER DELISLE.

A Ferney, 10 de juillet.

J'ai oublié, Monſieur, de vous répondre ſur le chapitre du *roué* (*) ou *rouable* que vous croyez être à Lauſane, et y avoir pris votre nom. Il eſt vrai qu'il y avait un *roué* ſurnommé *Delille*. C'était un moine défroqué qui avait enlevé une fort jolie fille. Ses ſupérieurs couraient après lui pour le faire brûler : nous avons envoyé le moine et ſa demoiſelle en Ruſſie.

L'autre moine dont vous me parlez, ou l'autre roué, comme il vous plaira, a paſſé quelque temps à Vevay ſur le chemin du Vallais. On le dit à préſent en Italie. Voilà tout ce que je ſais des anciens ſeigneurs de la cour.

Il me ſemble qu'il n'y a rien de mieux à faire pour les Français que d'être doux, gais et aimables. M. le duc d'*Orléans* donnait, il y a quelques années, des fêtes charmantes, et jouait parfaitement la comédie. M. de *Maurepas* était le premier homme du monde pour les parades; il était célèbre pour ſes bons mots. Tout cela eſt plus agréable que de ſe déchirer les oreilles pour ſavoir ſi les aſſaſſins des *Calas* et des

(*) *Du Barri*, ſurnommé *le roué* : on diſait à Paris qu'après la mort de *Louis XV*, il s'était réfugié en Suiſſe ſous le nom de *Delille* qu'il aurait pu porter à cauſe de la terre de l'iſle Jourdain qu'il avait excroquée, et que l'abbé *Terrai* lui rexcroqua dès que *Louis XV* fut mort.

1774. *la Barre* achèteront encore ou non le droit de nous juger.

Je vous demande en grâce, Monfieur, de me faire lire l'épître de M. de *Ruhlières;* j'aime les bons vers autant que monfieur le comte de *Provence* à qui je fais bon gré d'ailleurs de faire renaître le temps des anciens troubadours.

Il me femble que je ne vous ai point affez dit combien je fuis charmé de ces deux vers :

Puiffent, mon cher Dorat, les jours du nouveau règne,
Plus heureux que tes vers, être plus longs encor !

Si ces deux vers ne font pas de vous, il y a donc quelqu'un dans le monde qui vous vaut bien.

Madame *Denis* et moi, nous fouhaitons paffionnément que votre régiment aille inceffamment fur notre frontière.

Une très-belle voix que DIEU nous a envoyée dans nos déferts, nous a chanté des morceaux d'Iphigénie et d'Orphée, qui nous ont fait un extrême plaifir.

LETTRE CXCV. 1774.

A M. SUARD,

Sur son discours de réception à l'académie française, dont le sujet est l'éloge de la philosophie.

A Ferney, 16 de juillet.

J'AI, Monsieur, plus d'un remercîment à vous faire. Je n'ose vous parler d'un portrait dans lequel je ne dois pas avoir l'impudence de me reconnaître; mais s'il était vrai que vous eussiez voulu soutenir un pauvre vieillard, sur le bord de son tombeau, contre la sainte cabale qui ameute les *Sabatier* et les *Clément*, jugez quelle obligation vous aurait ce vieux bon homme, et comme il marcherait gaiement vers sa dernière heure.

Je vous dois cent fois plus de reconnaissance, et la saine partie de l'académie, et la saine partie du public, en auront autant que moi pour votre très-étonnant discours, pour cette vertu courageuse dont vous avez donné le premier exemple, pour cette raison victorieuse avec laquelle vous avez confondu les ennemis de la raison. Le jour de votre réception sera une grande époque. Il y a si peu d'intervalle entre l'*Eloge de Fénélon* condamné par un arrêt du conseil, et votre discours (condamné sans doute par le recteur *Cogé*), que je suis encore tout stupéfié de votre intrépidité. Il est vrai qu'elle est accompagnée

d'une grande ſageſſe. Vous vous êtes couvert de
1774. l'égide de *Minerve*, en frappant à droite et à gauche avec l'épée de *Mars*.

Je dois me taire ſur ceux qui ont eu le malheur de retarder votre réception ; j'en ai gémi pour eux. Je me flatte qu'ils verront combien ils avaient été trompés. Vous ne vous êtes vengé qu'en les éclairant; il faudra bien qu'ils penſent comme le public.

Voilà, Dieu merci, une nouvelle carrière ouverte; il faudra jeter dans le feu preſque tous les diſcours précédens, qui n'ont été que de fades éloges en ſtyle académique.

Je vois enfin les véritables fruits de la philoſophie, et je commence à croire que je mourrai content. J'ai craint pendant quelque temps qu'on ne rendît quelque arrêt pour ſupprimer le nom de philoſophie dans la langue françaiſe ; ſupprimez le nom d'hypocrite dans l'académie, ou du moins que ceux qui le ſont encore en rougiſſent, et qu'ils prennent les livrées de la raiſon, pour oſer paraître devant les honnêtes gens.

Je vais relire votre diſcours pour la quatrième fois. Si mes quatre-vingts ans et mes maladies me permettaient de me remuer, je voudrais vous embraſſer vous et vos amis.

LETTRE CXCVI. 1774.

A M. LE MARQUIS DE CONDORCET.

18 de juillet.

Je ſuis confus, Monſieur, et pénétré de reconnaiſſance. Ce n'eſt point par vanité que mon cœur eſt ſi ſenſible à tout ce que vous avez bien voulu dire en ma faveur, dans le *Mercure* de juillet; c'eſt qu'en effet rien n'eſt plus précieux pour moi qu'une pareille marque d'amitié. Ce qui ajoute encore à votre bienfait, c'eſt ce noble et juſte mépris qu'il vous ſied ſi bien de témoigner à ces petits regrattiers de la littérature, à cette canaille qui, en barbouillant du papier pour vivre, oſe avoir de l'amour propre, et qui juge, avec tant d'inſolence, de ce qu'elle n'entend pas. Il eſt juſte d'écarter à coups de fouet les chiens qui aboient ſur notre paſſage.

J'aurais bien voulu lire les Barmécides de M. de *la Harpe*. Il eſt le ſeul qui approche du ſtyle de *Racine*, et même d'aſſez près; mais il a encore plus d'ennemis que n'en eut *Racine*. Dieu veuille qu'il trouve un *Louis XIV!* j'ai peur qu'il ne rencontre que des *Pradons*. Il a de plus un grand malheur, c'eſt d'être né dans un ſiècle dégoûté, qui ne veut plus que des drames et des doubles croches, et qui au fond ne fait ce qu'il veut. Le public eſt à table depuis quatre-vingts ans; il boit enfin de mauvaiſe eau-de-vie ſur la fin du repas.

Les hommes de génie peuvent dire, dans ce temps,

1774. qu'ils font nés mal à propos. Ce n'eft pas pour vous que je parle, ni pour d'*Alembert;* car vous êtes nés tous deux pour honorer votre fiècle, et pour nous défaire de la multitude d'infectes qui bourdonnent, et qui voudraient piquer.

Je fuis bien aife que l'infecte, qui a voulu reffufciter le procès de M. de *Morangiés*, ait été écrafé par la commiffion du confeil; cet infecte était dangereux: il donnait au menfonge l'air de la vérité. J'ai lu une moitié de fon mémoire qu'on m'a envoyée: il faut que le rapporteur du confeil ait un efprit bien fin et bien jufte, pour avoir démêlé toutes les petites fourberies dont ce mémoire atroce fourmille. Il me femble que M. de *Sartine* eft très-outragé dans ce mémoire, fous le nom général de *la police.* Je ne fais rien de plus puniffable.

On me confole en m'affurant que les affaffins du chevalier de *la Barre* ne reviendront point pour être nos tyrans, en fefant femblant d'être les protecteurs du pauvre peuple qui n'eft que le fot peuple.

On parle de prochains changemens dans le miniftère; mais il eft dit dans la Sainte-Ecriture: *Nolite audire prophetas.*

Adieu, Monfieur; confervez-moi des bontés qui font la confolation de ma vie.

LETTRE CXCVII.

1774.

A M. DE POMARET.

26 de juillet.

C'ETAIT, Monſieur, un *Montillet*, archevêque d'Auch, qui, ayant appris qu'un grand nombre de vos réformés s'étaient aſſemblés extraordinairement le 4 de mai dans ſon diocèſe, et avaient tranſgreſſé la loi au point de prier DIEU publiquement pour la ſanté de *Louis XV*, déféra ce crime à *Louis XVI*.

Je donnai part à quelques-uns de vos confrères du zèle qu'a témoigné ce digne prélat, poſſeſſeur d'ailleurs de cent mille écus de rente. Il eſt gouverné par une demi-douzaine de jéſuites qui ne ſont pas auſſi riches que lui, mais qui ſont auſſi ſaints et auſſi ſages.

Un marquis de *Ganges*, exempt des gardes du roi, eſt aujourd'hui à Ferney. Je voudrais bien qu'il vous y eût amené.

J'eſpère que, dans ſept ou huit cents ans, les hommes ne ſe perſécuteront plus pour ſavoir: *Utrùm chimera bombinans in vacuo poſſit comedere ſecundas intentiones.*

1774.

LETTRE CXCVIII.

A MADAME LA MARQUISE DU DEFFANT.

28 de juillet.

Je n'ai point de thème aujourd'hui, Madame; j'ai envie de vous écrire, et je n'ai rien à vous dire. Quand je vous aurai fouhaité un bon eftomac, de la diffipation et de l'amufement, il en réfultera feulement que je vous ai ennuyée.

Le conte que vous m'avez fait de ce nouveau confeiller qui n'ofait *copiner* avant que fes anciens *copinaffent*, eft un vieux conte que j'ai entendu faire avant que madame de *Choifeul* fût née.

J'ai un neveu qui eft gros comme un muid, et qui eft doyen des confeillers-clercs du nouveau parlement; il faut me pardonner de prendre un peu le parti de fa compagnie. L'ancienne n'était guère plus favante, et était certainement plus tracaffière. Si vous vous faites lire l'hiftoire, vous aurez remarqué que, depuis *François I*, le parlement de Paris a cru toujours reffembler au parlement d'Angleterre.

C'eft précifément comme fi un de nos confuls fe croyait conful romain. Le monde a toujours été gouverné par des équivoques. Toutes nos querelles de religion ont eu des équivoques pour principes; c'eft ce qui m'a fait fouhaiter que la fatire de *Boileau* fur les équivoques fût un peu meilleure.

Il

Il me paraît que, vous autres Pariſiens, vous allez voir une grande et paiſible révolution dans votre 1774.
gouvernement et dans votre muſique. *Louis XVI* et *Gluck* vont faire de nouveaux Français.

M. *Deliſle* va à ſon régiment, et je n'aurai plus de nouvelles. Il avait une pitié charmante pour ma curioſité. Il me donnait des thèmes toutes les ſemaines ; il égayait le ſérieux de ma vie, car je ſuis très-ſérieux : je fais mes moiſſons, je plante, je bâtis, j'établis une colonie qu'on va peut-être détruire : voilà des occupations graves.

Portez-vous bien, Madame ; ayez du plaiſir, ſi vous pouvez : cela eſt bien plus important et beaucoup plus difficile. Je vous ſuis attaché depuis bien long-temps ; mais à quoi cela ſert-il ? Je vous ſuis inutile, je ſuis vieux, je vais mourir. Adieu, Madame ; je vous aime comme ſi j'avais encore vingt ans à vivre gaiement avec vous.

Le vieux malade de Ferney.

1774.

LETTRE CXCIX.

A M. LE MARECHAL DUC DE RICHELIEU.

29 de juillet.

Je ne ſuis pas ſurpris que mon héros ne m'ait pas donné ſes ordres ; je me ſuis bien douté que ma petite demi-dormeuſe, que j'appelle ma commode, et que j'avais fait faire exprès dans mon village, me ſerait inutile, ſurtout quand j'ai ſu qu'un voyageur très-connu de mon héros était en Suiſſe. J'ai conclu que le ciel s'oppoſait à mon voyage de Bordeaux, et qu'il fallait que je mouruſſe dans mon trou.

O deſtinée! deſtinée! Les Turcs ont bien raiſon de croire à la fatalité. Cependant mon héros, à ce qu'il me ſemble, a toujours maîtriſé aſſez cette deſtinée, et s'eſt toujours noblement tiré d'affaire. Que dire et que faire contre un homme qui a ſervi l'Etat ſoixante ans, et qui commença par être bleſſé au ſiége de Fribourg, ſi long-temps avant que la famille royale fût née? Ceux qui pourraient être jaloux de vous, ont-ils pris Mahon? ont-ils fait paſſer l'armée anglaiſe ſous les Fourches-Caudines? &c. &c.

Donc j'ai dit en moi-même: Il continuera à régner dans l'Aquitaine, ſans y lire même les vers orduriers du poëte *Auſone*, natif de Bordeaux, et conſul romain; il y aura une meilleure troupe de comédiens qu'à Paris; il ſe réjouira et il ſera honoré. Il me ſemble qu'il y a des hommes qui ont acquis une telle conſidération que la fortune ne peut leur faire aucun mal. Le nombre en eſt petit, et mon héros eſt aſſurément de ce nombre. Il m'aurait été bien doux 1774. de lui faire ma cour : j'en ſuis très-indigne, je l'avoue. Je ne ſuis plus fait que pour être enterré. Vivez auſſi long-temps qu'un doyen des maréchaux de France, qu'un doyen de l'académie, un marguillier de paroiſſe peut vivre. Régnez dans votre ciel de Bordeaux. Les orages ne peuvent ſe former que ſous vos pieds. On va chanter des *De profundis* à Saint-Denis ; mais on ſe ſouviendra toujours que vous avez fait chanter des *Te Deum* à Notre-Dame.

Agréez mes très-tendres reſpects. *V.*

LETTRE CC.

A M. LE COMTE D'ARGENTAL.

12 d'auguſte.

MON cher ange, je vous écris de mon lit, c'eſt le pupitre des gens de quatre-vingts ans ; c'eſt pour vous dire que je ne ſuis point ſurpris que madame d'*Argental* ſe faſſe porter, et que monſieur votre frère ait eu la fièvre. Les chaleurs extrêmes qu'on doit éprouver au bord de la Seine, comme du lac de Genève, peuvent fort bien déranger le pouls et ôter les forces. Je n'ai pas celle de faire ce voyage dont la ſeule idée me feſait ſauter de joie. Quatre-vingts années de maladies preſque continuelles ne permettent guère de ſe mettre en route dans la zone torride, et au mois d'octobre je ſerai dans la zone glaciale.

1774. Vous jugerez ſi je ſuis impotent, quand vous ſaurez qu'on a joué hier auprès de Genève les Lois de Minos, et que je n'ai pu m'y tranſporter. On me dit que cette rapſodie a été merveilleuſement accueillie par des gens qui ne connaiſſaient autrefois que les pſaumes de *Marot*, et qui paſſent aujourd'hui pour n'être ſavans que dans l'art de compter; mais depuis qu'ils ont profité des manœuvres de votre miniſtère des finances, au point de ſe faire ſix ou ſept millions de rentes ſur le roi, ils ſe ſont mis à aimer les vers français.

Je ne renonce point au projet d'obtenir du grand référendaire quelque ombre de juſtice pour un jeune et brave officier le plus honnête et le plus ſage du monde, que le roi de Pruſſe m'a confié depuis quatre mois. Il ſerait triſte qu'un homme qui lui appartient reſtât condamné à avoir la main droite coupée, la langue arrachée, à être roué et brûlé pour n'avoir pas ſalué, chapeau bas, une proceſſion de capucins pendant la pluie. Je ne puis attendre le ſacre qui eſt le temps des grâces. Il faut que j'écrive bientôt, et que l'affaire ſoit faite ou manquée. Si je n'obtiens rien, je renverrai l'officier à ſon maître, qui n'en aura pas meilleure opinion de nous. Je dois avoir quelque eſpérance, s'il eſt vrai que le roi ait répondu à ceux qui lui diſaient que M. *Turgot* eſt encyclopédiſte : *Il eſt honnête homme, et cela me ſuffit.* Ces paroles n'annoncent pas un bigot gouverné par la prêtraille, elles manifeſtent une ame juſte et ferme.

Je ſouhaite que les Deux Reines de *Dorat* réuſſiſſent autant que notre monarque.

J'ai quelque idée d'avoir vu une déclamation de

collége, intitulée *Sophronie*, et de n'avoir pu en ſoutenir la lecture. Je n'ai point ſu le nom de l'auteur. 1774.
Dieu me préſerve de ſonger à faire l'*Hiſtoire des Papes*, à moins qu'on ne m'aſſure vingt ans de vie pour courir ſur la barque de St *Pierre*, depuis ce renégat juſqu'au prudent *Ganganelli*. Quelle imagination! moi l'*Hiſtoire des Papes!* à mon âge!

Je penſe bien comme vous ſur Armide et ſur le quatrième acte de Roland; mais tant de gens diſent que cette muſique eſt du plain-chant, tant d'oreilles aiment le mérite de la difficulté ſurmontée, tant de langues crient, de Pétersbourg à Madrid, que nous n'avons pas de muſique, que je n'oſe me battre contre toute l'Europe. Cela n'appartenait qu'à *Louis XIV* et au roi de Pruſſe.

Adieu, mon cher ange. Dieu vous envoye des vents frais qui rendent des forces à madame d'*Argental* et à M. de *Pont-de-Veſle*. *V.*

1774.

LETTRE CCI.

A MADAME LA MARQUISE DU DEFFANT.

12 d'auguste.

Ah! cette fois-ci, j'ai un thème; et mon thème, Madame, est la révolution en ministres et en musique. Je ne suis ni marin ni musicien. Je suis fâché que M. *Turgot* n'ait que le département de nos vaisseaux et de nos colonies. Je ne le crois pas plus marin que moi; mais il m'a paru un excellent homme sur terre, plein d'une raison très-éclairée, aimant la justice, comme les autres aiment leurs intérêts, et aimant la vérité presque autant que la justice.

Quant à la musique, j'avoue que je ferais un voyage à Paris pour entendre Roland et Armide, après vous avoir entendu parler; et la seule chose qui m'en empêche, c'est mon extrait baptistère daté, dit-on, de l'an 1694: lequel extrait baptistère est accompagné de recettes pour mes yeux, pour mes oreilles et pour mes jambes, qui sont dans le plus mauvais état du monde.

Madame *Denis*, qui montre la musique à l'arrière-petite-nièce de *Corneille*, née chez nous, prétend que le chevalier *Gluck* module infiniment mieux que le chevalier *Lulli*, que *Destouches* et que *Campra*. Je veux l'en croire sur sa parole, car je me souviens que le roi de Prusse ne regardait la musique de *Lulli* que comme du plain-chant. On penſe de même dans le reſte de l'Europe, et j'en ſuis très-fâché; car le récitatif de *Lulli* me paraît encore admirable. C'eſt une déclamation naturelle, remplie de ſentiment, et parfaitement adaptée à notre langue ; mais elle demande des acteurs. *Cinna* ne pouvait être joué que par *Baron.* Je n'en dirai pas autant des ſymphonies de *Lulli ;* aucune n'approche ſeulement de l'ouverture du Déſerteur. 1774.

Il faut ſonger que, quand le cardinal *Mazarin* fit venir chez nous l'opéra, nous n'avions que vingt-quatre violons diſcordans qui jouaient des ſarabandes eſpagnoles. Nous ſommes venus tard en tout genre. Il n'y a guère de nation qui ait plus de vivacité et moins d'invention que la nôtre.

Je ſouhaite, pour votre amuſement, qu'on traduiſe inceſſamment, et bien, les deux gros volumes de *Lettres* du comte de *Cheſterfield*, à ſon fils *Philippe Stanhope.* Il y parle d'un très-grand nombre de perſonnes que vous avez connues. Il y a beaucoup à apprendre ; et je ne ſais ſi ce n'eſt pas le meilleur livre d'éducation qu'on ait jamais fait. Il y peint toutes les cours de l'Europe. Il veut que ſon fils cherche à plaire, et lui en donne des moyens qui valent peut-être ceux du grand *Moncrif*, qui ſut plaire à une auguſte reine de France. Il traite bien mal le maréchal de *Richelieu*, en avouant pourtant qu'il a ſu plaire. Il conſeille à ſon fils d'être amoureux de madame du *P.....*, et lui envoie le modèle d'une déclaration d'amour.

J'ai peur que ce livre ne ſoit traduit par quelque garçon de la boutique de *Fréron* votre ami, ou par

1774. quelque autre valet de libraire. Il faudrait un homme du monde qui voulût s'en donner la peine ; mais on n'en permettra jamais le débit en France. Si j'étais à Paris, je vous lirais en français quelques-unes de ces lettres, ayant l'anglais ſous mes yeux; mais mon état ne me permet point Paris ; et d'ailleurs j'ai eu l'inſolence de créer une eſpèce de petite ville dans mon déſert, et d'y établir des manufactures qui demandent ma préſence et mes ſoins continuels. Mes travaux de campagne ſont encore des chaînes que je ne puis rompre. Je me traîne en carroſſe auprès de mes charrues ; mes laboureurs n'exigent point que j'aye de la ſanté et de l'eſprit, et que je leur faſſe des vers pour être mis dans le *Mercure*.

Il me ſemble que, quand *Louis XIV* prit en mains les rênes du gouvernement, on lui préſentait de meilleurs vers que ceux dont on accable *Louis XVI*. Je le plaindrais fort, s'il était obligé de les lire.

Vous devez être inſtruite, Madame, ſi M. le duc de *Choiſeul* a acheté en effet la charge de grand chambellan de M. le duc de *Bouillon*. Il ferait bon qu'un homme, qui a tant d'élévation dans le caractère, tînt toujours à la cour par quelque grande place.

Je finis, faute de papier. Mille tendres reſpects. *V.*

LETTRE CCII.

1774.

A M. MARIN.

16 d'auguſte.

Vous avez fait, Monſieur, bien de l'honneur à mes yeux de les croire capables de lire votre écriture. Non vraiment, je ne vous ai point cru à Lampedouſe; mais j'étais, moi, ſur les bords du Styx où je ſuis très-ſouvent.

Il me ſemble que *Louis XVI* et M. *Gluck* vont créer un nouveau ſiècle. C'eſt un *Solon* ſous lequel nous aurons un *Orphée*, du moins à ce que diſent tous les grands connaiſſeurs en politique et en muſique. Pour moi, je ne verrai d'*Orphée* que dans le pays où il alla chercher ſa femme;

Tænarias etiam fauces, dira oſtia Ditis,
Et caligantes nigrâ formidine lucos.

Si vous avez du temps à vous, mon cher correſpondant, mandez-moi, je vous prie, comment ſont reçus dans le public les deux diſcours de M. *Suard* et de M. *Greſſet*, l'un très-philoſophique et l'autre grammatical.

On me parle de la *Lettre d'un théologien* à l'abbé *Sabotier*. Je l'ai lue; elle m'a inſpiré de l'admiration et de l'effroi. L'auteur (*) eſt ſans doute un profond géomètre et un homme d'un eſprit ſupérieur; mais

(*) M. le marquis de *Condorcet*.

1774. c'eſt un *Hercule* qui s'amuſe à écraſer un ſcorpion à coups de maſſue. Je ſuis bien ſurpris qu'un homme de ſon mérite traite ſérieuſement un *Sabotier;* c'eſt une choſe bien hardie d'ailleurs, de donner tant de ſoufflets au clergé ſur la joue de ce miſérable poliſſon.

On me mande que l'ouvrage fait dans Paris un effet prodigieux : quelques perſonnes me l'attribuent, mais j'en ſuis incapable. Il y a trop long-temps que j'ai renoncé à la géométrie; et de plus, je ne ſaurais approuver qu'on diſe tant de mal des prêtres, ſans aucun correctif. Il eſt très-certain qu'il y a parmi eux de très-belles ames, des évêques, des curés ſages et charitables. Il ne faut jamais attaquer un corps tout entier, excepté les jéſuites. En un mot, je ſuis fâché que, dans les premiers jours d'un nouveau règne, on ait fait un ſi bon et ſi dangereux ouvrage que le miniſtère ſera probablement forcé de condamner, et qu'on pourrait bien déférer au parlement.

Je vous prie de me dire auſſi ſi vous êtes idolâtre d'Orphée, et ſi vous avez abjuré entièrement Roland et Armide.

Voilà donc l'Egliſe grecque qui triomphe de l'Egliſe turque! *Catherine* me l'avait bien prédit. Les Velches voient-ils clair enfin? Si *Joſeph* avait voulu, ou plutôt s'il avait eu de l'argent, il n'y aurait plus de Turcs en Europe; la patrie de *Sophocle*, d'*Euripide* et d'*Anacréon* ſerait libre.

LETTRE CCIII.

1774.

A M. LE COMTE D'ARGENTAL.

A Ferney, 17 d'auguſte.

CECI devient ſérieux, mon cher ange. Vous connaiſſez ſans doute la *Lettre d'un théologien* à l'auteur du *Dictionnaire des trois ſiècles* ; c'eſt *Hercule* qui aſſomme à coups de maſſue un inſecte, mais il frappe auſſi ſur toutes les têtes de l'hydre. On ne peut être ni plus éloquent ni plus mal-adroit. Cet ouvrage auſſi dangereux qu'admirable armera ſans doute tout le clergé. Il paraît tout juſte dans le temps que j'écris à monſieur le chancelier pour l'affaire que vous ſavez. Pour comble de malheur, on m'impute cet écrit funeſte, dans lequel il eſt queſtion de moi preſque à chaque page.

L'ouvrage eſt d'un homme qui a ſans doute autant d'eſprit que *Paſcal*, et qui eſt auſſi bon géomètre. Il dit que d'*Alembert a réſolu le premier, d'une manière générale et ſatisfeſante, le problème des cordes vibrantes ; et qu'il a inventé le calcul des différences partielles.*

Je n'ai jamais lu ces cordes vibrantes ni ces différences partielles de M. d'*Alembert*. Il y a près de quarante ans que vous m'avez fait renoncer à la ſéchereſſe des mathématiques.

Il eſt donc impoſſible que je ſois l'auteur de cet écrit. J'aime les philoſophes, mais je ne veux pas être leur bouc émiſſaire. Je ne veux ni de la gloire d'avoir fait la *Lettre du théologien*, ni du châtiment qui la ſuivra.

1774. J'admire feulement comme tous les événemens de ce monde s'enchaînent, et comment un gueux comme *Sabatier*, un miférable connu pour avoir volé fes maîtres, un poliffon payé par les *Pompignans*, devient le fujet ou d'une perfécution ou d'une révolution.

Je mets peut-être trop d'importance à cette aventure. Je peux me tromper, et je le fouhaite; mais, fi le gouvernement fe mêle de cette affaire, il eft jufte que je me défende fans accufer perfonne.

Je ne fais actuellement où vous êtes, mon cher ange; mais fi cette affaire fait autant de bruit qu'on le dit, fi monfieur le chancelier en eft inftruit, s'il vous en parle, fongez, je vous en prie, que je n'ai nulle part à la *Lettre du théologien*, que je me fuis contenté de caufer avec *Pégafe*, et qu'il y aurait une injuftice affreufe à me rendre refponfable des témérités refpectables de gens qui valent beaucoup mieux que moi. Je fuis affligé qu'on ait gâté une fi bonne caufe, en la défendant avec tant d'efprit. Je vois la guerre déclarée, et la philofophie battue. Mon innocence et ma douleur font telles que je vous écris en droiture. Je vous demande en grâce de me répondre le plutôt que vous pourrez.

J'attends avec impatience des nouvelles de la fanté de madame d'*Argental* et de monfieur votre frère.

LETTRE CCIV.

1774.

A MADAME

LA MARQUISE DU DEFFANT.

Ferney, 7 de ſeptembre.

JAMAIS je n'ai eu plus de thèmes pour vous écrire, Madame. Savez-vous que ce fut ce poliſſon de *Vadé*, auteur de quelques opéra de la foire, qui, dans un cabaret à la Courtille, donna au feu roi le titre de *bien-aimé*, et qui en parfuma tous les almanachs et toutes les affiches? vous ſouvenez-vous que les cris des fanatiques et des parlementaires enflammèrent le cerveau du miſérable *Damiens*, et aſſaſſinèrent le roi bien-aimé, par les mains de ce gueux auſſi inſenſé que coupable? Vous voyez à préſent la mémoire du roi bien-aimé pourſuivie par ce même peuple qui était prêt à lui dreſſer des autels, pour s'être ſéparé de madame de *Châteauroux* pendant quinze jours.

C'eſt ce peuple qui fait des neuvaines à Sainte-Geneviève, et qui ſe moque tous les ans de *Jéſus* et de ſa mère, dans des noëls remplis d'ordures. C'eſt le même qui fit la fronde et la Saint-Barthelemi, et qui ſiffla long-temps Britannicus, Armide et Athalie. Il n'y a peut-être rien de plus fou et de plus faible, après les Velches, que ceux qui veulent leur plaire.

Peut-être eſt-il étonnant qu'on veuille ſacrifier le nouveau parlement qui n'a ſu qu'obéir au roi, à l'ancien qui n'a ſu que le braver. Peut-être beaucoup d'honnêtes gens ſeraient-ils fâchés de revoir en place

1774. ceux qui ont aſſaſſiné, avec le poignard de la juſtice, le brave et malheureux comte de *Lalli;* qui ont eu la lâcheté barbare de le conduire à la Grève dans un tombereau d'ordures avec un bâillon à la bouche; ceux qui ont ſouillé leurs mains du ſang d'un enfant de dix-ſept ans en perſonne, et du ſang d'un autre enfant de ſeize ans en effigie, qui leur ont fait couper le poing, arracher la langue, qui les ont condamnés à la queſtion ordinaire et extraordinaire, et à être brûlés à petit feu dans un bûcher composé de deux cordes de bois, le tout pour avoir paſſé dans la rue ſans avoir ſalué une proceſſion de capucins, et pour avoir récité l'*Ode à Priape* de *Piron*, lequel *Piron* avait, par parenthèſe, douze cents livres de penſion ſur la caſſette. Les gens qui ſont occupés de la muſique de *Gluck* et de leur ſouper, ne ſongent pas à toutes ces horreurs; ils iraient gaiement à l'opéra et à leurs petites maiſons, ſur les cadavres de ceux qu'on égorgea les jours de la Saint-Barthelemi et de la bataille du faubourg Saint-Antoine.

Il y en a d'autres qui conſidèrent ſérieuſement tous ces événemens, et qui en gémiſſent. J'aime à rire tout comme un autre, et je n'ai que trop ri; mais j'aime auſſi à pleurer ſur Jéruſalem. Je me conſole et je me raſſure dans l'opinion que j'ai de M. de *Maurepas* et de M. *Turgot*. Ils ont tous deux beaucoup d'eſprit, et ſont ſurtout fort éloignés de l'eſprit ſuperſtitieux et fanatique. M. de *Maurepas*, à l'âge de près de ſoixante et quatorze ans, ne doit et ne peut guère avoir d'autres paſſions que celles de ſignaler ſa carrière par des exemples d'équité et de modération.

M. *Turgot* eſt né ſage et juſte : il eſt laborieux et appliqué. Si quelqu'un peut rétablir les finances, c'eſt lui. Je ſuis à préſent ſous ſa coupe. Je demandais au conſeil des finances des grâces et des règlemens pour une colonie d'étrangers que j'ai faits ſujets du roi, et pour qui je bâtis de jolies maiſons dans mon abominable trou de Ferney, que j'ai changé en une eſpèce de ville aſſez agréable. Si le conſeil veut favoriſer cette colonie, j'aime mieux en avoir l'obligation à M. *Turgot* qu'à M. l'abbé *Terrai*. J'ai dépenſé plus de quatre cents mille francs pour cet établiſſement, et je ne demande au roi, pour toute récompenſe, que la permiſſion de faire entrer de l'argent dans ſon royaume. Il en eſt aſſez ſorti. Chacun a ſa chimère; voilà la mienne. C'eſt ainſi que je radote à l'âge de quatre-vingts ans.

1774.

Je ne radote point, quand je vous dis, Madame, combien je vous aime, combien je vous regrette, et à quel point il m'eſt douloureux de finir mes jours ſans vous revoir; mais, tout frivole que j'ai été, j'ai huit cents perſonnes à conduire et à ſoutenir. Je me trouve fondateur dans un pays ſauvage; j'y ai changé la nature, et je ne peux m'abſenter ſans que tout retombe dans le chaos.

Quant à M. le duc et à madame la ducheſſe de *Choiſeul*, je leur ſerai attaché juſqu'au dernier moment de ma vie avec reſpect, vénération et reconnaiſſance.

Je vous fais là toute l'hiſtoire de mon cœur, parce qu'il eſt à vous. Je crains pour la vie de *Pont-de-Veſle*; ſon frère fait la conſolation de la mienne.

L'affaire de M. le maréchal de *Richelieu* eſt déſagréable; il ſera forcé de faire condamner ſa couſine,

et de demander sa grâce. Nous aurions de belles
1774. lettres de madame de *Sévigné* sur sa petite-fille, si madame de *Sévigné* vivait encore.

Adieu, Madame; jouissez de tous les spectacles de la cour et de la ville, et daignez quelquefois vous souvenir du vieux malade *V.*

LETTRE CCV.

A M. LE MARECHAL DUC DE RICHELIEU.

14 de septembre.

Vous avez bien raison, Monseigneur, de ne point faire juger la pièce provençale par le sot et tumultueux parterre de Paris. Les têtes velches sont à présent si exaltées, si absurdes, si folles, qu'il ne faut les laisser juger que leurs camarades les marionnettes des boulevards. Les romans les plus extravagans n'approchent pas des sottises qu'on débite. Je vous assure que quand *Vadé*, écrivain de la foire, donna le nom de *bien-aimé* à *Louis XV*, dans un cabaret de la Courtille, et que tous les almanachs furent enluminés de ce titre (le tout pour avoir renvoyé madame de *Châteauroux*), *Louis XV* aurait fort bien fait de défendre par un édit qu'un si sot peuple lui donnât un si beau nom: *Odi profanum vulgus.*

Vous faites très-bien de vous en tenir à poursuivre et à presser la sentence du châtelet; ce n'est que dans des affaires un peu douteuses qu'on fait des mémoires. Celle-ci est si claire et si démontrée,

qu'on

qu'on l'affaiblirait en voulant la fortifier d'un factum d'avocat ; et puisque la folle de Provence n'ose pas faire un mémoire, je ne vois pas pourquoi vous vous abaisseriez à en produire un. 1774.

Les fausses nouvelles courent dans Paris avec tant de rapidité, et sont crues si universellement, que *le Kain* écrivait, ces jours passés à un bateleur d'auprès de Genève, ces propres mots : *Le calomniateur Maupeou est à la bastille, et on lui fait son procès criminel.* Cette belle nouvelle fut regardée dans tout Genève comme certaine. Le lendemain on disait que l'abbé *Terrai* serait infailliblement pendu, et que les Génevois y perdraient six ou sept millions de rentes qu'ils ont acquises fort adroitement sur les aides et gabelles de France. Cependant Genève est une ville beaucoup plus sage que Paris, et qui raisonne beaucoup mieux. Jugez donc, s'il suffit d'un faux bruit pour alarmer toute une ville où l'on pense, ce qui doit arriver dans une ville où l'on parle, et où l'on ne pense guère. Je conclus de tout cela que mon héros a raison en tout.

Je suis très-fâché de la mort de *Pont-de-Vesle.* Quand la cabane de planches de mon voisin brûle, je dois prendre garde à ma cabane de paille.

Je pourrais très-bien venir vous faire ma cour à Paris, rien ne m'en empêche que le triste état de ma santé. Pour écouter sa passion et faire un voyage, il faut commencer par être en vie.

Vous savez que je m'occupe, avant d'achever ma mort, à créer une habitation assez singulière, qui n'est ni ville, ni village, ni catholique, ni protestante, ni république, ni dépendante, ni tout-à-fait cité, ni

tout-à-fait campagne. Tout ce que je crains, c'eſt
1774. qu'après moi cet ouvrage, qui m'a tant coûté, ne ſoit entièrement anéanti.

Je vous remercie très-ſenſiblement de la bonté que vous avez de vouloir bien faire payer les artiſtes qui ont fourni la montre ornée de diamans pour les noces de monſeigneur le comte d'*Artois*.

Je ſoupire toujours après le bonheur de vous voir et de vous faire ma cour, tout indigne que j'en ſuis. Mon reſpectueux attachement pour vous eſt ſans bornes. *V.*

LETTRE CCVI.

A M. LE COMTE D'ARGENTAL.

14 de ſeptembre.

MON cher ange, je ne m'attendais pas que votre frère paſsât avant moi. Je ſuis honteux d'être en vie, quand je ſonge à toutes les victimes qui tombent de tous côtés autour de moi. Mon cœur vous dit : Vivez long-temps, mon cher ange, vous et madame d'*Argental!* comme ſi la choſe dépendait de vous; nous ſommes tous, dans ce monde, comme des priſonniers dans la petite cour d'une priſon; chacun attend ſon tour d'être pendu, ſans en ſavoir l'heure; et, quand cette heure vient, il ſe trouve qu'on a très-inutilement vécu. Toutes les réflexions ſont vaines, tous les raiſonnemens ſur la néceſſité et ſur la miſère humaine ne ſont que des paroles perdues. Je regrette votre frère, et je vous aime de tout mon cœur ; voilà tout ce que je puis vous dire. 1774.

Si vous avez le temps d'entendre parler des sottises des vivans, je vous dirai que votre protégé *le Kain* a écrit à un génevois ces belles paroles : *Le calomniateur Maupeou est à la bastille, et on lui fait son procès.* Cette nouvelle a été crue fermement dans tout Genève. Il n'y a point de ville en Europe qui s'intéresse plus qu'elle à vos affaires de France, attendu qu'elle s'est acquis six ou sept millions de rentes sur le roi, par son habileté, tandis que les Velches vont à l'opéra comique.

Personne n'a douté un moment que la nouvelle de *le Kain* ne fût très-vraie ; il était réputé l'avoir apprise de tout le public : cependant elle est fausse. Mais j'ai grand intérêt de savoir si l'homme accusé d'avoir calomnié une personne très-respectable et très-aimable, serait en effet coupable d'avoir trempé dans une intrigue qu'on lui impute. Vous pouvez me dire, oui ou non, sans vous compromettre.

Je vous ai écrit par madame de *Sauvigny;* vous pouvez me dire un mot par M. *Bacon*, substitut de monsieur le procureur général. Vous pouvez m'écrire des *on dit.* Tout le monde écrit des *on dit;* cent mille lettres à la poste sont pleines de cent mille *on dit.* Où en serions-nous si on ne permettait pas les *on dit?* La société ne subsiste que des *on dit.*

Je voudrais bien venir vous voir sans qu'on dît, il est à Paris. Plus j'avance en âge, plus je dis :

Moins connu des mortels, je me cacherais mieux;
Je hais jusques aux soins dont m'honorent les Dieux.

1774. Mes anges, puissiez-vous conserver très-long-temps votre santé, sans laquelle il n'y a rien !

Je suis bien sensible à l'attention que vous avez de me payer les neuf mille quatre cents livres; cela vient très à propos, car ma colonie me ruine. Je prendrai la liberté de tirer une lettre de change sur vous, puisque vous le permettez.

Adieu, mon cher ange; Paris est bien fou, et ce monde-ci bien misérable : c'est dommage qu'il n'y en ait pas d'autre. *V.*

LETTRE CCVII.

A M. LE CHEVALIER DE CUBIERES,

ECUYER DE MADAME LA COMTESSE D'ARTOIS.

A Ferney, 18 de septembre.

Ce n'est pas ma faute, Monsieur, si, étant affublé de quatre-vingts ans et de tous les accompagnemens de cet âge, je ne vous ai pas remercié plutôt de votre jolie lettre. Vous me parlez de vos deux maîtresses, une fille de quinze ans et la gloire : je vois que vous avez les faveurs de ces deux personnes. Je vous en félicite, et je garde les manteaux. Jouissez long-temps, et agréez les respectueux sentimens du vieux malade

Voltaire.

LETTRE CCVIII. 1774.

A M. LE MARQUIS DE FLORIAN.

Le 19 de feptembre.

Je vous envoie, mon cher ami, la publication de votre bonheur, faite hier authentiquement en préfence des hommes et des anges. Je n'y étais pas ; car, en qualité de vieux malade, j'étais dans mon lit, lorfque le curé avertiffait la paroiffe que vous feriez inceffamment dans le lit de mademoifelle *Joli*. Rempliffez donc au plus vîte cette augufte cérémonie, fous la main de la juftice, dans le château de Sainte-Geneviève, et revenez au plus vîte au château de Bijou, avec madame de *Florian*. Il ne faut pas qu'elle arrive dans le joli jardin que vous avez planté lorfque les arbres feront fans feuilles, et que vos fleurs feront mortes fous quatre pieds de neige.

Toutes vos lettres ont été portées à la grande et opulente ville de Genève; tous vos ordres ont été exécutés.

Je fuis fâché de tout ce que j'entrevois de loin dans Paris, et de tout ce que je prévois ; mais votre préfence et celle de madame de *Florian* me confoleront. Je vous remercie du mémoire de madame de *Saint-Vincent*. Il n'eft pas trop bien fait ; mais on ne pouvait pas le bien faire. Ou je me trompe, ou ce procès ne fera pas jugé fitôt.

Je vous embraffe bien tendrement. Nous attendons

1774. votre retour à Ferney avec grande impatience; mais nous ſentons combien le ſéjour où vous êtes doit avoir de charmes pour vous.

LETTRE CCIX.

A M. LE COMTE D'ARGENTAL.

A Ferney, 23 de ſeptembre.

MON cher ange, j'ai profité de la permiſſion que vous m'avez donnée. On viendra chez vous vous préſenter le billet de neuf mille quatre cents livres, avec un petit écrit de ma main au bas, par lequel je dis que, le billet étant de dix mille francs, vous en avez payé ſix cents livres.

Ainſi je vous ſupplie de vouloir bien ordonner que l'on compte au porteur neuf mille quatre cents livres, dont je crois qu'il faudra que le porteur vous donne un reçu.

Les affaires publiques ſeront un peu plus difficiles à arranger. Je ſuis comme tout le monde, j'attends beaucoup de M. *Turgot*. Jamais homme n'eſt venu au miniſtère, mieux annoncé par la voix publique. Il eſt certain qu'il a fait beaucoup de bien dans ſon intendance. *Quia ſupra pauca fuiſti fidelis, ſupra multa te conſtituam.*

Je ne lui demanderai qu'un peu de protection pour ma colonie. J'ai bâti Carthage; mais ſi on veut mettre des impôts ſur Carthage, elle périra; et certainement ſa petite exiſtence n'était pas inutile au royaume.

J'ai toujours chez moi le jeune et très-eſtimable infortuné dont je vous avais parlé, et pour qui 1774.
monſieur le chancelier ſemblait prendre quelque intérêt. J'oſe eſpérer que, quand il en ſera temps, monſieur le garde des ſceaux ne lui refuſera pas la faveur qu'il demande, et cette faveur me paraît de la plus étroite juſtice.

Les intérêts de ma colonie et de ce jeune homme m'occupent tellement, et ma mauvaiſe ſanté me rend ſi faible, que j'ai un peu ralenti de mon ardeur pour ces belles-lettres qui m'ont fait une illuſion ſi longue, et qui m'ont ſouvent conſolé dans mes afflictions.

Je me flatte que madame d'*Argental* a tous les ſoins poſſibles de ſa ſanté, dans ſon bel appartement dont elle ne ſort guère, et dans lequel j'aurais bien voulu vous faire ma cour.

Vous pourriez bien me dire, en général, ſans entrer dans aucun détail, ſi l'homme dont je vous ai parlé, dans ma dernière lettre, a été en effet aſſez abandonné de DIEU et du bon ſens, pour faire l'énorme ſottiſe qu'on lui a imputée.

Le vieux malade, mon cher ange, ſe cache toujours, dans ſon trou, à l'ombre de vos ailes.

1774.

LETTRE CCX.

A M. L'ABBÉ DE VOISENON.

10 d'octobre.

Je ne fuis abfolument content, mon cher confrère, ni de votre dernière lettre fur le prétendu théologien, ni de celle que M. le maréchal de *Richelieu* m'écrit à ce fujet.

La *Lettre d'un théologien* à l'auteur du *Dictionnaire des trois fiècles*, eft plus répandue que vous ne penfez. On en a fait une nouvelle édition. Tous les journaux en parlent, excepté la Gazette de Paris. Je vous envoie l'extrait qui s'en trouve dans la Gazette univerfelle de littérature qui fe fait aux Deux-Ponts, et qui a un grand cours dans toute l'Europe.

Vous ne devez pas douter qu'un ouvrage, dans lequel on parle fi hardiment de tant d'hommes en place, et où il eft queftion de tant de gens de lettres connus, ne foit très-recherché au milieu même des cabales et des intrigues qui divifent la France fur des objets plus confidérables. L'auteur a tort de daigner raifonner et plaifanter avec un coquin auffi méprifable que l'abbé *Sabatier* : mais enfin il y parle de prefque tous les hommes de ce fiècle qui ont de la réputation, de M. d'*Alembert*, de l'abbé de *Chaulieu*, de *Pope*, de vous, de cent perfonnes qui font fous les yeux du public. Vous devez fentir qu'il doit être lu.

Puifque vous favez qu'il eft de M. l'abbé *Duvernet*, ami de plufieurs académiciens, vous pouvez favoir auffi que le même abbé *Duvernet* donne tous les mois, dans le *Journal encyclopédique*, un mémoire contre l'infame auteur des *Trois fiècles;* mais auffi vous avez trop de raifon, trop d'efprit et trop d'équité, pour ne pas fentir qu'il eft impoffible que j'aye la moindre part à cet ouvrage. Il faudrait que je fuffe un monftre et un fat, pour dire du mal de vous et pour célébrer mes louanges. 1774.

Il y a, à la fin de cet ouvrage, une fatire fanglante de tout le clergé, que je trouve très-condamnable. Il ne faut jamais outrager un corps, et furtout le premier du royaume. On peut s'élever contre des abus, mais on doit toujours refpecter le premier des ordres de l'Etat.

Je ne puis me plaindre de ce que M. l'abbé *Duvernet* a dit de moi, je ne puis condamner ce qu'il dit de M. d'*Alembert;* mais je défapprouve hautement ce qu'il dit de vous, non-feulement parce que je vous fuis attaché depuis quarante ans, mais parce qu'il eft faux que vous ayez jamais écrit les ordures qu'on vous reproche. Je fuis votre ami, je le fuis de M. d'*Alembert*, et vous me devez la même juftice que je vous rends.

Si on m'avait confulté, cet ouvrage aurait été plus circonfpect, et n'aurait point compromis des perfonnes que j'honore. Il y a quelques anecdotes très-fauffes que j'aurais relevées.

C'eft une cruauté infupportable de m'avoir foupçonné un moment d'avoir part à cette brochure; et vous ne fauriez croire à quel point j'ai été affligé que vous ayez pu héfiter fur mes fentimens pour vous, que j'ai manifeftés dans toutes les occafions

1774. de ma vie. Je n'ai jamais fuccombé fous mes ennemis, et je n'ai jamais manqué à mes amis.

Comptez fur mon cœur qui n'eft point defféché par la vieilleffe comme mon efprit.

LETTRE CCXI.

A M. LE COMTE D'ARGENTAL.

10 d'octobre.

MON cher ange, vous êtes trop bon; vous venez à mon fecours dans un temps bien critique pour moi. Malgré les bontés de M. *Turgot*, fur lefquelles j'ai toujours compté, les commis de la nouvelle ferme du marc d'or font venus effaroucher la colonie que j'ai établie avec tant de frais, et cent pères de famille font prêts de m'abandonner. La mort de *Laleu* a mis au jour ma misère. J'ai vu, entre autres mortifications, que M. le maréchal de *Richelieu* me devait près de cinq années d'une rente que je croyais payée, et que toutes mes affaires font dérangées. Ce n'eft pas ce défordre qui me ferait aller à Paris, c'eft la confolation de vous revoir et d'oublier auprès de vous toutes les afflictions qui fondent fur moi; mais j'ai quatre-vingts ans, et je fouffre vingt-quatre heures par jour. Le mal me cloue; voilà mon état: il faut faire contre fortune et nature bon cœur.

J'ai toujours chez moi cette jeune victime de la fuperftition des cannibales. J'attends un certificat du roi fon maître, qui m'a envoyé ce pauvre jeune homme. Ce certificat me ferait très-néceffaire, mais j'ai peur qu'il ne veuille pas fe compromettre. 1774.

Mon gros petit neveu d'*Ornoi* me mande qu'un de fes confrères, fon ami, et ami intime du grand référendaire, pourrait fervir beaucoup dans cette affaire; je voudrais, mon cher ange, que vous puffiez voir d'*Ornoi*. La propofition qu'on fera obligé de faire fera bien délicate: car ce jeune homme, plein d'honneur et de courage, ne veut point fubir l'humiliation d'aller fe mettre à genoux pour entérinement; et fans cet entérinement, les lettres de grâce ne font point valables. Il faudrait donc exprimer dans les lettres qu'*attendu fon fervice auprès du roi fon maître, on lui accorde tout le temps néceffaire pour faire entériner ces lettres*.

Ce ferait une dérogation aux ufages de la chancellerie, très-difficile à obtenir. Son fouverain m'a mandé qu'*en dernier lieu il a empêché une guerre qui allait embrafer l'Europe*. Si cela eft, le miniftère fera bien aife de favorifer un de fes officiers; mais enfin qui peut y compter? Tout cela eft bien étrange. Ma correfpondance affez vive avec ce fouverain eft plus étrange encore, et vous êtes témoin à Paris de chofes beaucoup plus étranges. J'attends donc, mais on meurt en attendant. Qu'il ferait doux, avant ce moment, de venir tout courbé, tout ratatiné, fans dents et fans oreilles, revoir encore avec mes faibles yeux celui à qui je fuis attaché depuis foixante et dix ans, et de me mettre aux pieds de madame d'*Argental! V.*

1774.

LETTRE CCXII.

A M. LE PRINCE DE LIGNE.

A Ferney, 19 d'octobre.

MONSIEUR LE PRINCE,

Le mourant de Ferney n'a pu faire ſa cour comme il aurait voulu à madame la comteſſe de *Mérode ;* il a même été privé de l'honneur d'aſſiſter à ſon ſouper et à ſa toilette. Voilà ce que c'eſt que d'avoir quatre-vingts ans. Si quelque choſe pouvait me conſoler dans mon triſte état, ce ſerait le joli ouvrage dont vous m'avez honoré ; il eſt fait par un homme plein d'eſprit et de goût. Il a preſque ranimé mon ancienne paſſion pour un art dont j'ai été ſi long-temps idolâtre. J'ai été charmé d'y retrouver le mot *achève* de *la Motte.* J'étais à côté de lui à la première repréſentation de la pièce ; il ne s'en était point déclaré l'auteur : je lui dis à ce mot, il n'y a plus de ſecret, elle eſt de vous.

Je crois avoir deviné de même à pluſieurs traits l'auteur des *Lettres à Eugénie.*

Je viens de lire la lettre au prince de *Lichtenſtein ;* je ne connais rien du tout à l'art des généraux de l'empire. J'aimais mieux autrefois celui de mademoiſelle *Gauſſin ;* mais cette lettre me paraît un chef-d'œuvre en ſon genre. Je ſouhaite que de long-temps vous ne ſoyez à portée d'exercer un art ſi fatal et que vous louez ſi bien.

Agréez, monſieur le Prince, avec votre bonté ordinaire, le reſpect infini du vieux malade *V.*

LETTRE CCXIII. 1774.

A M. LE COMTE D'ARGENTAL.

24 d'octobre.

Mon cher ange, vos lettres attendriſſent mon cœur et le déchirent en deux. J'avais fait faire, au commencement de l'été, une petite voiture que j'appelais ma commode, et non pas ma dormeuſe. Je cours toujours en idée, de mon beau plateau entre le noir mont Jura et les effroyables Alpes, pour venir me mettre à l'ombre de vos ailes dans votre ſuperbe cabinet qui donne ſur les Tuileries. La nature et la deſtinée enchaînent mon petit corps, quand mon ame vole à vous. Je ne puis vous exprimer ma ſituation; il faudrait que j'aſſemblaſſe des médecins, des notaires, des procureurs, des maçons, des charpentiers, des laboureurs, des horlogers, qui vous prouveraient, papier ſur table, l'impoſſibilité phyſique de ſortir de mon trou. Vous êtes un ange bien conſolateur, un vrai paraclet, de vous être adreſſé à madame la ducheſſe d'*Enville* pour mon jeune homme qui brave chez moi, depuis ſix mois, ſes anciens aſſaſſins. Vous entreprenez ſa guériſon; vous êtes le bon ſamaritain, vous ſecourez celui que les phariſiens ont aſſaſſiné. Son maître m'a toujours mandé qu'il déſeſpérait du ſuccès; et moi j'en ſuis sûr, ſi vous vous en mêlez avec madame la ducheſſe d'*Enville*. Je ſens bien qu'il faut attendre; mais pendant qu'on attend, tout change, et on meurt à la

1774. peine : cependant attendons. J'obtiendrai aifément que votre protégé refte encore fix mois chez moi. Si je meurs, je vous le léguerai par mon teftament.

Avez-vous dit à madame d'*Enville* que cette victime des pharifiens était chez moi? fait-elle que c'eft par bonté pour moi, autant que par principe d'humanité et de juftice, que vous lui avez recommandé cette affaire? dois-je lui écrire pour la remercier et pour mettre à fes pieds moi et mon jeune homme?

J'ai peine à me retenir quand je vous parle de cette horrible aventure. Elle donne envie de tremper fa plume dans du fang plutôt que dans de l'encre.

Vous pouffez encore vos bontés jufqu'à vous intéreffer pour ma colonie. *Florian* l'embellit en y amenant une troifième femme qu'il a époufée chez madame de *Sauvigny*. Je lui ai bâti une petite maifon qui reffemble comme deux gouttes d'eau à un pavillon de Marli, à cela près qu'il eft plus joli et plus frais. Nous avons quatre ou cinq maifons dans ce goût. Nous élevons une petite defcendante de *Corneille*, âgée de dix ans, que nous avons vu naître. Nous fommes occupés à encourager cinq ou fix cents artiftes qui feront très-utiles, fi M. *Turgot* les foutient, et qui, à la lettre, me réduiront à la mendicité, s'il les abandonne.

Voilà mon état à quatre-vingts ans, fans avoir exagéré d'un feul mot dans ma lettre.

M. *Turgot* ne m'a point écrit, mais il a écrit à une autre perfonne qu'à ma confidération il venait de faire du bien à un frère de feu *Damilaville*. Il m'a fait dire auffi qu'il avait entre les mains la requête de ma colonie; et je vois qu'il daigne y ſonger, puiſqu'elle n'eſt pas encore dévorée par les fermiers ou directeurs. On nous laiſſe tranquilles juſqu'à préſent. J'attendrai le réſultat de ſes bontés. 1774.

Je préſume que vous verrez M. *Turgot* à Fontainebleau, et que vous pourrez, mon cher ange, lui dire en général quelques mots qui réveilleront ſon attention pour un établiſſement digne en effet d'être protégé par lui.

Voilà deux miniſtres qui ſont venus tous deux chez moi; l'un eſt M. *Bertin*, l'autre M. *Turgot*. Puiſſent-ils s'en reſſouvenir, non pas pour favoriſer ma perſonne, mais pour le bien de la choſe! elle en vaut la peine, quoique ce ne ſoit qu'un point ſur la carte.

Je ſuis perſuadé que vous êtes bien avec M. de *Maurepas*. Vous avez des droits à ſon amitié, et encore plus à ſon eſtime. Je ne crois pas que ma liaiſon indiſpenſable avec un homme auquel je ſuis attaché depuis cinquante années, et dont il n'était pas l'ami intime, lui ait donné pour moi une haine bien marquée. Je ne crois pas, non plus, qu'il me favoriſe beaucoup; vous ne croyez pas auſſi qu'il ait pour moi la plus vive tendreſſe. Je préſume ſeulement qu'il a de trop grandes affaires, et qu'il a l'ame trop noble pour ne me pas laiſſer mourir en paix.

Me voilà, mon cher ange, à l'âge de quatre-vingts ans, un peu perclus, un peu ſourd, un peu aveugle, aſſez embarraſſé dans mes affaires, n'ayant du gouvernement qu'un carré de parchemin, ne demandant rien pour moi, ne déſirant rien que de vous

1774. voir, vous fouhaitant, à vous et à madame d'*Argental*, fanté et amufement, mettant toujours ma frêle exiftence à l'ombre de vos ailes, vous refpectant de toutes mes forces, vous aimant de tout mon cœur.

Croiriez-vous que je viens de recevoir des vers français d'un fils du comte de *Romanzof*, vainqueur des Turcs, et que, parmi ces vers, il y en a de très-beaux, remplis furtout de la philofophie la plus hardie, et telle qu'elle convient à un homme qui ne craint ni le mufti ni le pape? Cela me confirme dans l'opinion que j'ai toujours eue qu'*Attila* était un homme très-aimable et un fort joli poëte.

LETTRE CCXIV.

A M. VERNES, *à Genève.*

28 d'octobre.

Le petit ouvrage en vers du jeune comte de *Romanzof*, eft un *Dialogue entre Dieu et le père Hayet*, *récollet*, l'un des auteurs du *Journal chrétien*.

Hayet prêche à DIEU l'intolérance; DIEU lui répond qu'il n'a point de baftille, et qu'il ne figne jamais de lettres de cachet. *Hayet* lui dit :

Ciel, que viens-je d'entendre! ah, ah, je le vois bien,
Que vous-même, Seigneur, vous ne valez plus rien.

Je ne crois pas que *Palard* foit fort au fait des affaires de Rome. Il faut croire plutôt un ancien ami du pape (frère *François*) qui dit avoir entendu de de ſa bouche : *Io moro , sò perchè moro , sò dà chè moro , baſta coſi.* 1774.

Frère *François*, confident et domeſtique de *Ganganelli*, eſt mort de la même maladie de ſon maître.

Le vieux malade fait mille complimens à M. *Vernes.*

LETTRE CCXV.

A M. LE COMTE D'ARGENTAL.

7 de novembre.

En liſant votre lettre du 30 d'octobre, mon cher ange, je ſuis prêt de voler vers vous, mais donnez-moi des ailes. Mes plus fortes chaînes ſont celles qui me retiennent dans mon lit où je ne dors point. Je ſuis près de ma ſalle à manger où je ne mange point ; je vois mon jardin où je ne me promène point ; j'ai autour de moi des ſociétés dont je ne jouis point ; j'ai la paſſion la plus forte de venir au coin de votre feu, et ce n'eſt qu'une paſſion très-malheureuſe.

Je ſuis pénétré de tout ce que vous daignez faire pour mon jeune homme. Son ſouverain m'écrit qu'il l'a recommandé à ſon miniſtre, et je compte ſur vous plus que ſur tous les miniſtres du monde. J'écrirai bien certainement à madame la ducheſſe d'*Enville* et à madame *du Deffant*. Heureuſement rien ne preſſe encore ; nous aurons tout le temps de nous déterminer ou à demander une grâce, ce qui me paraît très-triſte et très-honteux, ou à ſoutenir le

procès, ce qui me paraît noble et convenable. *Linguet*,
1774. qui dans cette affaire donna un mémoire pour plusieurs accusés, pourrait être consulté; mais il s'est brouillé bien indiscrétement avec M. d'*Alembert*. Mon neveu d'*Ornoi* n'est que médiocrement au fait de la procédure. J'en ai une entre les mains, mais j'ignore si elle est complète. Tout ce que je sais bien certainement, c'est qu'il n'y a qu'un seul témoin d'un délit un peu grave; que ce témoin n'est pas oculaire; que ce témoin était un enfant intimidé, que son enfance même a fait mettre hors de cour. *Linguet*, qui est du pays, pourrait seul donner des indications. Est-il encore avocat? reprendra-t-il cette profession sous l'ancien parlement? attendons, encore une fois; mais on meurt à force d'attendre.

S'il s'agissait des *Sirven*, des *Calas*, des *Montbailli*, je paraîtrais bien hardiment, je soulèverais le ciel et la terre; mais ici le ciel et la terre seraient contre moi. Je dois me taire; je dois travailler fortement, et me cacher soigneusement.

Je suppose que cette affaire irait aux chambres assemblées, attendu que votre protégé est gentilhomme. Je suppose encore qu'il faudrait des lettres d'attribution du garde des sceaux au parlement, pour ne point passer par la juridiction d'une petite ville subalterne, remplie d'animosité, de haine de familles, de superstition, et surtout d'ignorance.

Je suppose encore que ces lettres d'attribution ne seraient pas difficiles à obtenir, puisque l'affaire a été jugée en dernier ressort par le parlement, et qu'il ne s'agit que de purger une contumace à ce parlement même; mais il s'agit de purger cette contumace après le temps prefcrit par les ordonnances, et c'eft fur quoi il faut des lettres du grand fceau. 1774.

Toutes les affaires font épineufes, et celle-ci plus qu'une autre. Je demande à la nature un peu de force pour ne pas fuccomber dans le travail que cette entreprife m'impofera. Mon repos eft troublé par plus d'un orage, comme ma fanté eft exterminée par plus d'une maladie.

Je me mets à l'ombre de vos ailes, mes divins anges, défefpéré de n'y être que de loin. Je peux mourir à la peine, mes derniers fentimens feront pour vous.

LETTRE CCVI.

A M. DE CHAMPFORT.

A Ferney, 16 de novembre.

MONSIEUR,

QUAND M. de *la Harpe* m'envoya fon bel *Eloge de la Fontaine*, qui n'a point eu le prix, je lui mandai qu'il fallait que celui qui l'a emporté fût le difcours le plus parfait qu'on eût vu dans toutes les académies de ce monde. Votre ouvrage m'a prouvé que je ne me fuis pas trompé. Je bénis DIEU, dans ma décrépitude, de voir qu'il y ait aujourd'hui des genres dans lefquels on eft bien au-deffus du grand fiècle de *Louis XIV;* ces genres ne font pas en

grand nombre, et c'eſt ce qui redouble l'obligation
1774. que je vous ai. Je vous remercie, du fond de mon cœur uſé, de tous les plaiſirs nouveaux que votre ouvrage m'a donnés ; tout ce que je peux vous dire, c'eſt que *la Fontaine* n'aurait jamais pu parler d'*Eſope* et de *Phèdre* auſſi bien que vous parlez de lui.

A propos, Monſieur, vous me reprochez, mais avec votre politeſſe et vos grâces ordinaires, d'avoir dit que *la Fontaine* n'était pas aſſez peintre. Il me ſouvient en effet d'avoir dit autrefois qu'il n'était pas un peintre auſſi fécond, auſſi varié, auſſi animé que l'*Arioſte*, et c'était à propos de *Joconde;* j'avoue mon héréſie au plus aimable prêtre de notre Egliſe.

Vous me faites ſentir plus que jamais combien *la Fontaine* eſt charmant dans ſes bonnes fables; je dis dans les bonnes, car les mauvaiſes ſont bien mauvaiſes : mais que l'*Arioſte* eſt ſupérieur à lui et à tout ce qui m'a jamais charmé, par la fécondité de ſon génie inventif, par la profuſion de ſes images, par la profonde connaiſſance du cœur humain, ſans faire jamais le docteur, par ces railleries ſi naturelles dont il aſſaiſonne les choſes les plus terribles! J'y trouve toute la grande poëſie d'*Homère* avec plus de variété, toute l'imagination des *Mille et une nuits*, la ſenſibilité de *Tibulle*, les plaiſanteries de *Plaute*, toujours le merveilleux et le ſimple. Les exordes de tous ſes chants ſont d'une morale ſi vraie et ſi enjouée! N'êtes-vous pas étonné qu'il ait pu faire un poëme de plus de quarante mille vers, dans lequel il n'y a pas un morceau ennuyeux, et pas une ligne qui péche contre la langue, pas un tour forcé, pas un mot impropre, et encore ce poëme eſt tout en ſtances?

Je vous avoue que cet *Arioste* est mon homme, ou plutôt un Dieu, comme disent messieurs de Florence, *il divin' Ariosto*. Pardonnez-moi ma folie. *La Fontaine* est un charmant enfant que j'aime de tout mon cœur; mais laissez-moi en extase devant messer *Ludovico* qui d'ailleurs a fait des épîtres comparables à celles d'*Horace*. *Multæ sunt mansiones in domo patris mei*, il y a plusieurs places dans la maison de mon père: vous occupez une de ces places. Continuez, Monsieur, réhabilitez notre siècle; je le quitte sans regret. Ayez surtout grand soin de votre santé. Je sais ce que c'est que d'avoir été quatre-vingts et un ans malade.

1774.

Agréez, Monsieur, l'estime sincère et les respects du vieux bon homme *V*.

Je suis toujours très-fâché de mourir sans vous avoir vu.

LETTRE CCXVII.

A M. D'ORNOI.

A Ferney, 20 de novembre.

VOUS êtes, mon cher ami, un très-bon rapporteur, et vous seriez un excellent avocat général. Ce n'est pas une petite affaire de rédiger neuf édits qu'on a entendu lire rapidement. Je crois en général que les neuf édits seront très-bien reçus du public, et même de votre compagnie.

Vous voilà rendus aux vœux de tout Paris. Vous

voilà dans votre place, et c'eſt le point principal.
1774. Vous ſerez toujours le boulevard de la France contre les entrepriſes de Rome. Vous donnerez la régence du royaume dans les occaſions qui, Dieu merci, ne ſe préſenteront de plus de cent ans. Enfin vous n'avez d'autre contrainte que celle de ne point faire de mal dans quelques circonſtances délicates où vous en pourriez faire. Il eſt ſi beau, à mon gré, de rendre la juſtice ; c'eſt une fonction ſi noble, ſi difficile et ſi reſpectable par ſes difficultés mêmes, que ce n'eſt point l'acheter trop cher par quelques légères privations.

Je vous remercie, mon cher ami, de votre beau rapport ; je ne vous importunerai pas encore de l'affaire de notre jeune homme pour laquelle vous vous intéreſſez. Il continue à nous plaire à tous : ſa modeſtie et ſa ſageſſe ne ſe démentent point.

M. *Turgot*, qui a couché huit ou dix jours aux Délices, il y a bien long-temps, voudra bien lui accorder ſa protection. Nous en trouverons beaucoup à la cour ; mais vous nous ſerez plus néceſſaire que perſonne dans votre corps. Je voudrais pouvoir le mener moi-même à Paris, et venir vous embraſſer ; mes quatre-vingts ans et mes maladies me retiennent. Je vois la mort de bien près ; mais je vous avoue que je ferais fâché de mourir ſans avoir pu rendre à ce jeune infortuné les ſervices que l'humanité lui doit. J'ai quelques pièces du procès, mais je ne les ai pas toutes. Je les demande, je les attends de ſa famille. Réſervez-moi votre appui et vos ſoins généreux, pour le temps où il faudra qu'il ſe préſente. Son ſouverain a écrit pour le faire

recommander par le miniftre qu'il a en France. 1774.
J'efpère que la meilleure recommandation fera dans les pièces du procès. Alors il faudra, je crois, des lettres d'attribution au parlement pour le juger; finon il faudrait des lettres de grâces, ce que je n'aime point du tout, parce que grâce conftate crime.

Adieu, mon cher ami; vous allez juger, Paris va fe réjouir, et je vais fouffrir. Je vous embraffe très-tendrement; votre pareffeufe tante en fait autant.

LETTRE CCXVIII.

A M. LE COMTE D'ARGENTAL.

24 de novembre.

MON cher ange, il faut premièrement que madame d'*Argental* affermiffe fa fanté contre la rigueur de l'hiver; pour moi, je ne fors de ma chambre de quatre mois. Tout ce que je crains, c'eft de mourir avant que l'affaire du jeune homme fi digne de vos bontés foit entamée. Il faut avoir toutes les pièces du procès, fans en excepter une, après quoi on prendra le parti que votre prudence et celle des autres fages jugeront le plus convenable.

J'écris à madame la ducheffe d'*Enville*. Je vous prie de lui demander à voir ma lettre, et de me dire fi la vivacité de ma jeuneffe ne m'a pas emporté un peu trop loin. Elle pardonnera fans doute à un

cœur ſenſible, auſſi pénétré de ſa générofité que des
1774. abominables horreurs dont je lui parle.

Je vais écrire à madame *du Deffant;* j'écrirai auſſi à M. de *Goltz.* M. de *Condorcet* dit qu'il aura les pièces à Paris. Je fais mille efforts pour les avoir d'Abbeville ; ce que j'en ai n'eſt pas ſuffiſant, et on ne peut rien haſarder ſans ce préalable.

M. *Turgot* nous protégera, et certainement nous ne le compromettrons point. J'aimerais mieux mourir (et ce n'eſt pas coucher gros) que d'abuſer de ſon nom et de ſes bontés ; il doit en être bien perſuadé; et quand mon cher ange le verra, il le confirmera dans cette ſécurité.

Si vous me demandez ce que je fais dans les intervalles que me laiſſe cette épineuſe et exécrable affaire, vous le ſaurez bientôt, mon cher ange, et vous verrez ce que peut encore un jeune homme de quatre-vingts et un ans, quand il veut vous amuſer et vous plaire.

Je ne ſais ſi d'*Ornoi*, dans ces commencemens, aura le temps de prendre des meſures avec vous pour la réſurrection de notre jeune homme. Rien ne preſſe encore ; il faut attendre que la procédure arrive. Vous croyez bien que je ne paraîtrai pas m'en mêler ; mes ſervices ſecrets ſont néceſſaires, mais mon nom eſt à craindre.

Je voudrais bien que vous puſſiez rencontrer M. le marquis de *Condorcet* et cauſer avec lui ſur cet événement infernal.

Quoi qu'il arrive, cette entrepriſe coûtera beaucoup et a déjà coûté ; mais on ne peut mieux employer ſon argent. Vous m'avez mis, par votre attention charmante, en état de faire ce que l'humanité exige de moi. Plût à Dieu que M. le maréchal de *Richelieu* voulût en user comme vous. Il me doit beaucoup. Son intendant me mande que l'affaire de madame de *Saint-Vincent* l'empêche de me soulager. Cette affaire est bien désagréable ; il valait mieux peut-être s'accommoder avec la famille pour quelque argent, ce qui eût été très-facile, que de s'exposer à soixante et dix-huit ans aux discours de tout Paris et de l'Europe, et surtout de plusieurs gens de lettres très-accrédités qui se plaignent de lui, et qui ne pardonnent point : cela me fâche. Le marquis de *Vence* l'appelle dans ses lettres l'*antique Alcibiade;* c'est un nom que je lui avais donné dans mes goguettes, quand il n'était point antique. Le sarcasme retombe un peu sur moi, et cela me fâche encore.

1774.

Les enquêtes de Paris sont fâchées aussi, mais la grand'chambre doit être bien aise. Le grand conseil me paraît demander de petites modifications nécessaires. Je me trouve entre mon neveu *Mignot* et mon neveu d'*Ornoi*. Je les aime tous deux, parce qu'ils ont tous deux l'ame très-honnête. J'aime la besogne de M. de *Maurepas*, dans cet arrangement difficile. Il a rempli les vœux du public; et, en rétablissant le parlement il n'a donné aucune atteinte à l'autorité royale. Voilà certainement l'aurore d'un beau règne. M. de *Maurepas* commence mieux que le cardinal de *Fleuri;* c'est qu'il a plus d'esprit, qu'il est plus gai, et qu'il n'est point prêtre.

On dit qu'*Henri IV* va paraître à la fois à la comédie italienne et à la française, comme sur le

1774. Pont-neuf. La nation ſera toujours très-drôle, et il eſt bon de lui laiſſer en cela ſes coudées franches.

Adieu, mon très-cher ange; le grand point eſt que madame d'*Argental* ſe porte bien. Je fais mille vœux pour ſa ſanté; mais à quoi les vœux d'un blaireau des Alpes peuvent-ils ſervir? Ceux de l'univers entier ne ſervent pas d'un clou à ſoufflet.

LETTRE CCXIX.

A MADAME

LA MARQUISE DU DEFFANT.

24 de novembre.

J'AI encore cette fois-ci, Madame, un bon thème pour vous écrire. Ce thème n'eſt ni le parlement, ni le grand conſeil, ni la conduite noble et ſage du miniſtère dans cette affaire épineuſe: ce thème n'eſt point *Orphée* ou *Azolan*, et les doubles croches de la muſique nouvelle. Ce n'eſt point *Henri IV* qui va paraître, dit-on, à la comédie françaiſe et à l'italienne, comme ſur le Pont-neuf, au milieu de ſon peuple. Je ſouhaite qu'il y paraiſſe avec beaucoup d'eſprit, car il en avait: il feſait de ces reparties que la poſtérité n'oubliera jamais; et ſans doute on ne fera pas dire à *Henri IV* des choſes communes. Mon thème n'eſt pas le ſacre du roi à Rheims, car il eſt né tout ſacré, et il n'a pas beſoin d'être oint pour être très-cher à toute la nation. Mon thème n'eſt point non plus mon départ pour Paris, pour venir vous voir et vous entendre, attendu que je ne puis sortir de mon lit avec mes quatre-vingts et un ans, douze pieds de neige, et perdant mes yeux et mes oreilles. Je voudrais vous demander si vous serez assez heureuse cet hiver pour jouir de la société de madame la duchesse de *Choiseul*. 1774.

Mais le principal sujet de ma lettre est de vous remercier du fond de mon cœur et de toutes mes forces (si j'ai des forces), de l'humanité et de la bonté avec laquelle vous êtes entrée dans l'affaire dont M. *d'Argental* vous a parlé. Il me mande que vous voulez bien la solliciter auprès de madame la duchesse d'*Enville*. Je sais qu'elle n'attend pas qu'on la prie, quand il s'agit de faire du bien; c'est l'ame la plus généreuse et la plus noble qui soit au monde. Les éloges que vous donnez à sa belle action, Madame, seront sa récompense; car il en faut pour la vertu.

L'affaire qu'elle protége ne peut être encore sur le tapis. Il y faut bien des préliminaires. Vous savez que dans ce monde-ci le mal arrive toujours à bride abattue; le bien marche à pied, et est boiteux des deux jambes. Ce qu'on demande est assurément de la plus grande justice, mais cela ne suffit pas. Comme justice a besoin d'aide, je n'en connais point de plus puissante que celle de madame la duchesse d'*Enville*. L'affaire intéresse, ce me semble, toutes les familles. Il n'y a point de père et de mère dont les fils ne puissent être exposés à la même aventure. Ces folies passagères, qu'on doit ignorer, arrivent tous les ans dans les régimens, dans toutes les garnisons. Vous

1774 ſavez de quoi il s'agit. Le jeune homme pour qui on s'emploie eſt entièrement innocent. Il eſt vrai que je ſuis un peu récuſable, et que je paſſe pour être bien indulgent ſur ces intérêts; mais qui ne l'eſt pas aujourd'hui? Ce ſiècle s'eſt un peu formé: on ne penſe plus comme on penſait au douzième ſiècle, ou plutôt comme on ne penſait pas.

Au reſte, vous croyez bien que je ne paraîtrai point dans cette affaire; il ne m'appartient pas de m'en mêler. Je ne vous écris, Madame, que pour vous remercier clandeſtinement, et pour vous dire que, de près ou de loin, je vous ferai dévoué juſqu'au dernier moment de ma vie avec l'attachement le plus tendre et le plus reſpectueux. *V.*

LETTRE CCXX.

A MADAME LA DUCHESSE D'ENVILLE.

26 de novembre.

MADAME,

J'AI appris par M. d'*Argental* l'action généreuſe que vous daignez faire, et je n'en ai point été ſurpris: il n'eſt pas dans votre nature d'agir autrement. Vous rendez un ſervice nouveau à l'innocence et à l'humanité entière. Pour moi, je dois me taire, me cacher et vous admirer.

J'attends les papiers néceſſaires. J'en ai aſſez pour être convaincu de la frivolité et du ridicule des accuſations. Le jugement atroce qui ne paſſa que de deux voix, eſt mille fois pire que celui des *Calas*. Il n'y avait pas certainement de quoi fouetter un page. Il eſt bien vrai qu'on n'avait pas ôté de loin ſon chapeau à des capucins, qu'on avait récité devant une ſeule perſonne les litanies de *Rabelais*, dédiées à un cardinal et imprimées avec privilége du roi. Il eſt vrai qu'on avait chanté une mauvaiſe chanſon de corps-de-garde, faite il y a cent ans : il eſt vrai encore qu'on avait récité l'*Ode à Priape* de *Piron*, que vous ne connaiſſez pas, Madame, et pour laquelle le feu roi avait donné à *Piron* une penſion de quinze cents livres ſur ſa caſſette. 1774.

Il n'y avait pas là de quoi condamner deux jeunes gentilshommes, d'environ dix-ſept ans, au plus épouvantable des ſupplices, de quoi leur faire ſubir la queſtion ordinaire et extraordinaire, de quoi leur couper la main qui n'avait pas ôté le chapeau devant des capucins pendant la pluie, de quoi leur arracher la langue avec des tenailles, de quoi jeter leurs corps, tout vivans, dans les flammes.

Un ſeul homme détermina les juges à être aſſaſſins et cannibales, afin de paſſer pour chrétiens. (*)

Je ne doute pas, Madame, que vous ne faſſiez entendre enfin la pitié, la raiſon, l'humanité, la juſtice ; tout cela eſt digne de vous, tout ſera votre ouvrage.

Je ſuis perſuadé que vous toucherez M. le comte de *Maurepas*. Il a l'ame noble et grande, comme vous ;

(*) M. *Paſquier*.

1774. il ſaura bien faire réuſſir une ſi juſte entrepriſe, ſans ſe compromettre. On n'abuſera point de vos bontés; on ne fera aucune démarche avant d'avoir toutes les pièces néceſſaires.

Je me jette à vos pieds au nom de l'humanité.

Je ſuis avec le plus profond reſpect, &c.

LETTRE CCXXI.

A M. LE BARON DE GOLTZ,

MINISTRE DU ROI DE PRUSSE, *à Paris.*

Le 7 de décembre.

MONSIEUR,

J'AI reçu de ſa majeſté le roi de Pruſſe une lettre pleine de bontés pour le ſieur de *Morival*, un de ſes officiers. Il joint à cette lettre celle que vous lui avez écrite le 6 de novembre. Je vois avec quelle générofité vous voulez bien protéger ce jeune gentilhomme. Il eſt aſſurément bien digne de ce que vous daignez faire pour lui; il eſt plein de courage, de prudence et de vertu. Son unique ambition eſt de vivre et de mourir dans votre ſervice.

Vous ſavez, Monſieur, ſon horrible aventure; c'eſt un aſſaſſinat juridique, pire que celui des *Calas*. Plus ce jugement eſt atroce, plus on cache les pièces du procès. On nous fait eſpérer pourtant qu'enfin nous les obtiendrons. Alors nous nous jetterons entre vos bras; et je me flatte que le nom du roi votre maître ſuffira, avec vos bons offices, pour obtenir la juſtice qu'on demande. S'il nous était possible de retirer du greffe ces malheureux parchemins, nous pourrions alors vous conjurer d'engager M. le comte de *Vergennes* à demander la communication de ces pièces à monsieur le garde des sceaux, et nous saurions enfin précisément ce que nous devons demander. Heureusement rien ne presse encore. Le jeune homme s'occupe à mériter les bonnes grâces du roi, en apprenant les fortifications et l'art du génie. Il y fait des progrès étonnans; il a levé des cartes de tout un pays avec une facilité surprenante. Je les envoie au roi par cet ordinaire. 1774.

J'ose ajouter, Monsieur, que si ce jeune homme est assez heureux pour vous être présenté, vous trouverez qu'il mérite les obligations qu'il vous a. Je joins mon extrême reconnaissance à la sienne.

J'ai l'honneur d'être avec respect, &c.

LETTRE CCXXII.

A M. LE COMTE DE MEDINI,

Auteur d'une traduction de la Henriade en vers italiens.

9 de décembre.

MONSIEUR,

Je n'ose pas vous remercier dans votre belle langue, à laquelle vous prêtez de nouveaux charmes. D'ailleurs, ayant presque perdu la vue à l'âge de quatre-vingts et un ans, je ne puis que dicter dans ma langue

1774. françaiſe qui eſt une des filles de la vôtre. Nous n'avons commencé à parler et à écrire qu'après le ſiècle immortel que vous appelez le *ſeicento :* je crois être dans ce *ſeicento*, en liſant l'ouvrage dont vous m'avez honoré. Votre poëme n'eſt pas une traduction, dont il n'a ni la roideur, ni la faibleſſe : il eſt écrit d'un bout à l'autre avec cette élégance facile qui n'appartient qu'au génie. Je ſuis perſuadé qu'en liſant votre Henriade et la mienne, on croira que je ſuis le traducteur.

Un mérite qui m'étonne encore plus, et dont je crois notre langue peu capable, c'eſt que tout votre poëme eſt compoſé en ſtances pareilles à celles de l'inimitable *Arioſto* et du grand *Taſſo*, ſon digne diſciple. Je voudrais que ma langue françaiſe pût avoir cette flexibilité et cette fécondité. Elle y parviendra peut-être un jour, puiſqu'elle eſt devenue aſſez maniable pour rendre les beautés de *Virgile* ſous la plume de M. *Delille ;* mais nous n'avons pas les mêmes ſecours que vous. Il vous eſt permis de raccourcir ou d'alonger les mots ſelon le beſoin : les inverſions ſont chez vous d'un grand uſage. Votre poëſie eſt une danſe libre dans laquelle toutes les attitudes ſont agréables, et nous danſons avec des fers aux pieds et aux mains : voilà pourquoi pluſieurs de nos écrivains ont eſſayé de faire des poëmes en proſe : c'eſt avouer ſa faibleſſe, et non pas vaincre la difficulté.

Quoi qu'il en ſoit, je vous remercie, Monſieur, de m'avoir embelli en me ſurpaſſant. Je n'ai plus qu'un ſouhait à faire, c'eſt que vous puiſſiez paſſer par les climats que j'habite, lorſque vous irez revoir

Mantoue,

Mantoue, la patrie de *Virgile* notre prédéceſſeur et notre maître. Ce ſerait une grande conſolation pour moi d'avoir l'honneur de vous voir dans ma retraite, et de me féliciter avec vous que vous ayez éterniſé en vers italiens un poëme français qui n'eſt fondé que ſur la raiſon et ſur l'horreur de la ſuperſtition et du fanatiſme. Je n'ai pu m'aider de la fable, comme ont fait ſouvent l'*Arioſte* et le *Taſſe*. La ſévérité et la ſageſſe de notre ſiècle ne le permettaient pas. Quiconque tentera parmi nous d'abuſer de leur exemple, en mêlant les fables anciennes ou tirées des anciennes à des vérités ſérieuſes et intéreſſantes, ne fera jamais qu'un monſtre.

1774.

J'ai l'honneur d'être, &c.

LETTRE CCXXIII.

A M. LE COMTE D'ARGENTAL.

9 de décembre.

MON très-cher ange, pourquoi ne ſuis-je pas auprès de vous? pourquoi ſuis-je dans mon lit, entre le mont Jura et les Alpes? Hélas, vous voyez tout tomber à vos côtés. Reſtez, vivez, jouiſſez d'une ſanté qui eſt le fruit de votre ſageſſe et de votre tempérance. M. de *Thibouville* a le bonheur de vous tenir compagnie, et moi je ſuis à plus de cent lieues de vous. Je n'ai jamais ſenti ſi cruellement le triſte état où je ſuis réduit. Eſt-il poſſible qu'en étant près de perdre pour jamais ce que vous avez perdu, vous

ayez pu penſer au jeune homme qui eſt ſi digne de
1774. votre protection, et même à ma colonie ?

Vous êtes ſi occupé de faire du bien, que vous ne pouviez vous empêcher de m'en parler dans le temps même où votre cœur était tout entier à vos douleurs et à vos regrets. Reſtez-vous dans votre belle maiſon ? pourrai-je enfin vous y voir à la fin de mars ? car il m'eſt abſolument impoſſible de remuer de tout l'hiver. Mais vivrai-je juſqu'à la fin de mars ? et qui peut compter ſur un ſeul jour ?

S'il y a des conſolations pour moi, je m'en donne une, c'eſt de travailler à un ouvrage ſingulier, que je fais principalement pour mériter votre ſuffrage et pour amuſer quelques-uns de vos momens. Je vous l'enverrai dans ſix ſemaines. Je m'imagine que ce ſera une petite diverſion pour vous. Cette idée adoucit mes peines ; madame *Denis* ſent avec moi toutes les vôtres. Nous vous plaignons, nous parlons de vous ſans ceſſe. M. de *Florian* entre vivement dans tous nos ſentimens ; M. et madame *Dupuits* les partagent. Notre petit officier pruſſien très-français, très-ſenſible, pénétré de ce que vous avez daigné faire pour lui, s'intéreſſe à vous comme s'il avait le bonheur de vous connaître : la reconnaiſſance eſt ſa principale vertu. Non, mon cher ange, je n'ai jamais connu de jeune homme plus eſtimable de tout point, et des monſtres ont oſé . . . . Cette image affreuſe me perſécute jour et nuit. Je l'écarte pour remplir mon cœur uniquement de vous, pour vous dire que vous êtes ma conſolation, et que je ſuis déſeſpéré de ne pouvoir dans ce moment venir contribuer à la vôtre. Vivez, mon cher ange. *V.*

LETTRE CCXXIV. 1774.

AU MEME.

11 de décembre.

Je suis honteux, mon cher ange, et je me reproche bien de vous parler d'autre chose que de votre situation, de votre douleur, et des tristes détails qui doivent vous occuper; mais peut-être que le mémoire que je vous envoie, et que M. le marquis de *Villevieille* doit vous faire remettre, sera pour vous une diversion intéressante. Vous serez étonné, indigné et animé en le lisant. Vous encouragerez M. de *Goltz* à qui j'ai écrit. Vous pourrez lui faire lire ce mémoire qui doit faire le même effet sur son esprit que sur le vôtre et sur le mien. J'en fais tenir une copie à mon neveu d'*Ornoi*, et une autre à M. le marquis de *Condorcet*. Nous avons tout le temps de prendre nos mesures. J'ose être sûr du succès, quand vous aurez le temps de recommander cette affaire si digne de vos bontés, et si intéressante pour l'humanité entière. Je crains de vous presser, et que vous ne pensiez que je vous presse. Je crains que vous ne quittiez vos propres affaires pour celle-ci. Gardez-vous-en bien; réservez-la pour un moment de loisir.

Je vous adore, mon cher ange.

1774.

LETTRE CCXXV.

A M. LE MARQUIS D'ARGENCE DE DIRAC.

A Ferney, 12 de décembre.

Mes neiges, Monfieur, mes quatre-vingts ans, et mes douleurs continuelles, ne m'ont pas permis de vous parler plutôt de vos plaifirs. Le récit que vous m'en faites m'a bien confolé. Je vois que les talens fe font raffemblés chez vous. Jouiffez longtemps d'une vie fi dignement occupée. Vous êtes dans un beau climat, et je fuis actuellement en Laponie. Le hameau que vous avez vu, eft devenu une jolie petite ville; mais il y fait froid comme à Archangel.

Il eft bien trifte, je vous l'ai dit plus d'une fois, que les gens qui penfent de même, ne demeurent pas dans les mêmes lieux. Quelques maifons que j'ai bâties dans ma colonie, font habitées par des perfonnes dignes de vous connaître. Elles me font fentir tout ce que j'ai perdu par votre éloignement. Vous avez fait une plus grande perte, en n'ayant plus M. *Turgot* pour intendant; mais la France y a gagné. Vous avez la confolation de voir les commencemens d'un règne jufte et heureux.

Meffieurs vos enfans ont les plus belles efpérances, et feront la confolation de votre vie. Je vais bientôt finir la mienne, mais ce fera en vous aimant. *V.*

1774.

LETTRE CCXXVI.

A M. DE LA LANDE.

19 de décembre.

Je commence, Monſieur, par vous remercier de tout mon cœur des volumes d'aſtronomie (*) que vous voulez bien me promettre. Il eſt vrai que je ſuis preſque aveugle l'hiver, et que je ne ſuis pas fait pour les obſervations, mais je vous dirai avec *Keil* :

Thus wi frons heaven remote to heaven shallmore
With ſtrenght' of mind, and tread the abiſs abore.

J'ai *Keil* et *Grégori*, il ne me manque que vous. Je n'aurais pas abandonné ce genre d'étude, ſi j'avais pu me flatter d'y réuſſir comme vous. A propos d'aſtronomie, vous m'avouerez que, ſi on a admiré les oreris d'Angleterre (**) qui ne ſont qu'une miſérable petite copie du grand ſpectacle de la nature, on doit, à plus forte raiſon, admirer l'original; et que *Platon* n'était pas un ſot, lorſqu'en mépriſant et en déteſtant toutes les ſuperſtitions des hommes, il avouait qu'il exiſte un éternel géomètre.

Je ne m'étonne point que des fripons engraiſſés

(*) *Aſtronomie* en trois volumes in-4°, par M. de *la Lande*.

(**) Eſpèce de planétaire ou de machine qui repréſente les mouvemens des planètes.

1774. de notre fang, fe déclarent contre M. *Turgot*, qui veut le conferver dans nos veines; et que, lorfqu'on nous faigne, ce foit pour l'Etat et non pour des financiers. M. *Turgot* eft d'ailleurs le protecteur de tous les arts, et il l'eft en connaiffance de caufe. C'eft un efprit fupérieur et une très-belle ame. Malheur à la France, s'il quittait fon pofte!

S'il m'eft permis à mon âge de m'intéreffer aux affaires de ce monde, je dois être bien content que M. de *Baquencourt* foit notre intendant. C'eft lui qui fut le rapporteur, aux requêtes de l'hôtel, de l'abominable procès des *Calas;* c'eft lui qui entraîna toutes les voix, et qui vengea la nature humaine, autant qu'il le pouvait, de l'abfurde barbarie des pilates de Touloufe.

J'aime fort Ste *Geneviève;* mais je voudrais qu'on bâtît une belle falle pour St *Racine*, St *Corneille* et St *Molière*.

A l'égard de St *Henri IV*, qu'on voulut affaffiner tant de fois, que *Grégoire XIII* déclara génération bâtarde et déteftable, et à qui le pape *Clément VIII* donna le fouet fur les feffes des cardinaux *du Perron* et d'*Offat*, contre lequel les *Frérons* de ce temps-là écrivirent des volumes d'injures, qu'on tua enfin dans fon carroffe au milieu de fes amis; à l'égard, dis-je, de ce *Henri IV*, qu'on ne connaît bien que depuis une trentaine d'années, ce n'eft pas aux marionnettes qu'il faudrait l'adorer (*), mais dans la cathédrale de Paris.

Adieu, Monfieur; les habitans de mon défert défirent paffionnément d'avoir l'honneur de vous

(*) On jouait alors *Henri IV* fur plufieurs théâtres de Paris.

revoir, quand vous reviendrez dans notre voisinage. Conservez vos bontés pour le vieux malade qui vous est tendrement attaché. 1774.

LETTRE CCXXVII.

A M. AUDIBERT, *à Marseille.*

A Ferney, le 19 de décembre.

Si vous avez, Monsieur, connu le froid à Marseille au mois de novembre, vous devez actuellement avoir trop chaud. Voilà comme la nature est faite. Il y a autant de variation dans les têtes de Paris, que nous en éprouvons dans les saisons. Vous savez à présent, ou vous saurez bientôt, avec quelle reconnaissance le parlement fait des remontrances au roi contre l'édit qui l'a ressuscité.

J'apprends qu'il y a une forte cabale de quelques financiers contre M. *Turgot*. Cela seul ferait son éloge, et ne causera pas sa perte. La France serait trop à plaindre, si un homme d'un mérite et d'une vertu si rare cessait d'être à la tête des affaires.

Vous avez eu la bonté, Monsieur, de me faire toucher quelquefois un peu d'argent; je vous demande aujourd'hui une autre grâce; elle est un peu plus considérable : c'est de me conserver la vie en m'envoyant un petit quartaut du meilleur vin de Frontignan. Ne le dites pas à ceux qui me payent des rentes viagères. Ce sera une petite extrême-onction que vous aurez la bonté de me donner. Je vous ferai

1774. tenir l'argent par Lyon ou par Genève, comme il vous plaira. Si vous me refusez, je suis homme à venir chercher moi-même du vin muscat à Marseille, car je ne puis plus tenir aux neiges du mont Jura.

Agréez, Monsieur, les sincères remercîmens, &c.

LETTRE CCXXVIII.

A M. LE COMTE D'ARGENTAL.

23 de décembre.

MON cher ange, vous passez bien rapidement par de tristes épreuves. Votre lettre, que la douleur a écrite, pénètre mon cœur. Je savais bien que M. de *Félino* était un homme d'un rare mérite ; mais j'ignorais que vous fussiez lié avec lui d'une amitié si tendre. La mort vous a donc tout enlevé, frère, femme, amis. Je vous vois presque seul ; je ne suis pas fait assurément pour remplir ce vide effroyable. Je partirais sur le champ, si j'avais la force de me traîner. Que je volerais vîte vers vous ! que je partagerais tous vos sentimens ! je ne voudrais exister dans un coin de Paris que pour être uniquement à vos ordres. Mon cher ange, vous êtes malheureux par votre cœur. Votre douleur même porte avec elle la plus flatteuse des consolations, le secret témoignage de ne souffrir que parce que vous avez une belle ame. Pour moi, je souffre de la tête aux pieds dans mon pauvre corps, et mon esprit est à la torture par ma situation, par le combat continuel entre le desir de venir me jeter entre vos bras, et l'impuissance actuelle de m'y rendre. 1774.

Occupez-vous beaucoup, mon cher ange; je ne connais que ce remède dans l'état où vous êtes; je suis malade dans mon lit, à quatre-vingts ans passés, au milieu des neiges; je m'occupe, et cela seul me fait vivre.

Je vous enverrai, au mois de janvier, un petit résultat d'une partie de mes occupations. J'ose penser qu'il vous amusera, vous et M. de *Thibouville* qui vous tient, je crois, compagnie. Mais vous avez des soins plus importans qui font diversion à vos chagrins; votre place même est pour vous une nécessité de vous distraire. Vous avez M. le duc de *Praslin* qui a besoin de vous autant que vous avez besoin de lui, et à qui je vous prie de présenter mon respectueux et tendre attachement. D'ailleurs, y a-t-il quelqu'un dans la bonne compagnie de Paris qui n'ambitionne le bonheur de vivre avec vous?

J'ose compter, parmi les objets qui pourront occuper votre ame noble et sensible, l'affaire du jeune homme pour qui vous prenez un si juste intérêt. J'ignore si vous voyez quelquefois madame la duchesse d'*Enville*. Je suis pénétré de ses bontés. Elle me parle d'une grâce, c'était en effet à quoi se bornait d'abord le très-estimable infortuné qu'elle daigne protéger; mais je ne veux point de grâce, je veux absolument justice, et une justice complète. Je n'ai qu'un seul co-accusé à craindre et à diriger; mais c'est un imbécille timide, qui d'ailleurs est à cent cinquante lieues de moi. Ce pauvre garçon est le seul obstacle qui m'arrête. J'entrerai avec vous dans tous ces

1774. détails, quand vous ferez un peu plus en état de vous y prêter, et quand il fera temps de purger la contumace : ce fera alors l'affaire la plus fimple, la plus aifée et la plus prompte, comme la plus jufte. C'eft au parlement même qu'elle doit être jugée, et mon neveu d'*Ornoi* peut y fervir plus que tous les miniftres et que toute la cour. Tout cela demande un peu de temps : je crois même que le parlement a maintenant des affaires plus preffées. Nous verrons bientôt fi fes remontrances plairont fort à la cour : nous verrons fi on fera content que le premier effet des grâces infinies du roi ait été de s'en plaindre.

Mon très-cher ange, je mets toutes vos douleurs avec les miennes dans mon cœur. Ce cœur eft en pièces, les pièces font à vous. Je vous embraffe de mes très-faibles bras. *V.*

LETTRE CCXXIX.

AU MEME.

30 de décembre.

AH, mon cher ange, mon cher ange ! il faut que je vous gronde. M. de *Thibouville*, M. de *Chabanon*, madame *du Deffant*, m'apprennent que je venais vous voir au printemps. Oui, j'y veux venir, mais...

Je n'y vais que pour vous, cher ange que vous êtes ; je ne puis me montrer à d'autres qu'à vous. Je fuis fourd et aveugle, ou à peu-près. Je paffe les trois quarts de la journée dans mon lit, et le refte au coin du feu. Il faut que j'aye toujours ſur la tête un gros bonnet, ſans quoi ma cervelle eſt percée à jour. Je prends médecine environ trois fois par ſemaine ; j'articule très-difficilement, n'ayant pas, Dieu merci, plus de dents que je n'ai d'yeux et d'oreilles. 1774.

Jugez, après ce beau portrait qui eſt très-fidelle, ſi je ſuis en état d'aller à Paris in fiochi. Je ne pourrais me diſpenſer d'aller à l'académie, et je mourrais de froid à la première ſéance.

Pourrais-je fermer ma porte, n'ayant point de portier, à toute la racaille des poliſſons, ſoi-diſant gens de lettres, qui auraient la ſotte curioſité de venir voir mon ſquelette ? et puis, ſi je m'aviſais, à l'âge de quatre-vingts et un ans, de mourir dans votre ville de Paris, figurez-vous quel embarras, quelles ſcènes et quel ridicule ! Je ſuis un rat de campagne qui ne peut ſubſiſter à Paris que dans quelque trou bien inconnu ; je n'en ſortirais pas dans le peu de ſéjour que j'y ferais. Je n'y verrais que deux ou trois de vos amis, après qu'ils auraient prêté ferment de ne point déceler le rat de campagne aux chats de Paris. J'arriverais ſous le nom d'une de mes maſures, appelée terre, de ſorte qu'on ne pourrait m'accuſer d'avoir menti, ſi j'avais le malheur inſupportable d'être reconnu.

Gardez-vous donc bien, mon cher ange, d'autoriſer ce bruit affreux que je viens vous voir au printemps. Dites qu'il n'en eſt rien, et je vais mander bien expreſſément qu'il n'en eſt rien.

Cependant conſolez-vous de vos pertes, jouiſſez de vos nouveaux amis, de votre conſidération, de

1774. votre fortune, de votre ſanté, de tout ce qui peut rendre la vie ſupportable. Vous êtes bien heureux de pouvoir aller au ſpectacle; c'eſt une conſolation que tous vos vieux magiſtrats ſe refuſent, je ne ſais pourquoi; c'était celle de *Cicéron* et de *Démoſthène.* Notre parterre de la comédie n'eſt rempli que de clercs de procureurs et de garçons perruquiers: nos loges ſont parées de femmes qui ne ſavent jamais de quoi il s'agit, à moins qu'on ne parle d'amour. Les pièces ne valent pas grand'choſe, mais je n'en connais pas de bonne depuis *Racine;* et avant lui il n'y a qu'une quinzaine de belles ſcènes, tout au plus; mais je ne veux pas ici faire une diſſertation.

Mon jeune homme m'occupe beaucoup. Si je puis parvenir ſeulement à écarter un témoin imbécille et très-dangereux, je ſuis sûr qu'il gagnera ſon procès tout d'une voix. Il faudrait un avocat au conſeil bien philoſophe, bien généreux, bien diſcret, qui prît la choſe à cœur, et qui ſignât une requête au garde des ſceaux, pour obtenir la liberté de ſe mettre en priſon, et de ſe faire pendre, ſi le cas y échoit. Ces lettres du ſceau, après les cinq ans de contumace, ne ſe refuſent jamais. Laiſſons paſſer les fadeurs du jour de l'an et le tumulte du carnaval, après quoi nous verrons à qui appartiendra la tête de cet officier. Son maître commence à prendre la choſe fort à cœur, mais non pas ſi chaudement que moi. Je regarde ſon procès comme la choſe la plus importante, et qui peut avoir les ſuites les plus heureuſes; mais il faut que d'*Ornoi* m'aide. Ce ſera à lui de diſpoſer les choſes de façon que rien ne traîne, et que ce ne ſoit qu'une affaire de forme. Je vais travailler de mon côté à écarter ce sot témoin, seul obstacle qui m'embarrasse; si je ne réussis pas dans cette entreprise très-sérieuse, je parviendrai du moins à procurer quelque fortune à cet officier auprès de son maître. Les *Frérons* et les *Sabotiers* ne m'empêcheront pas de faire du bien tant que je vivrai. 1774.

Adieu, mon cher ange; amusez-vous, secouez-vous, occupez-vous, aimez toujours un peu le plus vieux, sans contredit, de tous vos serviteurs, qui vous aimera tendrement tant qu'il aura un souffle de vie.

LETTRE CCXXX.

A MADAME LA MARQUISE DU DEFFANT.

31 de décembre.

Je passe, Madame, des noëls (*) aux jérémiades; c'est le sort de la plupart des hommes, et tel a toujours été le mien.

C'est l'affaire dont vous avez parlé à madame la duchesse de *la Rochefoucauld*, qui occupe actuellement ma vieille tête et mon jeune cœur. Il est difficile d'en venir à bout, quand on est dans son lit au milieu des neiges, à cent lieues des endroits où l'on devrait être.

Je suis déchiré en ayant continuellement sous mes

(*) Voyez dans les Lettres en vers et en prose, les noëls pour madame de *Choiseul*.

1774. yeux un jeune homme plein de ſageſſe et de talens, condamné à une multitude de ſupplices tels qu'on ne les inflige pas aux parricides, le tout pour avoir chanté dans ſon enfance une chanſon du Pont-neuf.

Quand je ſonge que cette abominable aventure, pire mille fois que celle des *Calas*, n'a été que l'effet d'une tracaſſerie entre madame de *B*.... abbeſſe dans Abbeville, et un cuiſtre de juge ſubalterne, j'ai aſſurément raiſon d'être *Jérémie*. Il me ſemble que la retraite rend les paſſions plus vives et plus profondes. La vie de Paris éparpille toutes les idées; on oublie tout, on s'amuſe un moment de tout dans cette grande lanterne magique, où toutes les figures paſſent rapidement comme des ombres; mais, dans la ſolitude, on s'acharne ſur ſes ſentimens.

Savez-vous bien que *Pythagore*, qui n'était pas un ſot, et qui a mis toute ſa philoſophie en logogryphes, dit dans un de ſes préceptes: *Ne mangez pas votre cœur*. C'eſt un grand mot: pour moi, je voudrais manger le cœur des aſſaſſins juridiques du chevalier de *la Barre;* mais j'adore le cœur de madame la ducheſſe de *la Rochefoucauld :* je ne l'appelle point madame d'*Enville*. Ce nom de *la Rochefoucauld* m'eſt cher depuis qu'un de ſes ancêtres fut égorgé à la Saint-Barthelemi; à cette Saint-Barthelemi, Madame, après laquelle *Catherine de Médicis* donna un beau bal à toute la cour.

Je ne ſais ce que c'eſt que la brochure de 63 pages; ſur quoi roule-t-elle? il faut qu'elle ſoit bien bonne, puiſque vous dites que vous conſentiriez à en être ſoupçonnée.

Il n'y a pas d'apparence que j'aille à Paris au

printemps. Songez-vous bien qu'il y a quatre grands mois d'ici à la fin d'avril ? Je ne compte plus que sur quelques heures. Si vous aviez des yeux, vous ririez bien de ma figure de quatre-vingts et un ans ; elle n'est assurément ni transportable ni montrable. 1774.

Je vous aime de tout mon cœur : mais à quoi cela sert-il ? Prenez, je vous en prie, le peu d'ame qui me reste, et quand vous l'aurez mise à vos pieds, ayez la bonté de la mettre aux pieds de l'ame de madame la duchesse de *la Rochefoucauld*. J'ai eu l'honneur de voir quelquefois son fils ; il m'a paru digne de son nom. *V.*

LETTRE CCXXXI.

A M. DE CHABANON.

Le 31 de décembre.

Bonsoir, mon bon ami, mon frère en Apollon ;
Vous savez si mon cœur vous estime et vous aime.

Je vous parodie mal, mon frère ; mais je vous dis bonsoir, parce qu'en effet je me sens sur la fin de la journée de la vie. Je vous remercie du petit élixir que vous m'avez envoyé ; il me ranime un peu, mais ce n'est que pour un moment, et je vais retomber. J'ai passé des jours charmans avec vous ; j'avais espéré qu'au printemps je pourrais avoir le bonheur de vous revoir encore ; je me flattais trop. Tout m'avertit que les hôtels garnis de Paris sont pour moi des châteaux en Espagne. J'ai travaillé

1774. jusqu'à mes derniers jours ; cela m'a valu des ennemis, mais aussi cela m'a valu votre amitié, ainsi je n'ai point à me plaindre. Vous êtes occupé à consoler M. d'*Argental* de ses pertes ; je le tiens moins à plaindre, puisqu'il a un ami tel que vous. Buvez tous deux à ma santé, portez-vous bien, amusez-vous avec la poësie et la musique. Soyez aussi heureux que la pauvre espèce humaine le comporte. Mes complimens à messieurs vos frères. Madame *Denis* vous fait les siens. Je vous donne ma bénédiction le plus tendrement du monde.

BIBLIOTHEQUE ROYALE

Fin du Tome onzième

TABLE ALPHABETIQUE
DES LETTRES
CONTENUES DANS CE VOLUME.

A.

D.

DEFFANT. (Madame la marquiſe du)

E.

F.

G.

H.

M.

N.

O.

P.

R.

T.

V.

X.

Fin de la Table du tome onzième.

BIBLIOTHÈQUE IMPÉRIALE

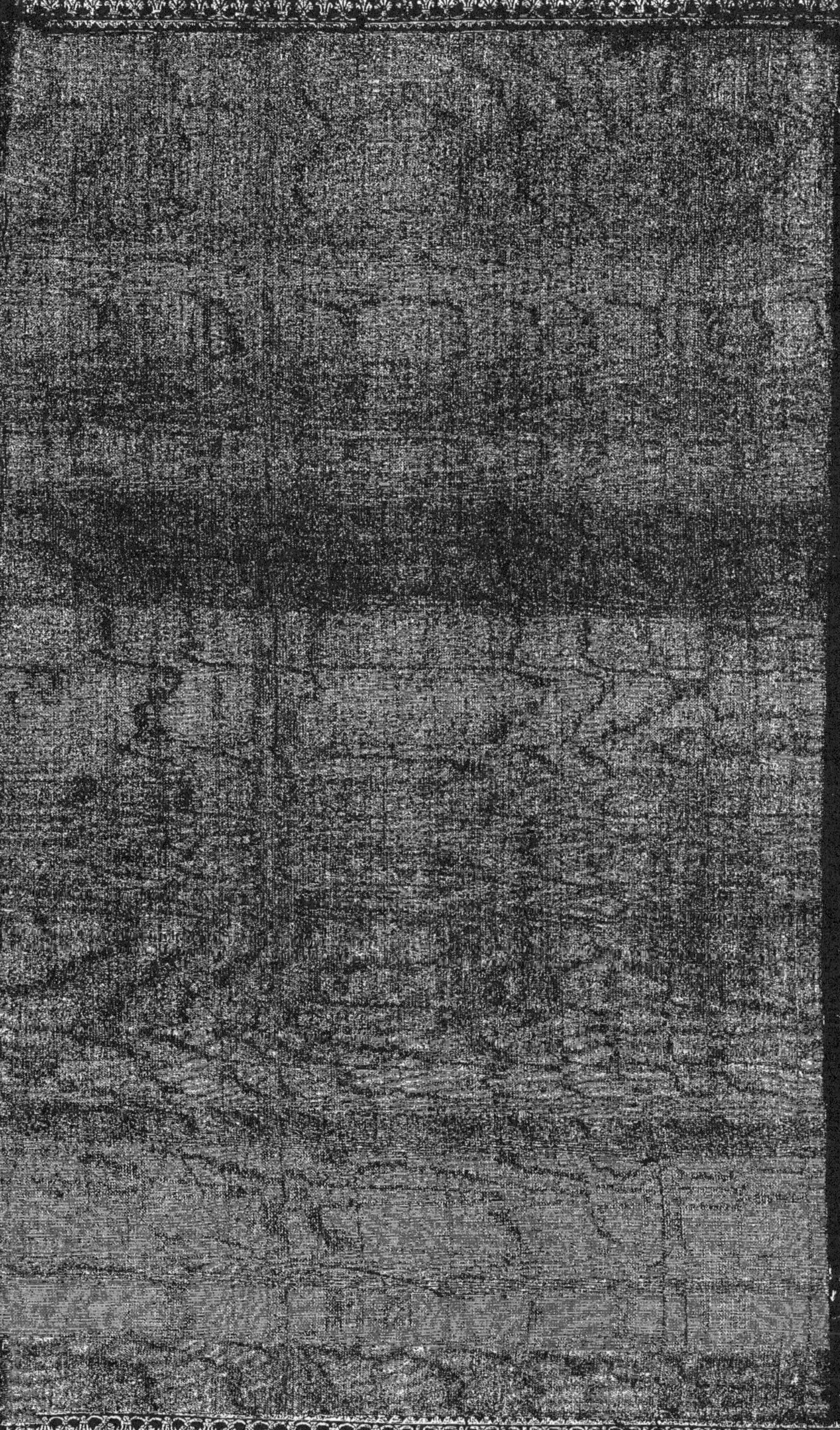

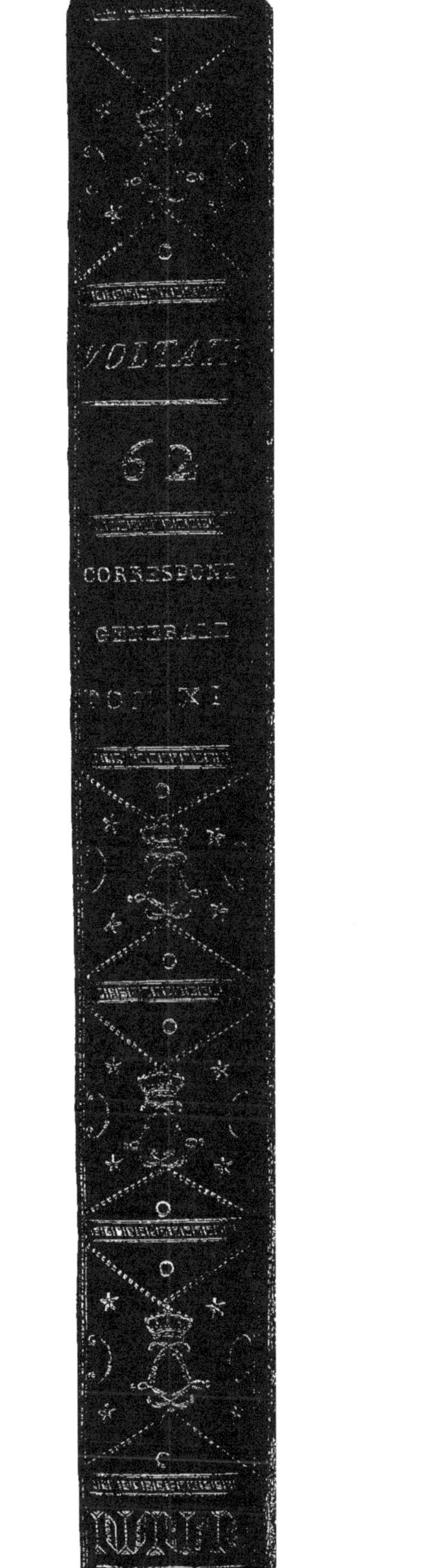
62
CORRESPOND

www.ingramcontent.com/pod-product-compliance
Lightning Source LLC
Chambersburg PA
CBHW070547030726
47505CB00001B/193

* 9 7 8 2 0 1 9 5 3 1 4 4 7 *